TRILOGIA 13 TESOUROS

Os 13 Tesouros

As 13 Maldições

Os 13 Segredos

MICHELLE HARRISON

AS 13 MALDIÇÕES

Tradução
Carolina Selvatici

BERTRAND BRASIL

Rio de Janeiro | 2013

Copyright © 2010 *by* Michelle Harrison

Título original: *The 13 Curses*

Ilustração de capa: Chris Gibbs

Editoração: FA Studio

Texto revisado segundo o novo
Acordo Ortográfico da Língua Portuguesa

2013
Impresso no Brasil
Printed in Brazil

CIP-Brasil. Catalogação na fonte
Sindicato Nacional dos Editores de Livros, RJ

H261t	Harrison, Michelle, 1979-.
	As 13 maldições/ Michelle Harrison; tradução Carolina Selvatici. – Rio de Janeiro: Bertrand Brasil, 2013.
	434p.; 23 cm (Os 13 tesouros)
	Tradução de: The 13 curses
	Sequência de: Os 13 tesouros
	Continua com: Os 13 segredos
	ISBN 978-85-286-1666-8
	1. Romance inglês. I. Selvatici, Carolina. II. Título. III. As 13 maldições. IV. Série.
	CDD: 823
12-9200	CDU: 821.111-3

Todos os direitos reservados pela:
EDITORA BERTRAND BRASIL LTDA.
Rua Argentina, 171 – 2º andar – São Cristóvão
20921-380 – Rio de Janeiro – RJ
Tel.: (0xx21) 2585-2070 – Fax: (0xx21) 2585-2087

Não é permitida a reprodução total ou parcial desta obra, por
quaisquer meios, sem a prévia autorização por escrito da Editora.

Atendimento e venda direta ao leitor:
mdireto@record.com.br ou (0xx21) 2585-2002

Para Theresa e Janet

Agradecimentos

A minha família e meus amigos – um agradecimento especial a Darren, por ter feito milhares de xícaras de chá para mim enquanto eu viajava com as fadas, e a Carolyn e Janice, por me ajudarem com a pesquisa sobre os orfanatos.

A Julia Churchill e Becky, Maddie e todos da agência Darley Anderson.

E por último, mas não menos importante, obrigada a Venetia, Jane e a todos da equipe de infantojuvenil da S&S.

Prólogo

A meia-noite se aproximava do bosque do Carrasco, e duas garotas corriam pela floresta, fugindo, buscando desesperadamente uma saída. Cada um dos pesados passos na escuridão sufocante as deixava mais próximas da hora das bruxas, a fusão momentânea entre o mundo humano e o reino das fadas.

A morena, a menor das duas, corria com mais vontade. Por causa de trapaças e mentiras, o instante em que os dois mundos se conectassem a lançaria para o reino das fadas, a não ser que ela saísse da floresta a tempo.

A segunda garota, magrela e com jeito de menino, indicava o caminho. Os olhos verdes buscavam qualquer clareira que sinalizasse o fim da floresta. Suas mãos latejavam à medida que ela corria, e, dos talhos dolorosos, pingava sangue. A menina os sofrera ao cortar as cordas que mantinham a companheira presa alguns momentos antes.

As duas corriam mais e mais, passando entre as árvores e sobre o tapete de folhas e raízes que compunha o solo da floresta. Acima delas, no ar, criaturas sobrenaturais planavam e davam rasantes, esperando o momento em que a menina seria entregue a elas. Entre os troncos nodosos pelos quais passavam, rostos apareciam e as chamavam. O tempo estava acabando e não havia sinal do fim da floresta.

Ofegantes, as duas garotas não tinham escolha a não ser continuar correndo. Mas chegou o momento em que o inevitável não pôde mais ser adiado.

— Pare — murmurou a menina menor, diminuindo a velocidade.

— Não podemos parar! — sibilou a outra. — Mexa-se. Eu disse MEXA-SE!

A morena parara de correr e caíra sentada no chão, fechando os olhos e tapando os ouvidos com as mãos para abafar algum barulho que apenas ela podia ouvir.

— Levante — gritou a menina mais alta com urgência. — Tanya, você não pode parar agora. *Levante*!

Mas Tanya já estava sendo levada pelas fadas e desmoronava no chão da floresta, tentando descansar. A meia-noite chegara, e a transição estava acontecendo. Não havia nada que as duas pudessem fazer para evitar. Videiras se arrastavam e serpenteavam na direção da menina caída, amarrando-a, prontas para arrastá-la em direção às entranhas escuras do reino das fadas. Sacando a faca, a outra garota tentou cortá-las, rasgá-las... Mas eram muitas plantas. Em pouco tempo, Tanya ficaria presa. A não ser que...

A solução era tão óbvia que a menina mais alta não acreditou que somente havia pensado nela naquele momento. Com mãos ensanguentadas e trêmulas, ela vasculhou o bolso e tirou uma pequena tesoura de prata. Ajoelhando-se ao lado de Tanya, pressionou a ponta do objeto contra o polegar da garota inconsciente até uma gota escura de sangue se formar. Apertando o próprio polegar molhado e vermelho contra a ferida, ela segurou firme enquanto Tanya se remexia diante da sensação incômoda.

— Como foi que eu...? — começou a perguntar.

– Levem-me – sussurrou a outra garota, pressionando a mão com ainda mais força contra a de Tanya. O sangue das duas se misturou e, com ele, o legado da menina amaldiçoada. – Levem-me no lugar dela – repetiu. – Ela tem uma vida pela frente. Eu, não... Levem-me no lugar dela.

As videiras que se arrastavam sobre Tanya se tornaram mais lentas... Depois mudaram de direção, voltando-se para a outra menina. A garota sentiu o frio úmido das folhas escuras contra sua pele à medida que os ramos rastejavam sobre ela. Ignorando o impulso de fugir, manteve-se impassível e permitiu que as plantas a escondessem. A tesoura caiu de sua mão e foi engolida junto com ela pela folhagem. Um zumbido começou a soar em seus ouvidos, como uma nuvem de insetos que eventualmente deu lugar a sussurros.

Ela sentiu seu corpo ser levado pelas videiras que a cobriam e a puxavam ora para um lado ora para outro, como um gato que brinca com uma aranha. As vozes se tornaram mais claras – eram comentários curiosos das criaturas sobrenaturais que esperavam a nova moradora de seu mundo. Então, a folhagem recuou com a mesma rapidez que avançara, deixando a menina encolhida no chão, no meio de uma multidão de observadores do reino das fadas. Eles a vigiavam com olhos brilhantes: alguns meramente curiosos, outros, com mais intensidade. Eram jovens e anciãos, belos e horríveis. Vendo que a olhavam, a garota se levantou num pulo e se lançou numa corrida com um grito feroz. Ao ouvir o som do berro, mais da metade das fadas correu de volta para seus esconderijos, deixando vários buracos na massa de criaturas que se reunira. Ela escolheu o mais próximo e fugiu.

Seus pulmões ardiam, ainda não recuperados da corrida anterior ao lado de Tanya. Mas agora Tanya se fora e estava em segurança, de volta ao outro lado, ao mundo dos humanos. A menina ouviu passos atrás de si, e asas se movimentando no ar. Galhos se mexiam, tentando fazê-la tropeçar enquanto fugia. Cada pulo para driblá-los se tornava mais difícil à medida que suas pernas se cansavam e ficavam mais pesadas.

Então ela viu: um buraco em uma velha árvore enorme, um espaço grande o suficiente para se esconder. Chegando mais perto, percebeu que havia frutinhas verdes entre os ramos de folhas e as reconheceu. Nenhuma fada se aproximaria dali. A menina jogou a mochila dentro do tronco oco e pulou em seguida, puxando a folhagem cheia de frutinhas para esconder melhor o lugar. Seu corpo se contraiu quando pegadas apressadas passaram pelo esconderijo e seguiram caminho. Tudo ficou em silêncio. Ela conseguira. Escapara.

Exausta, a menina adormeceu. Quando o sol se levantou, horas depois, ela não acordou. Nem se mexeu quando a noite caiu outra vez. À sua volta, a floresta cresceu, embalando a velha árvore e seu tronco oco em braços folhosos.

A garota continuou a dormir.

1

DESDE QUE AS FADAS HAVIAM SEQUESTRADO SEU irmão mais novo, Rowan Fox – ou Red, como ela se chamava agora – não pensara em nada a não ser em como trazê-lo de volta. Isso a consumira e se tornara seu único objetivo, sua razão de ser. O desaparecimento do menino acontecera menos de dois meses depois da morte de seus pais, um ano e meio antes. Na primeira oportunidade, Red fugira para procurá-lo e, nos meses que se seguiram, vivera apenas com sua esperteza e se recusara a duvidar – por um momento sequer – de que o encontraria. Sua determinação fora recompensada. Ela havia feito uma descoberta. *A* descoberta.

Finalmente conseguira chegar ao reino das fadas.

O sol se punha quando Red acordou de um sono que fora como um buraco negro. Estava encolhida dentro do tronco oco de uma árvore antiga. Tremendo, estendeu a mão fria e dormente para afastar o emaranhado de galhos e arbustos que a escondia da floresta. Quando a luz ainda fraca da manhã começou a passar por entre as folhas, ela viu as cicatrizes.

As palmas de suas mãos estavam cobertas com uma substância escura: sangue seco. A pele, lacerada com cortes finos em todas as direções. Havia feridas demais para contar – no entanto, apesar do sangue, elas haviam se fechado e se transformado em cicatrizes prateadas. Sua mente voltou no tempo, lembrando-se de como se ferira, ao libertar Tanya.

O estômago vazio da menina roncou. Além disso, sua bexiga estava cheia e doía.

Fazendo uma careta, Red saiu do tronco e se afastou da árvore aos tropeções. Sentia pequenas pontadas nos pés por ter ficado sentada e encolhida por tanto tempo. Cuidadosa, deu uma rápida olhada à sua volta. Incapaz de aguentar por mais tempo, abaixou a calça e se agachou.

A floresta estava estranhamente silenciosa. Quando terminou, a garota se levantou e tirou os pertences do tronco oco. Da mochila, pegou a faca que sempre carregava consigo e a prendeu na bainha do cinto. Depois deu alguns passos para trás e olhou para a copa da árvore. Era um velho carvalho firme, mas, graças aos pássaros – ou o que quer que vivesse na árvore –, sementes de outra planta haviam se entranhado em algum recanto do tronco e tomado conta dele, crescendo sobre toda a parte superior. Um monte de frutinhas vermelhas chamou sua atenção. Eram frutos da sorveira, a planta que tinha originado seu nome verdadeiro, Rowan, apesar de a menina não ser chamada por ele havia muito tempo. Rowan, além de ser o nome em inglês da pequena árvore , significava "tornar-se vermelho" – vermelho como os cabelos de Red. A menina balançou a cabeça. Era outra vida. Mas fora por essa razão que escolhera aquela árvore. As lendas diziam que a sorveira protegia contra encantamentos – a magia malevolente das bruxas... e das fadas.

Uma inquietação a atingiu em cheio. As frutinhas estavam duras e verdes quando ela entrara no tronco oco, pouco antes da meia-noite. Agora estavam vermelhas e macias, tinham amadurecido – do dia para a noite. Aquilo, somado às feridas cicatrizadas em suas mãos, a perturbou. Parecia que o tempo passara.

Depressa, ela tentou se lembrar do que sabia sobre a planta. Os frutos costumavam ficar vermelhos no outono. Mas, quando entrara no tronco, pouco depois da meia-noite, ainda era o auge do verão. Algo estava errado. Ela ouvira falar de passagens rápidas de tempo no reino das fadas, mas, se sua suposição estivesse certa, aquilo significava que, de alguma forma, mais de dois meses haviam se passado.

Red olhou para a floresta a seu redor. Nada se mexeu, mas ela sabia que aquela sensação de isolamento pacífico era uma ilusão. Não estava sozinha. Algo revelaria sua verdadeira natureza em algum momento. Talvez um rosto no tronco de uma árvore ou uma canção assombrada a convidasse para dançar. A menina ouvira falar dos perigos do reino das fadas.

Agora que estava ali, tinha que estar pronta para enfrentá-los.

Havia uma última coisa a fazer antes de ir embora. Usando os nós do tronco do carvalho como apoio para os pés, ela subiu num galho da sorveira que era levemente mais fino que seu punho. Na mesma hora, o galho quebrou com o peso de seu corpo e caiu no chão.

O pedaço de madeira era cerca de trinta centímetros menor do que a altura da menina. Apoiando-o embaixo do braço, ela tirou a faca do cinto e começou a cortar os gravetos e pequenos galhos que cresciam dele, quebrando-os para criar um tipo de cajado. Agora, com mais aquela proteção, ela estava pronta.

A menina começou a andar. A floresta estava silenciosa e fria. O ar matinal, como um fantasma, formava redemoinhos na névoa baixa que cobria o chão. Gotas de orvalho caíam. Red podia sentir o cheiro do mofo úmido das folhas que se impregnara em suas roupas depois de tanto tempo dentro do tronco. Ele se misturava ao odor de suor e sangue. Ela fedia – e sabia disso.

Red andava com determinação, seguindo o sol à medida que ele subia no céu. O ar esquentou um pouco, mas um frio outonal se manteve. Ainda assim, ela caminhava, com o cajado em pé e olhos e ouvidos atentos a qualquer som que indicasse que estava sendo perseguida. Quando a floresta começou a acordar, movimentos nas folhas podiam ser vistos na copa das árvores. A menina olhou várias vezes para cima e percebeu olhos sobrenaturais observando-a. Alguns desapareciam assim que encontravam os dela. Outros, menos cuidadosos e mais curiosos, saíam um pouco mais de seus esconderijos para ver melhor, as asas e marcas se misturando com os tons de dourado, rubi e castanho intenso recém-adquiridos pelas árvores.

Então ela ouviu o som bem-vindo de água corrente. Seu coração se desanuviou. A menina caminhou na direção do barulho até encontrar o pequeno riacho que cortava a floresta.

O rio corria lentamente, carregando uma ou outra folha. Grata, Red se ajoelhou na margem, repousando o cajado de madeira com cuidado à frente dos joelhos para mantê-lo por perto caso precisasse. Tirou a mochila das costas, abriu um dos compartimentos para pegar o cantil e o chacoalhou. Estava quase vazio e continha menos de um gole de líquido. Ela abriu a tampa e jogou o resto de água na grama antes de mergulhar o frasco no rio. O líquido cobriu sua mão, gelado e fresco.

Depois de encher o cantil, Red tomou vários goles de água antes de colocá-lo de volta na mochila. Em seguida, virou-se de novo para o riacho e começou a lavar o sangue das mãos com cuidado, observando-o desaparecer na água corrente como um redemoinho de tinta vermelho-escura. Juntando as mãos em forma de concha, ela jogou água no rosto e no pescoço. Sentindo-se refrescada, sentou-se e observou seu reflexo no riacho. Ele balançava com o movimento da água e Red se assustou mais uma vez ao perceber que seus cabelos cresceram. Inclinando-se para a frente, levou uma das mãos à cabeça e tocou as mechas curtas, de um castanho opaco. Ela mesma cortara os cabelos apenas alguns dias antes, num estilo curto e masculino. Agora, ele com certeza estava mais longo. Um centímetro de sua cor ruiva natural aparecia nas raízes. Sem dúvida, o tempo passara.

De repente, uma imagem apareceu na água ao lado de seu reflexo. Rápida como um gato, Red pegou o cajado e se virou enquanto a criatura se aproximava de um jeito ameaçador, parando a poucos centímetros de distância. A menina escorregou para trás assustada, perdendo o equilíbrio, e caiu no riacho, soltando o cajado de madeira. Ao mesmo tempo, um bando de pássaros e fadas voou das árvores acima dela, lançando gritos esganiçados de alerta enquanto fugiam do local.

Ao emergir da água gelada, Red viu o cajado correr rio abaixo, fora de alcance.

Uma bruta mão se estendeu na direção dela, acompanhada de uma voz baixa:

— Venha, minha filha...

O rosto da dona da voz estava parcialmente escondido pela sombra do capuz da capa verde que usava. Longos fios de cabelos grisalhos apareciam e se derramavam sobre os ombros da mulher. Havia coisas amarradas e presas às mechas: pedaços de pano e pequenos rolos de pergaminho. Red pouco podia ver do rosto da outra. Um nariz torto – fino na base e largo na ponta – era a característica dominante. As narinas eram grandes e rosadas. A boca era fina e curvada, e os lábios, sem cor como o resto da pele. No entanto, quando falou, a parte interior da boca da mulher pareceu estranhamente vermelha. Havia marcas secas de saliva nos cantos. Red não sabia dizer se a criatura era fada ou humana.

— Venha — chamou a mulher de novo com dificuldade, como se as palavras fossem estranhas à sua boca. Ela se encurvou de repente, tossindo de forma horrível e doente.

A menina ficou parada, sem se mover um centímetro. Seu coração ainda estava disparado por causa da aparição repentina da mulher. Como se aproximara de modo tão silencioso? A água escorria de Red criando pequenos fios, e sua mão segurava a bainha da faca, pronta para sacá-la. A menina viu a cabeça da mulher se inclinar e percebeu que ela vira a arma, ainda bem presa no cinto de Red. A garota mexeu levemente a mão, como se fosse pegar a faca. Apesar de não ter certeza de que a mulher queria feri-la, algo lhe dizia que era melhor desconfiar. Desejava que a desconhecida fosse embora. E, se fosse preciso assustá-la, assim seria.

A mulher recuou de modo tão silencioso quanto chegara, andando por entre as árvores. Red a observou, ainda sem se mexer, enquanto ela desaparecia lentamente. Havia algo de estranho na maneira como se movia — algo que a menina não conseguia identificar. Red se sacudiu quando seus braços começaram a ficar arrepiados. Estava com frio agora. E com fome também. Precisava encontrar comida — e logo.

Pegou a mochila e se preparou para voltar a caminhar, conferindo com um tapinha leve, como de costume, se a faca estava no cinto. A sensação familiar da bainha fria a tranquilizou. Colocou a mochila nas costas e foi embora, determinada a andar num passo rápido para se manter aquecida e se secar. As roupas molhadas estavam grudadas em seu corpo e a água gelada pingava de seus cabelos, escorrendo pelo pescoço. Red sentiu um arrepio e andou mais rápido, irritada com o fato de não ter outras coisas para vestir. Tudo que tinha era a roupa do corpo.

A menina não tinha caminhado por muito tempo quando viu outra fada. No silêncio da floresta, um movimento sutil dos galhos chamou sua atenção. Uma criatura cinzenta, do tamanho de uma criança pequena, estava encolhida na árvore acima dela. Era atarracada e gordinha, e sua pele lembrava couro de elefante. Orelhas grandes, como as de um morcego, saíam de cada lado da cabeça arredondada. Parecia uma horrenda gárgula de pedra. Red parou por um instante antes de voltar a andar, sem tirar os olhos da fada. A criatura a encarou sem vacilar com olhos âmbar e se agachou ainda mais sobre o galho, segurando-o com garras que pareciam sujas e ásperas. A aparição fez Red perceber que os outros murmúrios e sussurros da floresta haviam cessado. Ou as fadas estavam muito quietas ou aquela parte do bosque tinha, por mais estranho que fosse, muito poucas delas.

Tomando cuidado, ela manteve o passo enquanto andava por baixo dos galhos e passava sob a criatura. No caminho adiante havia uma árvore caída. O tronco grosso chegava à altura do joelho da menina. Depois dele, uma série de galhos, arbustos e outras folhagens se amontoavam. Ela precisava prestar atenção no chão que pisava. Red tirou os olhos da "gárgula" por um instante para passar pelo tronco. Quando fez isso, duas coisas aconteceram ao mesmo tempo. A primeira foi um som estranho que veio de cima – o tilintar de metal batendo contra metal. A segunda foi que, ao pousar o pé no solo que havia logo após a árvore caída, o chão se abriu.

Quando Red caiu para a frente, sacudindo os braços, sua perna esquerda, ainda do outro lado da árvore, foi forçada contra o tronco, carregada pelo peso da menina. Ela sentiu tecido e carne se rasgarem ao baterem contra a superfície áspera e sua perna se esticar à medida que a gravidade a empurrava. Estava caindo, através dos galhos e da folhagem, dentro de um buraco. Enquanto o chão a engolia, a última coisa que a menina ouviu foi uma gargalhada aguda – e tudo escureceu.

2

Um ano e meio antes

AS PRIMEIRAS GOTAS DE CHUVA CAÍRAM POUCO *depois de os trovões começarem. Elas batiam contra o para-brisa do carro pesadas e desordenadas, antes de serem espalhadas pelos limpadores com um chiado. Lá fora, a tarde de janeiro tinha cor sépia e finalmente cedera à tempestade que estivera esperando.*

Aquilo combinava perfeitamente com o humor no interior do carro.

No banco traseiro, a cabeça de Rowan estava baixa, e os cabelos longos e ruivos caíam sobre seus ombros. Pelos espaços que se abriam em sua franja, ela podia ver o rosto do pai no espelho retrovisor. Apesar de os olhos dele estarem na estrada, a menina sabia pela maneira que as sobrancelhas escuras estavam fechadas que a concentração dele não estava na direção. Ele estava irritado. Irritado com ela. Até ali, a viagem havia sido feita em silêncio, mas Rowan sabia que aquilo não duraria. Não teve que esperar muito.

— Você está de castigo. — A voz do pai parecia normal, mas continha certa tensão. Ele se esforçava para manter a calma.

Ela fez que sim rapidamente. Não era nada menos do que já esperava.

— Por um mês — acrescentou ele.

Com isso, Rowan levantou a cabeça.

— *Um mês? Mas... A viagem da escola é na semana que vem... Já comprei todo o equipamento.*

— *Vamos devolver tudo* — *disse a mãe, no banco do carona.* — *Ainda temos a nota. Você não vai.*

— *Mas isso não é justo! Já está tudo planejado. Vocês têm que me deixar ir!*

— *O que não é justo, mocinha, é o seu comportamento* — *esbravejou o pai.* — *Ficamos muito preocupados com você hoje.*

Rowan penteou os cabelos para trás.

— *Eu estava bem* — *murmurou.*

Ela olhou para a parte de trás da cabeça do pai e segurou a vontade de dar um peteleco na careca que substituíra os cabelos grossos e escuros.

— *Bem? Bem?* — *disse a mãe.* — *Podia ter acontecido alguma coisa com você! Você não pode fazer isso! Matar aula um dia inteiro e se mandar para Londres de repente! O que estava pensando?*

— *Não foi de repente* — *respondeu Rowan, baixo.* Eu planejei, *pensou.*

A menina olhou para o pequeno saco de papel marrom em sua mão. Na frente dele estava escrito: "The National Gallery". Ela brincou com a sacola distraidamente.

— *Você tem doze anos, Rowan* — *continuou o pai.* — *Pode achar que é adulta, mas não tem idade para ir a Londres sozinha...*

— *E muito menos para andar de metrô!* — *interrompeu a mãe.* — *Fico nervosa só de pensar!* — *A mulher levou a mão à têmpora e a massageou. Era um gesto que sua filha conhecia bem.*

— *Já pedi desculpas* — *murmurou Rowan.*

Ela olhou nos olhos do pai pelo espelho retrovisor por um breve instante, antes que ele os voltasse para a estrada.

— "Desculpe" é só uma palavra. É muito diferente dizer e querer dizer de verdade.

— Mas eu sinto muito de verdade.

Ao ouvir isso, a mãe se virou e olhou para ela.

— Você não se sente mal por ter feito isso. Só pelo fato de termos descoberto.

Rowan não disse nada. Aquilo era verdade, em parte.

— Você foi suspensa de novo! — continuou a mãe. — Três escolas em dois anos. E agora já recebeu o último aviso nessa...

A voz dela começou a tremer, e a mulher parou de falar.

Rowan baixou a cabeça de novo. Já ouvira aquilo antes.

— Essa sua obsessão tem que parar, Rowan — disse o pai. — É sério. Chega de dizer que você vê coisas, essas criaturas... Essas... Essas fadas. — Ele cuspiu a última palavra rápido, como se não aguentasse o gosto. — Ou seja lá como você chama esses bichos agora. Talvez tenhamos feito suas vontades por tempo demais. Mas agora essas histórias e fantasias acabaram. Chega.

— Talvez para você — sussurrou Rowan.

Olhando para baixo, ela abriu a sacola de papel devagar e retirou vários cartões-postais. Comprara-os na galeria. Olhou para o primeiro: era a imagem em preto e branco de uma menina que tinha o queixo apoiado na mão, enquanto olhava serenamente para a câmera. No fundo, várias pequenas figuras dançavam. A imagem fazia parte de uma sequência de cinco fotos tiradas no início do século XVIII. No verso do cartão-postal, uma legenda pequena dizia: "As Fadas de Cottingley".

Rowan deu uma olhada nos outros, absorvendo as imagens: uma pintura sépia de criaturas aladas que voavam sobre os jardins de Kensington, em Londres, uma mulher que usava uma máscara de folhas verdes... Todas *eram bonitas e intrigantes. E, no verso de cada cartão, embaixo do título da imagem, estava o nome da exposição: "Fadas – Sua História na Arte e na Fotografia".*

Com cuidado, ela pôs os cartões-postais de volta no saco. Mas acabou fazendo um ruído, ao amassar o papel. No banco do carona, os cabelos claros da mãe se mexeram quando ela virou a cabeça, por causa do ruído.

– O que você tem na mão?

– Nada – disse Rowan na defensiva, tentando enfiar a sacola na mochila. Mas era tarde demais.

– Dê isso para mim. Agora.

Relutante, Rowan entregou a sacola à mãe. Quando a mulher viu os cartões-postais, fez-se um momento de silêncio no carro e o ruído do motor pôde ser ouvido enquanto continuava a viagem pela estrada movimentada. Naquele instante, um pequeno suspiro chamou a atenção de Rowan, e, pela primeira vez desde que entrara no carro naquela tarde, ela olhou para o irmão mais novo, que dormia. O menino tinha o polegar firme dentro da boca, que parecia um botão de rosa. Seu pulso estava babado e pegajoso. Ele herdara os cabelos louros da mãe. Cachos dourados, olhos azuis grandes e cílios grossos. Inconscientemente, Rowan tocou a própria juba ruiva rebelde, xingando-a de novo. Era diferente até na aparência. Até na aparência ela não se encaixava.

O som de papel sendo rasgado a trouxe de volta à realidade.

– O que você está fazendo? – perguntou, inclinando-se para a frente.

A mãe rasgara os cartões-postais ao meio e estava se preparando para rasgá-los de novo.

– Não! – gritou Rowan.

– Fique quieta! – resmungou o pai. – Você vai acordar o James!

AS 13 MALDIÇÕES

Mas tudo que Rowan podia ver eram as mãos da mãe rasgando os cartões. Por isso, de repente, deixou de se importar com o fato de que iria acordar o irmão. Estava irritada demais.

— Pare! — gritou. — Pare!

A voz dela colidiu com os berros repentinos de James ao acordar. Aquilo provocou um caos no carro. Rowan e os pais gritavam. O bebê berrava. Rowan lutava contra o cinto de segurança, inclinando-se na direção dos bancos da frente tanto quanto podia, tentando alcançar as mãos da mãe. A mãe gritava para que ela se sentasse direito. Do lado de fora, a chuva chicoteava o para-brisa enquanto os limpadores trabalhavam furiosamente para afastá-la. Então, ao perceber que não podia fazer nada, Rowan desistiu, desabando no banco de trás. Lágrimas turvaram sua visão. Ela piscou, tentando fazer com que fossem embora. A seu lado, James continuava a berrar. Rowan pôs a mão na bochecha do irmão, fazendo um carinho breve. Os dedos da menina passaram pela marca de nascença do irmão, que tinha a forma de um peixe e parecia uma mancha de chá.

Quando as lágrimas secaram, ela percebeu um movimento em seus pés. Ao olhar para baixo, observou uma pequena abertura surgir no zíper de sua mochila e, depois, duas pequenas patas claras aparecerem pelo buraco, seguidas de uma cabeça parecida com a de um roedor. A criatura olhou para ela com desaprovação antes de sair da mochila e subir pela perna da menina. Rowan se encolheu quando o bichinho a mordeu duas vezes. Sabia que ele estava irritado por causa das imagens de fadas dos cartões-postais. Mas não tão irritado quanto os pais dela ficariam se soubessem que Rowan não pagara pelas fotos. A menina não tivera coragem de roubar o catálogo da exibição, mas os cartões-postais eram pequenos e fáceis de pegar. Na verdade, tudo fora muito fácil — tirando o fato de ter sido descoberta.

Rowan tinha se levantado, tomado café da manhã e escovado os dentes, depois tomado banho e posto o uniforme da escola. Pegara a lancheira do balcão da cozinha e beijara a cabecinha clara de James, que estava sentado na cadeirinha, com o rosto sujo de comida. Depois de dizer adeus à mãe, ela havia saído pela porta da frente, e entrado na pequena rua em que morava.

No entanto, naquele dia, em vez de virar para a esquerda a fim de ir à escola, ela virara à direita no fim da rua e fora para a estação de trem. Antes de comprar a passagem, havia se trocado rapidamente em um banheiro, enfiado o uniforme da escola na mochila e vestido uma calça jeans e uma camisa que tinha escondido na noite anterior. Uma olhada rápida no espelho confirmara que, sem o uniforme, ela parecia ter mais de doze anos – aparentava pelo menos quatorze.

Levara apenas meia hora para chegar à rua Fenchurch e mais vinte e poucos minutos de metrô para chegar à estação central de Londres. Ela não gostara nem um pouco da viagem de metrô. Era hora do rush e a menina havia ficado espremida no vagão lotado, com o nariz enfiado na axila de um estranho. Depois de sair do metrô, ela correra pela estação, abaixando a cabeça e evitando o olhar de todos a seu redor: os passageiros, a equipe do metrô e os mendigos, que estendiam o braço para todos que passavam.

Depois de sair para a rua, enquanto andava pela Trafalgar Square, Rowan começara a se sentir melhor. Desviando dos pombos, ela havia passado pelos enormes leões de pedra e subido a escadaria da National Gallery. A galeria estava lotada de visitantes. Entre as hordas de turistas e turmas escolares, era fácil andar despercebida. Ela pegara o guia da exposição, começara a andar, ignorando as atrações mais famosas – os Botticellis e Van Goghs –, e fora para as galerias mais afastadas, onde ficava a exposição que lhe interessava. Ali, as salas estavam mais tranquilas, com menos visitantes.

AS 13 MALDIÇÕES

Rowan lançara um olhar curioso para as paredes, questionando e absorvendo o que cada imagem tinha a oferecer. Ela abstraíra a maioria das pinturas: eram visões românticas de criaturas belas, sentadas em flores ou penduradas benignamente em cogumelos. Um olhar rápido mostrara que podia dispensá-las, porque eram apenas sonhos utópicos. Ela estava mais interessada nas outras. Nas imagens obscuras de seres mascarados camuflados na floresta, de humanos dançando contra a própria vontade ao som de uma música enfeitiçada, de uma criança sendo atraída para um rio por uma mão enquanto a outra segurava outro menino embaixo da água congelada. Aquelas eram as imagens que Rowan estava procurando. As imagens que continham uma verdade, a vista pelas pessoas que eram como ela. Aquelas que tinham o dom da visão.

Rowan deixou as lembranças de lado e voltou para o presente. O carro agora estava em silêncio, a não ser por um gemido intermitente de James, mas a menina sabia que, quando chegassem em casa e o irmão fosse posto longe dos gritos, ela teria problemas sérios. O único consolo era que, pelo menos, tinha conseguido fazer o que planejara sem ser pega. Essa parte viera depois que havia deixado a galeria e estava atravessando a praça. Quando uma mão batera em seu ombro, o último rosto que esperara ver ao se virar era o do pai, cuja expressão de alívio se transformara em raiva. Ele havia esfregado na cara da filha o folheto da National Gallery que detalhava a exposição – e continha os horários dos trens escritos com a letra de Rowan. Desanimada, Rowan percebera que ele devia ter tirado o folheto do lixo logo depois de receber a ligação da escola, avisando sobre a ausência da menina.

Ela ainda não conseguia acreditar que os pais haviam descoberto tudo.

A criatura que apenas ela podia ver foi até James e se sentou com ele na cadeirinha, cantarolando um som estranho. Parecia uma cantiga de ninar. Rowan se perguntou se o bebê podia ouvir. Ele não podia ver – disso ela estava certa –, mas parecia estar voltando a cair no sono. A menina observou a criatura estender a pata e afastar um cacho dourado dos olhos de James. Ao fazer isso, os bigodes do bichinho se esfregaram na bochecha do bebê e, por um instante, a boca de seu irmão se curvou num leve sorriso. Foi nesse instante que a vida de Rowan mudou para sempre. O instante em que o caminhão atravessou a barreira central da estrada, provocando um barulho ensurdecedor de metal contra metal, e mergulhou no carro.

Tempos depois, Rowan se lembraria daqueles poucos segundos nos mínimos detalhes horripilantes. Os vidros se quebrando, seguidos pelo vento e pela chuva gelados. O ruído agudo do carro sendo destruído pelo peso esmagador do caminhão. Os gritos desesperados e confusos de James se misturando aos seus enquanto o carro capotava, girando como uma semente de plátano. Cartões-postais rasgados voando em torno da cabeça dela como asas soltas de fadas.

Ela se lembraria do desejo de proteger o irmão mais novo daquele acidente terrível... E de como a criatura feia e sem nome aumentara de tamanho de repente e se jogara sobre ele, cercando-o em uma redoma protetora e peluda.

Ela se lembraria dos flashes e da lateral do carro sendo arrancada, de como gritara quando a tiraram dali, depois de quebrarem seu braço. Mas a coisa de que Rowan nunca mais esqueceria, e que a assombrava mais, era o silêncio total que vinha da frente destruída do carro.

3

UANDO RED VOLTOU A SI, A PRIMEIRA COISA
que sentiu foi a terra em sua boca. Ela cuspiu, enjoada, e
pôs as mãos na cabeça dolorida. Já podia sentir um galo
se formar em sua têmpora. Raios finos de luz vindos de cima iluminavam o lugar sombrio. A menina olhou ao redor com olhos cheios
de terra.

Red percebeu que caíra em um tipo de buraco. Embaixo dela,
havia galhos e raízes quebrados, espalhados como membros. Ela se
sentia dolorida, como se tivesse levado chutes deles. Estendendo a
mão, tateou as paredes e engoliu em seco. A terra úmida ficou presa
em seus dedos. Podia sentir raízes saindo dela, algumas pequenas,
outras maiores. Tomando coragem, a menina se levantou e ergueu os
olhos, preparada para enfrentar o medo de ter sido engolida por uma
das catacumbas do Carrasco: uma das sete grutas famosas daquela
região. Será que as grutas existiam no reino das fadas e no mundo dos
mortais? A pergunta ficou na cabeça dela, mas desapareceu quando
Red viu que os galhos que cobriam levemente a entrada do lugar
onde estava ficavam apenas dois metros acima dela.

A luz do dia entrava pelo buraco em que ela caíra. Não, aquilo não
era uma gruta, percebeu. Era algo pior. À medida que sua cabeça se
recuperava, a mente de Red começava a raciocinar. Ao passar as mãos

pelas paredes de terra de novo, ela viu o que não percebera de início: que não eram uma formação natural. Apesar das raízes, eram lisas. O buraco tinha sido feito com um objetivo.

Era uma armadilha.

Com calma, ela se sentou e ignorou a descarga de adrenalina que sentia. Já estivera em situações mais complicadas e aprendera que o pior que podia fazer era entrar em pânico. Rápido, ela calculou as dimensões da armadilha. Tinha cerca de um metro e meio de diâmetro e três de altura. Com pragmatismo e as ferramentas certas, ela conseguiria sair. Tirou a faca do cinto e, com um golpe forte, enfiou-a na lateral do buraco. A arma entrou na terra com facilidade e se manteve presa. Red testou a resistência da parede, apoiando-se um pouco no apoio que criara. A faca se manteve firme, prometendo aguentar o peso. Ela sacou a arma com um pouco de esforço, se levantou e começou a procurar um primeiro apoio.

Do outro lado do buraco, algo se moveu na escuridão. Red parou de se mexer no mesmo instante. Por pura estupidez, não pensara que podia haver mais alguém na armadilha. Com cuidado, deu outro passo, tentando ouvir algo. E lá estava: algo se movia pela massa seca que cobria o chão, acompanhado de um som baixo. Um choro. Devagar, ela se ajoelhou e pegou um galho fino e comprido que caíra junto com ela. Começou a usá-lo para mexer nas folhas, levantando-as e vasculhando entre elas. Ao passar o galho pela primeira vez, Red se pegou encarando uma jovem raposa, muito magra, com costelas que apareciam por baixo da pele.

O animal lançou de volta um olhar triste e vazio, de quem já desistiu e só espera a morte. E não parecia que iria demorar muito. A menina pensou rapidamente na água em seu cantil. Depois, tentando controlar o coração mole, ela olhou para o outro lado, voltando

AS 13 MALDIÇÕES

à tarefa que devia cumprir. Tinha que pensar na própria sobrevivência. Se a raposa estava morrendo de sede, devia estar na armadilha fazia dias. Havia grandes chances de ela ter que se resignar ao mesmo destino.

Logo encontrou o que estava procurando: uma raiz grossa que crescia de um buraco a um metro do chão. Tentou usá-la como apoio e ela se manteve firme. Red pisou na raiz e vasculhou os arredores com as mãos, à procura de alguma coisa, qualquer coisa em que pudesse se segurar. Os dedos encontraram algo frio e áspero: um pedaço de pedra que estava bem preso à terra. Animada, a menina voltou ao chão. Agora precisava de algo para colocar entre a raiz e a pedra, algo que servisse de apoio. Ela se ajoelhou e começou a procurar. Um pedaço de madeira seria o ideal – um galho forte que pudesse afiar com a faca e enfiar nas paredes da armadilha.

Foi quando fez a segunda descoberta. A mão da menina entrou em contato com o objeto enquanto vasculhava o chão em torno de uma pilha de folhas mortas. De alguma maneira, sabia o que era antes mesmo de vê-lo. Sentindo um arrepio, Red levou o objeto à luz. Era um pequeno sapato amarelo. Um sapato de *criança*... com pequenas flores coladas. Percebeu que devia ter pertencido a uma menininha. Uma menininha... de três ou quatro anos, presa naquele buraco, sozinha. O que havia acontecido com ela? De repente, Red teve medo. Usando os dedos, ela tirou a terra que estava presa no sapato e ficou, por um instante, sentada ali, olhando para o objeto em sua mão. Parecia que o sapatinho estava ali havia algum tempo. O couro estava gasto em alguns lugares, mas a etiqueta no interior mostrava que ele tinha vindo do mundo dos humanos. Ela sentiu um arrepio e o soltou. Aquilo pertencera a alguém – uma criança com um nome e uma família. A filha de alguém. Talvez a irmã de alguém. Uma criança como James.

Ela tentou se convencer de que quem – ou o que – quer que tivesse cavado o poço com certeza tinha feito aquilo para conseguir comida, para pegar animais. A criança devia ter caído no buraco por acidente, mas, se fora resgatada, por que tinha deixado o sapato para trás?

Nervosa, Red olhou para a raposa. O animal a observava com seus vazios olhos de cor âmbar. A pessoa que criara a armadilha não poderia fazer nada com aquela criatura patética, que não passava de pele e osso. Mal seria uma refeição para os corvos. Apesar de ter decidido não se envolver, Red sabia que não conseguiria deixar o animal morrer ali. Devagar, ela se inclinou e se ajoelhou ao lado da raposa. O bicho olhou para ela e tentou fugir. Os ouvidos da menina tiveram a leve impressão de ouvir um rugido fraco sair da garganta do animal. Aquilo era promissor, pelo menos. A raposa ainda tinha um mínimo de espírito de defesa. Red abriu a mochila e tirou o cantil e um pequeno prato de latão que usava para comer – quando conseguia comida. Derramou um pouco de água com cuidado para que não vazasse caso o pobre animal bebesse rápido demais. Depois mergulhou os dedos na água e deixou cair algumas gotas frescas no nariz quente e seco da raposa, antes de pôr a tigela o mais próximo que podia da boca do animal e ir para o canto do poço. Ela fizera o possível. Agora dependia da raposa.

Vasculhando o lugar, Red achou um galho de madeira forte. Quebrou-o usando o calcanhar da bota e começou a afiar uma das pontas com a faca. Deu uma olhada rápida e discreta para a raposa. A língua do animal estava para fora da boca, buscando as gotas em seu focinho.

AS 13 MALDIÇÕES

– Coitadinha... – murmurou Red. As orelhas da raposa tremeram levemente ao som da voz da menina. Para seu espanto, o animal levantou a cabeça e foi até a tigela de água.

– Vamos – sussurrou de novo, incentivando a raposa a beber.

O animal abaixou o focinho até a água e começou a lambê-la devagar. Ele observava a menina com cuidado enquanto bebia o líquido – e o tomou por apenas alguns segundos antes de repousar a cabeça, mas foi o suficiente para encorajar Red.

Nos minutos que se seguiram, ela continuou a afiar o primeiro pedaço do galho até obter uma ponta e começar a afiar o outro. Depois de alguns minutos, a raposa levantou a cabeça para beber mais um pouco de água, antes de descansar de novo. Já parecia haver um brilho de vida em seus olhos. A menina continuou sua tarefa. E, aos poucos, a raposa continuou a beber. Quando a tigela ficou vazia, Red voltou a enchê-la e ouviu a raposa lamber a água ruidosamente. A menina se perguntou se aquilo seria suficiente para salvá-la – porque com certeza o criador da armadilha teria pena do animal magro e o soltaria – ou se, ao ajudá-la, simplesmente estava pro-longando o sofrimento da raposa. Por fim, tentou afastar a última ideia da cabeça. Já estava pronta para pôr seu plano em ação.

Red tirou uma das botas e, com o calcanhar da sola, começou a fincar um dos galhos na parede de terra perto da altura de sua cintura – entre a raiz e a pedra que encontrara antes. Cada golpe dado com a bota fazia as axilas da menina coçarem por causa do suor. Quando terminou, deixando alguns centímetros da madeira para fora, o galho formava um degrau firme na parede do buraco. Ainda com a bota na mão, ela subiu na raiz próxima do fundo do poço e, com a mão livre agarrada a outra raiz mais grossa logo acima de sua cabeça, passou para o degrau que acabara de criar. Então vinha a parte difícil: enquanto se equilibrava, Red tinha que tentar fincar o outro galho na parede. Só que, dessa vez, ela balançou perigosamente e se apoiou contra a parede do buraco enquanto tentava bater na madeira com o calcanhar da bota. Foi aí que o plano começou a falhar.

Enquanto fincava a estaca de madeira, a terra acima dela se soltou e caiu como uma chuva sobre a menina. Parte caiu em pequenas bolinhas, parte se soltou, formando uma poeira que entrou nos olhos de Red. Ela segurou a respiração, determinada a não inalar o pó, e continuou a bater no galho por alguns instantes, mas não conseguiu terminar a terefa. A terra perto da entrada do buraco era frágil e seca e não permitia que fincasse a estaca. Desanimada, a menina desceu e sacudiu a terra dos cabelos e das roupas. A ideia não iria funcionar.

Red limpou o suor da testa e tomou um gole de água. O líquido teria que ser racionado – pois não havia como saber quanto tempo ela ficaria no buraco. Olhou para a raposa e viu que o animal parecia mais animado, apesar de ainda estar fraco.

– Parece que eu e você vamos passar um tempinho juntas – disse ela.

Ela acabara de terminar a frase quando ouviu um som vir da entrada do buraco. Algo se movia na floresta. A menina ficou em estado de alerta e se encostou à parede de terra, embaixo da sombra dos galhos que ainda cobriam o buraco. A armadilha foi mergulhada na escuridão quando algo tapou a luz. Alguma coisa havia escondido o espaço entre os galhos pelos quais ela caíra. Em seguida, um a um, os galhos que tinham sido colocados na entrada da armadilha começaram a ser tirados. Red sabia que aquilo não era um animal nem um transeunte qualquer. Era o criador da armadilha. Quando a luz cobriu o espaço de novo, Red percebeu que não fazia sentido continuar escondida. Em segundos, não haveria lugar para se esconder.

Com coragem, ela saiu da sombra e voltou o rosto para a luz.

– Olá? – gritou.

O sol ofuscou seus olhos. Ele formava a silhueta de uma figura maltrapilha de capuz, com cabelos longos e grisalhos.

Red imediatamente a reconheceu. *A velha!*

Uma estranha mistura de sentimentos passou por ela. O leve brilho de alívio por ter sido encontrada foi maculado pela incerteza. Se a velha tinha criado a armadilha, como conseguira cavar o buraco? Parecia frágil demais para a tarefa. Mas outro pensamento passou pela cabeça da menina: talvez a armadilha fosse antiga, tivesse sido cavada por outra pessoa, e a velha apenas a tivesse encontrado e tomado para si.

Sem dizer nada, a mulher jogou alguma coisa no buraco. A preocupação de Red se dissipou quando viu que era uma corda forte, cheia de nós. A velha estava ajudando a menina a sair. Agradecida, ela segurou e testou a corda com um puxão forte. Ela se manteve. Rapidamente, Red pegou o prato de latão que estava na frente da raposa e o pôs na mochila. O animal agora estava sentado, olhando para a luz com medo nos olhos. Red lançou um último olhar para o bicho, esperando conseguir convencer a velha a deixá-lo ir embora – pois com certeza seria inútil para ela. E começou a escalar a corda.

Primeiro, conseguiu usar os apoios que tinha encontrado mais cedo, mas, no meio do caminho, quando suas mãos machucadas tiveram que segurar o impacto de seu peso, a dor levou lágrimas a seus olhos. Quando chegou à abertura, seu corpo todo tremia de exaustão. Logo, Red pôs um braço para fora do buraco e, em seguida, fez o mesmo com o outro. A velha estava parada diante dela em silêncio, e seu rosto, como antes, era obscurecido pelo capuz pesado. A estranha estendeu o braço e ofereceu a mão para Red. Dessa vez, a menina não teve outra opção senão aceitar.

Quando os dedos retorcidos pegaram a mão de Red, a velha respirou um pouco mais rápido, talvez por causa do esforço feito ao puxar a menina. Mas, quando foi puxada para mais perto, Red foi tomada pelo cheiro horrível e nauseante do hálito da mulher e, ao pensar no som de novo, viu que ele lhe parecia um suspiro. A velha cheirava a coisas podres e deterioradas. A menina caiu de joelhos aos pés da mulher, e conseguiu olhar de relance para o rosto escondido embaixo do capuz. A boca fina e vermelha estava retorcida num sorriso horroroso.

Então, ainda segurando a mão de Red com força, mantendo-a firme como um nó, a velha pôs a outra mão para trás. Indefesa, a menina só pôde observar enquanto a mão vinha em sua direção... e dava uma pancada forte em sua cabeça.

Apesar de o golpe não ter deixado Red inconsciente, aquilo a deixou muito tonta. Caindo no chão, ela ouviu o som baixo de algo gemendo – de uma criatura sentindo dor – e percebeu que ela mesma o emitia. Misturado a ele, havia outro ruído: a gargalhada da "gárgula" que estava na copa da árvore. Red tentou se sentar, mas não conseguiu e foi forçada a se deitar de lado, indefesa. Sua visão ficou embaçada por um instante. A menina não teve forças para lutar quando seus punhos e tornozelos foram amarrados atrás de suas costas.

Diante dela, Red viu a mulher se curvar sobre o buraco e puxar algo de dentro dele. A raposa, presa em uma rede, tentava resistir e choramingava. A velha se virou para Red e a menina também sentiu algo ser jogado sobre ela – algo áspero e grosseiro. O tecido foi amarrado com força sobre a cabeça de Red, e ela começou a ser arrastada pelo chão. Pedras arranhavam sem piedade as costas finas da menina e um dos tornozelos parecia estar sendo espetado por algo.

AS 13 MALDIÇÕES

– Quem é você? – perguntou Red. – Por que está fazendo isso? Solte-me!

A mulher não respondeu. Torcendo as mãos presas, Red tentou encontrar sua faca, já imaginando que não estaria ali. A mulher devia tê-la pegado depois de bater na menina. Pelo tecido, Red podia ver a luz do sol bruxulear através dos galhos acima dela. Sua cabeça doía. A criatura na copa das árvores ainda gritava, mas seus berros foram diminuindo à medida que a menina foi arrastada para dentro da floresta.

Logo ela se recuperara o suficiente da pancada para começar a lutar. Sua cabeça voltou a pensar com clareza, mas a mulher não prestou atenção. Red então gritou, mas não conseguiu nada além de uma dor na garganta. A menina decidiu parar de berrar e percebeu que a mulher estava curiosamente despreocupada. Aquilo significava que não havia ninguém para ouvi-la.

Quando a velha parou de andar, Red se remexeu dentro do saco que a prendia. O tecido cheirava muito mal e estava manchado com algo escuro. A menina pressionou o rosto contra o tecido áspero, tentando olhar através da trama. Um pequeno carrinho de madeira estava parado no local. A mulher abriu a parte traseira e Rowan percebeu que estava sendo erguida. Ouviu a mulher grunhir por causa do esforço ao levantá-la e se sentiu desabar no fundo duro do carrinho. Escutou um pequeno barulho quando a raposa foi jogada em cima dela. Sentiu o corpo fino rolar por cima do seu e cair a seu lado. Um ruído forte soou quando o carrinho foi fechado de novo para evitar que a menina rolasse – ou pulasse – para fora. Então ela ouviu um rangido e o barulho de um tapa vindo de cima. Quando tentou se sentar, percebeu que algum tipo de tampa tinha sido fechado, forçando-a a se deitar.

– Para onde está me levando? – gritou. – Por favor! Solte-me! Você *tem* que me soltar!

Mas os pedidos não foram atendidos. Se tinha escutado, a mulher não demonstrava. Em vez disso, Red a ouviu andar até a frente do carrinho e sentiu que ele estava sendo puxado pelo chão irregular.

A seu lado, sentiu a raposa tremer de medo e respirar ofegante. Pouco depois, quando o carrinho parou, o animal tinha parado de se mover. Red ouviu a tampa e a parte traseira serem abertas e alguma coisa ranger: uma porta. A parte de cima do saco foi pega e, mais uma vez, ela sentiu que estava sendo arrastada, agora para fora do carrinho e por um degrau até um chão duro. Pelo frio que passava pelo saco, Red imaginou que o piso era de pedra. Segundos depois, quando o saco foi aberto, viu que estava certa.

A menina se viu em um chalé pequeno e acabado. Tinha sido construído grosseiramente com pedras, e possuía uma porta de madeira e pequenas janelas desiguais. No canto mais afastado, uma grande panela borbulhava no fogo, soltando uma fumaça densa. Sua cabeça se encheu de histórias de velhas bruxas más que moravam em florestas. O chalé exalava um cheiro horrível. Então, ao olhar para cima, para o teto baixo de palha, os olhos da menina encontraram uma visão nojenta que explicava o fedor.

Havia peles de animais de todo tipo penduradas nas vigas: algumas grandes, outras pequenas, velhas, que estavam secas, e novas, frescas, que ainda pingavam grotescamente. Eram peles de texugos, coelhos, raposas, veados e esquilos, além de muitas outras que a menina não conseguiu identificar. O fedor que chegava a suas narinas era mortal. Outros animais entulhados em jaulas de madeira se empilhavam nos cantos do chalé. Ainda estavam vivos, mas Red podia ver nos

AS 13 MALDIÇÕES

olhos deles que sabiam o destino que os aguardava. Tinham visto e entendido.

Ela se debateu, tentando desesperadamente se soltar das cordas. A mulher deixara o chalé e estava do lado de fora, esvaziando o carrinho. Um instante depois, ela voltou, jogando um saco menor no chão antes de desaparecer de novo. O saco bateu contra Red, que sabia ser a raposa. A menina se virou até chegar a uma posição que lhe permitia pôr as mãos no saco. Pelo tecido, sentiu o corpo do animal, ainda quente, mas perfeitamente imóvel. Estava morto, como Red já adivinhara. A menina ficou feliz, pois o animal ao menos seria poupado de saber o que aconteceria – ao contrário das pobres criaturas presas em torno dela. Red ficou parada quando a mulher voltou a tapar a luz com o corpo e observou, por olhos semicerrados, a velha pousar uma cesta de ervas e plantas perto da porta. Quando ela saiu pela terceira vez, Red observou o chalé, procurando algo, qualquer coisa que pudesse usar como arma. Seus olhos aguçados viram o cabo de uma pequena faca sobre a lareira, próxima a um monte de legumes. Ela se moveu como uma lagarta pelo chão de pedra, tentando chegar até a arma e xingando o fato de a lareira ficar no canto mais distante de onde estava. Andara apenas até o meio do caminho quando ouviu uma risada chiada às suas costas. A mulher voltara.

Red ficou tensa e engoliu em seco. Forçou-se a rolar para o outro lado. A velha a observava com uma expressão confusa no rosto retorcido. Usando o resto do ânimo que tinha, a menina se esforçou o máximo que pôde para chegar até a faca. Mas fora lenta demais, desajeitada demais, e a mulher a alcançou antes que Red pudesse se aproximar da arma. Pegando-a pelos tornozelos, ela a puxou até o meio do chalé antes de soltá-la. Depois, de modo vagaroso e consciente, pôs o capuz para trás e passou a mão pela massa de cabelos. Retirou uma mecha grossa e grisalha e a deixou cair no chão. O cacho caiu ao lado da menina. Red pôde ver pedaços de tecido amarrados a ele e, enrolado em uma pequena trança, um medalhão envelhecido. Estava aberto e continha dois retratos: o de um homem e o de uma mulher.

Confusa, Red olhou para a velha – e perdeu o fôlego. Diante de seus olhos, a mulher estava se transformando. Os cabelos se tornavam mais leves e macios até obter a cor do mel. Seus olhos adquiriam a cor âmbar e os braços e pernas ficavam mais longos e esguios. Em instantes, a velha encarquilhada que Red havia conhecido se fora. Tinha sido substituída por uma mulher muito mais jovem. O rosto dela era severo e fino. A boca, cruel.

Era como se fosse uma pessoa totalmente diferente.

Movimentando-se muito mais rápido agora que se livrara do disfarce, a mulher se ajoelhou e pegou Red pelos cabelos com uma das mãos, forçando a cabeça da menina para trás. Ela se encolheu de dor, mas conseguiu se controlar para não gritar. Com a outra mão, a mulher levantou o queixo da menina, como se a admirasse.

– Você é durona – disse suavemente. – Vim assim que soube de você. Usei o meu melhor... *vestido*, nada menos do que isso... Mas você não foi enganada nem pela aparição de uma senhora indefesa. – Ela fez uma pausa e soltou um suspiro leve, e mais uma vez Red teve que se sujeitar ao cheiro horrível de seu hálito. O fedor de coisas mortas e podres. – Não pego um jovem há muito tempo – sussurrou a velha. – Mas estou pronta para uma mudança. Você vai ser muito... *útil*.

– Do que está falando? – perguntou Red, muito assustada. – O que quer dizer?

A mulher não respondeu. Em vez disso, se levantou, foi até uma pele grossa de animal que estava no chão, como tapete, e a retirou para revelar um alçapão. Depois de abri-lo, arrastou Red até ele.

AS 13 MALDIÇÕES

Uma pequena escada de madeira levava ao porão. Uma corrente de ar fria e úmida saía dele.

Red se desequilibrou ao se levantar – os ossos dos tornozelos se comprimiam por estar amarrados com tanta força. Ao ficar de pé, conseguiu ver muito mais do chalé, mas nada do que viu foi reconfortante.

Uma grande mesa de madeira, cheia de manchas escuras, ficava no fundo da sala. Nela, havia várias aves mortas, algumas já depenadas. As penas enchiam uma cesta de vime próxima. Caveiras de diversos animais estavam empilhadas em outra cesta, próximas a um pilão que continha um pó branco fino. Garrafas e potes enchiam outras prateleiras com um conteúdo escuro e gosmento. Uma roupa iridescente inacabada brilhava dobrada sobre as costas de uma cadeira de madeira. Uma agulha estava presa a ela, esperando para terminar o trabalho. Ao olhar mais de perto, Red percebeu que a roupa era feita de centenas e centenas de pequenas asas: asas de borboleta. Ela se virou para encarar a mulher, que – agora ela sabia – só podia ser uma bruxa.

– Não consigo sentir minhas pernas – implorou, se desequilibrando de novo.

A bruxa sorriu para ela e, de algum bolso do vestido longo, retirou um objeto afiado e brilhante: a faca de Red. Inclinando-se, deu um golpe rápido com a faca, cortando os nós que atavam os tornozelos da menina. Então, sem que Red tivesse tempo para sentir surpresa ou alívio, um empurrão a mandou voando para as profundezas do porão escuro, antes que o alçapão fosse fechado com força e trancado pelo lado de fora.

Com as mãos ainda amarradas atrás das costas, Red não podia se erguer e, apesar de ter tentado recuperar o equilíbrio nos degraus, ela não conseguiu. Por sorte, a altura da queda não era grande e foi amortecida quando a menina caiu com o lado esquerdo em um monte fino de palha úmida e fedorenta. Red ficou ali, assustada e aterrorizada demais para se mexer.

No entanto, segundos depois, ela levou outro choque quando uma voz triste saiu da escuridão:

– Então... ela pegou você também, não foi?

4

ANYA ACORDOU COM UM SUSTO QUANDO O trem em que viajava parou. Estava sonhando com fadas de novo. Não com as criaturas amáveis e simpáticas mostradas nos livros infantis, mas com o outro tipo. Com aquelas que faziam mais do que roubar pequenas coisas, enganar e mentir. Sonhara com fadas que sequestravam crianças humanas, que nunca mais eram vistas. *Fadas de verdade.*

A menina se sacudiu e limpou uma camada fina de suor do lábio superior. Sabia melhor do que ninguém que poucas pessoas acreditavam em fadas. E, dos poucos que acreditavam, uma pequena porção podia vê-las.

Tanya sabia porque era uma delas.

Fora da janela, a placa na pequena plataforma malcuidada dizia: "Tickey End". A seus pés, o dobermann marrom da menina, Oberon, bocejou, se coçou e se levantou, sentindo que a viagem chegara ao fim. Tanya se levantou, tirou a mala do bagageiro e a puxou até a porta do vagão. Vendo que os últimos passageiros saíam do trem, ela apertou os olhos por causa da luz do sol, sentiu o ar frio de outubro bater contra suas bochechas quentes e desceu para a plataforma. Oberon a seguiu, farejando, animado.

– Pode deixar que eu levo isso para você, querida.

Tanya deixou o carregador gordinho tirar a mala do trem, imaginando que ele não costumava ver garotas de treze anos viajando sozinhas de Londres para Essex. Realmente, aquela era a primeira vez que Tanya viajava sozinha. Costumava ser trazida pela mãe, mas como o carro delas estava na oficina, a menina insistira para que a mãe a deixasse pegar o trem.

– Voltou para passar as férias? – perguntou o carregador.

Tanya balançou a cabeça.

– Só estou de visita – respondeu. – Vou ficar com a minha avó.

– Onde ela mora? É perto?

– No solar Elvesden – respondeu Tanya.

O sorriso do homem congelou nos lábios.

– Cuide-se. – Ele acenou polidamente com a cabeça e se afastou para ajudar outra pessoa.

Tanya o observou se afastar sem dizer nada. A reação dele era esperada. Todos que moravam em Tickey End tinham ouvido histórias sobre o solar Elvesden. Histórias sobre como a mulher do proprietário original morrera num manicômio e sobre como uma moradora da cidade desaparecera pouco mais de cinquenta anos antes – todos acreditavam que ela tinha sido morta pelo caseiro do solar na época.

A casa era cercada de mistério, uma fonte inesgotável de boatos. Mas as fofocas eram perigosas. As acusações em relação ao sumiço da moça haviam afetado a vida do antigo caseiro e, agora, o homem era um recluso e nunca saía do segundo andar da casa.

No entanto, o problema com a verdade sobre os acontecimentos – que Tanya ajudara a revelar no verão anterior – era que a maioria das pessoas não acreditaria nela. Porque a verdade era que a garota que desaparecera tinha ficado presa no reino das fadas por meio século, incapaz de voltar, a não ser que alguém tomasse seu lugar. A tentativa da moça de voltar para o mundo dos mortais quase resultara numa troca de lugar com Tanya, que teria ficado presa no mundo das fadas. Mas a menina tivera sorte. Alguém a salvara... e ficara em seu lugar. Seu estômago formava um nó sempre que ela se lembrava daquela noite horrível.

Tanya se sentou num banco próximo e esperou. A brisa outonal soprava os cabelos longos e escuros sobre seu rosto. Uma figura solitária andou na direção dela, passando pelo fluxo cada vez menor de passageiros. À medida que o homem se aproximava, Tanya podia ver as rugas em seu rosto envelhecido pelo tempo. Como sempre, os cabelos negros, que já embranqueciam nas têmporas, estavam presos em um rabo de cavalo despenteado. O nome do homem era Warwick. Era o caseiro do solar Elvesden. Parecia mais velho do que ela se lembrava. Parou na frente dela e fez um leve aceno com a cabeça.

— Fez boa viagem?

Tanya deu de ombros e sorriu.

— Foi tudo bem.

Warwick deu um tapinha na cabeça de Oberon antes de pegar a mala de Tanya e colocá-la nos ombros com facilidade. Juntos, os três andaram até o estacionamento. Ao passarem pelo guichê de passagens, a menina percebeu que as pessoas lançavam olhares hostis para seu companheiro. Deu uma olhada rápida em Warwick. Os olhos dele estavam fixos num ponto à sua frente e não davam o menor sinal de que o homem notara a hostilidade. Tanya encarou a equipe da estação, mas, mesmo que tivessem percebido, ninguém reagiu.

Warwick era conhecido em Tickey End por ser o atual caseiro do notório solar Elvesden. No entanto, também era filho de Amos, o antigo caseiro, suspeito de sequestro no caso do desaparecimento da moça. Como Tanya, Warwick era uma das poucas pessoas que sabiam da existência de fadas – e da inocência do pai. Mas ter consciência daquilo trazia uma sensação ambígua porque era algo que não seria, nem poderia ser, aceito pelos moradores de Tickey End.

Os dois entraram no velho Land Rover de Warwick e deixaram o estacionamento, saindo de Tickey End nas estradas estreitas e sinuosas do interior de Essex. No verão, as árvores ficavam exuberantes como um grande dossel sobre o caminho. Agora, os galhos estendidos sobre o asfalto deixavam cair as folhas como luvas indesejadas. Elas cobriam a estrada como um tapete vermelho e se espalhavam como pássaros – ou fadas – quando o Land Rover passava.

– O Fabian está ansioso para ver você – disse Warwick. – Acho que vai querer que saia para pegar doces com ele no Halloween.

Durante o verão anterior, Tanya e Fabian, o filho de Warwick, de doze anos, tinham se tornado bons amigos. Fabian também sabia que Tanya podia ver fadas, embora não pudesse fazer o mesmo.

– E a sua avó acabou de contratar uma empregada nova – completou Warwick.

Depois de se atualizarem sobre as notícias costumeiras, um silêncio tomou o carro. Tanya sabia que Warwick não era muito falante, mesmo nos dias mais tranquilos, mas ele parecia preocupado. Ela se perguntou se estaria pensando nos olhares hostis que recebera em Tickey End. Apesar de não ter deixado transparecer, ela sabia que ele notara.

Warwick mexeu no rádio, trocando as estações. Faixas de música foram substituídas por estática até ele encontrar o canal de notícias e relaxar de novo. Tanya se recostou no banco do carro e olhou para fora da janela, desejando que Warwick tivesse escolhido uma rádio musical e não jornalística. Alguns minutos depois, no entanto, ela levantou a cabeça de repente.

— *Um bebê que desapareceu em outubro passado foi encontrado* — disse o locutor.

Tanya mexeu no volume e o aumentou.

— O que foi? — perguntou Warwick, mas Tanya mal ouvia.

— *Lauren Marsh havia sumido de uma loja de doces em Suffolk. Hoje foi encontrada sã e salva perto de onde desapareceu. A polícia está procurando a fugitiva Rowan Fox, de quatorze anos, suspeita de envolvimento nesse e em outros dois sequestros. Hoje foi confirmado que o irmão mais novo de Fox desapareceu em fevereiro passado, enquanto os dois estavam em um orfanato. Fox não é vista desde julho e a polícia começa a se preocupar com a segurança dela.*

Um número de telefone foi fornecido para qualquer pessoa que tivesse informações sobre o sequestro. Em seguida, o locutor passou para outra história.

Tanya voltou a se recostar no banco, mordendo o lábio. Com o canto do olho, viu Warwick olhar rapidamente para ela e voltar os olhos para a estrada. Depois, o Land Rover diminuiu a velocidade e entrou no acostamento. O caseiro desligou o motor.

— Era ela, não era? — perguntou em voz baixa. — Rowan Fox. A menina que salvou você. A garota que ficou no seu lugar. — Ele fez uma pausa. — A menina que vocês chamam de Red.

Tanya olhou para ele e assentiu com a cabeça. Os olhos azul-claros do caseiro estavam fixos na estrada e a boca, contraída, formava uma linha fina.

— Como ela pode ter devolvido a criança se ainda está no reino das fadas? — perguntou. — Não faz sentido.

— Não pode ter sido Red quem devolveu a Lauren Marsh verdadeira — disse Tanya. — Agora que está no reino das fadas, só deve estar procurando pelo irmão. Tenho certeza. Mas me lembro de ela dizer que havia outras pessoas envolvidas. A Red tinha contatos, pessoas que faziam o mesmo que ela. Alguma delas deve ter trazido a Lauren de volta.

— Então ela... não entrou em contato com você?

— Não — disse Tanya. — Ela só consegue falar comigo através do solar.

Warwick suspirou lentamente balançando a cabeça.

— No que está pensando? — perguntou Tanya.

Warwick deu a partida, o rosto impassível.

— Acho que ela ainda está lá no reino das fadas. E acho que aquela menina se meteu em apuros. Nos dois lados.

— Nos dois lados? Quer dizer... Aqui e... no reino das fadas?

— É. Exatamente isso.

— Você acha que ela vai encontrar o irmão?

Warwick pareceu pensar na resposta com cuidado.

— Encontrar o menino é uma coisa. Trazer a criança de volta é outra bem diferente.

Os últimos dez minutos de viagem foram feitos em silêncio. Por fim, o Land Rover passou devagar por um portão de ferro. De ambos os lados, sobre colunas, uma gárgula de pedra olhava para baixo. Logo surgiu diante dos dois uma casa magnífica, coberta de hera, conhecida como solar Elvesden.

Warwick estacionou o Land Rover ao lado da casa, próximo a seu pequeno galpão. Depois, ele, Tanya e Oberon saíram do carro e foram até a frente do solar, com os pés fazendo barulho ao pisarem no cascalho do jardim. Enquanto Warwick tirava as chaves do bolso, Tanya olhou para cima, para as muitas janelas cercadas pela hera. A casa era imensa, com mais de vinte quartos, e grande demais para os poucos moradores. Mesmo assim, a avó se recusava a se mudar para um lugar menor e já tinha demonstrado a intenção de deixar a casa, um dia, para Tanya. Dado o passado do solar, a menina não estava certa do que sentia com relação àquela possibilidade.

A pesada porta da frente rangeu quando Warwick a empurrou e os dois entraram no saguão escuro. Tanya espirrou algumas vezes e coçou o nariz. Estava acostumada com o cheiro de mofo, mas havia outro cheiro desconhecido no ar, algo enjoativo e sintético, como cera para móveis ou perfume de ambientes. Eles continuaram a andar pela casa, passando pela escada que levava ao primeiro e ao segundo andares. No pequeno patamar entre os dois lanços de escada, ficava um relógio de pêndulo, silencioso, a não ser pelo ruído de movimento dentro dele. Quando se aproximaram, Tanya pôde ouvir as vozes das fadas que moravam ali.

— Ah, *ela* de novo, não!

— Aquela espertinha? *Já?*

Warwick lançou um olhar rápido para a menina, mas nenhum dos dois falou sobre o que tinha ouvido.

— Vou levar sua mala para o seu quarto — disse, subindo as escadas.

— Obrigada — respondeu Tanya, indo para a cozinha acompanhada de Oberon. — Depois, coloco as coisas no armário.

Ela podia ouvir vozes na cozinha. Passou pela porta, animada. Quando entrou, sua avó, uma mulher de sessenta e poucos anos chamada Florence, se virou para olhar a menina. O rosto fino se iluminou com um sorriso.

— Você chegou! — exclamou ela. — Estávamos aqui pensando em onde você teria ido parar.

Ela andou na direção de Tanya e deu-lhe um beijo na bochecha.

— Esta é a Nell, nossa nova empregada.

Tanya se virou e olhou para trás. Havia duas outras pessoas sentadas à mesa da cozinha. Uma era o filho de Warwick, Fabian, um menino alto e magricela com os cabelos despenteados e óculos de lentes grossas. Ele sorria para Tanya com os olhos azuis animados pela perspectiva de aventuras. Na mesa, em frente a ele, havia uma abóbora gordinha. O menino ainda usava o uniforme da escola, com a gravata solta em torno do pescoço. Ele abaixou para fazer carinho em Oberon, que se posicionara embaixo da mesa, mastigando alegremente um osso que Florence tirara de um saco de papel pardo.

A outra pessoa à mesa era uma das mulheres mais estranhas que Tanya já vira. Era de meia-idade, devia ter cerca de cinquenta anos. Seus cabelos pareciam uma palha marrom grossa e caíam despenteados sobre ombros largos. Tanya notou em seguida o formato do corpo da mulher: a parte de cima parecia não ser proporcional à de baixo. Do papo largo ao bumbum gordinho, passando pela volumosa barriga, ela era grande e redonda. No entanto, suas pernas finas não pareciam fortes o suficiente para suportar o peso do resto do corpo. As roupas – uma blusa solta e vagabunda e leggings apertadas que deveriam ser usadas por uma pessoa muito mais jovem – só deixavam a mulher mais estranha. Mas foram os detalhes menores que realmente chamaram a atenção de Tanya, como o resto de esmalte nas unhas curtas e os dedos gordinhos do pé, que chegavam ao limite de velhos chinelos cor-de-rosa.

– Oi – cumprimentou Tanya, educada.

Nell sorriu enquanto Florence punha uma xícara de chá fervente na frente de Tanya. A menina bebeu um gole e parou para olhar Fabian, que desenhava, concentrado, um projeto de abóbora num pedaço de papel, com a ponta da língua saindo pelo canto da boca. Tanya se sentou ao lado dele e observou o desenho.

AS 13 MALDIÇÕES

— Quer me ajudar a esculpir a abóbora? — perguntou ele.

Antes que Tanya pudesse responder, Nell indagou:

— É meio cedo, não é? — A voz dela era aguda e um pouco alta demais. — Vai estar podre no Halloween se você fizer agora.

— Não vou fazer agora — argumentou Fabian. — Só estou pensando no desenho.

— Hummm — disse Nell, franzindo o nariz. Ela estreitou os olhos para o desenho de Fabian como se não entendesse o que ele representava.

O telefone tocou no saguão. Florence se levantou da cadeira e saiu da cozinha. Voltou pouco depois.

— Não era o telefone — disse. — É o seu pássaro, Nell. Ele aprendeu a imitar o som direitinho.

— Você tem um pássaro? — perguntou Tanya. — De que tipo?

— É um papagaio-cinzento — disse Nell.

— Por que não traz o bichinho para cá? — sugeriu Florence. — Ele ficou preso na sala de estar o dia inteiro.

— Qual é o nome dele? — perguntou Tanya.

— General Carver — respondeu Nell, enchendo o peito de orgulho.

— Está bem, mas é melhor não deixar seu cachorro chegar perto dele. — Ela saiu para o saguão e andou na direção da sala de estar. Os três ouviram a porta ser aberta e o rangido de rodas. Nell apareceu logo depois, trazendo uma gaiola prateada que era tão alta quanto ela e duas vezes mais larga.

— Pronto, meu amor — murmurou, colocando a gaiola em frente ao fogo. — Está melhor assim, não está? — Pediu para Tanya se aproximar. — Ele não é lindo?

A menina se aproximou e olhou para a gaiola, desconfiada. Lindo não seria a palavra que usaria. Perverso parecia um termo mais apropriado. O General estava parado como uma estátua, apoiado num poleiro de madeira. Era todo cinzento, exceto pelo bico curvo negro e por algumas penas vermelhas da cauda. Ele a encarou com olhos amarelos frios, semicerrados.

— Fale com ele — disse Nell, dando um cutucão entusiasmado no braço de Tanya. — Ele gostou de você. Dá para ver.

— Acho que não parece que ele gosta de *ninguém* — disse Fabian. — Nem de você. Na verdade, parece que ele gostaria de arrancar os olhos de alguém.

Tanya concordou internamente.

— Por que ele se chama General Carver? — perguntou.

— Bom — disse Nell, ruborizando. — Dei a ele o nome de uma velha paixão, sabe? General Reginald Carver. Foi amor à primeira vista. Eu era uma belezura quando nova, sabia?

Ao ouvir isso, Fabian pigarreou, mas Nell continuou falando sem perceber.

— Mas tudo terminou muito de repente — disse.

— Ele faleceu? — perguntou Tanya.

— Não — respondeu Nell. — Voltou para a mulher dele.

Florence soltou um resmungo de reprovação.

— Então você nunca se casou? — indagou Fabian.

— Eu me casei, sim, tempos depois — disse Nell. — Meu Sidney era um homem bom. Muito dependente. Faleceu no ano passado.

Tanya não teve que pensar em algo para falar. Foi salva pelo grito agudo e ensurdecedor do General. Ao ouvi-lo, Oberon, que acabara de reunir coragem para levantar o focinho até a gaiola a fim de observar melhor a estranha criatura dentro dela, fugiu e se escondeu embaixo da mesa.

Nell riu. O General riu também.

AS 13 MALDIÇÕES

– Que grosseria! – exclamou ele, imitando a voz de Nell com perfeição. – Que *grosseria*! Seu safadinho!

– Meu menino esperto... – mimou Nell.

O General cuspiu uma framboesa e eriçou as penas, fazendo com que parecesse dobrar de tamanho.

– Veja – apontou Nell. – Ele pôs a armadura.

– Atirei o pau no gato! QUE GROSSERIA! – gritou o papagaio, eriçando as penas ainda mais. – Isso é armação!

Um leve movimento chamou a atenção de Tanya. No balcão, a tampa da caixa de chá tinha se levantado e o rostinho enrugado do velho duende doméstico que morava ali apareceu. Ele piscou várias vezes, rabugento, e brandiu a bengala para o General, antes de bater a tampa de volta e se enterrar nos saquinhos de chá de novo. Tanya percebeu que a avó também vira. Assim como ela, Florence tinha o dom da visão. No entanto, ninguém mais na cozinha o havia notado – nem podia notá-lo. A única outra fada que vivia ali era uma tímida fadinha do lar que Tanya vira correr para trás do balde de carvão alguns minutos antes.

– Aposto que poderia ensinar algumas palavras novas a ele – disse Fabian.

– Prefiro que você não faça isso – respondeu Nell. – Se ele começar a falar palavrões, vou saber exatamente quem culpar e vou lavar sua boca com sabão.

– Como se eu fosse fazer *isso*! – retrucou Fabian, fingindo estar chocado.

– Tenho certeza de que o Fabian não vai fazer nada que você não queira – afirmou Florence, lançando um olhar de reprovação para o menino. – Não é, Fabian?

– Ã-hã – foi a vaga única resposta de Fabian.

53

— Mas que peste! Que irritante! — exclamou o General.

O olhar de Nell deixou claro que ela concordava.

Mais tarde, ainda naquela noite, depois que Tanya havia guardado suas coisas e deixado Oberon sair para correr pelo jardim dos fundos, todos, menos Warwick, jantaram. Depois, se reuniram em frente à lareira. A gaiola do General, por sorte, tinha sido coberta por um pano escuro e levada para fora da cozinha. Oberon estava esticado com as patas na beira do fogo, roncando levemente. Florence fazia tricô para um bazar de caridade e, enquanto as agulhas tiquetaqueavam, respondia às perguntas ocasionais de Nell sobre a casa. Tanya olhava para as chamas, escutando parte da conversa das duas enquanto pensava em Red e no boletim de notícias que tinha ouvido no rádio. Queria conversar com Fabian sobre aquilo e já dera várias indiretas para que saíssem da cozinha. No entanto, o menino estava esparramado no tapete ao lado de Oberon, terminando um dever de casa para que a tarefa não estragasse suas férias. De vez em quando, ele reclamava do bafo de Oberon e se afastava com nojo.

— Onde aquela escada dá? — perguntou Nell, as pálpebras pesadas por causa do calor do cômodo.

Tanya olhou para a velha escadaria ao lado da lareira. Ela encaracolava para cima e desaparecia atrás de outra parede.

— Costumava dar no primeiro e no segundo andares — respondeu Florence. — Era usada pelos empregados muitos anos atrás. Mas agora foi fechada.

Tanya e Fabian trocaram um olhar cheio de segredos. Era verdade que a entrada da cozinha para a escadaria estava bloqueada, mas Florence se negara a dizer que ela ainda podia ser acessada a partir de uma porta secreta no segundo andar. Escondidos de Florence

AS 13 MALDIÇÕES

e Warwick, Tanya e Fabian haviam encontrado a porta e a explorado durante o verão.

Naquele momento, Warwick entrou na cozinha pela porta dos fundos, seguido por uma rajada de ar frio e algumas folhas soltas. Ele estivera fora a tarde toda e parecia estar com frio, cansado e faminto.

O caseiro pendurou o casaco atrás da porta e foi até o fogão, onde sabia que o jantar estaria esperando, mas Florence se levantou.

— Pode deixar — disse. — Vou fazer uma bela xícara de chá e preparar seu jantar enquanto você dá uma olhada no Amos.

O rosto cansado de Warwick se iluminou. Ele lambeu os lábios e sumiu pela porta, indo ver no andar de cima se o pai estava bem. Minutos depois, voltou e se sentou à mesa.

— É ensopado — disse Florence, cortando duas fatias de um pão crocante.

— Com bolinhos de carne? — perguntou Warwick de modo alegre.

— Com bolinhos de carne — respondeu Florence, abrindo o forno. — Ué?

— O que houve?

— Não está aqui — disse Florence, claramente confusa. — Deixei aqui no forno para que ficasse quente, mas sumiu!

Nell se ajeitou na cadeira, parecendo nervosa de repente. Ela se levantou e foi andando devagar até Florence.

— Bom... Sabe, é... — começou. — Eu achei... Bom, quero dizer, imaginei que... Ai, *meu Deus*...

— O que foi? — perguntou Florence, começando a apertar os olhos.

— Achei que fosse para o senhor lá de cima — disse Nell. — Amos. Achei que tivesse guardado para ele... Que ele não queria... E, bom, eu já estava lavando a louça mesmo, então...

— Onde está? — irritou-se Florence.

Todos olhavam para a empregada quando ela se virou lentamente para Oberon.

Apesar do crepitar do fogo, todos ouviram um borbulhar sair do estômago do cachorro.

— Ai, meu Deus... — disse Florence.

— Estava secando! — gritou Nell.

— Você deu meu jantar para o cachorro? — trovejou Warwick.

— Que saco! Eu não sabia que era seu, não é?

— Mas eu avisei a você, Nell! — disse Florence. — Achei que já tivesse deixado claro como são os jantares aqui. Amos come bem cedo, à tarde. O Warwick cuida disso!

Parecia que Nell iria começar a chorar.

Warwick olhou, sem querer acreditar, para os dois pedaços de pão à sua frente.

— E é meu prato favorito... — murmurou, encarando a empregada.

— Bom, agora já foi — disse Florence. — E, Nell, por favor, não faça isso de novo. É um desperdício enorme. Além disso, o ensopado estava cheio de cebolas e provavelmente vai fazer o Oberon passar mal.

— E ele já está bem gordo — afirmou Fabian, soltando um gemido quando Tanya deu uma cotovelada em suas costelas.

Nell assentiu com a cabeça, triste.

— Vou dormir agora, está bem? — disse, em voz baixa.

— Boa noite — respondeu Florence, grosseira.

O som dos passos de Nell foi diminuindo à medida que ela andava pelo corredor. Warwick andou até a torradeira e pôs as duas fatias de pão nela antes de abrir uma lata de feijão.

AS 13 MALDIÇÕES

— Ela é mesmo muito estranha — disse. — O que você achou que ia acontecer quando contratou essa moça?

— Ah, eu não sei — respondeu Florence, irritada. — Encontrei com ela no mercado um dia e começamos a conversar. Ela comentou que tinha acabado de ser demitida e eu fiquei com pena. Como ela precisava de um trabalho e de um teto, e nós, de uma empregada, pareceu perfeito.

— Ela vai dar mais trabalho do que parece — disse Warwick, sombrio. — Pode escrever o que eu digo.

5

O LUGAR PARA O QUAL ROWAN E JAMES foram levados era frio e cinza, um imóvel vitoriano que cheirava a desinfetante e a lençois manchados de xixi. Ele já havia sido uma escola. Agora era um orfanato.

Rowan sentia-se dormente quando os dois chegaram à instituição. James se agarrava a ela, a cabeça pesada no ombro da irmã. O braço inteiro da garota doía por causa do peso do menino. Nas vinte e quatro horas anteriores, ele chorara pedindo a mãe e gritara quando alguém havia tentado tirá-lo de perto de Rowan. Por isso, tinha ficado com ela o tempo todo: durante os interrogatórios e exames no hospital depois do acidente e quando os dois haviam sido apresentados à assistente social, uma jovem chamada Ellie.

Ellie pôs a mão de leve no ombro de Rowan.

— Quer que eu carregue o seu irmão?

Rowan balançou a cabeça. Os cabelos vermelhos caíam em cachos sujos, e os olhos inchados estavam grudentos por causa das lágrimas.

— Ele vai acordar.

Ellie conduziu-os pelo caminho até os fundos do prédio e, por fim, os três pararam em frente a uma porta, à direita. A tinta da entrada estava descascando e, embaixo dela, podia-se ver luz num corredor sombrio. Ellie pousou a mala que continha os pertences de Rowan e James, e bateu à porta.

AS 13 MALDIÇÕES

Ela se abriu quase de imediato. Um homem de cabelos grisalhos os fez entrar e ofereceu cadeiras em frente à sua escrivaninha. Rowan se sentou, contente por poder descansar do peso de James. Ajeitou o irmão nos braços e o movimento levou o cheiro de fralda suja até seu nariz. O homem grisalho sentado à sua frente olhou para ela com carinho e, apesar de a menina tê-lo visto torcer o nariz também, ele não disse nada. Ellie se sentou ao lado de Rowan.

— Sei que esse é um momento difícil para os dois — começou o homem. — E está tarde, então serei rápido.

Rowan olhou para o relógio na parede atrás do responsável pelo orfanato. Eram quase dez horas da noite.

— Meu nome é John Temple e é meu trabalho cuidar para que tudo funcione bem e para que todos estejam felizes aqui.

As palavras entraram nos ouvidos de Rowan, mas não ganharam um significado real. A menina sabia que ele queria ser gentil, mas falar sobre felicidade era inútil porque ela nunca seria feliz ali. Rowan achava que nunca mais seria feliz de novo.

— Vocês serão apresentados ao resto da equipe nos próximos dias. Enquanto isso, Ellie vai continuar a visitar vocês e, é claro, vamos procurar um lugar permanente para você e James ficarem.

— Está falando de um lar adotivo — disse Rowan.

John Temple fez que sim com a cabeça.

— É. É provável que vocês tenham que ir para um lar adotivo, mas ainda estamos procurando algum outro membro da família de vocês.

— Conseguiram falar com a minha tia Rose?

— Ah. Não, não conseguimos falar com a srta. Weaver, a sua tia, mas fique tranquila. Vamos continuar tentando.

— A casa dela parece um zoológico — observou Rowan. — Tem um cheiro estranho. Seis gatos, três cachorros e até dois gansos. Ela vai acabar sendo

despejada, é o que o meu pai diz... Dizia. — *As palavras ficaram entaladas na garganta da menina. Ela continuou falando rápido, lágrimas ardiam em seus olhos.* — *Sem falar nos patos e na c-cabra no jardim...*

Rowan começou a chorar.

— *Está tudo bem, minha querida* — *disse Ellie.*

— *Queremos ir dormir agora* — *sussurrou a menina, puxando James para si.* — *Por favor.*

— *É claro* — *disse John, se levantando da cadeira e guiando-os até a porta.* — *Vou levar vocês lá para cima.*

O andar de cima era um pouco melhor do que o de baixo. Era limpo, mas velho, o carpete estava gasto e as paredes precisavam de uma demão de tinta. Enquanto John os guiava pelos corredores escuros, Ellie puxava a mala com os pertences de Rowan. As rodinhas fizeram um leve ruído pelo carpete até John parar do lado de uma porta que tinha sido deixada aberta.

— *Preparamos uma cama para você* — *disse John em voz baixa.* — *Montamos um bercinho para o James hoje, mas amanhã ele será levado para o berçário, onde ficará com os outros bebês. O banheiro fica na segunda porta à esquerda. Vocês serão acordados às sete e meia para tomar café às oito.* — *Ele abriu um sorriso solidário.* — *Tente descansar. Este lugar é legal. É um dos melhores.*

Dizendo isso, John deu boa-noite e foi embora, deixando Rowan, Ellie e James do lado de fora do quarto. Rowan abriu a porta. Um fio de luz do corredor entrou no cômodo, iluminando uma cama de solteiro e um berço. Havia um armário fino na parede, uma mesa com gavetas e uma cadeira ao lado dele. Tudo era vazio e simples.

Depois que Ellie calmamente pôs a mala de Rowan na cama e a abriu, a menina tirou alguns de seus pertences. Tudo que precisaria de imediato fora

AS 13 MALDIÇÕES

posto na parte de cima, como a assistente social havia pedido. Rowan tirou a nécessaire e uma camisola e pegou as toalhas de banho e de rosto que haviam sido deixadas dobradas na cama.

O banheiro era espaçoso e frio. Quando Rowan encheu a pia de água quente, o vapor cobriu o ar e embaçou o espelho. Juntas, Rowan e Ellie trocaram a fralda de James e lavaram o rosto e as mãos do menino. Depois, enquanto a assistente social saía para vestir o pijama em James apesar dos protestos dele, Rowan lavou as mãos e o rosto, levando mais tempo do que o normal – seu braço esquerdo estava preso numa tipoia por causa do acidente.

Tremendo, ela olhou para o chuveiro. Enquanto o braço estivesse engessado, ficaria limitada à pia ou a banhos de banheira com pouca água.

Um som de gargarejo saiu do ralo da banheira, chamando a atenção da menina. Olhos amarelos brilhantes a encararam da escuridão. Havia alguma coisa ali e, pela maneira que a observava, Rowan percebeu que era uma fada. Ela se aproximou. Dedos parecidos com os de um sapo escorregaram pelo ralo, levando cabelos cheios de sabão que ficaram presos. Os ruídos de mastigação que se seguiram indicaram que os cabelos estavam sendo comidos. Rowan soltou um gemido de nojo. A mastigação continuou, sem se incomodar.

A menina virou para o outro lado, tirou as roupas, vestiu a camisola e desligou a luz do banheiro ao sair. Ellie já tinha posto James no berço e estava pronta para ir embora. Sussurrou um adeus do corredor e disse a Rowan que voltaria no dia seguinte. Depois se foi. A menina entrou no quarto escuro e empurrou a porta, sem fechá-la completamente. Pôde ouvir mais sussurros de John e Ellie no andar de baixo e a porta da frente ser aberta e fechada antes de o prédio ficar em silêncio.

Rowan entrou embaixo dos lençóis frios da cama, tremendo. James respirava de modo ritmado no berço ao pé dela, já mergulhado num sono exausto.

A menina olhou para o quarto. A mala estava num canto. Continha apenas coisas essenciais — nada pessoal a não ser um antigo livro de contos de fadas que havia pertencido à sua mãe. Ela insistira em trazê-lo. Todo o resto, seus livros adorados e os brinquedos de James, tinha ficado em casa.

No entanto, aquela não era a casa deles, não mais. Agora era apenas uma casa em que a família tinha vivido. Engasgada de tristeza, Rowan levou vários instantes para perceber que a porta do quarto estava sendo aberta lenta e silenciosamente. Ela prendeu a respiração, imaginando que pudesse ser a estranha criatura do banheiro, mas, depois que a porta se abriu, uma pequena mão se apoiou no batente e um rosto apareceu: um rosto cercado de cabelos finos e delicados. Um segundo depois, outra pessoa, idêntica, com cabelos curtos e bem-cortados, surgiu acima da primeira. São gêmeas, *pensou Rowan,* de oito ou nove anos. *Ela semicerrou os olhos rapidamente e ficou observando as duas através dos cílios.*

— Viu? — sussurrou uma. — Eu disse que uma menina nova tinha chegado.

— Seu queixo está machucando a minha cabeça! — reclamou a outra.

— Shhhh!

— Fica quieta você. Vai acordar a menina!

— Achei que você quisesse acordar a garota nova!

A gêmea de baixo deu de ombros.

— Menina nova, você está acordada?

Rowan não respondeu. Ela só queria ser deixada em paz. Mas as gêmeas não iam desistir com tanta facilidade.

— Menina nova, como é seu nome?

— Deixe a garota em paz. Ela está dormindo — sussurrou a outra.

Então Rowan ouviu uma das duas dar um passo para dentro do quarto.

— Olhe. Tem um bebê. Disseram que ela tinha um irmão.

— Quem disse?

— O John. Ouvi quando ele falou com a Sally. Sofreram um acidente de carro. A mãe e o pai deles morreram.

Houve um breve silêncio.

— Coitadinhos...

— Vamos. Vamos voltar para a cama.

— Espere um pouco — sussurrou a outra.

— O que vai fazer?

— Vou dar o sr. Ossos a ela.

Rowan apertou os olhos ainda mais quando a gêmea chegou perto dela. Seu coração disparou. O que seria o sr. Ossos? Alguma brincadeira horrível que faziam com as crianças na primeira noite?

— Para quê? — resmungou a primeira gêmea. — Ela não vai querer essa coisa velha e fedorenta!

— Vai, sim — sussurrou a que se aproximara, desafiando a irmã. — Ele vai fazer a coitadinha se sentir melhor. Você não se lembra da nossa primeira noite? A primeira noite é sempre a pior.

Rowan tentou respirar de forma convincente, como se estivesse dormindo um sono profundo. Então algo foi colocado no travesseiro, ao lado de seu rosto, algo quente e macio, com um leve cheiro ruim. Ela ficou deitada, sentindo o fedor daquilo enquanto as gêmeas iam embora. Quando teve certeza de que não estavam mais ali, ela abriu os olhos.

No travesseiro havia um cachorrinho de pelúcia. Tinha as orelhas esgarçadas,uma mais longa do que a outra. Estava manchado, muito gasto, só tinha um olho e perdera o rabo. Parecia um brinquedo que sempre fora o preferido de alguém.

Rowan pegou o cachorrinho e o trouxe para perto de si, abraçando-o embaixo do queixo. Lágrimas quentes correram pelo rosto da menina e foram absorvidas pelo sr. Ossos. Ela virou o rosto para o travesseiro.

As gêmeas estavam certas. A primeira noite era mesmo a pior.

6

UM ARREPIO PERCORREU RED ENQUANTO ainda estava sentada, sem se mexer, no porão escuro. Ela se esforçou para ouvir, imaginando que tinha inventado tudo — mas não. A voz apareceu de novo, como se, exausta, se arrastasse.

— Vai ter que nos desculpar por não termos nos preparado para a sua chegada. Estivemos meio... enrolados.

Red apertou os olhos, tentando enxergar na escuridão. Não podia ver nada. A voz parecia vir de algum lugar exatamente à sua frente.

— Quantos de vocês estão aqui? — perguntou, tentando escutar outros ruídos, mas sem conseguir ouvir.

— Ah, somos alguns aqui embaixo — disse a voz, devagar, demonstrando algo que parecia uma leve ironia. — Mas sou o único com quem você vai conseguir conversar.

Red sentiu um arrepio na cabeça e seus cabelos ficaram em pé. A voz era de um homem que parecia mais velho do que ela. Havia algo de astuto nela, alguma coisa que deixou a menina imediatamente desconfiada.

— Quem é você? — perguntou, mexendo-se sobre a palha úmida em que estava. O movimento soltou um cheiro amargo no ar, que chegou ao nariz e à garganta de Red, fazendo-a ter um acesso de tosse.

A voz esperou que ela parasse de tossir.

– Pode me chamar de Eldritch.

A menina ouviu de novo. A mesma esperteza nas palavras. Com aquela frase, Red entendeu duas coisas. Primeiro: quem – ou o que – quer que estivesse sentado à sua frente não merecia confiança. O nome que ouvira não era verdadeiro, e ela não revelaria o próprio nome de jeito algum. Segundo: a maneira como o nome real havia sido escondido sugeria de forma clara que a criatura sentada à frente dela ela era uma fada. Essa última constatação ficou marcada em sua mente com as palavras seguintes da voz:

– E qual seria o *seu* nome?

Nunca diga seu nome a elas. Não se puder evitar, pois elas nunca dirão seus nomes a você. Nomes são poderosos.

– Pode me chamar de Red.

– Esperta – notou a voz, e a menina percebeu como agora o homem-fada estava menos animado e mais cansado. Não dizer o próprio nome significava que Red tinha informações sobre o reino das fadas, que ela não era alguém que havia chegado ali por azar.

Os olhos da menina se ajustaram à escuridão. Um filete de luz do alçapão entrava no porão – o breu não era total como ela pensara de início. Red pôde ver uma sombra próxima a ela. Não podia ver seu rosto, mas percebeu que um dos braços da criatura estava preso à parede por uma corrente.

A menina virou o corpo para sair da palha fedorenta.

– Outra boa ideia – disse Eldritch, seco. – De todos os lugares em que você podia ter caído, esse foi o... pior.

Red sentiu um arrepio de nojo. O odor úmido impregnado nele sugeria que o monte de palha era uma privada improvisada. Ela lutou contra a vontade de vomitar.

AS 13 MALDIÇÕES

– Há quanto tempo está aqui? – perguntou. – Quando ela capturou você... e quem é ela? O que ela *quer*...

– Paciência – sussurrou Eldritch. – Por favor, estou cansado e fraco. – Ele tossiu repentinamente. – Uma pergunta de cada vez.

– Eu não *tenho* tempo – irritou-se Red. – Temos que sair daqui e escapar dessa... dessa *coisa* que está lá em cima antes de descobrir o que ela preparou para nós! E, a julgar pelo estado dos coitados dos bichos, ou do que sobrou deles, lá em cima, não acho que esteja pensando em alguma coisa agradável.

– Não podemos fugir – disse Eldritch, direto. – Ninguém consegue fugir.

Deitada de lado, Red tentou clarear as ideias. O medo atrapalhava seu raciocínio. Forçou-se a ficar parada e respirou fundo algumas vezes, enquanto brigava com a cabeça para fazê-la trabalhar de modo lógico. Quando se acalmou um pouco, virou-se de costas. Depois, voltou a se balançar para trás, conseguindo empurrar as mãos para a região lombar.

– Certo – disse ela, ainda mexendo os pulsos amarrados. – Vamos começar pelo início. Quem, ou o quê, é ela? A mulher lá em cima.

Os olhos de Eldritch brilharam.

– Ela é conhecida como a Bruxa Solitária – disse ele, baixo. – Ninguém sabe seu nome verdadeiro nem de onde veio. Mas a maioria das pessoas já ouviu falar dela. Por isso essa parte da floresta é tão vazia. Agora é chamada de Bosque Morto por causa dela. Nada vive aqui por muito tempo. Poucos ficam a salvo dessa mulher.

Red resmungou e continuou mexendo as mãos presas. Lentamente, a menina estava conseguindo manobrar os punhos amarrados pelo quadril fino. Se conseguisse passá-los pelas pernas e pudesse trazer as mãos para a frente do corpo, teria uma chance maior de se soltar. Mas era uma tarefa difícil.

Eldritch fez uma pausa e a observou com curiosidade.

— Continue — pediu Red, descansando para aliviar a dor que sentia nos pulsos.

— Ela fabrica glamoures. Vende magia negra. As peles que estão lá em cima não são só roupas, não depois do que ela faz. Ponha uma daquelas peles de gato ou de raposa, e é nisso que você se transforma. A magia dela extrai a essência do animal, a alma dele, na verdade, e prende o espírito na roupa. Mas não são glamoures fracos e superficiais, criados para enganar apenas humanos comuns. São infalíveis. Até os olhos de fadas podem ser enganados por eles. É a rainha dos disfarces.

— Ela estava usando um glamour — interrompeu Red. — Quando me encontrou, era uma velha... Parecia inofensiva. Depois, no andar de cima... Dentro do chalé, tudo sumiu de alguma forma. Ela se tornou... mais nova.

Eldritch assentiu com a cabeça.

— É o que ela faz... É assim que engana as pessoas.

Red se deitou de costas de novo, empurrando os punhos amarrados para baixo.

— Quanto tempo faz que ela pegou você?

— Há umas três ou quatro luas. Perdi a noção do tempo. Meu companheiro e eu caímos em uma das armadilhas dela.

— Você tinha um companheiro? — perguntou Red. — O que aconteceu com ele?

— Está ali. — Eldritch inclinou levemente a cabeça.

Red olhou para a sombra escura e silenciosa a uma distância curta dela. Assim como Eldritch, tinha uma das mãos acorrentada à parede. A cabeça pendia para a frente, o rosto não podia ser visto.

— Ele não está se mexendo — sussurrou ela.

— Ele parou de se mexer duas semanas atrás.

A cabeça de Red se levantou na hora.

— *Semanas?* Achei que você só estivesse aqui há três ou quatro dias. A não ser que... Ah, não... — A voz dela estremeceu. — Quando você disse "luas", achei que queria dizer noites. Mas não. Quis dizer meses, não foi?

O movimento leve que Eldritch fez com a cabeça fez a menina sentir um arrepio.

— Por quê? — indagou, em voz baixa. — O que ela quer conosco? Por que nos mantém aqui embaixo?

— Ela costuma pegar coisas para vender. Vai trabalhar para descobrir as suas... qualidades. Depois vai esperar até ter um comprador.

— Não entendi.

— Alguém vem até ela, alguém que, por exemplo, perdeu a visão e quer recuperá-la. A Bruxa Solitária pode devolver a visão a essa pessoa. Ou melhor, ela pode dar a *sua* visão a ela. O que seria melhor do que um par de olhos jovens e saudáveis?

Red perdeu o fôlego, horrorizada, mas Eldritch só estava começando:

— Ou talvez seja alguém que pode ver muito bem... Alguém que tenha olhos vermelhos ou amarelos e queira se passar por humano... Ou simplesmente alguém que esteja cansado e queira mudar...

— Pare! — gritou Red. — Isso não é verdade, não *pode* ser verdade!

— Mas é — disse Eldritch, gostando do assunto. — Quer uma cura para a calvície? A Bruxa Solitária pode fornecer os cachos que você quer! É só questão de esperar uma fonte apropriada aparecer. Ou que tal uma voz afinada que adoce até o coaxar de um sapo? Basta cortar a língua de um jovem cantor e pronto!

— Pare!

— Ou para causar mal a um inimigo, compre uma maldição de grande qualidade, um coração cheio de ódio para enterrar em algum canto escondido das terras do seu alvo! Ou uma praga de verrugas, fornecida por este que vos fala... — Eldritch fez uma pausa para recuperar o fôlego e soltou uma gargalhada maníaca. — Ela podia pegar todas, se quisesse... Mas não queria que levasse o polegar a que estavam presas. — A criatura deu um aceno repentino com quatro dedos e ficou em silêncio, já que gastara o resto da energia que tinha.

Red estremeceu de medo e raiva.

— Ela não vai me pegar — jurou. — Usar-me em feitiços e maldições. Não vou deixar isso acontecer.

— Você não tem escolha — disse Eldritch. — Já falei, não vai conseguir fugir. Ninguém conseguiu, não inteiro. De qualquer forma, parece que ela tem outros planos para você.

— Existe uma primeira vez para tudo — começou a responder Red, que se interrompeu. — O que quer dizer com "outros planos"? Que outros planos e como você sabe?

— Porque ouvi o que ela disse antes de jogar você aqui dentro. Você vai ser o novo disfarce dela.

7

 PALPITE DE WARWICK SOBRE NELL LOGO SE provou correto. No dia seguinte, uma atitude da empregada acabou causando muitos problemas.

O dia começou normalmente, mas com uma diferença clara. Quando Tanya acordou em sua cama, um silêncio pairava no ar. Pela primeira vez, não ouviu os gritos e berros costumeiros de Amos, acima dela, no segundo andar. A casa estava em paz. Pensando no verão, Tanya se lembrou de que aprendera que a erva alecrim tinha o poder de extrair lembranças de uma mente humana, quando usada corretamente. Por saber que parte da inquietação de Amos vinha de seu passado, Tanya havia sugerido que alguém extraísse as lembranças que perturbavam sua mente. A quietude do solar confirmava que o passado do ex-caseiro não o atormentava mais.

Quando Tanya entrou na cozinha, Oberon pulou nela, dando um bom-dia entusiasmado. A menina gemeu quando as patas enormes do cachorro bateram com força em seus ombros. O bafo quente do animal fez cócegas em seu nariz e ela o empurrou, rindo.

— Ele fez isso comigo também — disse Fabian, ranzinza, próximo à lareira. — Só que, quando pulou em mim, tinha acabado de vir do jardim. — Ele se levantou. Duas marcas de patas sujas estavam gravadas em seu casaco fino.

– O que está fazendo escondido aí? – perguntou Tanya.

– Nada – respondeu Fabian. – Não estou escondido.

– Está, sim. Está procurando a fada do lar, não está? – adivinhou ela.

Fabian deu de ombros.

– Talvez...

– Já disse que ela é tímida – disse Tanya. – Se quiser ver uma fada, é melhor tentar o duende doméstico do pote de chá. Está sempre ali. Mas tome cuidado com os dentes dele.

– Já procurei – disse Fabian, com um tom de voz tristonho. – Não consigo ver. Acho que foi porque acabei com o resto do colírio que a Louca Morag me deu e não tinha o suficiente para os dois olhos.

– Você usou tudo?

– Fiquei curioso. Existem tantas fadas nesta casa.

– Que desperdício... – disse Tanya.

No verão, a velha cigana que morava perto do bosque do Carrasco havia previsto os perigos que esperavam Tanya e Fabian e dado a eles vários presentes para ajudá-los. Um deles tinha sido um pequeno frasco de vidro cheio de um líquido verde-acinzentado. Ao pingar uma gota dele em cada olho, Fabian ganhava um dom da visão temporário. Os outros presentes haviam sido uma tesoura prateada que cortava quase tudo e uma bússola que sempre guiava a pessoa que a possuía para casa. Na noite em que Tanya quase desaparecera no reino das fadas, os dois objetos haviam ajudado ela e Fabian a fugir – mas Tanya não via a tesoura desde então. Ela havia sumido junto com Red. Agora que o colírio de Fabian terminara, só sobrava a bússola.

– Andei pensando na bússola – disse ela, mastigando o lábio.

– O que tem ela? – perguntou Fabian. Ele ajeitou os óculos no nariz, deixando uma mancha de pó de carvão na ponta.

AS 13 MALDIÇÕES

— A gente deveria conferir se ela está funcionando. A Morag disse que gostaria que devolvêssemos a bússola para ela quando parasse de funcionar porque isso significaria que não era mais útil para nós. Ela ia repassar para alguém que precisasse.

— Então você vai até o trailer dela na floresta se a bússola não estiver funcionando? — perguntou Fabian. — Se for, eu vou junto.

Tanya fez que sim com a cabeça.

— Vou dar uma olhada depois de tomar café.

A menina deu um biscoito canino a Oberon e tirou a tampa da lata de chá. Usando uma colher, tirou com cuidado um monte de saquinhos e deu um pulo quando uma mãozinha retorcida apareceu e arranhou seus dedos com uma bengala minúscula. Tanya se encolheu, pôs a tampa de volta e esfregou a mão machucada.

— Ele ainda está aqui, sim — murmurou, virando-se ao ouvir passos.

Florence entrou na cozinha sorrindo para os dois e começou a preparar o café da manhã. Logo depois, Warwick se juntou a eles, varreu as cinzas da lareira e acendeu o fogo de novo. Nell foi a última a descer, com um pano preso na cintura e chinelos batendo no chão de pedras.

— Tem um cheiro estranho no primeiro andar — anunciou ela, torcendo o nariz na direção de Fabian. — Vem do seu quarto.

— Devem ser as meias de ontem — respondeu Fabian.

— Bom, estou fazendo uma faxina como faço na primavera, então, se tiver alguma coisa importante espalhada por aí, guarde.

— É uma época estranha para fazer uma faxina típica da primavera — murmurou Fabian. — É outono.

Nell apertou os lábios e jogou o pano na máquina de lavar.

— Você entendeu o que eu quis dizer.

Depois do café da manhã, a empregada tirou o General da sala de estar e levou a gaiola até uma posição privilegiada diante da lareira. Oberon se afastou com o rabo entre as pernas. O General não prestou atenção no cachorro. Limpou as penas e se apoiou no poleiro, olhando para todos com superioridade por cima do bico curvo. Tanya observou Nell abrir a parte de cima da gaiola e reposicionar o poleiro para permitir que o papagaio não ficasse preso.

— Ele não vai fugir? — perguntou.

— Não... — respondeu Nell. — A não ser que alguma coisa assuste o bichinho. Ele fica quietinho como um bom menino.

Tanya não podia imaginar que alguma coisa pudesse assustar o General.

— De qualquer maneira, não deixe o bicho sozinho — aconselhou Warwick, colocando os pratos empilhados na pia. — Lembre-se do Spitfire. Ele pode estar velho, mas ainda tem um instinto animal. — E, ao passar pelo General, soltou um grito.

— O que foi? — perguntou Florence.

— Ele me *bicou*! — reclamou Warwick, segurando o braço, horrorizado. O General soltou uma gargalhada, como se quisesse insultá-lo ainda mais.

— Ai, meu Deus... — disse Nell. — Você deve ter assustado meu bichinho porque se aproximou demais.

— Ele parece estar morrendo de medo — observou Warwick, sarcástico. Depois, lançou um olhar irritado para o pássaro e saiu da cozinha.

— Que grosseria! — disse o General. — Cortem-lhe a cabeça!

Fazia três meses que Tanya não levantava a tábua solta do assoalho do quarto. Do espaço embaixo dela, a menina retirou uma caixa de sapatos enrolada em um lenço. Aquilo não era uma decoração – ela o usara porque a cor vermelha camuflava objetos para as fadas. Enquanto o pano cobrisse a caixa, ninguém mexeria nela. Ao tirar a tampa, Tanya observou seu conteúdo. Entre os objetos, estavam um velho diário, um punhado de fotografias, um pesado bracelete de berloques de prata e uma bússola velha. À primeira vista, a bússola parecia comum, mas, ao examiná-la mais de perto, havia algo de estranho: ela não tinha coordenadas marcadas a não ser uma letra C onde o N de Norte deveria estar. Tanya descobrira que aquele C queria dizer casa.

– E aí? – perguntou Fabian. – Ainda está funcionando?

Tanya tirou a bússola da caixa.

– Não, a agulha está girando como se estivesse quebrada. Se estivesse funcionando, estaria parada no C.

– Bom... – disse Fabian irritado. Ele pegou o bracelete. – Você ainda usa isso?

– Não. – Tanya olhou para a pulseira, séria. – Não desde... a criatura do ralo. – Inicialmente, havia treze berloques no bracelete, mas um, um pequeno caldeirão prateado, fora levado por uma fada que tinha tentado roubar o resto do bracelete. Isso havia acabado em uma perseguição que terminara com a morte da fada pelas garras de Spitfire.

– Onde está o talismã do caldeirão agora? – perguntou Fabian.

Tanya deu de ombros.

– Deve estar no cano da pia com o resto das coisas que a criatura do ralo roubou. – A menina pôs a tampa na caixa e a colocou de volta embaixo das tábuas do assoalho, mas manteve o bracelete a seu lado. – Eu nem quero mais essa coisa. Não aguento olhar para ela. Vou devolver para minha avó. – E, olhando para a janela, se levantou.

– Vamos – disse. – Vamos devolver a bússola para a Morag enquanto o tempo está bom. – Ela pegou o bracelete. – Vou entregar isto para minha avó quando estivermos saindo.

Mas, quando chegaram ao andar de baixo, não havia ninguém, só um bilhete de Florence que dizia que ela saíra para ir ao mercado em Tickey End e um ruído ritmado de roncos vindo do duende doméstico na caixa de chá. Não havia sinal de Warwick nem de Nell. Só um esfregão e um balde na cozinha.

Tanya pegou a coleira de Oberon de trás da porta dos fundos.

– Vamos sair. Se alguém perguntar, podemos dizer que só estávamos levando Oberon para passear.

Depois de pensar um pouco, ela deixou o bracelete sobre o bilhete de Florence. Ela explicaria por que o estava devolvendo para a avó mais tarde.

O vasto jardim estava cheio de plantas como sempre, mas agora parecia que um artista usara uma paleta de cores outonais. Tanya inclinou a cabeça para trás e sentiu o cheiro das folhas mortas.

No verão, ela havia encontrado várias vezes com três goblins no jardim ornamental. No entanto, agora, não os via em lugar algum. Tanya fizera amizade com um deles, uma criatura de bom coração chamada Brunswick, que apanhava dos dois companheiros maldosos. A menina se perguntou o que teria acontecido com ele.

Logo depois, Tanya, Fabian e Oberon cruzaram o portão e entraram na floresta. Os três fizeram uma pausa antes do pequeno riacho que separava o solar da floresta e usaram as pedras para atravessá-lo. Fabian correu até o limite do bosque, mas Tanya o chamou de volta.

– Espere! Não se esqueça de que a floresta está cheia de fadas. Você tem que se proteger.

Rapidamente, ela tirou a jaqueta, virou-a do avesso e colocou-a de novo. Fabian observou a menina e fez o mesmo.

— Pronto? — perguntou.

Tanya assentiu com a cabeça.

— Vamos lá.

E, com isso, entraram no bosque do Carrasco.

O trailer da velha cigana era difícil de encontrar. Tanya o achara uma vez com a ajuda do goblin Brunswick, mas agora ela e Fabian se perguntavam como o encontrariam de novo. Fabian, sempre lógico, tinha uma teoria.

— A Louca Morag gosta de privacidade, óbvio. Por que mais ela moraria assim no meio da floresta? O trailer deve estar escondido em algum canto, mas não longe demais.

— O que faz você ter tanta certeza? — interrompeu Tanya. — E, pelo amor de Deus, pare de chamar a mulher de *Louca* Morag. Ela não é louca, é excêntrica...

— Excêntrica? Ela é uma bruxa — disse Fabian, grosseiramente. — Como eu estava dizendo, ela é velha, então não deve querer andar mais do que precisa. Vai até Tickey End para fazer compras, então deve morar deste lado da floresta... — Ele parou e apontou para a esquerda. — E também deve querer ficar perto de uma fonte de água. Então temos que seguir o rio nessa direção.

Tanya não discordou. As ideias de Fabian pareciam lógicas.

— Vamos lá — disse.

Os dois começaram a andar, tropeçando na vegetação rasteira. À medida que penetravam o bosque, Tanya viu pedaços de anéis de fadas: cogumelos vermelhos, marrons e cor de vinho que cresciam em grandes círculos entre as árvores e, em alguns casos, em volta delas.

— Tome cuidado — disse ela. — Não entre em nenhum desses anéis de fadas. Já li que podem ser perigosos.

— Como assim perigosos? — perguntou Fabian.

— Você pode entrar numa dança encantada que dure a noite inteira ou, às vezes, anos. Então evite entrar neles.

— É mais fácil falar do que fazer isso — retrucou Fabian. — Quase não é possível dar um passo sem pisar num deles.

Era verdade. Havia anéis de fadas por toda parte. Eles continuaram andando com cuidado e entrando ainda mais no bosque. Tanya pôde ouvir o ruído familiar de conversas nas árvores. Ela manteve os olhos no caminho, mas prestou atenção. Muitas vezes, as fadas ficavam quietas se não fossem provocadas, e, naquele dia, Tanya se sentia melhor sabendo que não queriam nada com eles.

Logo o número de anéis de fada diminuiu e eles desapareceram totalmente. No entanto, os três acabaram encontrando outra coisa. Grades prateadas formavam um círculo, guardando um buraco enorme, parecido com uma caverna. Oberon foi na frente, cheirando as folhas na base da cerca e levantando a perna para fazer xixi nelas.

— Qual será o tamanho desta aqui? — perguntou Tanya.

— Deve ter uns três metros — disse Fabian. — Mais ou menos o mesmo tamanho daquela que vimos no verão.

Os buracos cavernosos eram conhecidos como Catacumbas do Carrasco por causa do grande número de pessoas que havia desaparecido na floresta com o passar dos anos, antes de as cercas serem colocadas. O nome verdadeiro delas era *deneholes* — antigas minas de giz e sílica que formavam túneis quilométricos embaixo da terra, criando complicados labirintos de cavernas. Aquela era a terceira que Tanya via, mas o impacto da gruta era tão grande quanto o da primeira.

As catacumbas eram realmente sinistras e nenhuma explicação real tinha sido encontrada para sua existência.

— Vamos — disse Fabian. — Veja. Tem uma trilha ali.

Oberon esperou por eles, balançando o rabo. Enquanto se aproximavam, o cachorro baixou o focinho até o chão e foi farejando algo, como se tivesse descoberto um cheiro familiar. Depois de andar uma pequena distância, ele parou de novo e esperou, com a língua pendurada para fora da boca.

— Parece que ele descobriu alguma coisa — constatou Fabian.

— Descobriu, sim — respondeu Tanya. Ela viu uma mancha amarela entre as plantas. — Ele já esteve aqui. Encontrou a cigana.

O trailer estava exatamente como a menina se lembrava: pintado em cores vibrantes, velho e bem-decorado. Os três se aproximaram devagar da porta azul-celeste. Tanya ia bater quando vozes vindas de uma janela aberta a impediram. Chocada, ela se virou para encarar Fabian.

Os dois perceberam na hora que uma das vozes baixas era de Warwick.

— O que ele está fazendo aqui? — murmurou Tanya.

— Não sei! — sussurrou Fabian. — Ele vai tirar o nosso couro se nos vir aqui. Você sabe que não podemos entrar no bosque! — O menino correu para mais perto do trailer, se encostou à lateral do veículo, embaixo da janela aberta, e chamou Tanya para se juntar a ele.

— O que você está fazendo? — sussurrou ela.

— Vamos ouvir — disse ele, baixo. — Quero saber o que meu pai está fazendo aqui. Podemos nos esconder embaixo do trailer se precisarmos.

Tanya correu até o lado de Fabian com o coração disparado. A voz de Warwick era um murmúrio que saía pela janela aberta.

— Então você não pode me dizer nada?

Morag respondeu. A voz idosa parecia um coaxar:

— Não, não posso. Ela não se mostrou para mim, pelo menos por enquanto.

— Mas, se você vir alguma coisa, vai me chamar? — continuou Warwick. — É importante.

— Se ela aparecer para mim, eu vou avisar — prometeu a senhora.

Alguns instantes de silêncio se passaram dentro do trailer.

— O que está havendo? — sussurrou Fabian, sem entender nada. — De quem eles estão falando?

— Não sei de quem — respondeu Tanya. — Mas ela está falando de visões. Seu pai está pedindo informações sobre coisas que ela pode ter... *visto*.

Os dois olharam para cima, para a janela aberta.

— Estou vendo outra coisa. — Por fim, Morag pôde ser ouvida. — Não está claro, mas tem a ver com uma pessoa que chegou... ao solar. Algo do passado... uma criança. Uma criança que foi perdida. Ela nunca foi esquecida. E há problemas no futuro, isso eu posso ver com clareza.

— Que tipo de problema? — perguntou Warwick de forma direta.

— Do tipo a que vocês já estão acostumados — respondeu Morag.

Houve um movimento dentro do trailer e o som de passos pesados se aproximando da porta. O encontro secreto havia acabado.

Tanya e Fabian olharam um para o outro em pânico e se enfiaram embaixo do trailer. Cada um rolou para uma das pontas do veículo para se esconder atrás das enormes rodas. A porta se abriu acima deles e as botas cheias de lama de Warwick desceram a pequena escada. No meio do caminho, ele se virou e olhou para o lugar de onde viera. Para desespero de Tanya, Oberon começou a balançar o rabo por causa do cheiro familiar de Warwick. Ela pôs a mão na coleira, interrompendo-o e rezando para que o cachorro não revelasse sua presença.

– Quando o tônico vai ficar pronto? – indagou Warwick. – O meu está quase acabando.

– Na próxima lua cheia – respondeu Morag. – Daqui a três dias.

– Eu volto para buscar, então – prometeu Warwick. Ele se virou, desceu os degraus restantes e estava se afastando do trailer quando as crianças ouviram a porta ser fechada.

Tanya e Fabian observaram o caseiro entrar de novo na floresta. A menina percebeu a cabeça de Oberon se inclinar para o lado, mas o cachorro pareceu entender que devia ficar com Tanya e não tentou seguir Warwick. Os três esperaram vários minutos, até que Warwick desaparecesse, para sair do esconderijo.

Tanya olhou para Fabian.

– Não podemos falar com a Morag agora – disse ela em voz baixa.

– Eu sei – respondeu Fabian. – Se ela é amiga do meu pai, não devíamos correr esse risco. Essa mulher pode contar a ele que viemos até aqui, e, pelo que ele sabe, ainda estamos proibidos de andar pelo bosque.

Os dois começaram a voltar, com pressa de se afastar do trailer em silêncio.

– O que você acha que o Warwick estava tentando descobrir? – perguntou Tanya.

Fabian apertou os olhos por trás das lentes grossas dos óculos.

– Não sei – disse. – Mas a pessoa que estava na visão da Morag tem que ser a Nell. Ela é a única pessoa nova na casa.

Michelle Harrison

— O que será que aconteceu com ela no passado? — indagou Tanya.

— A Morag disse que viu uma criança perdida. Talvez ela tenha tido um filho que... morreu.

— A Nell nunca falou da família — disse Fabian. — Só do marido dela que morreu.

— E a pessoa sobre quem o Warwick estava perguntando? A primeira? Quem você acha que pode ser?

Fabian balançou a cabeça.

— Não consigo pensar em ninguém que seja do interesse dele.

Os dois discutiram o assunto enquanto voltavam para o solar, mas, ao chegar em casa, nenhum dos dois havia concluído coisa alguma.

Quando entraram, as crianças viram sinais de que Florence e Warwick haviam voltado antes deles. As pegadas lamacentas do caseiro sujavam o chão limpo por Nell e as chaves de Florence estavam no balcão. Tanya percebeu que o bracelete de berloques havia sido tirado de onde ela deixara. Tinha que mencionar o assunto com sua avó da próxima vez que a visse.

No entanto, quando subiu para guardar a bússola embaixo da tábua do assoalho e a tirou do bolso, Tanya viu a agulha.

A bússola estava funcionando de novo. Com isso, qualquer lembrança sobre o velho bracelete de berloques simplesmente desapareceu da cabeça da menina.

8

ANYA SAIU DO QUARTO E ATRAVESSOU O patamar da escada, ansiosa por contar a Fabian sobre a bússola. Estava quase na porta do quarto do menino quando ela foi escancarada, dando um susto na menina. Fabian saiu do quarto batendo os pés e franzindo o nariz.

— Olhe só para isto! — Ele brandiu algo no nariz dela. — Uma ratoeira! Podia ter arrancado o meu dedão se eu não tivesse visto a tempo.

Tanya franziu a testa.

— Não parece coisa da minha avó e do Warwick usar ratoeiras.

— Porque eles não usam -- respondeu Fabian, irritado. — A Florence não gosta e nunca precisamos disso por causa do Spitfire. Deve ser coisa da Nell!

— Bom, acredito que minha avó vai mandar a Nell parar com isso — respondeu Tanya, impaciente. — Olhe, a bússola...

Um grito agudo e horrível de agonia a impediu de terminar a frase.

— O que foi isso?

Fabian pareceu não entender.

— O quê?

— Um berro lá no patamar da escada.

Esquecendo-se da bússola, Tanya se afastou de Fabian e foi até o local do grito.

– Você não ouviu?

Fabian balançou a cabeça, mas a seguiu mesmo assim. Um barulho de choro subia até eles. A menina desceu as escadas. Sabia, no fundo, de onde o som tinha vindo, e o fato de Fabian não poder ouvi-lo não era bom sinal. Cada passo a levava para mais perto do relógio de pêndulo. O som vinha de trás dele. Tanya se aproximou, ignorando Fabian, que já a cutucava e exigia uma explicação. Mas a menina já previa a situação horrível que iria encontrar.

Fadas moravam no relógio e o espaço ao lado dele era um dos locais em que Spitfire mais gostava de dormir. A combinação criava uma oportunidade mortal. O estômago de Tanya se embrulhou enquanto ela caminhava. Já havia testemunhado a morte de uma fada pelas garras de Spitfire. Não queria ver outra.

No entanto, quando olhou para trás do relógio, não viu Spitfire em lugar algum, mas o que descobriu não era menos macabro.

– Ai, não... – murmurou Tanya.

Três pares de olhinhos de fada encontraram os dela. Havia uma mistura de raiva e medo neles. Estavam tão juntas que, apesar de uma delas estar mostrando os dentes, Tanya podia ver que estavam assustadas. Atrás delas, uma quarta fada chorava. A criatura olhou para a menina, seus olhos arregalados de medo e dor. À sua frente, havia um cubo pálido de queijo.

– O que foi? – perguntou Fabian.

Tanya engoliu em seco.

– Uma das fadas do relógio. As asas dela estão presas em outra ratoeira.

A menina se ajoelhou, tentando não ouvir os gritos dos companheiros da fada presa. Ela nunca tinha visto os habitantes do relógio de pêndulo e sempre imaginara que eram criaturas feias com boas razões para se esconder. Mas os locatários, como sempre os chamava, na verdade eram muito bonitos: pequenos seres prateados, de pele azulada e cabelos brancos, que vestiam peles de rato minúsculas.

– Deixem-me ajudar – disse. Mas, ao estender a mão, as criaturas fugiram e se esconderam atrás do relógio.

A fada presa gritou, nervosa:

– Fique longe de mim, garota intrometida!

– Estou tentando ajudar – murmurou Tanya, se perguntando se devia levar tanto a ratoeira quanto a fada para a avó. Mas simplesmente não conseguia aguentar ver a criatura sofrer por mais tempo. Com cuidado, desarmou a ratoeira, soltando a mola que prendia a armadilha, e pôs a fada devagar em uma das mãos. A criatura agora gemia de modo incoerente, enquanto suas companheiras observavam do pé do relógio.

– Vou levar você até a minha avó – disse Tanya. – Ela vai saber o que fazer. – A menina se levantou. Fabian andava a seu lado sem saber o que fazer.

– Procure no resto da casa por mais ratoeiras e desmonte todas – ordenou ela, começando a descer as escadas. – Se mais fadas se machucarem, podemos ser punidos.

– Ela está muito ferida?

– As asas foram totalmente esmagadas – respondeu Tanya em voz baixa. – Acho que ela nunca mais vai voar.

Fabian saiu correndo e subiu as escadas. Portas se abriam e fechavam enquanto ele vasculhava os quartos. Na cozinha, Oberon se levantou e tentou pular nela, mas Tanya o espantou com medo de que o cachorro machucasse ainda mais a fada em sua mão.

Pela porta dos fundos, a menina podia ver Florence pendurando roupas no varal. Ela a chamou e esperou, ao lado da gaiola do General. O pássaro virou a cabeça para o lado, observando com interesse a fada que tremia na palma da mão de Tanya. Depois, estalou a língua, fazendo um ruído alto que assustou tanto a menina quanto a fada. Um instante depois, Florence entrou e fechou a porta. Deu uma olhada na mão de Tanya e apertou os lábios, tornando-os ainda mais finos.

— Como isso aconteceu? – perguntou. – Foi o Spitfire?

— Não – respondeu Tanya. – Foi uma ratoeira.

— Uma *o quê*? Quem diabos...

— Nell – apressou-se em responder a neta.

Florence apertou os olhos e estendeu a mão com urgência. Tanya pôs a fada nas mãos da avó com o máximo de cuidado possível. A criatura gemeu.

— Onde está a Nell?

— Foi até o correio em Tickey End – disse Florence. – Mas vamos ter uma conversinha quando ela voltar. – Ela marchou para fora da cozinha e começou a subir as escadas. Tanya hesitou, mas foi atrás da avó.

A porta do quarto de Florence estava entreaberta quando as duas se aproximaram, e Tanya se perguntou se ela notaria. Fabian devia ter entrado no quarto de Florence para procurar ratoeiras, mas, se ela percebeu, não mencionou.

Quando entraram no quarto, Tanya ouviu um barulho a algumas portas de distância. Fabian ainda estava fazendo sua busca. Florence fez sinal para que a menina fechasse a porta e se sentou na cama.

Se a situação fosse diferente, Tanya teria gostado da oportunidade de observar o quarto da avó, pois ela entrara poucas vezes nele. No entanto, não era o momento de satisfazer a própria curiosidade.

Florence acenou com a cabeça, indicando uma velha cômoda de carvalho embaixo da janela.

— Tem um kit de costura na segunda gaveta. Pegue para mim.

Tanya obedeceu. A visão de uma fotografia sobre a cômoda a distraiu por um momento. Era dela e da avó e havia sido tirada apenas algumas semanas antes.

— Abra a caixa — pediu Florence, fazendo-a voltar ao presente. — Tem uma bolsinha vermelha no fundo.

Tanya mexeu no conteúdo da caixa, espetando os dedos em agulhas perdidas. Embaixo de linhas emaranhadas, havia uma bolsinha de um vermelho vivo. A menina a pegou, o veludo macio entre os dedos, e pôs o indicador dentro dela.

Ela encontrou algo macio e frio e tirou de dentro da bolsa um pequeno novelo de linha que parecia de seda fina. O fio brilhou quando a luz do sol que entrava pela janela o atingiu.

— Você sabe o que é isso, não sabe? — perguntou a avó.

Tanya fez que sim com a cabeça.

— Cordaranha. — Ela olhou para a avó, sem entender. — Por que você tem isso?

— Não é só usada pelas fadas — respondeu Florence. — Também pode ser usada por nós, se soubermos como, e, claro, onde obter isso.

— Você pegou com a Morag — adivinhou Tanya.

— Foi. E mantive aqui, escondida, para problemas como este — afirmou a avó. — Ela pode curar. Pode costurar uma ferida e devolver a saúde às pessoas mais rápido do que qualquer remédio que conhecemos, se for usada logo. Preciso que você corte um pedaço e coloque numa agulha para mim.

— Como eu corto isso? — perguntou Tanya, confusa. — Achei que nada pudesse romper a cordaranha a não ser magia.

— Não pode ser cortada por mãos mortais — continuou a avó. — Mas existem outras maneiras, e nem todas envolvem magia.

— Então como se faz?

— Tem mais uma coisa na bolsinha.

Tanya levantou o saquinho de veludo e sentiu um pequeno objeto duro ainda dentro dele. A menina sacudiu a bolsinha, fazendo-o cair em sua mão. Era uma pequenina caixa de madeira. Tanya a abriu. Dentro dela, havia vários objetos estranhos: dentes de animais, pedaços de ossos e várias coisas em forma de meia-lua: garras de gato.

— São... — começou Tanya.

— É, do Spitfire — disse Florence. — Algumas eu cortei e outras ele deixou ao afiar as garras nos móveis.

— Para que servem?

— Para cortar a cordaranha — explicou a avó. — Como você já deve saber, uma cordaranha não pode ser destruída por humanos porque era usada para fabricar as redes que as fadas usavam para capturar crianças no mercado de *changelings*. Mas ela pode ser cortada por coisas naturalmente feitas para rasgar, como dentes ou garras de animais. O que quer que usemos deve estar vivo ou ter vindo de um ser vivo. Se o objeto for tirado de um ser vivo, como estes são, só pode ser usado uma vez.

Tanya fez que sim com a cabeça. Ela entendeu o valor da tesoura que Morag lhe dera — a tesoura que tinha perdido. Soltando um pedaço de fio, escolheu uma garra suja da caixa. Quando a encostou na superfície da cordaranha, o fio se separou sem esforço do novelo, que ela devolveu à bolsinha.

— Agora coloque-o numa agulha — pediu Florence.

Tanya pegou a tampa da caixa de costura, onde algumas agulhas estavam presas ao forro.

— Não, essas, não — disse Florence. — São de aço. O aço é feito de ferro, o que tira o poder da cordaranha.

— Então o que devo usar? — perguntou Tanya. Seus olhos pararam nas pequenas farpas de osso da caixa de madeira. Ela levantou uma com cuidado e a analisou, adivinhando que haveria, na parte mais larga, um buraco pelo qual poderia passar o fio. Rápida e habilmente, ela passou a cordaranha pela agulha e a entregou à avó.

A fada estava parada e quieta nas mãos de Florence. Por fim, havia desmaiado por causa da dor.

— Será que ela vai voar de novo? — perguntou Tanya, observando a avó começar a costurar habilmente os pedaços de asas.

— Não sei — disse Florence, agitada. — É possível que a gente tenha agido a tempo, mas a ferida foi muito grave. Não sei no que a Nell estava pensando quando pôs ratoeiras. Temos um gato em casa. A maioria das fadas sabe que deve ficar longe do Spitfire, mas nunca usei ratoeiras por medo de que alguma coisa dessas acontecesse.

Tanya observou a avó continuar a costurar. Os minutos seguintes passaram-se em silêncio, mas ele foi quebrado pelo barulho de passos na escada do lado de fora do quarto e por berros vindos do andar de baixo.

— O que foi agora? — irritou-se Florence. — Se isso tiver a ver com a Nell, eu vou ficar muito brava. Por favor, vá ver qual é o problema.

Tanya se levantou e saiu do quarto. Desceu as escadas correndo, mas parou em frente ao relógio de pêndulo. Um choro abafado podia ser ouvido dentro dele.

— Vai ficar tudo bem — sussurrou para o relógio. — Minha avó está ajudando. — O choro parou e Tanya continuou correndo na direção da cozinha, onde uma discussão já tinha começado.

— Não usamos ratoeiras — dizia Fabian friamente. — Temos um gato que sabe muito bem pegar ratos e camundongos!

— Ele é inútil! — retrucou Nell. — Mal consegue mastigar a própria comida com os dentes que ainda tem!

Tanya entrou de supetão na cozinha. Fabian e Nell se encaravam. O casaco da empregada estava pendurado em uma das cadeiras e ela acabara de pôr o General no poleiro fora da gaiola.

— Não sei por que está fazendo tanta confusão por causa disso — disse Nell, indignada. — Esta casa está cheia de bichos. Eu consigo ouvir os animais nas paredes, se mexendo. Estão até naquele relógio velho da escada! — Ela estremeceu, fazendo vibrar os ombros largos. A voz da empregada ficara aguda e, por causa disso, o General Carver balançava para um lado e para outro no poleiro, muito agitado. Oberon também parecia incomodado, com as patas sobre o focinho, deitado em sua cesta.

— Mesmo assim, Nell — disse Tanya, tentando esconder a própria irritação. — Nós não usamos ratoeiras. Minha avó está muito chateada.

— Chateada? — questionou Nell, sem acreditar. Ela pegou o casaco e o jogou num gancho atrás da porta dos fundos, assustando o General. — Chateada? Do jeito que vocês estão agindo, parece que é bom ter ratos em casa.

Uma rajada de ar frio entrou na cozinha quando Warwick passou pela porta dos fundos. Pela cara que fazia, ficou claro que já sabia que uma briga estava acontecendo.

— O que está havendo?

Essa última interrupção acabou sendo demais para o General. Com um grito e um bater de asas, ele saiu do poleiro e voou sobre a cabeça de Warwick, passando pela porta aberta e saindo para o jardim.

— Olhe o que vocês fizeram! — gritou Nell. — Volte aqui, Carver!

Warwick bateu contra o batente quando a empregada o empurrou e passou por ele. Tanya e Fabian correram até a porta e observaram o General fazer Nell dançar num ritmo alegre no jardim.

— Dá para alguém me contar o que está acontecendo? — exigiu Warwick.

Fabian apontou para a pilha de ratoeiras que reunira. Estavam todas em cima da mesa.

Warwick deu um suspiro, tirando os longos cabelos pretos do rosto.

— A Florence sabe disso? — perguntou. — Onde ela está?

— Lá em cima — respondeu Tanya. — Uma das fadas do relógio ficou presa numa ratoeira. Está muito machucada. Ela está tentando ajudar.

Warwick parecia ultrajado.

— Eu disse que essa Nell ia causar problemas. — Virando-se para o jardim, sua expressão piorou ainda mais. — Aonde ela foi agora?

O jardim estava vazio.

— Veja — disse Fabian de repente. — No portão. Veja!

Uma figura rotunda ia diminuindo de tamanho à distância, além da cerca do jardim. Acima dela, Tanya pôde ver um ponto no céu antes de ele desaparecer por completo.

— Ah, não... — suspirou a menina. — Acho que o General acabou de entrar no bosque... e a Nell vai seguir o bicho!

Warwick soltou um grunhido, parecido com o de um cachorro, se virou e saiu para o jardim.

— Aonde você vai? – gritou Fabian.

— Atrás dela, é claro! – foi a resposta indignada de seu pai. – A Nell não pode andar pela floresta sozinha. Não é seguro.

Tanya e Fabian trocaram olhares e, em seguida, pegaram os sapatos e casacos e saíram correndo atrás de Warwick. Tanya assobiou para Oberon, que ficou muito contente por poder ir atrás deles. Quando alcançaram Warwick, ele estava um pouco à frente do portão, andando rápido pela terra molhada.

Ainda não era noite, mas a escuridão já havia começado a aparecer, trazendo com ela um frio úmido outonal que subia pelo pescoço de Tanya como os tentáculos de uma criatura marinha. A menina podia ver o ar sair em pequenas baforadas pelo nariz de Warwick, dando a ele a aparência de um dragão irritado.

— O que vocês dois estão fazendo? – perguntou, com a voz rouca. – Não podem entrar na floresta. Voltem.

— Sabemos nos proteger – disse Fabian, apontando para seu casaco e para o de Tanya, que os dois tinham automaticamente vestido do avesso. – E talvez você precise de ajuda.

Warwick soltou uma risada.

— Fiquem perto de mim. Se eu mandar vocês fazerem alguma coisa, se eu mandar vocês fazerem *qualquer coisa*, obedeçam. Na hora, entenderam?

— Entendemos – responderam os dois em uníssono.

— E isso também não significa que vocês dois podem sair passeando por aí quando quiserem – continuou Warwick. – É só dessa vez.

Os três chegaram ao riacho. Pela segunda vez naquele dia – apesar de Warwick não saber –, Tanya e Fabian o atravessaram, seguindo o caseiro pela cerca de árvores que marcava o limite da floresta. Estava quase escuro e os dentes de Tanya começaram a bater, mas a reação não tinha tanto a ver com o fato de estar com frio, e sim com a lembrança da última vez que a menina entrara na floresta depois do pôr do sol. Fora na noite em que quase tinha ficado presa no reino das fadas...

— E agora? — Ela ouviu Fabian perguntar.

— Vamos esperar e ficar escutando — disse Warwick. — Ela deve estar fazendo barulho suficiente para acordar metade da floresta. Assim vamos conseguir achar a Nell.

Antes que ele tivesse terminado a frase, os três ouviram uma voz aguda, gritando de dentro da floresta:

— General Carver! Onde você está, meu amor?

Tanya sentiu uma inesperada pontada de solidariedade quando ouviu a voz trêmula da empregada. Ela parecia estar com medo, além de preocupada com o bicho de estimação.

— Por aqui — ordenou Warwick, calmo, guiando-os por uma trilha estreita. — E tomem cuidado com o local que vocês pisam. Há anéis de fadas por toda parte nessa época do ano. Não entrem neles.

Tanya e Fabian não disseram nada, lembrando-se da conversa sobre o mesmo assunto que tinham tido mais cedo.

— Carver! Eu exijo que você volte agora! — A voz de Nell estava mais próxima. Adiante, eles podiam ouvir o barulho de galhos baixos sendo empurrados e o ruído de arbustos sendo esmagados por um passo pesado. Estavam perto.

— Só Deus sabe quantas ratoeiras ainda estão lá — murmurou Fabian. — Ela deve ter matado metade das fadas do solar...

— Fique quieto — ordenou Warwick, baixo. — Tem alguma coisa errada. Escutem!

Os dois pararam ao ouvi-lo e prestaram atenção. Nell estava gritando. Era um som de surpresa lancinante e agudo. Por trás dele,

Tanya pôde ouvir música. Um violino ou uma rabeca de algum tipo, um apito fino e uma batida irregular, como se viesse de um tambor.

– Por que ela está gritando assim? – perguntou Fabian.

– E que música é essa? – pensou Tanya em voz alta. – A melodia parece familiar, mas não sei de onde...

– Música? – Fabian olhou para ela, os olhos azuis curiosos. – Não estou ouvindo música alguma, só a gritaria da Nell...

Os dois olharam para Warwick. A expressão dele era preocupada.

– Nem eu – disse. – E isso não é bom sinal!

O caseiro correu na frente, com Tanya e Fabian em seus calcanhares. A menina levou um susto quando olhos piscaram para ela, irritados, de dentro de um buraco numa árvore. Ela continuou a correr atrás de Warwick, até que Fabian ficou a seu lado e a ultrapassou.

De repente, os gritos de Nell ficaram muito próximos, e Warwick empacou. Fabian escorregou até parar, um pouco atrás do pai, e ficou congelado, a boca aberta de surpresa. Tanya correu atrás deles. Seu peito zumbia por causa da respiração ofegante.

No meio de um grande anel de cogumelos vermelho-vivo estavam quatro criaturas, dançando freneticamente ao som de uma melodia estranha. Três das criaturas eram músicos e fadas. Nell era a quarta e acompanhava a canção com um olhar surpreso no rosto. Ficou claro para Tanya que Nell não tinha controle dos membros e que, para piorar, agora que estava dentro do anel, a empregada podia ver os companheiros de dança tão bem quanto Tanya.

– Nell, o que diabos você está fazendo? – perguntou Fabian. – Você ficou maluca?

– Ajudem-me – implorou Nell, ofegante. – Façam essas coisas pararem!

– Essas coisas?

— Ela não está sozinha — disse Tanya, sabendo que Fabian não podia ver as estranhas companhias de Nell. — Está sob o efeito de algum tipo de encantamento.

— O que você está vendo? — indagou Warwick. — Descreva as criaturas.

Tanya olhou para ele, surpresa. A menina havia suposto que Warwick seria capaz de ver as fadas dançarinas, pois, apesar de ter consciência de que ele não possuía o dom da visão, sabia que o caseiro usava o mesmo tônico que Fabian usara para poder ver fadas temporariamente.

— Usei o colírio mais cedo — disse ele, lendo os pensamentos da menina. — Mas o efeito acabou e eu não tenho mais.

Tanya fez que sim com a cabeça. Agora entendia por que Warwick permitira que ela e Fabian o acompanhassem na floresta: ele precisava que Tanya ficasse de vigia.

— Há três criaturas com a Nell — disse a menina em voz baixa. — Estão tocando instrumentos e dançando com ela. Um tem uma rabeca. É da altura do Fabian e parece meio humano, meio bode. Tem pernas de bode e cascos nas patas e dois pequenos chifres na cabeça.

— O que vocês são? O que vocês são? — Nell perdia o fôlego.

— Um fauno — respondeu Warwick, apertando os olhos. — E os outros?

— Um goblin — respondeu Tanya com certeza. — Da altura dos seus joelhos, parece sujo. Está batendo num prato com uma colher. — Quando falou, o goblin olhou para ela sorrateiramente e sorriu, mostrando os dentes grandes e amarelados típicos de sua raça.

— O terceiro é um velhinho, que está usando roupas antigas. Parece um pouco com o duende caseiro da caixa de chá, mas é mais magro. Está tocando um apito fino.

— Mais alguma coisa? — perguntou Warwick.

— Estão dançando em torno de um frasco vazio.

— Como você sabe que está vazio?

— O frasco está deitado e tem uma rolha do lado dele.

— Bêbados... — disse Warwick com nojo, mas mostrando um leve alívio na voz. — Parece que são apenas brincalhões, mas podem estar indo para o reino das fadas. Precisamos tirar a Nell dali.

— Como vamos fazer isso?

— Vou estender o braço e puxar a Nell para fora — disse Warwick.

— Isso vai funcionar? — perguntou Fabian, duvidando.

— Contanto que eu mantenha um pé do lado de fora do círculo e segure bem firme, deve dar certo.

— Faça alguma coisa! — esperneou Nell, agora pulando loucamente em um pé só.

Warwick plantou um pé no chão da floresta, pronto para agir no momento certo.

— Fiquem para trás — ordenou a Tanya e Fabian. Depois, disse a Nell, que ia dar outra volta no círculo — Prepare-se. No três... Um, dois...

Quando Nell chegou perto de Warwick, ela estendeu o braço para pegar na mão do caseiro. Ele pôs um pé dentro do anel de fadas e também estendeu o braço para ela. Os dedos dos dois se encostaram levemente, mas Nell tropeçou no pé de Warwick. Cambaleando, ela quase caiu, mas conseguiu se ajeitar no último minuto. O resultado da história foi desastroso. Bem atrás da empregada estava o fauno, que logo pegou a mão de Warwick no lugar de Nell. O movimento pegou o caseiro de surpresa... jogando-o para dentro do anel de fadas junto com Nell e o resto dos dançarinos. Tudo que ele pôde fazer foi dançar, impotente, ao som da música encantada das fadas.

AS 13 MALDIÇÕES

— Pai! — gritou Fabian, correndo para ele.

Tanya o agarrou e o puxou.

— Fique aqui!

— O que vamos fazer? — berrou ele. — Como vamos tirar os dois dali?

— Não tentem fazer nada! — exclamou Warwick. — Voltem para o solar agora!

— Mas...

— Vão embora! *Agora!*

— Vamos — disse Tanya, puxando o braço de Fabian. — Temos que conseguir ajuda. Não podemos nos arriscar mais. Podem acabar pegando nós dois também.

Eles se afastaram do anel, tomando cuidado com o local em que punham os pés. Depois de darem alguns passos, a música tocada foi se alterando e ficou fora de ritmo. A dança mudou e, diante dos olhares horrorizados de Tanya e Fabian, os músicos pularam do anel de fadas para outro ao lado, continuando a dança por alguns minutos. Depois, novamente, o tom mudou e eles passaram para outro anel de fadas próximo, movendo-se gradualmente para dentro da floresta.

— Para onde eles estão sendo levados? — disse Fabian, ofegante.

— Não sei — respondeu Tanya. — Mas temos que ir e rápido.

Enquanto ela falava, os músicos, Nell e Warwick desapareceram, depois de serem engolidos pela floresta.

— Qual é o caminho de volta? — perguntou Fabian em pânico. — Não consigo pensar. Não me lembro de que direção nós viemos!

Tanya pôs a mão no bolso e tirou a bússola.

— Por aqui — disse, olhando para a agulha e apontando com calma.

Fabian olhou para a bússola, confuso.

— Mas hoje de manhã... Íamos devolver isso para a Louca Morag...

Tanya balançou a cabeça.

— Eu sei. Era isso que eu ia dizer quando você encontrou a primeira ratoeira. Ainda bem que não conseguimos devolver a bússola. Ela ainda está funcionando. — A menina olhou para as árvores, para o espaço onde Warwick e Nell tinham sido vistos pela última vez. — O que é ótimo, porque vamos precisar dela.

9

S PALAVRAS DE ELDRITCH ECOARAM NA cabeça de Red.
— O novo... *disfarce* dela?
— Foi o que eu entendi — foi a resposta. — Ela tem se transformado em mendiga há algum tempo...

Os dois levaram um susto quando o alçapão foi aberto e, com um grito triunfal, a Bruxa Solitária jogou outro corpo no porão. Ele caiu ao lado de Red com um grunhido. Nos segundos seguintes, antes de o alçapão ser fechado de novo, a menina pôde ver o prisioneiro rapidamente.

Era um homem. Parecia da mesma idade que o pai dela, o que queria dizer que tinha cerca de quarenta anos, e não havia nada nele que sugeria que fosse uma fada. Estava malvestido, com roupas de trabalho: um casaco longo e escuro e calça cotelê grossa. As roupas estavam cheias de lama, assim como as botas pretas. Os cabelos eram pretos, apesar de grisalhos em alguns pontos, longos, pouco abaixo dos ombros, e malcuidados. O rosto do homem estava contorcido de dor — por uma boa razão.

Ele fora amarrado. Os braços estavam presos ao lado do corpo e os tornozelos posicionados de um modo que parecia tão desconfortável quanto pouco natural. Em alguns pontos, a menina podia ver algo brilhando – algo quase invisível ao olho humano, que parecia uma teia de aranha. Ao olhar com mais cuidado, ela percebeu o mesmo material brilhante em torno da boca do homem.

Red reconheceu o fio. Eram pequenos pontos precisos, feitos com cordaranha. A boca da menina se escancarou de nojo: os lábios do homem tinham sido costurados.

Ele começou a gemer, como se tentasse falar por trás dos lábios fechados. Tudo que se pôde ouvir foi um zumbido vindo do nariz do homem.

– Vai ter que falar mais alto – comentou Eldritch. – Não entendi direito o que você disse.

– Você é nojento! – retrucou Red, sem conseguir tirar os olhos dos lábios do homem.

A visão era de revirar o estômago. Algo dentro dela se acendeu, um instinto primitivo de sobrevivência. Ela começou a lutar de novo com as cordas, brigando para passar as mãos amarradas de trás para a frente. Usando o último resquício de força, lutou para empurrá-las pelos quadris finos, rezando para que seu corpo infantil fosse sua salvação. Na quarta tentativa, os braços passaram e, com um breve grito de alegria, ela fez as mãos dormentes escorregarem pelos tornozelos até a frente de seu corpo. Era um pequeno triunfo, mas, ainda assim, um triunfo. A menina se deitou, tremendo, no chão de pedra congelante e tentou recuperar um pouco das forças. O alívio não durou muito: a sensação de algo espetando seu tornozelo voltou e agora estava muito pior.

Mexendo os dedos para fazer com que voltassem um pouco à vida, ela cutucou a parte inferior da perna por cima da calça. Logo eles entraram em contato com algo pequeno e duro. A pressão extra que sua mão fazia causou um arrepio de desconforto na pele abaixo do tecido. Contorcendo-se, Red usou os dedos retorcidos para puxar a barra da calça para cima. Devia haver algum galho preso em sua roupa, espetando-a. Mas não havia um galho embaixo da calça.

Uma pequena tesoura prateada e decorada estava presa a um fio solto da perna da calça. Ela estava aberta e uma das pontas, enfiada na pele da menina. Havia uma mancha escura de sangue onde o objeto furara a perna. O coração de Red se encheu de esperança quando viu a tesoura. Sabia que não era uma tesoura comum. Tinha pertencido a Tanya e cortava qualquer coisa menos metal, madeira e pedra. Colocando o polegar e o indicador nela, a menina torceu a tesoura e cortou o fio onde o objeto estava preso.

— O que você tem aí? — perguntou Eldritch, subitamente alerta. — Mostre o que você tem na mão!

— Fique quieto — disse Red, concentrando-se. — Para sua frustração imediata, não conseguiu posicionar a tesoura de modo que pudesse soltar as próprias mãos. Tentou por vários minutos e acabou desistindo ao sentir câimbras nos dedos e deixar a tesoura cair no chão pela terceira vez. Com um grunhido, ela engatinhou até o homem com os lábios costurados. Ele olhou preocupado para a menina e para a tesoura em sua mão. Red viu que tinha os olhos claros, azuis ou acinzentados. Era difícil dizer na luz fraca.

— Vou cortar os pontos que estão fechando sua boca — sussurrou ela, corajosa. — E depois você vai falar. Vai me dizer como veio parar aqui. Se acreditar no que disse, vou soltar você, contanto que corte as cordas dos meus pulsos. Entendeu?

O homem fez que sim com a cabeça, animado, seus olhos arregalados e vermelhos.

— Está bem — disse Red. — Agora fique quieto.

— E eu? — choramingou Eldritch. — Estou aqui há mais tempo! Veja se consegue me ajudar!

— Cale a boca — respondeu a menina, agora irritada. — Já vou até aí. — *Se você tiver sorte*, completou em silêncio.

Ela estendeu as mãos, apertando os olhos para ver na luz fraca. A aparência de seda da cordaranha ajudava em um aspecto: os pontos brilhavam, fazendo com que a menina pudesse vê-los. Inclinando-se sobre o homem, pôs a tesoura embaixo de um ponto que parecia mais solto. Um pontinho vermelho-escuro apareceu na pele dele quando a tesoura o cortou, mas o homem permaneceu em silêncio. Ela fechou a tesoura e a cordaranha se soltou. A menina tirou a tesoura da boca do homem e a reposicionou embaixo de outro ponto. Este estava mais apertado. Os olhos dele se fecharam com força enquanto tentava não se afastar instintivamente. Gotas de suor se formavam nas rugas de sua testa. Red cortou de novo, e continuou cortando até retirar todos os pontos.

— Acabou — disse por fim. — Pode abrir a boca agora.

Com cuidado, o homem separou os lábios.

— Obrigado — sussurrou. — Obrigado, obrigado...

Red deixou que ele se recompusesse antes de continuar. Não tinha tempo a perder. A Bruxa Solitária poderia voltar ao calabouço a qualquer momento.

— Quem é você, garoto? — perguntou o homem.

A palavra "garoto" a confundiu momentaneamente, antes que se lembrasse de sua aparência. Parecia um menino com os cabelos curtos e espetados e as roupas masculinas. Com tudo que havia acontecido desde que chegara ao reino das fadas, ela havia se esquecido completamente do disfarce. Abaixou a voz antes de responder:

— Pode me chamar de Red.

A menina pensou ter visto um brilho aparecer nos olhos do homem, uma leve visão do que quer que estivesse passando por sua cabeça. Mas, antes que pudesse tentar entender, o brilho sumiu.

— Entendi — disse ele, tossindo de repente. — Eu tinha me esquecido sobre a história dos nomes neste lugar. Vou ter que pensar em um para mim, um tipo de apelido para você me chamar.

Red ficou imediatamente preocupada.

— O que você sabe sobre o reino das fadas?

— O suficiente para não dizer meu nome verdadeiro — disse o homem. — Mas deu para ver que não era o bastante para fugir das garras do que quer que essa coisa lá de cima seja. — Ele observou Eldritch e voltou a olhar para Red. — Há quanto tempo estão aqui?

— Menos de um dia — respondeu ela, mantendo a voz baixa e grossa. — Na verdade, algumas horas.

O homem olhou para ela em silêncio, mas a menina teve novamente a sensação de que algo estava acontecendo atrás dos olhos claros, de que ele sabia algo sobre ela. Aquilo a deixava incomodada.

— Chega de falar sobre mim — disse, apertando os olhos. — Como você veio parar aqui?

Do canto do calabouço, ela sentiu, mais do que viu, Eldritch se aproximar para ouvir a resposta do homem.

— Por acidente — afirmou ele. — Estava tentando ajudar alguém. Nossa empregada. Ela correu para a floresta atrás do pássaro de estimação, que tinha fugido. Eu corri atrás dela e encontrei a moça dançando em um anel de fadas. Tentei puxar a mulher dali e acabei sendo arrastado para dentro. Havia três outras fadas dançando, cantando e tocando instrumentos. Fomos levados com a dança, a música era encantada... Foi impossível resistir.

— Onde ela está? A empregada?

— Não sei. Nós nos separamos quando meu pé ficou preso numa armadilha. — Ele olhou para baixo. Red seguiu seu olhar. Na bota esquerda, podiam-se ver furos no couro, como se um crocodilo tivesse mordido o pé do homem. Sangue saía dos buracos. — As fadas continuaram dançando e entrando na floresta — continuou ele. — Acho que não perceberam que eu não podia mais seguir o grupo. Não sei onde ela está agora, mas tenho que encontrar essa moça e sair daqui.

— Mas você sabia sobre o reino das fadas? — perguntou Red. — Sabia que essa empregada tinha ficado presa no anel de fadas? Como você sabia, você tem o dom da visão?

O olhar do homem passou para Eldritch. Parecia relutante em responder.

— Não — disse, em tom baixo. — Mas outras pessoas que conheço têm. E já usei uma coisa antes. Uma solução que me permitia ver as fadas, mas não estava usando hoje. Foi tudo muito rápido e inesperado. Corri para a floresta sem me preparar direito.

Red fez que sim com a cabeça, relaxando um pouco.

— Acredito em você — disse.

— Ótimo — respondeu o homem, fraco. — Agora me solte e vamos sair daqui.

— Você acha que é fácil? — riu Eldritch. — Mesmo que consigam se soltar, sair do chalé é uma outra história. O alçapão vai estar trancado e eu garanto que a Bruxa Solitária usou mágica para evitar que as pessoas fujam daqui contra a vontade dela.

— Vamos pensar nisso quando for preciso — respondeu Red, encarando-o.

— Onde você conseguiu isso? — perguntou o homem, olhando impressionado para a tesoura.

A voz de Red falhou:

— Era de outra pessoa. Acabei ficando com ela por acidente.

— Você roubou! — acusou Eldritch.

— Não, não roubei! — retrucou Red. — Nem sabia que tinha trazido isso comigo. A tesoura ficou presa na minha roupa. Por isso a Bruxa Solitária não achou...

Ela parou de falar de repente quando ouviu um som vir do andar de cima. O alçapão estava sendo aberto.

— Ela está vindo para cá! — sussurrou Eldritch.

Red se afastou do homem e escondeu a tesoura no primeiro lugar em que pôde pensar: embaixo da palha úmida. Quase vomitou ao sentir o cheiro forte e se forçou a empurrar a tesoura para dentro da pilha podre. Só tinha alguns segundos para voltar e se jogar onde estava antes que a bruxa abrisse o alçapão e pisasse o primeiro degrau que levava ao porão.

O coração da menina disparou à medida que a bruxa se aproximava. Ela estava sozinha e Red sabia que aquilo significava que viera pegar um dos prisioneiros. Seu coração batia como o de um coelho ao ser visto por uma raposa. Não era da natureza de Red ficar paralisada de medo — na verdade, seu instinto era correr. No entanto, agora estava sendo forçada a ficar parada, a lutar contra a vontade de fugir. Não adiantava correr se não havia lugar para onde ir. Mesmo assim, ela olhou para os degraus que levavam ao chalé. Será que conseguiria, se corresse rápido o bastante? Era inútil tentar sem as mãos para se equilibrar. Um tropeço seria o fim da tentativa se ela não tivesse os braços livres para amparar uma queda. E não havia dúvida de que a raiva da Bruxa Solitária seria enorme e instantânea. Por isso, a menina ficou parada, esperando.

A bruxa se aproximou, evitando a palha imunda. O que Red temia se confirmou quando a mulher se ajoelhou ao lado dela e seu cheiro podre invadiu o ar. Ela agarrou os cabelos de Red, fazendo a menina virar a cabeça para encará-la. A luz do chalé fez algo brilhar... Um pedaço de espelho quebrado que iria cortá-la.

Red viu o reflexo dos próprios olhos arregalados de medo. Ouviu um barulho de algo sendo rasgado quando o espelho cortou uma mecha de seus cabelos e a bruxa largou sua cabeça, ofegante. O couro cabeludo da menina latejava. Ela viu a bruxa sacudir a mecha sobre algo oval, claro e uniforme: uma casca de ovo vazia. Depois, levantando o pedaço de espelho de novo, a bruxa agarrou a mão da menina e puxou-a para si. Red sentiu dor no polegar e percebeu que sua pele fora rasgada. Sem falar nada, a bruxa levantou o polegar da menina e o espremeu com força, coletando três gotas de sangue na casca de ovo, junto com a mecha de cabelos. O pedaço de espelho se juntou aos outros dois ingredientes segundos depois. Red perdeu o fôlego, se afastando instintivamente. Com uma risada grosseira, a bruxa soltou o braço da menina e atravessou o porão, voltando a subir os degraus. O barulho do alçapão pareceu o de um túmulo sendo fechado.

— O que ela está fazendo? — gemeu Red, chupando o dedo que sangrava. — Por que pegou meus cabelos e meu sangue?

— Não entendeu ainda? — respondeu Eldritch. — Por que você acha que ela pegou seus cabelos e seu sangue? Por que acha que ela cortou tudo com um pedaço de espelho quebrado? E por que acha que vai cozinhar tudo numa casca de ovo?

Red o encarou, remoendo as palavras:

— Cabelos... sangue — sussurrou ela. — Um espelho quebrado... reflexos. Um ovo... uma nova vida...

— Isso mesmo — disse Eldritch de modo assustador. — Você vai ser o glamour dela. O novo disfarce. — Ele inclinou a cabeça e olhou para o teto. — Vai escutar a bruxa daqui a pouco. Já ouvi isso duas vezes.

Red levantou a cabeça. Acima deles, a Bruxa Solitária começou a cantar:

Pelas minhas veias, sangue fluirá,
Três gotas na casca de ovo,
Em minha cabeça, cabelo crescerá
E o velho se tornará novo.
Reflexos do antigo ardor
Misturados à nova roupa
Criarão um novo glamour.
Do feitiço surgirá outra polpa.
Torce, retorce e convence
A percepção de quem vê.
Mortal, fada, príncipe ou pobre
Sucumbirão a este feitiço nobre.
Assim como a cobra troca de pele
E uma nova cresce no lugar,
O camaleão me dará a dele
E me ajudará a mudar.

O encantamento parou por um instante e recomeçou:

Pelas minhas veias, sangue fluirá,
Três gotas na casca de ovo...

Red se virou para Eldritch. Das sombras, ele a observava com atenção.

— O que vai acontecer comigo? — perguntou, preocupada. — Quanto tempo tenho antes que ela... comece a ficar igual a mim? E o que vai acontecer quando fizer isso? Vou ficar igual a ela ou quem quer que ela finja ser agora?

Eldritch a encarou de volta, um sorriso confiante nos lábios.

— Responda! O que vai acontecer?

— Você não vai ficar igual a ela, não — disse ele, por fim. — Mas quando ela... se transformar em você, vai começar a se sentir estranha... Fora de lugar. Vai começar a ter visões de coisas que nunca fez nem viu e lembranças que não são suas, mas dela. Quanto mais ela usar você, menos vai se sentir você mesma.

— Mas como isso pode acontecer? — sussurrou Red, horrorizada.

— Porque ela vai sair, vai ver e fazer coisas como você. Enquanto isso, você vai estar aqui, entre essas quatro paredes, triste e desesperada. Pode levar muito tempo, meses até, antes de você parar de se sentir você mesma. E ela vai se sentir mais *você* do que você mesma.

— Quanto tempo leva para que o feitiço transforme essa mulher em mim? — perguntou Red, tentando evitar que sua voz tremesse. — Quanto tempo eu tenho?

Eldritch deu de ombros.

— É difícil dizer. Foi diferente com os outros que ela usou antes. Um levou apenas alguns minutos. Quando a bruxa levou o cabelos e o sangue, ele começou a enlouquecer de medo, o que pareceu acelerar o feitiço. O outro levou mais tempo. Já era de manhã quando fez efeito. Ela passou a noite cantando. Achei que aquelas palavras nunca mais sairiam da minha cabeça... — Ele parou de falar.

— Temos que sair daqui — disse o homem, de modo grosseiro.

— Não vamos conseguir — argumentou Eldritch. — Já falei, ela tranca o alçapão. E é o único jeito de sair.

— Então vamos esperar que a bruxa desça de novo — afirmou Red.
— E vamos correr.

— E eu? — perguntou Eldritch. — Não posso fugir. Não com isso me prendendo! — Ele puxou o pulso preso à corrente e resmungou um palavrão. — O único jeito de sair daqui é com a chave. Alguém vai ter que segurar a bruxa, surpreender aquela mulher.

Red olhou para o outro humano, tentando ler a expressão dele. O homem se manteve em silêncio e pareceu pensar. Seu rosto estava parcialmente escondido pelas sombras.

— É — murmurou ele por fim. — Segurar a bruxa é o único jeito de nós três fugirmos daqui. Então é isso que vamos ter que fazer.

— Muito bem — disse Red. — Respirando fundo, ela mergulhou a mão na pilha de palha fétida e procurou a tesoura. Por fim, achou-a e a tirou dali, secando-a em uma das poucas áreas de palha seca. Aproximando-se do homem, ela começou a cortar a cordaranha que o prendia. Depois de alguns minutos, ele estava livre e sacudia os braços e as pernas, tentando espantar as câimbras. Red esperou, se esforçando para domar a impaciência, enquanto ele se sentava. O homem estendeu a mão para pegar a tesoura e olhou nos olhos dela.

— Dê a tesoura para mim. Vou cortar suas cordas.

A menina hesitou.

— Se você tentar fazer alguma coisa, vai se arrepender — ameaçou.

O homem olhou para ela, surpreso.

— Tipo o quê?

— Tipo não me devolver a tesoura — disse Red. Para provar o que dizia, olhou para o pé ferido do homem. — Se tentar correr, não vai muito longe. Vou piorar esse ferimento dez vezes mais. — A menina não desviou o rosto do olhar surpreso que recebeu como resposta e torceu para parecer convincente, embora seu coração estivesse mais disparado do que um carro em alta velocidade.

Eldritch soltou uma risadinha divertida.

– Não vou tentar fazer nada – disse o homem com calma, sem desviar os olhos.

Por fim, Red entregou a tesoura. Em silêncio, ele cortou a corda que prendia os pulsos da menina e esperou, paciente, até que ela esfregasse e tirasse a dormência das mãos. Sentia dores, mas mesmo assim arrancou a tesoura da palma da mão do homem e a escondeu num bolso interno da calça.

– E agora? – disse ela a Eldritch. – Quanto tempo vai levar até que ela desça de novo?

– É impossível adivinhar. Podem ser minutos ou horas.

Apesar de ninguém ter dito nada, Red sabia que teria que derrubar a Bruxa Solitária. A ideia a assustava mais do que qualquer coisa o fizera em muito tempo. Mas não havia outra opção. Eldritch não podia se mexer e o pé do humano estava machucado demais para que se movesse rápido o suficiente. Tudo dependia dela. E agora só restava esperar.

– Vamos conversar – disse ela por fim, desesperada para pensar em alguma coisa, *qualquer coisa*, menos no que estava por vir.

– Sobre o que quer conversar? – perguntou Eldritch.

– Por que não sobre nós mesmos? – sugeriu o homem. – Parece um bom ponto de partida. – Ele fez uma pausa e mudou de posição para soltar os cadarços da bota que cobria o pé ferido. – Se vamos trabalhar juntos para sair daqui, então temos que saber mais uns sobre os outros.

Red assentiu. Acima dela, o encantamento da Bruxa Solitária continuava, baixo e regular:

AS 13 MALDIÇÕES

Torce, retorce e convence
A percepção de quem vê...

Ela estremeceu, ansiosa por esquecer o som horrível.

— Ótimo, eu começo. — Fechou os olhos, permitindo-se lembrar do passado. — Estou aqui por causa do meu irmão. Ele foi levado em fevereiro do ano passado. Vim pegar meu irmão de volta.

10

NO PRIMEIRO DIA NO ORFANATO, O SR. OSSOS tinha desaparecido quando Rowan acordou. Uma das gêmeas devia ter entrado sem fazer barulho e pegado o bicho de pelúcia de volta. Rowan dormira mal e, enquanto se sentava na cama, lembranças de pesadelos a cutucavam como espinhos venenosos.

Ela tirou as cobertas e passou as pernas para o lado da cama. Na mesa de cabeceira, havia um despertador. Ainda era cedo, pouco antes das sete da manhã. Olhou para ver se James estava bem. Ele estava acordado, deitado quieto no berço. Quando Rowan se inclinou e estendeu os braços, o irmão abriu um sorriso. Pegou no braço livre da irmã e se levantou, depois segurou na lateral do berço, batendo os pés enquanto observava o quarto.

— Quero a mamãe — disse.

— Eu sei — sussurrou Rowan. — Eu também. — Ela deu um tapinha leve na mão gordinha do irmão e se afastou para desfazer a mala.

— Quero a mamãe — repetiu James, aumentando o tom de voz. — Quero o papai.

— Agora fique quietinho — pediu Rowan, olhando para ele.

Os grandes olhos azuis do irmão a seguiram, confusos, enquanto ela começava a pôr as roupas nas gavetas.

AS 13 MALDIÇÕES

Quando desfez a mala e entrou no banheiro, a água já estava morna e o ralo entupido com cabelos de novo, logo comidos pela fada nojenta do ralo. A menina tomou banho, se vestiu e, em seguida, uma funcionária do berçário veio buscar James. Depois de protestar um pouco, Rowan teve que se contentar em saber que o veria ainda naquela manhã.

O primeiro café da manhã foi o pior possível. Rowan nunca havia gostado de ser o centro das atenções, mas, por ser nova, o centro das atenções era exatamente o que ela era. Algumas das meninas sussurravam e apontavam para Rowan. Umas davam sorrisos tímidos, e outras, diziam palavras de apoio. Outras a observavam simplesmente com uma curiosidade descarada. Ela não devolveu nenhum dos gestos. Rowan encarava a tigela, cheia de um tipo de cereal açucarado. Seu estômago roncava, mas a ideia de comer a deixava enjoada. Em vez disso, bebeu chá morno de uma xícara lascada. Logo duas crianças pequenas pararam ao lado dela.

— Oi — disse a da esquerda com uma voz alegre. — Qual é o seu nome?

Rowan olhou para cima e viu um rosto simpático e cheio de sardas, emoldurado por cabelos pretos curtos. Percebeu que era uma das gêmeas que a haviam observado da porta na noite anterior.

— Meu nome é Rowan — respondeu.

— O meu é Penny — disse a gêmea. — E esta é a minha irmã, Polly. Temos nove anos, mas a Polly é vinte e quatro minutos e meio mais velha do que eu. Estamos aqui há dois meses. Nós...

— Pare de tagarelar — interrompeu a outra gêmea. — Não deu para ver que ela quer ficar sozinha?

Rowan se virou para olhar para a segunda menina, Polly. Tinha o mesmo rosto que a irmã, mas estava cheio de preocupação. Rowan tentou sorrir, mas sua boca não queria.

— *Ela fala demais* — *disse Polly.* — *Eu vivo dizendo isso, mas ela não liga.* — *Pôs a mão na cabeça e coçou os cabelos, que pareciam um esfregão preto.* — *Se você precisar de ajuda para saber onde são as coisas aqui, pode perguntar. Nós vamos mostrar a você.* — *E, virando-se para a irmã, ordenou:* — *Vamos, Penny.*

— *Esperem* — *pediu Rowan, sentindo de repente que não queria ficar sozinha.* — *Talvez vocês possam me mostrar o lugar depois do café da manhã.*

Havia várias outras meninas na ala em que Rowan estava, mas, ao longo do dia, ela se esqueceu do nome da maioria. Só prestou atenção naquelas que achou que teria mais contato.

— *Aquela é a Sally. Ela tem nove anos, igual à gente* — *disse Polly.*

Ao ouvir seu nome, Sally olhou para cima e abriu um sorriso simpático. Rowan deu um sorriso fraco como resposta, e desviou sua atenção para uma menina que estava sozinha e parecia se esconder, com medo, atrás dos cabelos.

— *Quem é aquela?* — *perguntou.*

— *Ah, aquela é a Lara* — *responderam as gêmeas em uníssono.*

Rowan descobriu que a menina, assim como ela, tinha uma irmã mais nova, de três anos. Viu as duas muitas vezes no berçário, quando ia visitar James. Às vezes elas conversavam, mas na maior parte do tempo Lara ficava sozinha. Rowan se perguntava qual era a história da menina, como ela chegara ali. A maioria das crianças estava no orfanato por causa de circunstâncias familiares infelizes. Algumas, como as gêmeas, tinham sido negligenciadas. Mas ninguém sabia a história de Lara. Nem parecia se importar muito com ela. Na verdade, ninguém prestava muita atenção naquela menina — *até o dia que sua irmã mais nova desapareceu.*

* * *

A tarde terminava quando aconteceu – três semanas depois de Rowan e James terem chegado. Rowan estava sentada no chão da sala de brinquedos, olhando para o livro de contos de fadas, com James no colo. Do outro lado do cômodo, as gêmeas estavam envolvidas em um jogo de cartas barulhento, enquanto Sally e duas outras meninas brincavam com um jogo de tabuleiro. As três haviam desistido de tentar fazer Rowan brincar com elas e deixado a menina sozinha com o livro. No colo da irmã, James fazia barulho, alegre. Ele já chorava menos por causa dos pais. Escondida, Rowan chorava mais por eles.

O braço quebrado ainda estava engessado, mas vinha melhorando. Infelizmente, ela era canhota e, até que o gesso fosse retirado, podia fazer pouquíssimas coisas. Vestir-se já era difícil, mas a coisa que Rowan mais queria era escrever uma carta. E era o tipo de carta que não podia ser escrita com a mão direita. Era uma carta importante, que precisava ser perfeita e, quanto mais o tempo passava e mais a menina pensava naquilo, mais monumental a tarefa ficava.

Rowan queria escrever uma carta para sua tia Rose, a irmã mais nova de sua mãe. Tia Rose, com seu chalé sujo e cheio de animais, cujo nome sempre punha uma pequena ruga de preocupação na testa da mãe e uma careta no rosto do pai. Era verdade que sua tia era estranha. Mas era o único parente que Rowan e James tinham. Por isso a menina decidira que ia pedir à tia Rose que tirasse ela e o irmão dali.

Rowan olhava para as páginas do livro, sem realmente prestar atenção nas lindas figuras coloridas que estavam diante dela. As ilustrações eram do conto A pequena sereia, *de Hans Christian Andersen. Era uma das histórias favoritas da menina, mas naquele dia sua cabeça estava ocupada em pensar como começaria a carta. Se fizesse tudo certo, conseguiria sair daquele lugar.*

A porta da sala de brinquedos foi escancarada e Lara entrou correndo, com o rosto pálido.

— Alguém viu minha irmã? — perguntou com a voz estranhamente alta. — E então? — Ela observou o local. Um monte de rostos impassíveis, inclusive o de Rowan, olhou de volta para ela. — Alguém viu minha irmã?

— O que quer dizer? — perguntou Polly. — Ela está no berçário, não está?

— Acabei de voltar do berçário — disse Lara. Ela respirava muito rápido. — Estava lá com ela e fui buscar um copo de água. Dois minutos depois, voltei e ela tinha sumido. Estamos procurando em tudo que é canto e ninguém consegue encontrar. Achei que ela podia ter andado até aqui.

Naquele instante, duas integrantes da equipe do orfanato, muito estressadas, correram para a sala. Rowan viu que uma delas era responsável pelo berçário e a outra era a faxineira, uma mulher estranha, de cabelos castanhos, parecidos com uma vassoura, e que calçava chinelos, apesar de ser inverno. Foi ela quem falou primeiro, chamando a atenção de Lara.

— Ela está aqui? Você encontrou sua irmã?

Lara balançou a cabeça e a expressão preocupada no rosto das duas adultas piorou.

— Não se preocupe, querida — disse a faxineira com carinho. — Ela não pode ter ido muito longe, não é? Deve estar só brincando de esconde-esconde. Vamos encontrar sua irmã logo.

Rowan se levantou, fechando o livro com força.

— Vou ajudar vocês a procurar.

— Nós também — disseram as gêmeas.

Um caos teve início quando o prédio foi virado de cabeça para baixo atrás da menina perdida. Todos os quartos e armários, todos os cantos foram vasculhados, mas, pelo que parecia, a irmã mais nova de Lara não estava em lugar algum. O tempo se arrastava e a equipe do orfanato começava a entrar em pânico. Muitos gritavam quando entravam nos cômodos. Chamavam pela menina:

— Megan? Megan?

Ou diziam uns aos outros:

— Que roupa ela estava usando?

— A irmã disse que era um vestido verde.

Apesar de todos estarem se esforçando para se manter calmos, a confusão e o caos eram assustadores. Então, quando Lara começou a chorar, as duas gêmeas gritaram:

— Aqui! Ela está aqui! Nós achamos sua irmã!

Rowan seguiu Lara, que agora soluçava, pelo corredor até o quarto da menina, de onde as vozes das gêmeas vinham.

Ali, dormindo pesado sobre a cama da irmã e com o dedo na boca, estava Megan. Tinha se enfiado embaixo das cobertas como um ratinho e se mexeu apenas quando Lara abriu caminho até o quarto e a pegou nos braços, abraçando-a com força.

— Onde você esteve? — choramingou Lara, mas só havia alívio em sua voz, não raiva. — Nunca mais fuja assim!

Megan abriu um grande bocejo.

— Estou com fome.

— Como não vimos a Megan? — perguntou Sally em voz alta. — Já tínhamos vindo procurar neste quarto.

— Ela estava hibernando como um ursinho — disse a faxineira, que fora a segunda a chegar ao cômodo.

À medida que mais pessoas chegavam, Rowan se afastou para não sufocar as pobres Lara e Megan. Como o drama havia acabado, ela pôde voltar para *a sala de brinquedos e pegar seu livro antes de levar James em silêncio para o próprio quarto. Deitou-se com o irmão nos braços e começou a ler para ele em voz baixa. Então, sem querer, adormeceu.*

A menina acordou com um susto e descobriu o quarto escuro. Horas deviam ter passado, pois a noite caíra. A boca de Rowan estava seca e a menina estava com frio. Ela se sentou, tremendo, e passou James para o braço livre. Ele estava acordado e sorria placidamente. Apenas quando olhou para a porta a menina percebeu que havia alguém parado ali, formando uma sombra na luz acesa do corredor.

Ela levou um susto e apertou James com mais força do que deveria.

— Desculpe — disse uma voz baixa. — Não queria assustar você.

— Lara? — perguntou Rowan, se recuperando. — Está tudo bem?

Lara hesitou.

— Não — sussurrou por fim. — Não está tudo bem. Eu acho... Acho que tem uma coisa muito errada.

Rowan se levantou e acendeu a luz, fazendo as duas piscarem por causa da claridade repentina. Uma olhada rápida para o relógio mostrou que eram quase oito horas da noite. Logo seria hora de dormir.

— O que houve? — perguntou.

— É a Megan — respondeu Lara. — Ela está diferente. Está agindo de um jeito... estranho.

— Talvez esteja doente — observou Rowan. — Peça para alguém medir a temperatura dela.

— Não, não é isso — retrucou Lara. — Ela não está doente, só está... diferente. Ninguém mais notou, mas ela... não está normal. Eu sou a única que poderia notar. Eu conheço minha irmã. Passo muito tempo com ela. É igual a você e ao James. Por isso procurei você.

AS 13 MALDIÇÕES

— O que você disse não faz sentido — afirmou Rowan. Um vestígio leve de irritação apareceu na voz dela. Mas a menina se arrependeu assim que viu os olhos de Lara se encherem de lágrimas. — Olhe — continuou rapidamente. — Sente-se aqui. Pense um pouco e tente me dizer o que está incomodando você. Seja específica.

Lara andou até a cama e se sentou nas cobertas amontoadas. Rowan se sentou ao lado dela.

— Ela está falando menos — começou Lara. — Costuma ser faladeira, mas quase não disse nada durante a tarde toda.

— Talvez esteja cansada — disse Rowan, mas Lara balançou a cabeça.

— Não. Parece... Parece que ela deu um passo para trás. Ou vários. Fica perguntando o que são as coisas, tipo um livro ou uma xícara, coisas que ela deveria saber. Coisas que ela sabe. Parece até que está voltando a aprender as coisas. E a voz dela também está diferente. Quando fala, soa estranho. A voz fica aguda primeiro e mais normal quando ela continua. E ela não para de comer. Pediu comida a tarde inteira, mas costuma ser fresca para comer. Agora come tudo que colocam na frente dela.

Rowan franziu a testa.

— Olhe, Lara, não quero ofender — disse com cuidado. — Mas talvez você esteja cansada ou chateada com o fato de a Megan ter sumido hoje cedo. Talvez você esteja imaginando coisas...

— Não me diga que estou imaginando! — Lara deu um tapa no travesseiro de Rowan, frustrada. Novas lágrimas começaram a correr pelo rosto da menina. Os olhos de James se arregalaram com aquela reação e ele começou a berrar. Mas Lara não notou. Em vez disso, se levantou e andou até a porta.

— *Vim até aqui porque achei que você entenderia. Seu irmão é o seu mundo, assim como a Megan é o meu. Eu saberia se alguma coisa estivesse errada. E estou dizendo que tem alguma coisa* muito *errada com a minha irmã!* — *Ela respirou fundo de repente e limpou o rosto com a ponta da manga.* — *Mas você nem liga.* Ninguém *liga!*

— *Espere, Lara* — *começou Rowan, assustada com a reação da menina, que costumava ser calma.* — *Eu ligo! Só...*

Ela parou de falar. Estava falando com o corredor vazio. Lara já tinha ido embora.

— *Ótimo* — *murmurou.*

Ficou sentada na cama por alguns instantes tentando decidir se deveria ir atrás de Lara e tentar se desculpar ou deixá-la sozinha até que a raiva passasse. No fim, a culpa levou a melhor. Suspirando, Rowan se levantou de novo, acalmando James, que ainda chorava em seu colo, e saiu do quarto. Indo para as escadas, passou pela sala de brinquedos, onde a maioria das meninas mais velhas estava sentada fazendo o leite durar o máximo possível para que pudessem ter mais alguns minutos de televisão ou de brincadeiras. Ignorou quando as gêmeas a chamaram e continuou andando.

O berçário ficava no térreo, na outra ponta do prédio. Era um cômodo grande, cheio de berços, brinquedos, cercadinhos e vários murais pintados nas paredes. Nos fundos do cômodo, portas envidraçadas davam para o jardim.

Lara estava sentada ao lado da cama da irmã, a alguns metros de distância. Assim que Rowan entrou no quarto, ficou claro que Megan estava fazendo manha. Lara simplesmente olhava para ela, sem se mexer.

— *Quero colo!* — *gritou a menininha, e até Rowan sentiu um arrepio ao ouvir a voz aguda e rascante. James começou a chorar ainda mais alto.*

Lara balançou a cabeça, mordendo o lábio.

AS 13 MALDIÇÕES

— Pelo amor de Deus, pegue essa menina no colo! — disse Rowan irritada, mas parou ao se aproximar e olhar o rosto de Lara. Estava cheio de medo.

A menina olhou para Rowan com um olhar congelado, chocado.

— Os cabelos dela — sussurrou. — Cresceram. Em um dia. Achei que estava imaginando, mas olhe! Não estou, estou? Diga que não estou!

Rowan olhou para a menininha. Assustada, percebeu que era verdade: os cabelos da criança tinham crescido pelo menos meio centímetro. A franja agora batia nos olhos dela.

— Não, não está.

De repente a criança parou de chorar e olhou diretamente nos olhos de Rowan.

— Estou com fome — disse, lambendo os lábios.

— Mas eu dei comida para ela! — chorou Lara, desesperada. — Dei comida para ela vinte minutos atrás!

Rowan não respondeu. Porque, ali, diante dela, algo estava acontecendo. Algo profundamente perturbador. Os olhos de Megan pareciam estar mudando de cor. Enquanto observava, as pupilas da menininha se dilataram, mais e mais, até preencherem toda a íris. Mas, mesmo assim, não pararam. Continuaram a crescer como se uma tinta negra tivesse sido derramada, até o branco dos olhos da menininha ficar negro também.

Rowan piscou, tentando entender aquilo tudo. Seus olhos deviam estar enganados, com certeza. Mas soltou um gemido de susto quando os cabelos escuros e a pele de Megan começaram a embranquecer de modo drástico e foram tomados por um estranho tom verde-claro.

— O que foi? — indagou Lara. — O que foi?

— Nada — conseguiu responder Rowan, apertando James junto a si e segurando a cabeça dele com força contra seu pescoço. De alguma maneira, ela *sabia que não importaria, que, se ele olhasse para a menininha na cama, não veria o que a irmã estava vendo. Porque era evidente que Lara também não podia ver o espetáculo horrível. Rowan deu um passo para trás quando as orelhas da menininha apareceram de modo repentino entre os cabelos. Agora estavam pontudas. Deu outro passo para trás quando os braços e pernas começaram a enrugar e aumentar. As mãos e os pés se tornaram desproporcionais em relação ao resto do corpo. Rowan sabia o que estava vendo, mas, no mesmo instante, percebeu que não podia falar com ninguém. Porque as pessoas não acreditariam. Ela mesma mal acreditava.*

— Quando... Quando você percebeu que havia alguma coisa errada? — sussurrou ela.

— Alguns minutos depois que encontramos a Megan, depois de ela ter sumido. Mas achei que estivesse imaginando.

Aquilo confirmava tudo. Enquanto a menina na cama a encarava e uma careta se formava em seu rosto, Rowan entendeu o que havia acontecido.

Alguém ou algo levara Megan e deixara uma criatura que não era a menininha em seu lugar.

O que quer que estivesse sentado na cama era um impostor. Não era a irmã mais nova de Lara. Era outra coisa. Era uma fada.

— Rowan, o que foi? Por que você está olhando para ela assim?

Rowan não conseguia desviar os olhos. Para seu alívio, a criatura voltou ao disfarce, à imitação de Megan. As características de fada se dissolveram e voltaram a ser humanas.

— Nada — gaguejou. — Não sei de nada.

Rowan passou por Lara, empurrando-a, e correu para a porta, agarrando James com força. Por alguma razão, estava sem fôlego, como se tivesse corrido por muito tempo, mas não parou até chegar ao quarto e fechar a porta atrás de si.

AS 13 MALDIÇÕES

Nunca contaria a ninguém. Não podia e não o faria. Disse a si mesma que não havia nada que pudesse fazer. A verdadeira Megan havia desaparecido. Agora Rowan tinha que se concentrar em tirar a si e ao irmão daquele lugar.

Ela realmente acreditava que não falaria nada.

11

A HISTÓRIA DE RED FOI INTERROMPIDA POR um grito arrepiante vindo do chalé. Rowan parou de falar e se encolheu. Algo se moveu sobre o alçapão e o silêncio tomou conta do calabouço.

— O que aconteceu depois? — insistiu Eldritch, sem mudar de assunto.

— O que está havendo lá em cima? — perguntou Red, esquecendo o passado por um instante. O horrível grito congelara até o último de seus fios de cabelo.

Eldritch se inclinou para a frente como se estivesse se esforçando para escutar algo. Depois, deu de ombros.

— Talvez alguém tenha vindo até o chalé — disse Red, com a voz animada. — Talvez consigamos ser resgatados!

Eldritch soltou uma risada sombria.

— Duvido. Se alguém tiver vindo, não é por uma coisa boa. Não perca seu tempo com esperanças.

— A esperança é a última que morre — disse o homem. Red olhou para ele e o viu encarar Eldritch com olhos apertados.

O homem-fada o ignorou e se encostou na parede, fechando os olhos escuros. Uma camada de suor cobria sua pele.

AS 13 MALDIÇÕES

Sem que esperassem, a tranca do alçapão foi aberta, fazendo os três pularem de susto. Houve uma pausa longa antes de a porta começar a ser aberta. Lenta, enlouquecedora. Em seguida, um pé apareceu no primeiro degrau.

— Rápido! — sussurrou Red. — Ela está descendo de novo!

A menina se arrastou para a palha fedorenta e se deitou com os olhos bem fechados, respirando de forma ofegante e fazendo parecer que ainda estava amarrada. Do outro lado, o homem fez a mesma coisa.

Um grunhido de revirar o estômago chamou a atenção dos dois para os degraus de pedra. O que viram fez com que se sentassem imediatamente, esquecendo-se de fingir.

A Bruxa Solitária tropeçava pela escada. Uma das mãos agarrava a própria garganta e a outra, a parede, buscando apoio. Ela encarava Red.

— O que... você... fez... comigo? — rugiu. — *Veneno... Você m-me... envenenou! Devia ter tirado seu couro... Devia ter arrancado suas entranhas como um coelho... na hora!*

Red se levantou rapidamente, cheia de adrenalina. O que estava acontecendo com a bruxa?

A mulher deu outro passo na direção dela com a mão estendida. A pele borbulhava como se algo estivesse fervendo na superfície.

— Vai pagar... por isso! — disse com a voz ameaçadora, os olhos cheios de malícia. Depois se encolheu com um grito. — Faça isso... parar... Eu imploro... Faça... parar! *Por favor...*

Ela acha que eu fiz isso, percebeu Red, confusa e assustada. *Ela acha que eu a envenenei de alguma maneira.*

— O que está acontecendo com ela? — gritou Eldritch, levantando-se num pulo. Seu rosto estava animado de alegria. A corrente presa à algema fazia muito barulho.

125

— Veneno... *Envenenou-me...*

Red não tinha ideia do que estava acontecendo, mas sabia que aquela seria a única chance de fugirem. Ela *tinha* que aproveitar.

— Solte nós três — disse. Sua voz estava firme e fria. Era uma voz que ensaiara bem.

A bruxa caiu a seus pés, contorcendo-se no chão.

— Faça isso... parar! — gritou ela.

— *Solte nós três!* — repetiu Red.

— Solto! Qualquer coisa... Só faça... isso... parar!

— Dê sua palavra — disse Red friamente. — Que vai nos deixar sair daqui sãos e salvos. Aí vou fazer isso parar!

— Vou... — O corpo da bruxa se contorceu com os espasmos. — Vou soltar vocês... Prometo!

— A chave! — gritou Eldritch. — Não se esqueça de mim! *Pegue as chaves dela!*

— Dê a chave para mim — disse Red, sem se mexer. — Onde está?

— Lá... em cima...

— Onde?

— Por favor... — implorou a bruxa, perdendo o fôlego. Agora seus olhos se reviravam por causa do esforço da conversa. Era como olhar para um peixe fora d'água e ver a vida dele se esvair. — Estou morrendo...

— A chave! — rosnou Red, se forçando para lembrar-se de tudo que a Bruxa Solitária fizera. De todas as vidas que havia roubado. Das ameaças maldosas. E não encontrou pena por ela em seu coração.

— Na... chaminé... Tijolo solto... Mas faça... parar. Salve-... me

O homem agora também estava de pé ao lado de Red. Ele se inclinou sobre a bruxa, a boca aberta enquanto ela soltava outra frase fragmentada.

— *Ajude...*

Não posso, pensou Red. A menina quase disse aquilo em voz alta, mas algo a impediu.

— Não — respondeu, direta.

O rosto da Bruxa Solitária se contorceu de raiva e dor. Então, enquanto Red, Eldritch e o homem observavam, ele se desfez. Literalmente. E foi substituído por outro rosto: o de um jovem de olhos brilhantes.

— Posso carregar a cesta para a senhora? — disse, antes de as palavras derreterem em seus lábios. Os cabelos dele cairam e a pele borbulhou. Outro rosto se formou: dessa vez o de uma garotinha com cachos dourados. As roupas esfarrapadas da bruxa começaram a ondular enquanto o corpo embaixo delas se encolhia e diminuía até se tornar o de uma criança.

— Perdi minha mãe! — gritou ela. — Pode me ajudar a achar minha mãe?

A menina se tornou um velho.

— Vou mostrar o caminho a você. Venha comigo!

O velho se tornou uma curandeira... Depois, um jovem maltrapilho... Depois, uma mulher em roupas vitorianas...

Red se virou, incapaz de continuar assistindo. Aquelas tinham sido as vítimas da Bruxa Solitária, isso ela adivinhara. As pobres pessoas nunca haviam tido uma chance e tinham caído nas garras da bruxa, sem saber que seu destino seria acabar como nada além de uma roupa, um disfarce para enganar outras pessoas.

A menina ouviu a bruxa gargarejar de forma incoerente e lutou contra a vontade de tapar as orelhas com as mãos. Os membros da mulher estremeceram uma última vez e, por fim, ela ficou parada e quieta. Eldritch soltou uma gargalhada.

— Ela está morta! Não acredito, está morta!

Red sentiu uma onda de nojo tomá-la ao ouvir a alegria clara do homem-fada. Relutando, virou-se para olhar o que sobrara da Bruxa Solitária... E quase gritou ao ver o que estava ali, na palha.

Era uma versão distorcida de si mesma, visível na luz que descia pelo alçapão aberto: a pele clara e cheia de sardas e olhos verdes opacos a encaravam. O rosto estava contorcido numa careta. Estranhamente, os cabelos não estavam da cor de palha que usara para pintá-los, mas na cor ruiva natural. Foi quando olhou para ele que algo passou pela cabeça da menina. A bruxa pegara um cacho de seus cabelos sem saber que haviam sido pintados. Será que os ingredientes da tintura eram os responsáveis por envenená-la?

O homem passou pelo corpo sem vida e mancou até os degraus.

— Venha — disse a Red. — É melhor irmos procurar a chave.

Red estremeceu e se ajoelhou sobre o corpo, evitando o rosto de propósito. Entre as roupas da bruxa, encontrou o que estava procurando: sua faca. Pôs a arma no cinto e jogou palha sobre o cadáver estirado, antes de subir a escada até o chalé. Sua pele se arrepiou quando entrou em contato com o calor do andar de cima, e, estranhamente, o aumento repentino de temperatura fez com que a menina começasse a bater os dentes. Ela não tinha percebido como o porão era frio e úmido.

O chalé estava como a Bruxa Solitária o deixara: a luz de velas brilhava dos candelabros nas paredes, um fogo queimava na lareira e, sobre ela, duas panelas ferviam. Red se aproximou. Seu estômago gritava de fome. Fazia muito tempo que a menina comera. Ela levantou as mãos para aquecê-las no calor das chamas e olhou dentro da panela mais próxima. Algo grosso e escuro fervia junto com pedaços de carne. Sua boca se encheu de água, mas Red não ousou tocar na comida. O homem apareceu do lado dela e, ao observá-lo sentir o cheiro da panela, a menina percebeu que ele pensava o mesmo que ela: os dois não sabiam o que havia ali dentro. O que quer que tivesse matado a Bruxa Solitária podia estar naquele cozido. Ansiosa, ela se inclinou mais para a frente e olhou para o interior da outra panela. O que viu não era nada agradável. Um cacho de cabelos claros, que reconheceu como seus, estava sendo misturado a uma gosma vermelho-escura. Fragmentos de uma casca de ovo nadavam ao lado dele, e, à medida que a mistura fedorenta girava, mais de seu conteúdo era levado à superfície: um pedaço de pele de cobra e algo que parecia uma garra.

— Destrua isso — disse o homem, com calma ao lado dela. — Jogue tudo no fogo.

Usando um pedaço de pano que estava sobre a lareira, Red ergueu a panela e jogou o conteúdo no fogo. Em vez de as chamas diminuírem, como a menina esperava, elas aumentaram por um breve instante, antes de baixarem e se tornarem brandas de novo.

O homem pegou o pano da mão dela e segurou a alça da outra panela.

— Não podemos comer isso — confirmou. — Vou fazer alguma outra coisa. Assim vamos saber que é seguro.

— A gente não deveria ficar aqui — declarou Red. — Temos que sair desse lugar horrível.

O homem balançou a cabeça.

— Não adianta sair agora. — Ele fez um gesto indicando a janela do chalé. — Já vai escurecer. É melhor ficarmos aqui esta noite, comer e levar os suprimentos que pudermos. Se ficarmos, teremos a chance de nos preparar direito.

— Mas com certeza vai ser perigoso — argumentou Red.

– Não vai ser mais perigoso do que ficar lá fora – argumentou ele. – E agora que aquela coisa está morta no porão, a maior ameaça acabou.

– Não se esqueceram de mim, esqueceram? – gritou Eldritch do porão. – Rápido! Procurem a chave!

– Pegue a chave – disse o homem. – Vou jogar isso fora e fazer outra coisa para comermos.

Red fez que sim com a cabeça e se levantou. Esperou o homem sair com a panela e o ouviu jogar o conteúdo fora.

– Vou até o rio – gritou ele da porta. – Volto daqui a um minuto.

Assim que o homem desapareceu, Rowan começou a passar os dedos pelos tijolos da chaminé acima da lareira. Por um instante, achou que a bruxa tivesse mentido e que não houvesse tijolo solto algum, mas, por fim, o encontrou e ele se moveu de leve. Com destreza, começou a empurrá-lo com os dedos. Estava bem preso, e a menina precisou de vários minutos para retirá-lo do lugar. Quando conseguiu, realmente descobriu um buraco que continha vários pequenos objetos. Pôs os dedos sobre eles, tirou-os do esconderijo e os examinou um a um. Então, o homem voltou com a panela limpa.

– Você achou o tijolo – disse. – Tinha uma chave aí dentro?

– Não – respondeu Red. – Havia um monte de outras coisas, mas nenhuma chave. A bruxa mentiu.

O rosto do homem mostrou sua decepção.

– Deve estar em algum lugar. Vamos ter que continuar procurando.

Seus olhos observaram as jaulas de animais do chalé e pararam em uma pequena cesta cheia de coelhos. Andou até ela e tirou um animal. Era grande e gordo. Red se sentiu enjoada quando percebeu que ele pretendia matá-lo. O homem notou e pegou a pequena faca de cima da lareira.

— Sinto muito — disse ele. — Mas temos que comer alguma coisa mais pesada. Não sabemos quando vamos conseguir comida de novo. Vou ser rápido, prometo. — Ele andou até a porta mais uma vez com o coelho embaixo do braço, depois hesitou e se virou. — Talvez você deva descer e contar ao Eldritch sobre a chave e avisar que ainda estamos procurando.

Red fez que sim com a cabeça de novo, evitando falar por medo de vomitar. Tomando coragem, ela desceu correndo os degraus até o porão e quase sufocou com o cheiro com o qual tinha se acostumado pouco tempo antes.

Eldritch a olhou, ansioso. Ela podia sentir o cheiro do homem-fada, rançoso de suor e sujeira.

— O que estão fazendo lá em cima? — disse, irritado. — Por que ainda não me soltaram?

— Temos um problema — disse Red. — A bruxa mentiu sobre a chave. Não está onde ela disse que estaria.

Eldritch jogou a cabeça para trás e soltou um uivo angustiado.

— Você deveria ter conferido antes! — gritou ele. — Agora é tarde demais! E se nunca encontrarmos?

— Vamos continuar procurando — afirmou Red. — Tem que estar em algum lugar.

Ela olhou para o pulso de Eldritch, preso à algema. Estava horrível. Um anel de carne vermelha viva o circundava como um bracelete. Os pensamentos ficaram claros no rosto da menina, porque Eldritch cuspiu no chão de repente.

— É ferro — disse. — É isso que o ferro faz quando entra em contato com a pele das fadas. — Olhou para ela, quase como uma acusação. — Ele *queima*.

— Como eu disse, vamos continuar procurando — respondeu Red, direta. A menina se virou e começou a andar até a escada, ansiosa por escapar do cheiro rançoso do porão. — Vamos ter comida logo. Traremos para você quando estiver pronta.

Red subiu os degraus rapidamente e ficou tentada a fechar o alçapão. Assim seria mais fácil esquecer que o porão continha a Bruxa Solitária morta e os restos das outras pobres criaturas que haviam sido vítimas dela. No entanto, mesmo que não gostasse de Eldritch nem confiasse nele, seria imperdoável deixá-lo no escuro. Por isso, deu as costas para o alçapão e começou a vasculhar o resto do chalé.

Pelas grades das jaulas, os animais presos a observavam, com olhos desconfiados. Red andou até a jaula mais próxima, que continha uma raposa. O bicho rosnou quando a menina se ajoelhou ao lado dele, mas se encolheu, se afastando da porta. A menina se preparou, puxou a trava da porta e deu um passo rápido para trás quando ela se abriu. A raposa fugiu num instante, correndo pela porta aberta do chalé e para longe, na noite escura.

Red soltou os animais presos: coelhos, mais raposas, arminhos e uma caixa cheia de mariposas e borboletas — que levou para fora do chalé antes de abrir, com medo de que voassem para a luz das velas e do fogo da lareira. Ao voltar para o chalé, apenas um animal sobrara: um coelho encolhido no canto de uma jaula. O bichinho estava machucado — uma perna fora esmagada por uma armadilha. Mas ainda era gordo e saudável. Com pena, Red abriu a jaula. Ele não sobreviveria na floresta. Agora sabia que ele seria o candidato ideal para a panela.

O homem voltou ao chalé. Pôs a panela no fogo, atiçou-o e começou a andar pela casa, mexendo em vários sacos e cantos. Red o pegou olhando para as jaulas vazias.

AS 13 MALDIÇÕES

— Soltei todos — disse ela desnecessariamente.

— Eu vi. — Ele não fez outros comentários, só voltou com algumas batatas e duas cenouras velhas, que descascou, picou e jogou na panela. Depois, se levantou e começou a procurar de novo.

— A chave tem que estar aqui em algum lugar — murmurou.

Red se levantou e o seguiu até o canto.

— Tome cuidado com o que você toca — disse ele, passando as mãos sobre um grande baú. Não estava trancado, por isso abriu a tampa.

Red levou um susto.

— Minha mochila!

Ela a arrancou do baú e conferiu seus pertences. Tudo estava ali, arrumado como tinha deixado. Embaixo da mochila estavam outros inúmeros objetos: mochilas, sapatos, relógios, roupas... Todos haviam pertencido a alguém. A maioria nunca voltaria a ver seus donos.

O homem pôs a mão dentro do baú e também tirou algo de dentro dele. Era uma faca duas vezes maior do que a de Red. Ela a observou com cuidado.

— Esta é minha — disse ele. — É de ferro. — O homem a pôs na bainha vazia do cinto e continuou mexendo no conteúdo do baú.

Red se afastou, olhando para uma mesa nos fundos do chalé. Uma pilha de livros chamou sua atenção. Pegou o primeiro e o abriu. No canto superior, um nome estava escrito à mão: "Agnes Fogg". A menina se perguntou se ele pertencera a uma das vítimas da Bruxa Solitária. Mas, quando começou a folheá-lo, algumas das frases e anotações chamaram sua atenção.

"Remédio para verrugas: aplique leite de dente-de-leão à luz da lua minguante. Repita por três noites..."

— O que é isso?

133

A voz do homem próxima a seu ouvido a sobressaltou e a fez deixar o livro cair na mesa. O manuscrito bateu no móvel, quicou e caiu no chão. Com isso, algo estranho aconteceu. Pequenos insetos negros fugiram correndo do livro e se espalharam pelo chão, dirigindo-se rapidamente para os cantos escuros do chalé. Red franziu a testa e pegou o manuscrito de volta.

— Parece um livro de remédios ou feitiços — começou, abrindo-o. Um dos insetos subiu pelo braço da menina. Ela ia afastá-lo, mas parou e se aproximou. Porque o inseto não era um inseto. Era uma pequena letra "A".

— Que diabos...?

— Foi enfeitiçado — disse o homem. — Devia haver uma mágica nele para destruí-lo se caísse nas mãos erradas.

Red folheou as páginas do livro. Agora todas estavam em branco. As palavras haviam fugido, letra por letra.

— Havia um nome escrito nele — afirmou ela. — Agnes Fogg. Você acha que ela foi outra vítima? Ou que talvez a Bruxa Solitária tenha roubado o livro por causa da mágica que continha?

— Não, não acho que seja isso — respondeu o homem devagar. — Conheço uma Agnes Fogg. Ela morou em Tickey End cerca de duzentos anos atrás. Era uma mulher sábia, uma curandeira, parteira e amiga de Elizabeth Elvesden, a primeira proprietária do solar Elvesden. Inclusive começou a ensinar Elizabeth sobre remédios naturais. Mas, depois que uma criança morreu num parto feito por Agnes e uma doença se espalhou pela cidade, os moradores de Tickey End acusaram as duas de feitiçaria. Expulsaram Agnes e a isolaram na floresta. Elizabeth Elvesden morreu num manicômio.

— Então você não acha que a Bruxa Solitária pegou Agnes Fogg? — perguntou Red.

O homem balançou a cabeça.

– Acho que a Bruxa Solitária era Agnes Fogg. Ou pelo menos foi um dia.

Red pôs o livro de volta na mesa.

– Como você acha que ela passou a ser chamada por esse nome? – perguntou. – "Bruxa Solitária" parece tão sinistro...

– Não tem uma origem sinistra – disse o homem. – Queria dizer apenas que ela vivia sozinha. Vem de uma época antiga, quando as bruxas costumavam morar nos arredores da cidade, numa região mais afastada. Era onde cultivavam as ervas e plantas que usavam em seus feitiços. Até agora, sempre tinha pensado nele como um termo delicado. – Ele foi até o fogo e mexeu na panela. O aroma da comida fez o estômago de Red arder de fome.

– Como você acha que ela acabou no reino das fadas? Por fazer coisas tão más?

– Quem sabe? – respondeu ele, sombrio. – Ela não era má no início, pelo que soube. Talvez tenha sido enganada e acabou parando aqui. Ou talvez tenha ficado amarga e ressentida por causa da maneira como foi tratada e encontrado um modo de fugir e se vingar.

– É, ela fez isso mesmo – concordou Red.

A menina começou a procurar de novo, sentindo-se impaciente e agitada depois de tanto tempo presa no porão. Passando por baixo de uma coleção de peles de animais, ela viu uma pele de raposa pendurada em um varal no canto do chalé. A visão a perturbou, mas, ao mesmo tempo, Red sabia que precisava de um casaco. Ela a pegou e a jogou sobre os ombros, prendendo um pequeno fecho abaixo do queixo.

Imediatamente se sentiu estranha. Todo o cômodo se tornou enorme e o homem ficou muito maior do que ela. Os pelos de seu corpo se arrepiaram por um instante e seus sentidos ficaram mais aguçados. Podia sentir o cheiro do ensopado espesso e uma audição impecável ampliava o som de cada bolha do líquido sendo cozido. Ao olhar para baixo, viu que suas mãos haviam desaparecido e sido substituídas por duas patas marrom-avermelhadas.

O rosto do homem estampava sua surpresa.

– Isso é incrível – soltou ele.

– Sou uma raposa! – respondeu ela, surpresa.

A boca do homem se escancarou.

– Você ainda pode falar!

Então Red entrou em pânico.

– Se tenho patas e não mãos, como vou tirar isso? Como vou abrir o fecho? – As garras arranharam o queixo sem conseguir nada.

– Calma – disse o homem. – Você ainda tem mãos, não patas. Lembre-se de que é um glamour. Uma ilusão.

Red se forçou a se acalmar. Dentro de sua cabeça, imaginou suas mãos e manteve a imagem delas. Depois, levou-as ao queixo para procurar o fecho. Seus dedos o encontraram e, aliviada, ela tirou o casaco.

– Eldritch me contou que os poderes da Bruxa Solitária eram fora do comum – lembrou ela. – Disse que não eram apenas glamoures superficiais, mas que enganavam até fadas. Se isso for verdade, imagino que humanos com o dom da visão também não seriam capazes de perceber. Experimente – pediu, oferecendo o casaco nojento ao homem.

Ele o pegou e, depois de hesitar um instante, jogou-o sobre os ombros e amarrou o fecho. Nada aconteceu – o homem ficou parado, esperando, enquanto Red observava, esperançosa. Mas ele continuava sendo apenas um homem vestido com uma pele de raposa e seu rosto parecia ridículo embaixo das orelhas do animal.

— Não está funcionando — afirmou ela, decepcionada por não conseguir testemunhar o poder do casaco. — Por que funcionou comigo e não com você?

O homem tirou a pele e a entregou à menina.

— Não sei. Talvez o casaco só funcione com uma pessoa: a primeira que o usa. Como você se sentiu quando o vestiu?

— Estranha. Meio... peluda. Parecia que não estava só em mim, mas era parte de mim, realmente tinha saído da minha pele.

Os olhos do homem se arregalaram.

— Foi isso então. O casaco se fundiu com você. Tem que ser seu agora. É inútil para outras pessoas.

— Talvez a gente possa conseguir um para você — disse Red. — Um disfarce diferente.

Mas, depois que vasculharam o resto do chalé, perceberam que nenhuma das outras peles tinha o mesmo poder, apesar de serem várias. Os dois as reuniram e empilharam em frente ao fogo, formando duas camas.

— Isso só pode significar uma coisa — afirmou o homem. — Que esse casaco foi encomendado. Alguém virá buscar essa pele logo. Temos que sair desse lugar assim que amanhecer.

Era uma ideia sombria. Eles se ocuparam comendo o ensopado que o homem preparara. Estava ralo e a carne, gordurosa, mas Red ficou contente. Era um alimento, e ela não ousava dispensá-lo.

A menina foi poupada de entrar no porão quando o homem levou um pouco de ensopado para Eldritch, junto com algumas peles para que o homem-fada pudesse se enrolar. Red o ouviu choramingar e exigir saber por que os dois ainda não tinham encontrado a chave.

Ela se enrolou nas peles grossas. A faca estava novamente a seu lado. Com comida no estômago e uma lareira aquecendo o corpo magro, Red adormeceu várias vezes em frente ao fogo, mas cada batida das venezianas ou sacudidela da porta a fazia acordar. Logo o homem voltou e se deitou perto dela. Sem olhar diretamente para ele, viu-o observar as chamas, como se estivesse perdido nos próprios pensamentos.

Red fechou os olhos, determinada a descansar o máximo que pudesse, mas estava agitada demais.

Ao lado dela, a respiração do homem desacelerou e a menina teve certeza de que ele tinha adormecido. Mas, quando o observou, levou um susto ao encontrar o olhar azul-claro fixo nela.

– Então – disse o homem, gentil. – Conte-me a outra parte da sua história.

E Red contou.

12

UANDO TANYA E FABIAN CHEGARAM AO SOLAR Elvesden, o menino abriu a porta com tanta força que ela ricocheteou na parede. Oberon foi imediatamente até suas tigelas, buscando comida primeiro, como sempre, para depois lamber a água, ansioso, espalhando gotículas por todo o chão.

Florence estava sentada à mesa, cuidando da fada do relógio. Olhou para cima, surpresa com a entrada barulhenta.

— Pelo amor de Deus, Fabian — disse, dando uma bronca no menino. — Você um dia ainda vai arrancar essa porta da parede.

— Desculpe — respondeu ele, arquejando e jogando-se em uma das cadeiras. Tanya puxou outra entre Fabian e Florence, lutando para recuperar o fôlego depois de correr tanto.

— O que está acontecendo? — perguntou Florence, já suspeitando. — Tanya, por que você está com folhas e galhos nos cabelos? — Ela lançou um olhar acusatório para Fabian. — E você está mais desarrumado do que eu imaginei que seria possível.

— Aconteceu uma coisa — conseguiu dizer Tanya. — No bosque. — Tirou uma mecha de cabelos da boca. Estava molhada de suor.

— Vocês estiveram no *bosque*? — A voz de Florence se tornou um grito. — O que eu disse? Não aprenderam nada com o que aconteceu...

— Estávamos com o Warwick — interrompeu Tanya.

Florence franziu a testa ainda mais:

— Não sei no que ele estava pensando. Onde ele está? E onde está a Nell e aquele pássaro chato dela?

— É isso que estamos tentando explicar — disse Fabian, que começou a contar o que havia acontecido.

Tanya ficou ouvindo o menino falar e viu a expressão da avó se tornar séria. Perceber o medo da avó só serviu para aumentar o de Tanya. Como iam encontrar Warwick e Nell agora?

Uma das mãos de Florence ficara congelada no ar e, pela primeira vez desde que tinham entrado na cozinha, Tanya notou algo brilhando na ponta do indicador da avó. Na outra mão estava a fada machucada do relógio. A criatura estava, aparentemente, muito melhor, e olhava ansiosa para o dedo suspenso. Ela lambia os lábios e havia algo dourado e grudento em torno de sua boca. Então Tanya viu o pote de mel aberto na mesa em frente à avó. Era uma iguaria para a fada traumatizada. A menina observou as asas da criatura mais de perto, mas não pôde ver vestígios óbvios dos pontos. O trabalho da avó tinha sido impecável.

— Warwick estava certo — disse Florence com a voz trêmula depois que Fabian terminou de contar a história. — Nell e aquela peste de papagaio acabaram aprontando.

— O que vamos fazer? — perguntou Tanya. — Como vamos encontrá-los?

— Não sei — respondeu Florence. — Só consigo pensar em chamar a Raven, o Gredin e o Mizhog. Talvez eles saibam o que fazer.

— Chamar os três? — indagou Tanya. — Você consegue fazer isso? Pode realmente convocar fadas?

— Claro — respondeu Florence. — Posso convocar os três, mas não faço isso quando posso evitar. Eles não veem isso com bons olhos. Preferem vir quando querem.

— Entendi — assentiu Tanya, tentando processar a ideia. Fazia tempo que não via as fadas. Antes, elas a visitavam com mais frequência, apesar de as visitas não serem nem um pouco agradáveis. A possibilidade de convocá-las nem havia passado por sua cabeça.

— Como você faz isso? Como convoca as fadas?

— Venha comigo. Vou mostrar a você — disse Florence, pegando a tampa do pote de mel. — Ai! — exclamou ela de repente, olhando para a fada em sua mão.

— O que foi? — perguntou Fabian, confuso.

Tanya se lembrou de que Fabian era o único presente que não podia ver a fada na mão da avó.

— Esta pestinha me mordeu! — Florence passou a fada para a mesa e pôs a tampa no pote.

— É uma fada, não é? — indagou Fabian, chateado. — Queria poder ver esses bichinhos.

— Tome cuidado com o que você deseja — avisou Tanya.

— Criatura ingrata — murmurou Florence, esfregando o dedo.

Ela se levantou e fez sinal para as crianças a seguirem. Oberon foi trotando atrás deles, esfregando o focinho molhado na perna de Tanya para secá-lo. Florence os guiou para fora da cozinha, fez uma pausa para fechar a porta — provavelmente para manter Spitfire longe da fada — e andou em direção ao corredor escuro embaixo da escada. Enquanto a seguia, Tanya viu a avó tirar um molho de chaves do bolso. Os três caminharam em silêncio pelo saguão úmido até chegarem a uma porta que a menina já conhecia: a da biblioteca. Florence destrancou a porta e entrou no cômodo, andando na direção das estantes.

Tanya observou a avó passar os dedos pelas lombadas dos livros, à procura de algo. Foi então que notou que havia alguma coisa errada. Começou a observar as prateleiras, com os olhos apertados. Ela já havia entrado na biblioteca no verão. Da primeira vez, tinha encontrado duas coisas interessantes: um livro que continha informações valiosas sobre fadas, que havia sido destruído por goblins, e um recorte de jornal sobre Morwenna Bloom, a ex-melhor amiga da avó que desaparecera. Da segunda vez, encontrara atrás da estante a entrada para uma das passagens secretas do solar – o esconderijo usado pela fugitiva Rowan Fox. No entanto, depois da primeira visita, Warwick havia retirado todos os livros da biblioteca, usando o pretexto de que os doaria. A mão da menina acabou parando em um pequeno livro enfiado na prateleira: *Sonho de uma noite de verão*.

Tanya o tirou da prateleira e o folheou enquanto a avó ainda lhe dava as costas. Não se surpreendeu ao ver o recorte de jornal conhecido cair em sua mão.

A menina fechou o livro com força de propósito e sua avó olhou para trás. O rosto de Florence mostrou sua vergonha quando ela viu o livro na mão de Tanya e percebeu o erro.

— São os mesmos livros — disse Tanya, em voz baixa. — Warwick nunca doou nada para a caridade, doou? Foi só para me enganar. Só de mentira.

— Desculpe ter mentido para você — respondeu Florence, a voz e o rosto calmos. — Mas você tinha que acreditar que eu havia doado os livros para sua segurança. Havia informação demais à sua disposição e coisas demais em risco. Eu sabia que, assim que você descobrisse a biblioteca, trancar a porta não seria o suficiente.

AS 13 MALDIÇÕES

Fabian olhou para Tanya com culpa e ela adivinhou o que o menino estava pensando. Juntos, depois de roubarem as chaves mestras de Florence e Warwick, haviam conseguido explorar vários cômodos trancados, considerados proibidos para eles.

— Então o que mudou? — perguntou Tanya, apontando para os livros. — Por que você não se importa com o fato de eu saber que os livros estão aqui agora?

A avó atravessou o cômodo e segurou o rosto de Tanya entre as mãos com carinho.

— Tudo mudou. Agora você sabe que tenho o dom da visão. E espero que, se e quando precisar de ajuda, você procure a mim ou ao Warwick primeiro. Como você fez hoje.

Tanya não disse mais nada e ela e Florence voltaram às buscas. A avó estava certa. Não em mentir, mas em querer protegê-la. A verdade era que a série de acontecimentos perigosos do verão havia começado quando Tanya descobrira o recorte de jornal.

— Qual é o nome do livro que você está procurando? — perguntou Fabian.

— Chama-se *Cento e uma receitas perfeitas de massa folhada* — respondeu Florence, tirando uma teia de aranha da estante. Ela caiu no nariz de Oberon, fazendo-o espirrar.

— Como massa folhada vai convocar as fadas? — indagou Fabian, confuso.

— Você vai ver — disse Florence, ainda vasculhando as prateleiras. — Ai, droga, não está onde deixei. Deve ter sido colocado em outro lugar quando o Warwick pôs o livro de volta.

Cinco minutos depois, Fabian chamou as duas.

— Está aqui! — Ele tirou um livro das prateleiras próximas à passagem secreta que levava aos túneis subterrâneos. Soprou a poeira da capa e o entregou a Florence.

143

Tanya se juntou aos dois. A avó folheou o livro, que soltava mofo das velhas páginas. A capa, de tecido vermelho, estava surrada e gasta. *Vermelho para afastar as fadas*, adivinhou Tanya de imediato, *e um título que manteria crianças longe. O esconderijo perfeito.*

Do meio do livro, Florence retirou três coisas: uma pequena folha verde, uma pena preta e um bigode longo e fino. Tanya reconheceu tudo. Pertenciam às fadas. A avó fechou o livro, fazendo barulho.

— Vocês têm que prometer nunca revelar o que vão ver a ninguém — disse.

Tanya e Fabian murmuraram uma promessa solene. Florence devolveu o livro à prateleira e fez sinal para que saíssem da biblioteca. Tanya percebeu que a avó não trancou a porta. Eles a seguiram de volta à cozinha e esperaram enquanto Florence entrava na despensa. Ela voltou logo depois, trazendo uma caixinha de madeira que, ao ser aberta, revelou uma pilha de pequenas folhas secas.

— Trevos — disse Fabian.

— Trevos *de quatro folhas* — corrigiu Florence. — Se encontrar algum, guarde, porque eles têm muito poder. Essas plantas conectam humanos e fadas de várias maneiras. — Ela se ajoelhou diante da lareira com todos os objetos.

Tanya e Fabian a seguiram. Ao fazer isso, a menina viu um movimento atrás do pote de carvão. A pequena fada do lar se escondera deles. Tanya observou a avó olhar para as chamas. Uma mecha dos longos cabelos grisalhos tinha sido tirada do coque apertado que ficava na base de sua nuca e chegara ao queixo da mulher.

Florence levantou a mão com a pena preta de Raven. A ela, acrescentou um trevo de quatro folhas e um fio de cabelo arrancado de sua cabeça. Com um movimento do pulso, jogou as três coisas no fogo. Um redemoinho de fumaça subiu pela chaminé e, ao vê-lo, Florence invocou:

AS 13 MALDIÇÕES

— Pelos poderes do sim, convoco você a mim.

Ela arrancou outro fio de cabelo, acrescentou o bigode do Mizhog e outro trevo de quatro folhas e jogou tudo no fogo, proclamando as mesmas palavras uma segunda vez. Quando pegou o terceiro item, uma folha da roupa de Gredin, Florence hesitou, depois estendeu a mão para Tanya.

— Tome.

— Você quer que... eu faça isso?

— O Gredin é o seu guardião — disse Florence. — Você, mais do que ninguém, tem o direito de chamar sua fada.

Nervosa, Tanya pegou a folha da mão da avó. Lambeu o polegar e o mergulhou na caixa de trevos. Um deles ficou preso na ponta do dedo e ela o sacudiu, fazendo com que caísse na palma de sua mão. Com a outra, arrancou um fio de cabelo da cabeça. As chamas chiaram mais uma vez quando a menina jogou os três objetos no fogo.

— Pelos poderes do sim, convoco você a mim — disse em voz clara.

— E agora? — perguntou Fabian, ansioso.

— Vamos esperar — respondeu Florence.

Levou mais de uma hora para as fadas aparecerem. Tanya, Fabian e Florence estavam sentados na cozinha, num silêncio desanimado, olhando para o fogo. A noite caía, e a tensão causada pelo que havia acontecido com Warwick e Nell começava a dar sinais. Florence não parava de fazer xícaras de chá — que esfriavam porque ninguém tinha vontade de tomá-las —, enquanto um inquieto Fabian garantia que todas as conversas terminassem antes mesmo de começarem.

Além do crepitar do fogo, Tanya podia ouvir outros sons: uma chuva leve batendo nas janelas, soluços ocasionais da fada do relógio, que se embebedara de mel, e o ronco de Oberon, sempre acompanhado de um puxão estranho da perna e um leve ganido, que demonstrava que o cão estava perseguindo um coelho em seus sonhos.

– Por que ainda não chegaram? – perguntou Fabian, fazendo uma careta para Florence. – Para que chamar as fadas se elas não vêm na hora?

– Já expliquei. Elas virão assim que puderem – respondeu Florence.

Fabian ficou quieto por um instante, mas Tanya pôde ver que o menino não se acalmara com a resposta. Suas narinas começavam a se abrir demais quando ele respirava, um sinal da agitação que o tomava.

– Vou conseguir ver os três?

– Não sei – disse Florence. – Se tiverem consciência de que você sabe sobre eles, então vai. Talvez decidam se mostrar. Mas não fique surpreso se você não vir nada.

Felizmente, os três não tiveram que esperar muito para descobrir porque, naquele instante, a porta se abriu com força e, junto com um pouco de chuva, entraram duas criaturas, que tomaram o espaço com suas formas encapuzadas.

Fabian imediatamente pulou da cadeira, o rosto pálido iluminado por uma esperança repentina.

– Pai?

Mas Tanya percebeu o modo como o fogo baixou e como suas pálpebras começaram a estremecer. Uma fragrância de floresta varreu a cozinha, ácida e fresca. Não eram visitantes comuns.

Os dois convidados retiraram a capa e revelaram uma mulher de pele branca como mármore, que usava um vestido de penas pretas, e um jovem de pele escura num terno de folhas. A boca de Tanya se escancarou, assim como a de Fabian. Ela nunca tinha visto as fadas em tamanho real. Elas sempre apareciam para a menina numa versão pequena, parecida com uma boneca que representava a forma que estava vendo.

— Raven, Gredin — disse Florence. — Por favor, sentem-se.

As fadas agradeceram o convite com um rápido movimento da cabeça e puxaram duas cadeiras ao lado de Tanya e Fabian em frente à lareira. Tanya evitou os olhos dos dois, sentindo-se incomodada. Ainda tinha que se acostumar com o fato de a visita das fadas não estar ligada a uma punição, e nenhuma das duas parecia feliz em ter sido convocada. Antes de se sentar, Raven pôs a mão no bolso do vestido e tirou uma pequena criatura fofa, do tamanho de um porquinho-da-índia. Ela o colocou no tapete em frente à lareira, onde o bichinho começou a cheirar as botas de Fabian, enquanto dobrava as asas carcomidas nas costas.

— Aquele...? — começou Fabian, impressionado.

— É — respondeu Tanya. — É o Mizhog.

Enquanto observavam o bichinho, um pequeno besouro que corria em frente à lareira chamou a atenção do Mizhog. A fada foi surpreendentemente rápida e, com uma lambida e uma mordida, o besouro sumiu.

Florence entrou na despensa de novo e voltou com um recipiente de algo que misturou a xícaras de água quente e distribuiu. Tanya cheirou o seu, em dúvida. Tinha uma fragrância de ervas e era muito amargo. Soprou a infusão antes de prová-la, e o líquido se mostrou tão ruim quanto a menina havia previsto.

Florence foi a última a se sentar. As fadas olhavam para ela, esperando.

Gredin falou primeiro.

— Por que nos chamou? — O lábio dele se curvou de leve, como se estivesse mostrando os dentes.

Florence apoiou a xícara na lareira.

— Um problema sério aconteceu. O Warwick desapareceu na floresta junto com nossa empregada, a Nell. Eles foram levados por fadas.

Gredin apertou os olhos amarelos.

— Como sabe disso? — perguntou Raven friamente.

— Nós vimos — respondeu Tanya, hesitante. — Quero dizer... *Eu* vi. A Nell entrou num anel de fadas e ficou presa num tipo de dança amaldiçoada. O Warwick tentou tirar a moça de lá, mas foi arrastado para dentro... E os dois acabaram sendo levados pelos músicos de anel em anel até entrarem na floresta.

— Como essa Nell acabou no anel de fadas? — perguntou Gredin. — Ela tem o dom da visão?

— Não — disse Tanya. — Pelo menos eu acho que não. — Ela olhou para a avó, questionando-a.

Florence balançou a cabeça.

— Acho que ela entrou num dos anéis por acidente.

— Eram quantos músicos? — perguntou Raven, com um tom mais gentil. — Pode descrever essas fadas?

Tanya fechou os olhos e se lembrou dos três: o goblin, o fauno e o pequeno homem alado. Quando terminou a descrição, Raven e Gredin conversaram em voz baixa por vários minutos. Por fim, volta-ram-se para os outros três.

— Conhecemos esses músicos. São espertalhões. Parece que estão indo para Avalon para o festival de Samhain e estão coletando humanos distraídos no caminho, para usarem como diversão.

Tanya franziu a testa.

— O que é Avalon?

— E Samhain? — acrescentou Fabian, encontrando coragem para, por fim, falar com as fadas.

— Avalon é o nome de uma das entradas para o reino das fadas — respondeu Raven. — É a mais famosa e também a mais perigosa, pois é a sede da nossa corte. Fica numa antiga colina que já foi uma ilha.

— E Samhain — continuou Gredin — é uma palavra antiga que significa "fim do verão". É a noite que os humanos chamam de "Halloween", a noite da mudança do reino Seelie para o Unseelie na corte das fadas. É uma noite perigosa.

Tanya sentiu um aperto no coração.

— Vocês acham que foi para lá que o Warwick e a Nell foram levados? Para a corte das fadas, para essas brincadeiras e celebrações perigosas?

Raven fez que sim com a cabeça, e o movimento fez com que parte de suas orelhas pontudas aparecesse por entre os cabelos negros.

— É o que parece.

Fabian pulou da cadeira.

— Temos que fazer alguma coisa! Temos que encontrar os dois e trazer meu pai e a Nell de volta!

— Sente-se — disse Gredin, frio. — *Você* não vai fazer nada a não ser ficar aqui e esperar, caso eles voltem por conta própria. Raven, o Mizhog e eu vamos procurar os dois.

— Deixem-me ir com vocês — implorou Fabian. — Por favor!

Mas Raven e Gredin já estavam se levantando das cadeiras.

— É perigoso demais para nós — respondeu Florence.

Raven se virou para Gredin, que tomava o resto da bebida amarga.

— Temos que ir agora. Se pudermos interceptar o grupo antes que cheguem à corte, talvez eles tenham uma chance.

Os dois se levantaram, jogaram as capas escuras sobre os ombros de novo e ergueram o capuz para esconder o rosto. Florence os levou até a porta e envolveu o corpo com os próprios braços quando a brisa úmida soprou, entrando na cozinha.

— Voltaremos quando tivermos novidades — disse Raven.

Foram as únicas palavras de despedida. Sem dizer mais nada nem olhar para trás, Raven e Gredin se transformaram, chegando ao tamanho menor ao qual Tanya estava acostumada, e, acompanhados pelo Mizhog, saíram voando. Tanya e Fabian se juntaram a Florence à porta e observaram as fadas voarem sobre a cerca do jardim, em direção à floresta, antes de desaparecerem.

Florence fechou a porta e a trancou.

— Não é justo! — explodiu Fabian.

Tanya se virou para encará-lo e ficou chocada ao perceber que a raiva e a frustração do menino estavam se manifestando em lágrimas. Ele chorava compulsivamente.

— Deviam ter me levado — soluçou ele, jogando-se numa cadeira. — Eu podia ter ajudado. Quero ajudar!

Tanya o observou, com pena. Ela não sabia o que dizer para consolar o menino. Sentia-se inútil, então Florence puxou uma cadeira ao lado dele e o abraçou. Tanya não pôde deixar de notar como o gesto havia sido fácil — ela nunca tivera aquela intimidade com a avó. No entanto, não se ressentiu. Florence era a coisa mais próxima de uma mãe que o menino já tivera na vida.

— Eu sei, Fabian — disse Florence. — Eu sei. Mas tudo que podemos fazer é esperar.

— Do que adianta esperar? — retrucou o menino, amargo, a voz abafada no ombro de Florence. — Deveríamos estar *fazendo* alguma coisa!

Uma batida forte na porta dos fundos os interrompeu.

Fabian se levantou num instante e correu até a porta.

— Talvez tenham mudado de ideia! — disse, ofegante. — Talvez tenham voltado para me levar com eles! — Ele destrancou a porta e a escancarou.

Em vez das duas figuras sombrias que Fabian esperava, na porta estava uma mulher muito idosa, usando roupas esfarrapadas e um xale de retalhos. Sua trança longa e grisalha estava encharcada de chuva. Tremendo ao lado dela, uma mulher gordinha agarrava um cobertor enrolado ao corpo. Os pés calçados em chinelos estavam azuis de frio.

— Louca Morag! — exclamou Fabian. — E Nell!

— É só Morag, por favor — reclamou a velha cigana. — Posso entrar?

13

EPOIS DE TESTEMUNHAR A MUDANÇA DE *Megan, Rowan passou a evitar Lara sempre que podia. Toda vez que a menina entrava num lugar, Rowan saía e, se Lara ficava no corredor, Rowan escolhia um caminho diferente, mesmo que tivesse que dar uma volta enorme. Quando não podia evitar uma conversa, Rowan não dizia nada e insistia que as diferenças no comportamento da irmã eram imaginárias. Por fim, Lara parou de perguntar.*

A cabeça de Rowan era um turbilhão. Além de ter que lidar com a perda dos pais, agora temia que James ou outra criança tivesse o mesmo destino de Megan. Saber que a criança que ficava apenas a alguns metros de distância do irmão no berçário não era humana era um peso enorme na cabeça da menina. As diferenças em Megan tinham sido notadas pela equipe — os cabelos que cresciam rápido demais e o apetite insaciável —, mas esses fenômenos haviam diminuído depois de alguns dias e a aparência e o comportamento da menininha tinham se tornado mais parecidos com os das crianças que a cercavam. Logo tudo foi esquecido.

Mas Rowan não esqueceu. Sabia que aquilo era uma ilusão e, sempre que podia, tirava James do berçário e se recusava a deixá-lo longe dela. O braço engessado atrapalhava tudo que a menina fazia, e ela ansiava pelo dia, cada vez mais próximo, em que o gesso seria removido. A carta para a tia Rose não saía de sua cabeça e ela ainda não sabia o que dizer para convencer a mulher a aceitar James e ela em seu lar.

Era a primeira semana de fevereiro. Quatro semanas haviam se passado desde o acidente. Durante aquele tempo, Rowan passara muitas horas com um psicólogo, falando sobre seus sentimentos, esperanças e medos. Tinha sido decidido que, quando estivesse pronta, um professor particular seria contratado para dar aulas a ela. Enquanto isso não acontecia, e entre visitas e passeios com Ellie, Rowan se enterrava nos livros. O orfanato tinha uma pequena biblioteca, mas também fazia visitas semanais à biblioteca da cidade. Numa tarde, quando o grupo de crianças estava andando pelas ruas de paralelepípedo de Tickey End, Rowan percebeu como a cidade era bonita, com seus prédios e ruelas tortos.

A biblioteca da cidade era pequena e malcuidada. Mesmo assim, o grupo chegou alegre à sessão infantil. Rowan escolheu vários livros para James, se sentou com ele num canto, sobre almofadas fofinhas, e deixou que o menino os folheasse. No entanto, assim que se ajeitou, as gêmeas desabaram ao lado dela, com um grito e uma risadinha que mereceram uma careta e um "silêncio, por favor" da bibliotecária irritada no balcão.

Penny empurrou um livro caindo aos pedaços para ela.

— Pode ler para a gente?

Rowan suspirou e pegou o livro. Mas, ao olhar para ele com mais atenção, balançou a cabeça e o devolveu.

— Não gosto dessa história — disse, seca. — Escolham outra coisa.

Penny fez beicinho.

— Mas eu quero esse.

— Bom, eu não quero — respondeu Rowan. — Então, se quiser essa história, vai ter que ler sozinha.

— Ela ignorou a expressão magoada de Penny e se virou para o outro lado. A verdade era que gostava daquela história. Era sobre o Flautista de Hamelin, que levava crianças embora com suas canções mágicas. Mas agora, depois do sequestro de Megan, a ideia de ler qualquer coisa que falasse do desaparecimento de crianças a assustava.

— Não consigo — choramingou Penny. — Por isso pedi a você. Não sei ler direito. Você é má.

— Vá escolher outra coisa — disse Polly, folheando outro livro, em condições ainda piores do que o que a irmã escolhera.

— O que você está lendo? — perguntou Rowan, olhando para as páginas gastas com desdém.

— É sobre fadas — respondeu Polly, virando as páginas sem cuidado. — Só estou olhando as figuras. As que sobraram. Várias páginas foram rasgadas.

As orelhas de Rowan se empinaram na hora, como as de um cachorro. Ela olhou para o lado casualmente, esperando ver um livro de histórias bobo e sentimental. No entanto, para sua surpresa, não parecia ser nenhum dos dois. A capa verde-escura não tinha mais a jaqueta, que devia ter se perdido.

— Tem certeza de que é um livro infantil? — perguntou.

Polly deu de ombros.

— Encontrei na seção infantil, então deve ser. Tinha caído atrás das prateleiras. Só achei porque derrubei outro livro lá. — Ela virou as páginas sem interesse. — Mas é muito estúpido. Todo mundo sabe que as fadas não são assim. Elas têm que ser bonitas, não feias. E está todo rabiscado. — A gêmea se levantou e se afastou, deixando o livro em cima de um carrinho enquanto começava a procurar outra coisa. Enquanto isso, Penny voltou com outro livro, que entregou a Rowan, de cara feia.

Rowan começou a ler, mas não prestou atenção em palavra alguma. Sua cabeça estava no livro que Polly deixara de lado. No entanto, a menina sabia

AS 13 MALDIÇÕES

que não podia mostrar que era importante. A última coisa que queria era chamar atenção para si mesma. A cada cinco minutos, seus olhos vagavam até o livro, ansiosos por conferir se ainda estava no mesmo lugar. Prendeu a respiração e se esqueceu de ler no instante em que a bibliotecária parou ao lado do carrinho. Um cutucão de Penny a forçou a continuar e, quando olhou para cima de novo, a bibliotecária se fora, mas o livro ainda estava lá.

Então algo estranho aconteceu. O meio do livro se abriu e, enquanto Rowan observava, uma mulher pequenina saiu de dentro dele, piscando como se estivesse hibernando entre as páginas. A surpresa no pequeno rosto fino logo se transformou em raiva. Rowan percebeu que o livro era a casa dela. Aquela devia ser a razão pela qual ele havia sido encontrado atrás das prateleiras. Sua localização não era um acidente – a fada o escondera ali de propósito e Polly o retirara por inocência.

Os cabelos da pequenina eram longos e foscos e se enrolavam no corpo dela como se fossem pelos. Por baixo dele, Rowan pôde ver um vestido esfarrapado de um material que parecia antigo, cinzento e amarrotado – como a própria fada. A criatura estava descalça e os braços e as pernas eram finos como gravetos. Ao examinar a biblioteca, percebeu que Rowan a observava e lançou um olhar furioso para a menina.

Penny a cutucou de novo.

— Por que não está lendo? – reclamou.

— Cansei – retrucou Rowan, fechando o livro. – Quero ler para o James.

Penny soltou um suspiro de irritação e se levantou para procurar outra pessoa a quem incomodar. Rowan pegou um dos livros de James e fingiu ler. O irmão ficou sentado placidamente em seu colo, mastigando uma mecha de seus longos cabelos ruivos.

Rowan esperou para ver o que a fada faria. Não teve que aguardar muito.

Com um grito que chegou até Rowan, a fada chutou o livro para fora do carrinho. Ele atingiu outro livro ao escorregar e caiu, espatifando-se no tapete enrugado.

A criatura pulou do carrinho para o balcão da bibliotecária. Naquele instante, a mulher estava pegando uma xícara fervente – era a única pessoa que podia comer ou beber na biblioteca. No entanto, quando seus dedos se encostaram à asa, a fada deu um empurrão forte na xícara, derrubando-a. O conteúdo se espalhou pela mesa, encharcando uma pilha de livros e outra de documentos.

Com a exclamação de surpresa da bibliotecária, várias pessoas olharam para o suposto acidente, demonstrando reprovação, enquanto outro membro da equipe corria para ajudar. A fada deu uma gargalhada triunfante enquanto admirava seu trabalho e, abrindo um par de asas grossas, voou, pousando em uma das mesas mais próximas. Ali, chutou uma pilha de livros e papéis no chão, para a confusão do jovem que estava sentado. Em seguida, continuou, virando as páginas de um livro que uma adolescente usava para tirar anotações, deixando-a confusa.

Seu ataque continuou: livros caíram das prateleiras e foram derrubados das mãos das pessoas, cabelos foram puxados, cadarços amarrados uns aos outros, cartões da biblioteca misturados, canetas vazaram tinta...

Rowan observou tudo. E, à medida que a criatura se aproximava, percebeu algo estranho. Um grupo de crianças da escola da região foi totalmente ignorado pela fada, que parecia não o ver. Depois, ela contornou um homem de meia-idade – que, por sobre o jornal, observava impressionado tudo que acontecia a seu redor – e foi atormentar uma senhora, soltando os grampos

AS 13 MALDIÇÕES

do belo coque que usava antes de passar para outra pessoa. Todos no caminho eram atacados sem razão aparente, por isso Rowan se perguntou por que as crianças e o homem teriam escapado à atenção da fada. A menina continuou observando enquanto a criatura se aproximava de onde ela estava sentada. E aconteceu de novo: a fada ignorou as gêmeas e foi espetar o braço de Sally com um grampo roubado. Sally deu um tapa no braço e olhou a seu redor com suspeita, como se esperasse ver algum tipo de inseto.

Rowan agora olhava para a criatura descaradamente. Sua cabeça girava, tentando entender o que estava acontecendo. A fada parecia não querer deixar ninguém escapar dos ataques, então por que ignorava certas pessoas? O que essas pessoas tinham de diferente das outras da biblioteca?

Devem ter alguma coisa em comum, *pensou ela,* algo que Rowan não tinha notado. Mas o quê? *Então a menina teve uma ideia. E se as pessoas que a fada havia poupado pudessem vê-la? Talvez a criatura só atacasse aqueles que ignorassem a existência de fadas. Mas mal pensara naquilo e sua cabeça já dispensava a ideia. Ela teria notado se outra pessoa tivesse o dom da visão — especialmente as gêmeas.*

Então o que seria? A menina examinou as pessoas de novo, tentando encontrar semelhanças óbvias ou características parecidas. Por fim, entendeu.

Todos estavam de vermelho.

O blazer do uniforme das crianças da escola era carmesim. O homem usava calça cotelê de um vermelho vivo e as gêmeas, vestidos vermelhos iguais.

Rowan olhou em volta, procurando as próximas pessoas no caminho da fada. Ela parecia estar voltando para as prateleiras, e a menina se perguntou se voltaria para o ninho. Apenas duas pessoas estavam em seu caminho: um pai lendo para o filho, um menino um pouco mais velho do que James. Ao passar pela criança, a fada fechou o livro nas mãos do menininho, atingindo os dedos do pai também. Por sorte, o livro era fino, por isso a ação não causou um ferimento, mas o choque foi o suficiente para que o menino encrespasse o rosto e começasse a chorar.

Feliz com o caos que provocara, a fada enrolou os cabelos foscos horríveis em torno de si e pulou no espaço entre as prateleiras, desaparecendo.

Enquanto os ocupantes da biblioteca pegavam os livros que haviam caído, limpavam as bebidas derramadas e esfregavam os dedos machucados, Rowan escutou mais de uma risada nervosa e alguns grunhidos envergonhados.

— Deve ter alguma coisa no ar hoje — ouviu alguém murmurar.

O grupo reuniu seus pertences e os livros que havia escolhido, preparando-se para ir embora. Rowan pegou os livros que selecionara para James e pediu a Polly para segurar o irmão mais novo enquanto os levava até o balcão. No caminho, acrescentou à pilha o livro gasto de onde a fada saíra. Seu coração disparou ao pegá-lo, pois, apesar de muito danificado, ela podia ver que não seria uma leitura fantasiosa, mas algo que continha histórias do folclore — uma coisa que podia ser muito útil para ela.

Enquanto esperava a bibliotecária, a menina o folheou, observando as estranhas imagens. Algumas eram pinturas, outras, gravuras granulosas. E foi uma das gravuras que chamou sua atenção. O desenho mostrava uma criatura feia, de cara enrugada, num berço, e uma mulher que a observava com ansiedade. Abaixo dele estava escrito: "Um changeling *deixado no lugar de um bebê humano pode ser uma fada criança, uma fada velha ou até um pedaço entalhado, de madeira, encantado para parecer uma criança de verdade."*

Changeling. *A palavra era assustadora. Ela virou a página, mas a pilha de livros que pusera no balcão foi puxada pela bibliotecária.*

— Onde encontrou esta coisa velha? — perguntou a mulher. — Está num estado horrível.

— *Estava atrás da prateleira — explicou Rowan. — Parece que ficou bastante tempo por lá.*

— *É, dá para ver — respondeu a bibliotecária. — Deixe-me ver se temos uma cópia. Como é o nome?*

O livro estava tão gasto que nem Rowan nem a bibliotecária conseguiram decifrar o título na capa e na lombada. Por fim, a bibliotecária abriu o livro para procurar a referência antes de ir até outra mesa conferir o registro.

— *Sinto muito, mas é apenas para consulta — disse, ao voltar. — Não pode tirá-lo da biblioteca. — Ela franziu o nariz. — Vai ter que ser jogado fora, de qualquer maneira. Não está nem em estado de ser vendido num sebo. — Ela pegou o livro e o pôs atrás do balcão.*

— *Você vai jogar o livro fora? — disse Rowan. — Por que não me deixa levar, então?*

A bibliotecária fungou e, de repente, Rowan teve a sensação de que a mulher a atrapalhava deliberadamente.

— *Não posso distribuir livros com qualidade abaixo do obrigatório. Passa uma imagem ruim da biblioteca.*

— *Então a senhora prefere jogar fora a dar o livro a alguém que queira ler?*

— *Não sou eu que faço as regras, mocinha.*

— *Vão receber um substituto?*

— *Acho que não. Já deve estar esgotado.*

Rowan apertou os olhos. Havia um ar de autossatisfação nas palavras da mulher.

— *Por favor — tentou ela de novo. — É importante. Eu... Eu preciso ler isto.*

Mas a mulher balançou a cabeça. A conversa tinha acabado.

* * *

Mais tarde, quando James estava dormindo, Rowan remexeu em suas roupas, procurando algo vermelho. Por fim, encontrou um casaco velho e cheio de bolinhas e o vestiu. Depois, procurou algo vermelho para James, mas tudo que encontrou foi um pijama que seria impossível de colocar com apenas um braço. Andando pelos corredores, encontrou uma toalha vermelha pendurada no corrimão e envolveu o irmão com ela. Em seguida, entrou com cuidado no banheiro.

Primeiro, achou que a fada não estivesse ali, mas esperou, ouvindo com atenção, e logo escutou o gargarejo familiar. Um instante depois, a criatura saiu do cano com cuidado e olhou em volta. Rowan percebeu de imediato que a fada não a vira. Observou em silêncio por vários minutos enquanto o bicho andava pela banheira, chupando fios de cabelo e até velhos pedaços de sabonete. Então os olhos saltados se arregalaram quando viram algo ao lado da banheira: um colar fino com um pingente de estrela deixado ali por uma das meninas. A criatura agarrou a joia com um gritinho animado.

— Sua malandrinha... — murmurou Rowan.

A fada olhou para cima, claramente chocada. Ela tinha visto a menina. Enquanto a criatura escorregava pelo ralo, Rowan tentou entender o que havia acontecido. Ela não a vira de início, a menina tinha certeza. No entanto, quando falara... aquilo, de alguma maneira, havia quebrado o feitiço. A cor vermelha agia como um tipo de camuflagem para as fadas, mas não era um disfarce completo. A menina, entretanto, podia ter certeza de duas coisas. Primeiro, tinha descoberto um jeito de esconder a si e a James e das fadas. Segundo, se havia um jeito, ela com certeza encontraria outros.

14

ED ACORDOU DE MANHÃ, COM A CABEÇA doendo por causa da falta de sono. O chalé da Bruxa Solitária estava silencioso, a não ser pela respiração do homem que dormia a alguns metros de distância. A luz e uma ventania congelante forçavam caminho pelos vãos das venezianas. Red lutou contra a tentação de voltar a se enfiar nas grossas peles que a cobriam. Sua respiração embaçava o ar.

Ela estudou o rosto do homem. Enquanto dormia, parecia menos sério, e havia nele um vestígio de algo que poderia ter sido beleza em outra vida. Red ainda não sabia a história do homem, nem seu nome ou do que chamá-lo, na verdade — e descobriu que não queria saber. Ainda não tinha contado toda sua história a ele. Agora duvidava de que fosse conseguir. Numa decisão repentina, percebeu que ia deixar o chalé da Bruxa Solitária sozinha.

Em silêncio, enrolou as peles e formou uma trouxa. Iria levá-las consigo. Em seguida, se levantou e pegou o casaco de pele de raposa, que usara como travesseiro, e o enfiou na mochila. Observou o chalé uma última vez para garantir que tinha guardado todos os seus pertences e qualquer outra coisa que pudesse ser útil.

Sem fazer barulho, levantou a tranca da porta do chalé.

— Vai embora sem se despedir? — indagou uma voz.

Ela se virou. Os olhos azuis do homem estavam abertos e a observavam.

— Eu sabia que você ia fazer isso.

— Tchau — despediu-se ela, determinada, virando-se de novo para a porta.

— Eu sei quem você é.

Red congelou. Seu instinto dizia que ele estava blefando, mas ela não podia ter certeza.

— Não, não sabe.

— É mesmo? Quer dizer que você *não* é a menina que rouba bebês *changeling* e devolve às fadas na esperança de trocar um deles pelo seu irmão desaparecido? *Não* é a menina que se escondeu nos túneis embaixo do solar Elvesden até ser descoberta pela neta da proprietária? *Não* é a menina que interveio quando essa mesma garota quase foi levada para o reino das fadas, tomando o lugar dela?

A tranca escapou da mão de Red.

— Quem é você?

— Sou o caseiro do solar Elvesden. E a menina de quem acabei de falar me contou sobre você, sobre como você salvou a vida dela.

— Não salvei a vida de ninguém — respondeu Red. — Fiz o que fiz por mim, para chegar até aqui e ajudar meu irmão. Não fiz isso pela Tan... — Ela parou bem a tempo, lembrando-se de não revelar o nome da menina. De onde estava preso no porão, Eldritch poderia estar ouvindo e, apesar da ausência de Tanya significar que ela não podia ser ligada ao nome, Red ainda assim não queria se arriscar, mencionando-o perto de uma fada. — Não fiz isso por *ela* — terminou.

— Não acho que isso seja totalmente verdade. — O homem tirou as peles que o cobriam e soprou as mãos.

— Não me importo com o que você acha. Vou embora.

— Sei que vai. Mas eu vou com você.

Red o encarou, furiosa. Ele já tinha se levantado e varria as cinzas da lareira, preparando-a com calma para acender o fogo de novo.

— Vou sozinha — disse ela friamente. — Você está machucado. Vai me atrapalhar. E não quero que venha comigo. Não conheço você e não confio em você.

O homem nem se virou.

— Talvez seja hora de você começar a confiar. Porque eu sei quem você é. Sei seu nome. Seu nome *verdadeiro*.

Red de repente sentiu a boca se tornar seca como areia.

— Pode confiar em mim porque não revelei seu nome e não vou revelar — continuou ele. — Desde que soube de você, fiquei com essa história na cabeça. Sabia que você estava aqui... sozinha. Eu me sentia responsável de alguma maneira. Apesar de ter vindo parar aqui por acidente, agora que estou a seu lado, fico contente.

— Contente? *Por quê?*

— Porque agora posso ajudar você e não tenho que me sentir culpado.

Red balançou a cabeça, confusa.

— Por que você deveria se sentir culpado? Por que deveria sentir *qualquer coisa?*

— Porque já sou responsável por outros.

— Uma família — adivinhou Red. — Filhos? — A palavra ficou presa na garganta da menina como se fosse uma batata quente.

Ele fez que sim com a cabeça.

— Um menino de doze anos, quase treze. — A voz dele se tornou melancólica quando voltou a falar. — São muitos anos para compensar.

— O que tem que compensar? — perguntou Red, intrigada apesar de tudo.

Um olhar sombrio apareceu nos olhos do homem.

— Muitas coisas. — Ele jogou uma tora de madeira no fogo. Querendo se aquecer, Red deu um passo para a frente. — Talvez eu fale sobre isso no caminho.

— No caminho para onde?

— Para a corte — respondeu o homem. — É para lá que você vai, não é?

Ele supôs corretamente que o silêncio da menina era uma resposta positiva.

— Eu também. Porque é a nossa melhor chance de sair deste lugar.

Apontou para as peles a seu lado.

— Por que não se senta um pouco e come alguma coisa enquanto pensa nisso?

Red tirou a mochila das costas e andou até a lareira. Nos poucos passos que deu, tomou a decisão. Seria bom ter um companheiro naquele mundo estranho, pelo menos por um tempo. Estava sozinha havia muito tempo, e a ideia de ter companhia era incrivelmente reconfortante. Além disso, a ligação dele com Tanya amolecera seu coração. Red o observou. Pelo menos ele sabia cozinhar. E, se decidisse que a parceria não estava funcionando, podia fugir e continuar sozinha. Abaixou-se e pôs as mãos próximas às chamas. Nenhum dos dois falou por vários minutos.

— Então — disse ela, por fim. — Se vamos viajar juntos, como devo chamar você?

O homem olhou para cima e sorriu. Depois sentiu um arrepio, levando a mão até a boca inchada. Apontou para os lábios.

— Acho que de... Remendo. Pode me chamar de Remendo.

Deixou a menina perto do fogo, encarando as chamas. Ela ouviu a porta se abrir e ficou sozinha no chalé quando ele saiu. Algum tempo depois, começou a ficar preocupada e se levantou para olhar pela janela. Mas, antes que pudesse abri-la, a tranca da porta foi levantada e Remendo voltou com uma cesta de amoras e água fresca do rio.

— Temos que sair daqui — disse, colocando algumas amoras em frente a ela. — Coma rápido e junte suas coisas. Vou procurar a chave de novo.

Como se tivesse combinado, Eldritch gritou do porão:

— Vocês estão comendo aí em cima?

Remendo fez uma careta.

— Pensando bem, procure você a chave. Eu vou cuidar dele. Procure em todos os cantos duas vezes. Veja se não está em outro tijolo solto.

Red limpou o suco de amora que escorria pelo queixo.

— Tem certeza de que devemos soltar o Eldritch?

Remendo levou um dedo aos lábios.

— Se não fizermos isso, ele vai morrer. Não desejo esse destino para ninguém. Além disso, ele pode ser útil.

— E também pode ser perigoso — sussurrou Red.

— É verdade. Mas, se soltarmos o Eldritch, ele vai ficar em dívida conosco. Ele conhece este reino. No mínimo, pode nos levar até onde precisamos ir.

Remendo sumiu no porão com uma porção de comida e água para Eldritch. Red continuou a comer, manchando os dedos com o caldo das amoras. Era um café da manhã ralo, e as frutinhas já começavam a apodrecer, mas era melhor do que nada. Ela empurrou tudo para dentro com a água gelada do rio, depois se levantou e começou a vasculhar o chalé outra vez.

Remendo subiu de novo, parecendo pálido. Trazia o fedor do porão consigo, por isso atravessou a sala e escancarou uma janela, engolindo o ar fresco e frio.

Quando se voltou, estava com uma aparência um pouco melhor. Deixou a janela entreaberta e mancou até as mesas do fundo do chalé. Ali, começou a erguer potes e garrafas e a observar o conteúdo deles.

— O que está fazendo? — perguntou Red.

— Usando o que está disponível.

De um pote, tirou um punhado de folhas escuras. De outro, um pedaço de raiz murcha. Colocou os dois em uma pequena tigela de pedra, pegou um pilão que estava por perto e começou a moer o conteúdo e misturá-lo.

— Conhece curas? — indagou Red.

— Na verdade, não. Sei algumas coisas, o suficiente para me virar. — Ele continuou a bater e misturar. — Isso deve ajudar a curar as feridas de Eldritch. E a minha. Algum sinal da chave?

— Ainda não — respondeu Red.

Ela se ajoelhou ao lado do baú de madeira em que a mochila tinha sido encontrada e o abriu. Depois de achar a bolsa, a menina havia abandonado o baú e deixado Remendo vasculhá-lo. Agora queria dar outra olhada nos muitos pertences que a Bruxa Solitária tinha.

Red remexeu no baú. Sentiu um aperto no peito quando achou o sapato de uma menininha — igual àquele que encontrara no fundo da armadilha da bruxa. Imaginou o que teria acontecido com a criança, depois afastou a pergunta sem resposta da cabeça. Muitos dos objetos não tinham utilidade nem interesse para ninguém a não ser seus donos: óculos de aro fino sem uma das lentes, uma dentadura e até um olho de vidro. Então encontrou uma coisa interessante: uma simples sacola de couro macio. Estava bem amarrada e não parecia ter sido aberta pela Bruxa Solitária. Red a tirou do baú e começou a desfazer os nós. Aos poucos, eles se soltaram e, por fim, ela conseguiu abrir a sacola e pôr as mãos dentro dela.

A primeira coisa que encontrou foi um cilindro fino de madeira que aparentava ter sido esculpido à mão. Ela o analisou por um certo tempo antes de perceber que uma das pontas podia ser aberta. Torcendo-a, ela se soltou, revelando um centro oco. Algo fora enrolado com cuidado e posto ali dentro. Com o indicador e o dedo do meio, a menina tirou o objeto. Era um pedaço de pergaminho grosso e amarelado. Red o desenrolou, prendendo as pontas com um sapato e um binóculo.

Ao se inclinar sobre o pergaminho, uma sombra o cobriu, vinda de trás dela.

— O que é isso? — perguntou Remendo.

— Um mapa — respondeu Red, olhando fixamente para o documento.

Remendo caiu de joelhos na hora.

— Não é só um mapa. — Sua voz tremia e ele apontou para uma palavra na região sul. — Está vendo isso?

— Avalon — leu Red.

Ele assentiu com a cabeça.

— É onde fica a corte. É para lá que temos que ir. — Remendo passou o dedo sobre as áreas em torno do local e se virou para encará-la. — Isto é um mapa do reino das fadas. Vai nos levar direto para lá.

Red sentiu um arrepio de ânimo passar por seu corpo. Olhou de volta para ele, sorrindo, mas fechou a cara.

— O que foi?

– Como vamos chegar lá se não sabemos onde estamos agora? – indagou ela. – É ótimo saber para onde precisamos ir, mas não se estivermos perdidos antes de começarmos.

– Não estamos perdidos – disse Remendo, batendo o dedo na ponta do mapa. – Sei exatamente onde estamos.

– Como?

– Você não reconhece o formato do mapa completo? Não lhe parece familiar?

Red se afastou, apoiando-se nos calcanhares, estudou o mapa inteiro e olhou para ele, impressionada. Ela estava sentada tão perto que não tinha percebido o que era absurdamente óbvio.

– Isso mesmo – disse ele, baixo. – É o Reino Unido. Só que pelos olhos das fadas. Estamos aqui, em Essex... Onde entramos no reino delas.

– Não entendi.

– A Terra é a mesma, mas os dois mundos estão em planos diferentes. Eles coexistem.

– Então isto é... – Red passou o dedo por Avalon.

– Somerset. Glastonbury, para ser exato.

– E quanto tempo vamos levar para viajar até lá?

– A pé? Uns cinco dias. Mas não vamos a pé.

Red levantou as sobrancelhas.

– Não?

– Tem uns cavalos presos atrás do chalé e um pequeno estábulo. Eles deviam pertencer à Bruxa Solitária. Ou às vítimas dela. Vamos pegar dois. Com isso, o tempo de viagem será reduzido pela metade.

Ela o ouviu se afastar, ainda misturando o remédio, que cheirava a ervas. Seus passos se perderam enquanto levava a mistura para Eldritch.

AS 13 MALDIÇÕES

Red enrolou o mapa e o pôs de volta no cilindro, antes de colocá-lo na mochila. Pensando bem, esvaziou a bolsa de couro de onde havia tirado o mapa para conferir se havia outras coisas valiosas escondidas dentro dela.

Dois objetos caíram. Um era um odre vazio, que ela guardou. O outro era um livro bem encadernado com páginas de borda dourada. Algo dentro dela se agitou ao vê-lo – uma lembrança distante. Ela o pegou, aproximou-o de si e leu o título apagado da capa.

A mão da menina voou, tapando a boca.

– *Contos de fadas de Hans Christian Andersen* – sussurrou entre os dedos. Era exatamente igual ao que pertencera à sua mãe... O livro que ela adorava. O que sumira junto com seu irmão.

Seus olhos se encheram de lágrimas antes que ela tivesse a chance de tentar impedir. A menina pressionou a palma das mãos contra eles, forçando as lágrimas a irem embora. Não chorava havia muito tempo. Desde que ainda era Rowan. Fungou algumas vezes, tentando se controlar. *Você não é mais a Rowan*, disse a si mesma. *É a Red, e a Red não chora.*

Controlada, ela acariciou a capa do livro e o abriu, querendo ver o sumário familiar. Em vez disso, viu algo que fez seus dedos empalide-cerem ao agarrarem as pontas do livro.

Havia um desenho na primeira página, do tipo que tem um espaço para o dono do livro escrever o próprio nome. Red já o vira centenas de vezes e o reconheceria em qualquer lugar: a pequena gravura de uma bruxa montada numa vassoura, lendo um livro.

No entanto, o mais importante era que a menina nunca confundiria o nome escrito no desenho.

Ela se levantou de repente, ainda segurando o livro, as lágrimas já secas. Tudo que sentia agora era uma fúria imensa – e medo. Virou-se e desceu correndo os degraus do porão, esquecendo-se do ar pútrido. Remendo estava ajoelhado em frente a Eldritch, aplicando a pasta no pulso vermelho do homem-fada. Os dois olharam para cima e Eldritch pareceu esperançoso.

— Você achou a chave?

— Não. — Ela mostrou o livro a eles. — Encontrei isto.

No entanto, estava completamente despreparada para o que ouviu.

— Este livro é meu. — Eldritch estendeu a mão solta. — Você achou minhas coisas? Traga tudo aqui... Tem um mapa...

Red arrancou o livro da mão dele com um reflexo mais rápido do que o de um gato escaldado.

— O que você disse?

Eldritch hesitou.

— Deveria ter um mapa — disse. — Um mapa que mostra...

— *Antes* disso!

— Eu disse... que é meu — respondeu Eldritch, demonstrando preocupação na voz. — Quero dizer... acho que é. Deixe-me dar uma olhada...

— O que está acontecendo? — perguntou Remendo, deixando a tigela de lado.

Protegendo o livro, Red se ajoelhou, empurrando Remendo, e se inclinou para a frente até seu rosto ficar a centímetros do de Eldritch. Podia sentir o fedor dos cabelos, da pele e das roupas da fada.

— Posso estar errado... é claro. — Ele passou a língua sobre os lábios secos. — Na verdade, é... Acho que não é meu mesmo.

— É, você está mesmo errado — sibilou Red. — Na verdade, você cometeu o maior erro da sua vida.

— O que está havendo? — repetiu Remendo.

Red não tirou os olhos de Eldritch.

– Ele reconheceu este livro e disse que era dele. Bom, não é. – Ela abriu o livro e mostrou a imagem da primeira página, segurando-a diante de Eldritch. – Está vendo este nome? Reconhece este nome?

Eldritch balançou a cabeça.

– Eu reconheço – continuou Red. – É o nome de solteira da minha mãe. Este livro pertenceu a ela quando era pequena. Ela costumava ler as histórias para mim e meu irmão. E, quando morreu, o livro era uma das últimas coisas que eu tinha para me lembrar dela. Mas foi roubado de mim. Roubado na mesma noite em que meu irmão foi levado.

Ao dizer isso, percebeu que Remendo prendera a respiração.

– Eu disse que estava errado...

– Cale a boca. Encontrei este livro em uma sacola com um mapa. Você sabia sobre o mapa. E sabia sobre este livro. Agora vai me dizer como conseguiu isto e é bom eu gostar da história. Porque eu vou prestar muita, muita atenção.

– Não temos tempo para isso – disse Remendo, olhando para o alçapão. – Temos que ir.

– Não vamos a lugar nenhum até eu conseguir alguma resposta – retrucou Red, a voz perigosamente baixa.

Eldritch ficou em silêncio, então Remendo se agachou ao lado de Red.

– É melhor você começar a falar – ameaçou. – Antes que eu faça você falar.

O homem-fada suava muito. Sua pele parecia coberta de cera, e os cabelos pretos formavam uma cortina engordurada em volta de seu rosto.

— Não fui eu que peguei — disse, por fim. — Não fui eu.

— Isso não é o suficiente. — Remendo estendeu a mão e puxou a corrente presa ao pulso de Eldritch. O homem-fada gritou quando o ferro queimou sua pele e caiu, batendo contra a parede do calabouço, ofegante.

— Não fui eu que peguei — repetiu ele, por fim, através de dentes cerrados.

Red estendeu a mão para pegar a corrente de novo e Eldritch se encolheu.

— É verdade! — choramingou. — Uma pessoa me deu.

A menina olhou para ele, fria.

— Quem?

Ele olhou para o próprio colo.

— Saber quem foi não adiantaria.

— Eu vou decidir isso. Quem foi?

— Ele era meu companheiro de viagem. — Eldritch fez um movimento com a cabeça, indicando o canto escuro do calabouço como fizera no dia anterior. — Está ali, como contei a você.

Red e Remendo observaram a parte escura do porão. Várias formas a preenchiam, inclusive a da Bruxa Solitária. Todas estavam em estados diferentes de putrefação.

— Ele é um dos mortos? — perguntou Remendo.

— Isso mesmo — disse Eldritch, apoiando as costas contra a parede. — E, mesmo que estivesse vivo, seria tarde demais para interrogar meu companheiro porque a Bruxa Solitária tirou a língua dele.

— Foi ele quem levou meu irmão?

Eldritch balançou a cabeça.

— Não sei. Não sei de nada!

AS 13 MALDIÇÕES

— Sabe, sim — retrucou Red. — Senão, não teria tentado mentir sobre o livro. Você sabe de alguma coisa.

Ela se levantou e andou devagar até a fada caída para a frente, algemada à parede como Eldritch. Cerrando os dentes, Red agarrou um punhado dos cabelos longos que cobriam o rosto e puxou a cabeça da criatura. Para seu horror e nojo, os fios de cabelo se soltaram e, quando a cabeça caiu para trás, ela viu que o rosto não podia mais ser reconhecido. A menina largou a cabeça, deixando os cabelos caírem no chão, e limpou a mão com força na calça. Inclinando-se, começou a vasculhar as roupas.

— O que você está procurando? — perguntou Remendo.

— Não sei — respondeu a menina. — Qualquer coisa... Um tipo de pista.

— Você não vai encontrar nada — disse Eldritch. — A Bruxa Solitária pegou tudo que ele tinha de valor.

De repente, Red viu algo brilhando na luz fraca que vinha do andar de cima. Estendeu a mão para pegá-lo.

— O que é isso? — indagou Remendo. — Você achou alguma coisa?

— Um anel — respondeu Red. — Ela virou a mão esquelética para cima e o anel se libertou do osso e caiu em sua mão. Não havia mais carne para segurá-lo. — Por que a Bruxa Solitária não levou isto?

— Estava preso ao dedo dele — disse Eldritch. — Ele... Ele tinha ficado preso à pele do meu companheiro uma noite por causa de um... acidente.

Red sentiu uma calma invadi-la quando girou o anel na mão. Era prateado e pesado e tinha uma pedra negra lisa no centro. Havia um par de asas esculpido na pedra. Ela o reconheceu de imediato...

173

A imagem tinha sido gravada em sua mente. Tentando afastar o nojo, a menina passou as mãos sobre os ombros do cadáver. Por cima das roupas, sentiu duas elevações – restos do que haviam sido asas. Ela se levantou e andou de volta para onde Eldritch e Remendo estavam.

– Eu já vi este anel – disse, calma. – Apenas uma vez, mas nunca vou me esquecer desta coisa. Estava sendo usado pela fada que levou o meu irmão. Eu sempre suspeitei de você, Eldritch. Sabia que não merecia confiança. – Ela se ajoelhou diante do homem-fada mais uma vez. – Já nos encontramos.

Eldritch parecia pensar que Red era a própria Bruxa Solitária. Estava morrendo de medo.

– Nunca encontrei você! – protestou, mas a mentira não convenceu a menina.

– Já encontrou, sim. Mas eu tinha cabelos ruivos na época. Cabelos ruivos e longos. Agora você se lembra?

– Não! – gritou Eldritch, começando a chorar. – Não me lembro de você!

– Então talvez se lembre disto!

Ela se virou e, com a mão esquerda, puxou a gola da blusa para baixo.

– Isso lhe parece familiar? – rosnou.

Mas Eldritch se recusou a olhar, encolhendo-se e escondendo o rosto atrás dos joelhos. No entanto, ela podia sentir que Remendo observava a parte de trás de seu pescoço, horrorizado.

– Já que não vai olhar, vou descrever para você – disse Red, virando-se de novo. – É uma queimadura feita na base do meu pescoço. Tem o formato de asas de fada. Asas idênticas às que aparecem neste anel. O anel ficou preso no dedo da criatura enquanto ela me queimava. E as asas dela acabaram pegando fogo! Foi só por isso que ela parou!

Eldritch então levantou o rosto.

— Ele queimava várias pessoas. Qualquer pessoa que o desafiasse. Era sua assinatura. Você foi a única que, de alguma maneira, fez com que ele se queimasse. Meu companheiro perdeu o poder depois disso. Você fez alguma coisa com ele... Como fez com a Bruxa Solitária!

Os olhos de Remendo encararam Eldritch.

— O que está fazendo aqui? — perguntou de repente. — Vocês não caíram nas mãos da bruxa por acidente, não foi? Você e seu companheiro sabiam demais para fazer isso e eram muito poderosos. Vieram para cá por um motivo. Não vimos nada lá em cima que mostrasse que ela capturava fadas para preparar glamoures. Só humanos.

Eldritch hesitou e fez que sim com a cabeça.

— Fazíamos negócio com ela de vez em quando. Nada muito sério — acrescentou rapidamente. — Só trazíamos plantas de longe e coisas do mundo humano. Animais, quando conseguíamos pegar. Ela sempre queria carne fresca. Snatcher, meu companheiro, trocava tudo por feitiços para se vingar das pessoas que o desafiavam depois que perdeu o poder de queimar. Tudo estava muito bem até a bruxa dar a ele uma maldição sob a condição de que pagasse depois. Na época, o Snatcher não tinha nada valioso o suficiente para trocar.

O preço era cem prímulas ou trevos de quatro folhas, muito raros e valiosos para a magia das fadas. Levamos várias luas para encontrar o bastante nas nossas viagens. Por fim, conseguimos. Mas o Snatcher foi ganancioso. Quando estávamos voltando para entregar a mercadoria, teve a ideia de fingir que tínhamos sido roubados e perdido a maior parte para que pudéssemos ficar com a metade deles e vender tudo depois. Achou que podia enganar a Bruxa Solitária, fazer a mulher sentir pena e se esquecer do acordo. Mas estava errado. Ela fingiu aceitar de início e até nos ofereceu vinho para compensar a perda. Quando acordei, estávamos aqui embaixo, presos por correntes de ferro – sem poderes. Ela havia colocado drogas no vinho. Disse que, se não tínhamos mercadorias para pagar pela maldição que Snatcher havia pegado, teríamos que pagar com o nosso corpo. Começou com a língua de Snatcher: a língua de um mentiroso. Pelo jeito, conseguiu um bom preço por ela. E eu estou aqui desde então.

– Sinto muito se não consigo sentir pena de você – interrompeu Red, sarcástica. – Agora, onde está meu irmão?

– Não sei onde ele está. Nunca me envolvi com isso.

– Isso?

– O mercado de *changelings*. Nunca fiz parte disso, eu juro.

– Saber de tudo faz com que esteja envolvido – afirmou Remendo, com a voz cheia de nojo.

– É, eu sabia – sibilou Eldritch. – Mas nunca roubei criança nenhuma, apesar...

– Apesar do quê? – gritou Red. Suas mãos tremiam ao lado de seu corpo. Estava fazendo o máximo que podia para não bater na criatura horrível em frente a ela.

– Apesar de ter me sentido tentado – terminou ele. – Pagava muito bem. E as conexões eram... melhores. Mas nunca fiz isso. Mantive-me fora do negócio. Vi e ouvi muitas coisas. O menino do livro ficou na minha cabeça. Snatcher estava observando a criança havia dias. Era um garotinho louro.

– Isso mesmo – sussurrou Red.

– Ele se gabava. Era um alvo fácil, segundo ele. Um orfanato... Não havia pais por perto para notar a diferença entre as crianças que eram levadas e as substitutas. Tinha se safado facilmente das primeiras vezes. Mas o lourinho estava sendo um desafio. A criança tinha uma irmã mais velha, que possuía o dom da visão e podia ver o que estava acontecendo. Não se afastava do irmão e tinha até descoberto maneiras de afastar as fadas. Por isso Snatcher esperou, sabendo que um dia um erro permitiria que ele levasse a criança. E foi só uma questão de tempo até conseguir.

— Não cometi erro nenhum naquela noite — murmurou Red. — Alguma coisa deu errado...

— Ele só levou o livro como lembrança — continuou Eldritch. — Viu a palavra "fada" na capa. Achou divertido, por isso pegou o livro. Depois, percebeu que não havia fada alguma nas histórias e não quis mais. Como eu gostava do livro, ele trocou comigo por outra coisa.

— Onde está a criança agora? — perguntou Remendo.

Eldritch balançou a cabeça.

— Isso eu não sei dizer. — Os olhos da criatura se arregalaram de medo quando Remendo estendeu a mão para pegar a corrente mais uma vez. — Por favor! — gritou. — Estou dizendo a verdade! Não sei. Ele nunca me disse o que fazia com elas e eu nunca perguntei. Mencionou um encontro com uma fada, mas não sei quem era! Mas vou ajudar você. Vou ajudar você a procurar seu irmão. Só... Só me tire daqui... Tire-me destas correntes.

— Eu acredito em você — disse Remendo, rápido. — O problema é que não conseguimos encontrar a chave, e Red e eu não podemos esperar. Então vou dar uma escolha a você. Pode ficar aqui e se arriscar ou posso tirar você daí... Mas não vai ser divertido.

— O que quer dizer? — resmungou Eldritch.

Como resposta, Remendo afastou o longo casaco que usava e mostrou a bainha da faca.

Eldritch pressionou o corpo contra a parede.

– Não... Não, não...

– Esqueça – disse Red. – Não vamos levar esse cara com a gente. Ele não vai a lugar nenhum. É um covarde ridículo.

– O quê? – A voz de Eldritch ficou aguda de medo. – Vou ajudar você a achar seu irmão, eu juro...

– Você estava lá na noite em que eu fui queimada. Escondeu seu rosto num capuz enquanto aquelas asas estavam sendo marcadas na minha pele e não fez nada.

– Mas não fui eu que queimei você! – gritou ele. – Não fui eu!

– Não – rosnou Red. – Mas podia ter impedido seu companheiro. E não fez *nada*! Você sabia que as crianças estavam sendo roubadas. E o que você fez? NADA! Então agora eu vou devolver o favor. – Ela se levantou num pulo e enfiou a mão no bolso até seus dedos tocarem algo pequeno e frio, que a menina então mostrou.

– A chave! – exclamou Eldritch. – Você estava com ela o tempo todo!

– Estava exatamente onde a Bruxa Solitária disse que estaria. E agora vai embora comigo e você vai ficar aqui. Porque agora você vai saber como é precisar de ajuda e a única pessoa que pode ajudar não fazer... *nada*. – Ela olhou para Remendo, enfiando a chave no bolso. – Vamos embora.

– Não! – gritou Eldritch. – Não, espere! Por favor! Não me deixe aqui!

Mas Red já estava nos degraus que levavam para o chalé e Remendo a acompanhava de perto. Quando chegaram ao andar de cima, Red se virou para olhar o calabouço pela última vez. O rosto de Eldritch se contorceu numa careta, como se fosse um cão raivoso. Finalmente havia parado de fingir.

AS 13 MALDIÇÕES

— Vai se arrepender disso, menina! — rosnou. — Vou sair daqui e, quando fizer isso, vou achar você. Vai pagar por isso!

Red o encarou, seus olhos verdes cheios de ódio.

— Eu acho que não.

E bateu a porta do alçapão.

Remendo e ela pegaram seus pertences e saíram do chalé com os gritos de Eldritch soando em seus ouvidos.

15

FLORENCE INCENTIVOU MORAG E NELL A entrarem na cozinha e pegou cobertores quentes e secos para as duas. Enquanto Morag mancava e passava pela porta, Fabian fez uma careta e tentou chamar a atenção de Tanya, mas a menina se recusou a se envolver no medo supersticioso que o garoto sentia da velha cigana.

— Nell, onde diabos você esteve? — gritou Florence. — Estávamos morrendo de preocupação!

— E onde está meu pai? — perguntou Fabian. — O que aconteceu com ele?

Nell encarou os dois, os olhos arregalados de medo.

— Eles levaram o seu pai — disse.

— Quem? — perguntou Tanya com cuidado.

A empregada se recusou a olhar para ela e, naquele instante, Tanya percebeu que a mulher estava assustada demais para relatar a experiência.

— Tudo bem, Nell — disse ela. — Pode nos contar.

Nell juntou as mãos, torceu-as e balançou a cabeça.

— Não posso. Vocês não vão acreditar em mim. Vão achar que estou maluca.

— Acho que todos nós deveríamos nos sentar — sugeriu Florence.

Todos se sentaram, menos ela, que foi fazer mais chá. Tanya se levantou e começou a ajudar, mas o nervosismo a fazia tremer e, depois que a menina quebrou um prato, a avó mandou que se sentasse. O chá foi servido em silêncio.

Morag bebeu a infusão, assentindo com a cabeça. Tanya se perguntou quando fora a última vez que a velha cigana tinha tomado uma xícara de chá feita para ela. A mulher levava uma vida solitária, na floresta, onde ninguém a incomodava.

— Eu... Ah, oi de novo — disse a cigana. Seus olhos de águia haviam percebido Tanya pela primeira vez. — Não sabia que você morava aqui.

— A Tanya é minha neta — explicou Florence, surpresa. — Não sabia que vocês se conheciam.

— Já nos encontramos — respondeu Morag, com um brilho nos olhos.

— Em Tickey End — completou Tanya, ansiosa para esconder da avó o quanto a desobedecera no verão. O fato de ter visitado o trailer da mulher era algo que só tinha contado a Fabian.

Morag assentiu, concordando, para o alívio da menina. Seu segredo estava a salvo.

— Onde você encontrou a Nell? — perguntou Tanya.

Morag bebeu o resto do chá de um só gole e olhou furtivamente para a chaleira. Florence se inclinou, prestativa, e encheu a xícara de novo. A cigana sorriu.

— Ela estava na floresta. Veio bater à minha porta, foi uma confusão. — Fez uma pausa para passar a mão em Oberon. O cão descansou a grande cabeça marrom no joelho de Morag e cheirou suas várias camadas de roupas com interesse. — Vi que ela estava desorientada e exausta. Mal conseguia andar.

Uma ruga funda apareceu na testa de Florence.

— Nell, tem que nos contar o que aconteceu — insistiu.

— Eles me fizeram dançar — disse Nell, num gritinho. Em seguida, pressionou os lábios um contra o outro, como se tivesse falado demais.

Tanya olhou para os pés da empregada, que saíam de baixo do cobertor. Estavam sujos e manchados e havia cortes e bolhas por toda a pele. Os chinelos estavam quase em pedaços.

Morag se serviu de um biscoito, pegando-o de um pequeno prato que Florence havia posto na mesa. Na mesma hora, Oberon começou a babar em seus joelhos.

— Foi só o que consegui saber dela também — disse a cigana, com a boca cheia de farelos.

— Meu pai estava com ela? — perguntou Fabian, ansioso. — Ela disse alguma coisa sobre onde esteve?

— Não, nada — respondeu Morag. — Estava sozinha, como eu contei.

— Ela se perdeu na floresta mais cedo junto com o Warwick — explicou Florence.

— Estávamos procurando o General Carver — murmurou Nell, olhando para o fogo. Ainda tremia muito.

— O papagaio dela — explicou Tanya, ao ver o susto de Morag. — Ele fugiu. Por isso a Nell e o Warwick entraram no bosque. Eu vi quando aconteceu. Foram puxados para dentro de um anel de fadas por... Bom, por fadas...

— Claro — interrompeu Morag, como se esses acontecimentos fossem comuns. — Eu imaginei. Isso explicaria a dança. — Ela mergulhou outro biscoito no chá. — É uma época perigosa.

— Foi só um pesadelo — murmurou Nell, começando a se balançar. Seus olhos estavam fixos no fogo. — Fadas não existem. Vou acordar a qualquer instante e, quando fizer isso, o General estará aqui e tudo vai ficar bem... *Ai!* Por que fez isso, seu pestinha?

Fabian se inclinara para a frente e dera um beliscão nela.

— Porque é isso que fazemos quando pensamos que estamos sonhando — respondeu o menino. — A gente se belisca para saber se está acordado ou não. Mas obviamente você não ia fazer isso, então eu quis ajudar.

Os olhos de Nell se encheram de lágrimas.

— Não quero ficar aqui — choramingou. — Quero encontrar o General Carver e ir embora. Ele deve estar morrendo de medo lá fora, sozinho e no escuro.

— Estou bem mais preocupada com o Warwick — retrucou Florence, irritada. — Sei que sofreu um choque enorme, Nell, mas precisamos que você nos ajude. As coisas que viu na floresta são reais e agora o Warwick está em perigo. Preciso que conte o que aconteceu para podermos encontrar nosso amigo... Só diga o que puder.

— Havia três deles — começou Nell, chorando e olhando para Tanya, como se quisesse apoio.

A menina fez que sim com a cabeça, encorajando-a.

— Estavam tocando uma música... Não se parecia com nada que eu já tivesse ouvido. Meu corpo se movia de acordo com ela. Não conseguia me controlar. Só conseguia dançar, girando e girando. Não paravam de mudar o tom, de trocar de lugar e passar de anel em anel para dançar. Estávamos andando pela floresta. Eu estava cansada, muito cansada. Implorei para que me deixassem parar, mas eles continuaram e iam cada vez mais rápido...

— E o meu pai? — interrompeu Fabian. — O que ele estava fazendo?

— A mesma coisa — continuou Nell. — Dançando, não conseguia parar também... Mas não estava tão cansado quanto eu. Continuávamos dançando, sem parar. Achei que nunca fosse acabar. E, durante todo esse tempo, eles riam e cantavam e eram tão estranhos... — Ela estremeceu. — Só escapei porque meu chinelo ficou preso na raiz de uma árvore pequena, cheia de frutas vermelhas. Ela me segurou e quebrou o feitiço de alguma maneira.

— Frutas vermelhas — disse Morag, pensativa. — Parece uma sorveira. É uma proteção contra a magia negra.

— Eles nem notaram que eu fiquei para trás — continuou Nell, com a voz trêmula. — Continuaram até desaparecerem. Warwick ainda estava com eles.

Um silêncio longo pairou no ar.

— Mas ainda há uma chance — disse Fabian, desesperado. — Talvez meu pai esteja por perto... Talvez tenha conseguido se livrar do feitiço também, de alguma forma. Ele pode estar na floresta agora!

— Pode ser — respondeu Florence, calma. — Mas não é provável. Se Warwick tivesse conseguido escapar, já teria voltado. Tenho certeza.

— Mas talvez ele esteja ferido — protestou Fabian. — Ele pode não conseguir voltar! Nós deveríamos sair e procurar por ele... Se a Nell escapou, talvez ele tenha conseguido também!

Florence balançou a cabeça.

— Por mais que eu queira acreditar, acho que ele teria poucas chances. Vamos esperar aqui até a Raven e o Gredin trazerem novidades. — Lançou um olhar de aviso para Tanya e Fabian. — E ponto final.

Morag se levantou, dobrando o cobertor. Pegou o xale ainda úmido e o jogou sobre os ombros antes de andar até a porta dos fundos.

AS 13 MALDIÇÕES

— Tenho que ir agora — disse. — Mas vou ver... o que posso ver. Talvez uma resposta apareça.

— Ela está falando das visões, não está? — sussurrou Fabian para Tanya.

— Obrigada, Morag — agradeceu Florence. — Mas eu não gostaria que você andasse pela floresta no escuro em uma noite dessas. Fique conosco. Temos vários quartos onde você pode dormir.

— Ah, não se preocupe comigo — respondeu Morag, com uma risada repentina. — Sei cuidar bem de mim.

— Aposto que sim — murmurou Fabian, e Tanya deu um cutucão nas costelas dele.

Florence abriu a porta dos fundos e olhou desconfiada para a escuridão.

— Eu realmente não gosto da ideia de você voltar para a floresta tão tarde e sozinha. Na verdade, tenho uma ideia... — Saiu no escuro e assobiou melodiosamente. Apenas o vento respondeu, jogando folhas nela. Florence deu mais alguns passos e assobiou de novo, mais alto.

Perto dali, um arbusto se abriu e um homem que chegava a seus joelhos apareceu. Usava uma calça engraçada feita de panos de prato e uma jaqueta de um material grosso que obviamente havia sido uma cortina: era fechada na cintura pelos ilhós.

— Brunswick! — exclamou Tanya.

— Onde? — perguntou Fabian, esticando o pescoço e apertando os olhos atrás dos óculos de aro grosso.

Florence pôs um dedo sobre os lábios e indicou Nell, que havia ficado parada, chocada e em silêncio, perto do fogo. Para o goblin, disse:

— Está tudo bem, Brunswick. Pode aparecer.

185

O goblin sorriu, tímido, e deu um passo para a frente. Ao contrário da última vez que Tanya o havia visto, ele parecia feliz e saudável, e seu rosto estava livre dos machucados costumeiros — resultado dos golpes de outros dois goblins. Então, apesar de Tanya não poder ver mudança alguma, ela ouviu Fabian prender a respiração quando o goblin apareceu.

— Agora o Brunswick mora aqui no jardim — explicou Florence. — Os outros goblins não incomodam mais nosso amigo. O Warwick expulsou os dois do terreno quando viu como estavam tratando este aqui.

— Como ele conseguiu isso? — perguntou Tanya. Ela não podia imaginar os dois goblins detestáveis aceitando ordens de alguém.

— Ele disse que, se visse os dois de novo, prenderia os goblins em jaulas de ferro e jogaria nas catacumbas — respondeu a avó, de modo natural.

Fabian soltou um assobio alto.

— Isso deve ter resolvido a situação.

— Brunswick, você se incomodaria de levar nossa amiga em segurança pelo bosque? — pediu Florence ao goblin, indicando a velha cigana.

Brunswick sorriu e ofereceu a mão para Morag.

— Segura vai estar se me acompanhar.

— Ele ainda fala rimado algumas vezes — explicou Florence. — Só por costume. Passou tanto tempo na companhia dos outros dois goblins que às vezes retoma os velhos hábitos.

Tanya se lembrou de como os antigos companheiros de Brunswick só falavam em rimas (e só respondiam a elas). A menina descobrira que aquela era uma punição comum para fadas que haviam sido banidas do próprio reino por causa de infrações às regras.

AS 13 MALDIÇÕES

Morag aceitou a mão de Brunswick e o estranho casal saiu andando pelo quintal, passando pelo jardinzinho ornamental e pelo portão até a floresta.

De volta à cozinha, Florence trancou a porta pela segunda vez naquela noite e ajeitou os cabelos grisalhos de novo no coque. Os acontecimentos do dia tinham-na deixado exausta. Sua cara estava fechada e da cor de um lençol branco lavado acidentalmente com uma meia escura.

— Vou dar uma olhada no Amos — disse. — Depois vou fazer o jantar. Temos que nos manter fortes. — Ela saiu da cozinha e os três ouviram seus passos subindo até o segundo andar, onde ficava o quarto do pai de Warwick.

Tanya e Fabian ficaram com Nell, que havia voltado a se balançar, sentada em uma cadeira em frente ao fogo. Seu rosto estava pálido e seus olhos, vidrados. Quando Oberon empurrou com o focinho as mãos que a empregada pousara no colo, ela não se mexeu.

— Você acha que a Florence vai contar ao Amos que o Warwick desapareceu? — perguntou Fabian.

— Não — respondeu Tanya. — Isso só iria deixar seu avô chateado, e é a última coisa de que precisamos.

Ela começava a sentir o peito apertado de preocupação. Olhou para Nell e depois para a janela. Pelo vidro sujo, pôde ver as árvores, iluminadas pela lua, sendo jogadas para frente e para trás pelo vento como se fossem caniços. Se Warwick estava lá fora, sozinho, será que estava com medo?

187

16

CINCO CAVALOS ESTAVAM AMARRADOS ATRÁS do chalé da Bruxa Solitária. Dentre eles, Red e Remendo escolheram os três que pareciam mais saudáveis e selaram dois para ser montados e um para carregar os pertences. Red escolheu uma égua palomino, enquanto Remendo logo fez amizade com um garanhão forte. O terceiro cavalo era um animado potro de cor creme.

— É melhor levarmos três — disse Remendo, prendendo o fecho da sela. — Assim, poderemos deixar os cavalos descansarem e não teremos problema se um se machucar.

Eles soltaram os outros dois cavalos, sabendo que agora não havia quem cuidasse deles, e os observaram entrar na floresta. Depois, partiram, ansiosos por deixar os horríveis acontecimentos do chalé da Bruxa Solitária para trás. Cavalgaram em silêncio, primeiro a passo lento. Isso não apenas serviria para analisar o comportamento dos cavalos, mas Red avisara Remendo sobre a armadilha em que havia caído. Nenhum dos dois queria correr o risco de cair em outra.

Logo ouviram o barulho do rio, andaram na direção dele e desceram para encher os cantis. Remendo pegou o mapa e o abriu sobre a grama, mordendo o lábio inferior enquanto o analisava. Quando Red

AS 13 MALDIÇÕES

terminou de amarrar os odres nos cavalos e os levou até o rio para que bebessem água, ele já enrolara o mapa de volta e o guardara, observava a menina enquanto ela montava na égua.

— Por que está me olhando assim? — perguntou a menina, desconcertada.

— Você realmente quer deixar o Eldritch acorrentado naquele porão?

Red o encarou com frieza. Apoiando-se nos estribos, ela se levantou, tirou a chave da Bruxa Solitária do bolso e a jogou na água corrente.

— Isso responde à sua pergunta?

Remendo olhou para as bolhas da superfície da água.

— Perfeitamente.

Ela atiçou o cavalo para que começasse a andar, movendo-se pelas sombras irregulares das árvores. Remendo a seguiu e se pôs a seu lado.

— Como você ficou tão dura assim? — perguntou. — Você é só uma criança.

Red soltou uma risada triste.

— Acho que minha infância acabou na noite em que meu irmão foi sequestrado.

— Vai me contar o que aconteceu naquela noite? Com Eldritch e a história da queimadura?

— Estou cansada de falar de mim — respondeu Red, seca. — Quero saber sobre você.

— O que você quer saber?

— Quero saber o que conhece sobre fadas e como. Disse no calabouço que conhecia pessoas... com o dom da visão. Como conheceu essas pessoas?

Remendo tirou um galho da frente de seu rosto.

– Trabalho para uma delas, a proprietária do solar Elvesden... – Ele baixou a voz e olhou em volta, conferindo os arredores desertos. – A Florence. Ela tem o dom da visão, mas só fiquei sabendo sobre as fadas depois que a Tanya nasceu, apesar de ter passado a vida cercado delas. – Ele fez uma pausa, como se ainda não acreditasse naquilo. – Cresci no solar. Meu pai era o caseiro antes de mim. Começou a trabalhar aos dezesseis anos. Mas o desaparecimento de Morwenna Bloom acabou mudando a vida dele.

Sua voz falhou e ele olhou para cima, por entre as árvores.

– Até treze anos atrás, eu não sabia com certeza se meu pai tinha alguma coisa a ver com o desaparecimento dela. Devia acreditar que não tinha, apesar dos boatos e dos comentários maldosos que ouvi enquanto crescia. Às vezes, sentia raiva, outras, vergonha. Poucas pessoas em Tickey End não me julgavam nem me ignoravam, e eu decidi ir embora assim que pudesse. Mas então conheci uma pessoa. – A expressão preocupada se desanuviou de repente. – Uma pessoa maravilhosa. Uma moça chamada Evelyn, que acabou se tornando a mãe do meu filho. Por isso, eu fiquei. Tudo de repente se tornou suportável. Não importava o que os estranhos pensavam. Mas, então, tudo mudou treze anos atrás.

Florence bateu à porta do meu quarto um dia, em pânico. Ela havia acabado de voltar de uma visita que tinha feito à neta recém-nascida, então não pude entender por que estava tão chateada. Devia estar feliz, ou pelo menos era assim que eu pensava. Ela disse que tinha uma história para me contar, uma história inacreditável, que envolvia meu pai, e que eu devia ouvir tudo sem fazer interrupções. Prometi que faria isso. Mas comecei a rir da cara dela assim que me disse que o desaparecimento da moça tinha sido provocado por fadas.

"Quase saí de lá naquele instante, mas alguma coisa na voz dela me impediu. Comecei a me perguntar se a mulher tinha enlouquecido. A Florence parecia acreditar realmente no que estava dizendo, e eu já havia notado os livros sobre fadas na biblioteca. Então ela se ofereceu para me mostrar as criaturas e, achando que isso seria impossível, eu concordei.

"Ela jogou uma pena preta no fogo e murmurou um encantamento. Nós esperamos e Florence me disse que a moça, Morwenna Bloom, tinha desaparecido no reino das fadas e não havia deixado vestígios. Que, por fim, passara a querer fugir e tinha direcionado sua raiva para Florence. Eu ainda não estava convencido, mas então um grande pássaro preto pousou no beiral da janela, do lado de fora. Ela deixou a ave entrar e, segundos depois, o pássaro se transformou numa mulher que usava um vestido de penas pretas. Eu levei um susto... Quase caí no fogo. Mas, no fim, acreditei nela.

"Mas a história não acaba aí. Ela continua com Tanya. Florence tinha visto que a neta tinha herdado seu dom. Havia fadas perto dela. E minha patroa sabia que tinha que se afastar de Tanya para evitar que ela se tornasse um alvo da vingança de Morwenna.

"Eu escutei tudo que ela dizia, ainda sem entender o que queria de mim. Então sua explicação ficou clara. Meu trabalho como caseiro agora tinha se tornado secundário. Minha principal tarefa seria proteger a casa e patrulhar a floresta contra o que quer que aparecesse procurando pela Tanya."

— Quer dizer que você devia proteger a casa contra fadas? — interrompeu Red.

Ele fez que sim com a cabeça.

— Como podia fazer isso se não conseguia ver essas criaturas?

— Foi o que eu disse a Florence. Mas logo descobri que havia outras maneiras de ver fadas. Seguindo as instruções dela, fui visitar uma velha cigana que mora no bosque do Carrasco. Ela me deu um pequeno frasco de um tônico que eu deveria pingar nos olhos. Era uma solução temporária, mas eficaz. Usei naquele instante, antes de voltar para o solar. As coisas que vi na floresta me impressionaram. E me assustaram. Percebi de repente que aquelas criaturas, aquelas *coisas*, estavam em todo lugar. Invisíveis. Observando e ouvindo. Corri para o solar o mais rápido que minhas pernas aguentaram e escondi a poção. Disse a Florence que não iria conseguir fazer aquilo.

"Esperava que ficasse irritada, mas tudo que vi no rosto dela foi tristeza e decepção, o que, de certa forma, tornou as coisas piores. Não consegui dormir naquela noite. Em vez disso, fiquei pensando no assunto. Na injustiça do modo como meu pai tinha sido tratado e na ideia de que Tanya podia estar em perigo. Eu sabia que não podia dar as costas para as duas. E que minha vida tinha mudado. Não dava para voltar atrás.

"No dia seguinte, eu peguei o frasco. O efeito da poção já tinha acabado, por isso, antes que eu pudesse mudar de ideia, usei mais um pouco. Havia fadas até dentro da casa. Naquele primeiro dia, Florence me mostrou as criaturas que moravam lá com a permissão dela. Quaisquer outras, ela me disse, deveriam ser expulsas, levadas de volta para a floresta e proibidas de voltar."

— Ela permitia que fadas morassem dentro da casa? — perguntou Red, muito envolvida na história de Remendo. — Como elas eram? Ainda estão lá?

— A maioria, sim — respondeu Remendo. — Uma ou duas morreram desde então por causa da idade e em... acidentes.

— Que tipo de acidentes?

— Com um gato. Mas a maioria ainda está viva e bem, atrapalhando a nossa vida. — Ele franziu um pouco a testa. — Não sei por que Florence permite isso, na verdade. Sempre disse que ela é mole demais.

— Conte-me mais sobre elas — insistiu Red. Estava curiosa por saber como a velha e estranha casa funcionava com habitantes fadas e humanos.

— Bom — disse Remendo. — Tem uma fada do lar na cozinha. Ela mantém as panelas quentes e vigia tudo para que não derramem ao ferver. E tem o duende doméstico da caixa de chá. É um desperdício de espaço, se quer saber minha opinião. Costumava ajudar quando a gente queria um pouco de creme. Agora é mais provável que fique irritado se for incomodado. Isso porque está sempre dormindo.

Red sorriu.

— Continue.

— Havia a criatura do ralo. Era uma malandrinha, isso, sim. Se visse qualquer coisa brilhante ou reluzente, ela levava e...

— Eu já vi uma dessas! — exclamou Red. — Ela costumava entrar no banheiro do orfanato em que fiquei! Comia cabelos e pedaços de sabonete que iam parar no ralo.

— Em Tickey End? — perguntou Remendo. — Devia ser a mesma criatura que ia até o solar. Ela usava a rede de canos para transitar.

— Ainda está lá? — perguntou a menina.

Os olhos de Remendo se enevoaram de tristeza.

— Não. O gato matou a criatura. Quando ouvi a comoção toda, já era tarde demais. — Ele tirou um bracelete de prata do bolso. — O engraçado é que uma das coisas que ela roubou foi um talismã deste bracelete. Eu encontrei o berloque na pia do quarto de Tanya quando estava fazendo uma revisão antes que ela chegasse. E achei isso aqui ontem de manhã... Ia fazer uma surpresa e consertar para ela.

Red olhou para o bracelete. Ela se lembrava de tê-lo visto no pulso de Tanya e pensara que era uma escolha estranha para uma menina. Disse isso ao homem.

— Era da Florence — explicou Remendo. — É uma herança de família. Veio da primeira proprietária do solar. — Ele pôs o bracelete de volta no bolso.

As árvores começavam a ficar mais próximas. Remendo guiava o caminho, seguido pelo potro e por Red, logo atrás. A floresta estava silenciosamente sombria — apenas o som da respiração e das patas dos cavalos chegava aos ouvidos dos dois.

— Está quieto demais — murmurou a menina. — Eldritch disse que esta região da floresta é chamada de Bosque Morto. Quanto tempo vai demorar para sairmos dela?

— É difícil dizer. Algumas horas, talvez. Quando chegarmos ao limite do bosque, vamos descansar um pouco.

Um tilintar vindo de cima rompeu o silêncio, fazendo os dois pararem. Red virou a cabeça para cima. Ela conhecia aquele barulho. Ele fazia os pelos de seu pescoço se arrepiarem como os de um cachorro.

— Você ouviu isso? — sussurrou Remendo.

Ela a viu encurvada em um galho acima deles, observando-os. A gárgula. Remendo a notou um segundo depois.

— O que é aquilo?

— Não sei — disse Red. — Mas eu vi esse bicho antes de cair na armadilha da Bruxa Solitária. Estava gritando... — A menina por fim compreendeu. — Estava chamando a bruxa. Dizendo a ela que alguma coisa tinha caído na armadilha.

AS 13 MALDIÇÕES

Como se tivesse entendido, a gárgula mostrou os dentes e sibilou. Abriu as asas e se jogou em cima dos dois, voando sobre eles e rosnando.

— Vamos! — gritou Remendo, mas, antes de fazerem os cavalos começarem a correr, a gárgula foi puxada para trás, a centímetros do cavalo do homem. Ela gritou e voou na direção dos dois de novo, mas foi puxada mais uma vez.

— Está acorrentada — afirmou Red, respirando fundo. — Veja, está com a perna presa.

No tornozelo da gárgula havia uma algema de ferro presa a uma árvore por uma longa corrente. A corrente tilintava quando a criatura se movia e Red finalmente entendeu a fonte do barulho.

— Era um espião dela — explicou Remendo com amargura.

A gárgula grasnou como um corvo quando os dois começaram a se afastar.

— Tome cuidado — pediu Red. — A armadilha deve estar por perto. Ficava bem atrás de um tronco caído.

— Estou vendo — respondeu Remendo. Ele fez o cavalo dar a volta no tronco, evitando a armadilha, e Red o seguiu.

Os dois continuaram, conversando pouco. Logo encontraram uma trilha e, nela, puderam conversar de novo, pois havia espaço suficiente para cavalgarem lado a lado.

— Bom, você já me contou sobre as fadas que podiam morar na casa — começou Red. — E as que não podiam?

— No início não havia muitas — continuou Remendo. — Só uma ou outra que entrava por curiosidade ou para catar restos de comida. Na maioria das vezes, eram expulsas pelo gato ou pelas outras fadas. Elas sempre defendem o próprio território. Florence e eu começamos a achar que estávamos seguros. Mas em um fim de semana, quando Tanya tinha seis meses, foi levada para o solar.

"Nós sabíamos que seria perigoso para ela ficar na casa, e Florence tentou fazer a filha desistir, mas não foi possível. Tomamos precauções, vestindo a menina com roupas do lado avesso e, sempre que possível, de vermelho. Florence se recusava a ficar longe de Tanya e até pôs o berço no próprio quarto. Na segunda noite, fui acordado por um grito vindo do quarto de Florence. Corri até lá para investigar, sem saber se era uma fada ou um ladrão. Ouvi Spitfire chiando e cuspindo do lado de fora do cômodo. Quando entrei no quarto, vi Florence de pé, ao lado do berço de Tanya, com a bebê nos braços. Estava muito assustada. Alguma coisa estava sentada ao lado do berço, observando Tanya, mas, como o pijama estava do avesso, a criatura não podia tocar nela. Quando entrei, a fada se assustou. Tentou escapar pela chaminé, mas bateu contra o atiçador, que caiu sobre ela e a prendeu. Na hora, o bicho gritou e o quarto ficou cheirando a queimado. Enquanto corria, percebi que era a carne da fada que queimava embaixo do atiçador de ferro. Quando o levantei, a criatura fugiu.

"No dia seguinte, encomendei uma faca de ferro. Desde então, nunca mais saiu do meu lado. Depois disso, Florence morria de medo de ter Tanya em casa. Até escondeu todas as fotografias que tinha da menina. Mas o problema já estava criado: todos sabiam que Florence tinha uma neta com o dom da visão, e as fadas não paravam de aparecer. Comecei a construir jaulas de ferro para prender essas criaturas. Alguns dias de cativeiro convenciam a maioria a não voltar. Outras precisaram de um pouco mais de insistência."

Red sentiu um arrepio enquanto tentava imaginar de que tipo de "insistência" Remendo seria capaz.

AS 13 MALDIÇÕES

— E elas continuaram vindo — disse ele. — E eu continuei mantendo todas longe da casa.

— E a sua família? — perguntou Red. — Você contou a eles o que estava acontecendo?

As mãos de Remendo se fecharam com força nas rédeas do cavalo.

— Não — respondeu. — Eles não sabiam de nada até pouco tempo atrás. Escondi tudo. Mas meu filho acabou descobrindo.

— E a sua mulher? Ele não deve ter conseguido manter o segredo da própria mãe, não é?

Uma expressão de angústia passou pelo rosto de Remendo.

— Não. A Evelyn nunca soube de nada. Tenho certeza de que o Fabian teria contado a ela se tivesse tido oportunidade. Mas, quando ele soube sobre as fadas, a mãe dele já estava morta havia sete anos.

O homem olhou para ela com olhos vermelhos.

— Se ela tivesse ficado sabendo, talvez ainda estivesse viva. Foi o fato de não saber que matou minha mulher.

17

AS PALAVRAS DE REMENDO FICARAM NO AR como teias de aranha. Ele baixou a cabeça, com uma expressão sombria, e mergulhou os dedos na crina do cavalo, penteando as mechas grossas de pelo. Red esperou que ele continuasse. Ela já percebera que aquele era um assunto no qual Remendo não tocava havia muito tempo – se é que já tinha mencionado para alguém.

– Bom – disse ele, em voz baixa –, isso não é totalmente verdade. O fato de ela não saber nada sobre fadas... Foi um dos fatores que provocaram sua morte. Mas, na verdade, não precisaria saber sobre elas se eu não estivesse envolvido na história. As fadas não teriam chegado perto dela se não fosse por mim. – Tirou os dedos da crina do cavalo e pegou as rédeas de novo. – Então a verdade mesmo é que a culpa foi minha. Ela morreu por minha causa.

– Tenho certeza de que isso não é verdade – disse Red, com carinho.

Remendo deu um sorriso amargo.

– Tive sete anos para pensar nisso. *É* verdade, não importa o jeito que eu tente pensar no assunto. Sempre soube disso. Mas nunca disse... em voz alta antes. Achei que podia proteger minha mulher. Estava errado.

— O que aconteceu? — perguntou Red.

Remendo fez uma pausa para beber um pouco de água do cantil.

— Fizeram parecer que foi um acidente — disse. — A Evelyn adorava música. Era uma musicista talentosa. Tocava piano todos os dias. O Fabian adorava ouvir a mãe.

"Eu já caçava fadas havia seis anos. Sabia muito mais sobre elas naquela época e ter uma vida dupla já tinha se tornado uma coisa comum. Mesmo assim, Evelyn às vezes fazia perguntas que eu não podia responder, como por que eu passava tanto tempo na floresta. Ou como acabava com tantos cortes e machucados que não podia explicar. Ou por que tinha que manter minha faca tão bem-afiada se eu nunca a usava. Logo aprendi a não deixar vestígios e às vezes trazia um coelho morto para casa para dar a impressão de que estava caçando. Na verdade, eu nunca caçava por esporte, e nunca farei isso. Sabia que a Evelyn não gostava. Mas eu precisava que ela acreditasse em mim, apesar de quase morrer por saber que minha mulher recriminava o que eu fazia.

"Um dia, encontrei um coelho na floresta. Uma das pernas do bichinho tinha sido arrancada por um rifle. Ele ia sangrar até morrer. Quando me aproximei, dois outros coelhos, que estavam por perto, fugiram. Cortei o pescoço do bichinho para que parasse de sofrer e levei o coelho para o solar.

"A Evelyn estava no jardim com o Fabian quando voltei. Meu filho viu o coelho e começou a chorar. Ela não disse nada. Só olhou para mim apertando os lábios e levou Fabian para dentro de casa.

"A Florence tinha saído naquele dia, por isso eu e Evelyn comemos sozinhos com Fabian. Foi uma refeição com pouca conversa. Ela ainda estava irritada comigo. Para tentar me desculpar, eu estava brincando de alguma coisa boba com o Fabian, tentando fazer meu filho rir.

Não estava funcionando. Quando alguém bateu à porta dos fundos, ele tinha acabado de derrubar a comida do prato, por isso pedi que a Evelyn atendesse enquanto eu limpava a bagunça.

"Na porta estavam uma mulher e uma criança da idade do Fabian. Eram mendigas. A mulher carregava uma cesta que continha o que eu achei que fossem pacotinhos de gravetos para lareira. Mas Evelyn exclamou que eram, na verdade, pequenas flautas, esculpidas em madeira. Ela saiu da cozinha para pegar a bolsa e me deixou, sozinho, com Fabian.

"'Cuide bem do seu filho', disse de repente a mulher à porta. Olhei para cima e vi que me encarava com um ódio enorme. Os olhos dela estavam vermelhos e a criança a seu lado também chorava, enfiando o rosto na saia da mãe.

"'Cuide *muito* bem do seu filho', repetiu ela. 'Porque eu perdi o meu hoje.'

"Então notei pela primeira vez as roupas que ela e a filha usavam: eram casacos longos de pele marrom grossa. Pele de coelho. Só então percebi o que tinha feito... Que o animal que eu havia matado naquele dia não era um coelho de verdade.

"Na mesma hora, Evelyn gritou, perguntando se tinha visto a bolsa dela. Eu respondi, irritado, que não tinha e, em pânico, acabei falando o nome da minha mulher. A fada ouviu e sorriu.

"'Você me tirou uma coisa muito querida', disse. 'Agora vou tirar uma coisa querida de você.'

"Abracei Fabian com força, com medo de que ela levasse meu filho embora. Ele deve ter notado meu medo porque começou a chorar. Evelyn voltou naquele instante. Tinha encontrado a bolsa e estava procurando moedas nela. Eu queria bater a porta na cara da fada, mas o choque do que eu fizera tinha me deixado paralisado.

Só o que pude fazer foi resmungar para Evelyn não comprar nada daquela mulher, mas ela franziu a testa, imaginando que eu estava sendo grosseiro porque era uma mendiga. Minha mulher entregou o dinheiro e recebeu uma flauta fina de madeira. A fada sorriu, virou-se e andou pelo jardim, na direção da floresta.

"Eu tremia quando tranquei a porta, mas, se Evelyn percebeu, ela nunca comentou. Observei enquanto ela colocava a flauta na lareira e levava Fabian para o andar de cima, tentar acalmar nosso filho. Assim que minha mulher saiu da cozinha, joguei a flauta no fogo e fiquei observando o instrumento queimar. Depois, peguei o 'coelho' morto do lixo e o analisei. De início, não parecia haver nada de diferente. Então eu encontrei: um pequeno botão, igual a um botão de colete, na parte de baixo do corpo da criatura. Não me atrevi a abrir o casaco. Não ia aguentar ver o que realmente estava embaixo daquele glamour. Fui até meu galpão e fiquei lá pelo resto da noite, esperando Florence chegar para avisar caso a fada voltasse. Quando ouvi o carro chegar tarde da noite, voltei para a casa.

"Escutei o som no instante que entrei. A flauta estava sendo tocada na cozinha. Corri até lá. A Evelyn tocava e ria, mostrando o instrumento para Florence. Era a mesma flauta que eu tinha jogado no fogo mais cedo. Ela parou de sorrir quando viu meu rosto. Perguntei onde havia encontrado a flauta. Evelyn pareceu confusa e disse que estava sobre a lareira, onde tinha deixado.

"Então percebi que a flauta era encantada e não podia ser destruída por meios normais. Esperei até Evelyn ir para a cama e escondi o instrumento no galpão, me perguntando se ficaria escondido se eu não tentasse destruí-lo. Contei a Florence o que tinha acontecido e ela me mandou pedir conselho à velha cigana de manhã.

"Naquela noite, fiquei acordado durante horas, com medo demais para dormir. Mas, por fim, devo ter adormecido porque acordei assustado. O quarto ainda estava escuro e, ao meu lado, a cama estava vazia. Evelyn tinha sumido. Estendi a mão e toquei o espaço em que estava deitada. Ainda estava quente, por isso percebi que não tinha saído dali havia muito tempo. Fiquei deitado, achando que talvez ela tivesse ido olhar o Fabian. Então ouvi um som muito fraco de uma flauta sendo tocada.

"Eu me levantei e me vesti em segundos, saí do quarto e gritei para Florence tomar conta do Fabian. Corri pela casa, chamando o nome de Evelyn e checando todos os quartos. Isso provocou uma comoção geral: o Fabian chorava e, no andar de cima, meu pai também demonstrava sua irritação. Mas eu não tinha tempo para acalmar nenhum dos dois. Corri para o andar de baixo. A porta da cozinha estava entreaberta. Foi quando percebi que ela tinha saído. Fui rápido até a frente da casa, destranquei meu galpão e entrei. A flauta estava onde eu tinha deixado, mas eu ainda podia ouvir notas fracas sendo tocadas numa melodia sombria atrás da casa. Corri para o jardim dos fundos, gritando o nome da minha esposa. Vi uma figura à distância, depois do portão, andando na direção do bosque, como se estivesse em transe. Era minha mulher, ainda de camisola branca, iluminada pela luz da lua.

"Corri atrás dela, chamando seu nome, mas ela não se virou. Parecia não poder me ouvir. Em seguida, desapareceu. Estava lá num instante e no seguinte, não. Fui até onde eu a tinha visto pela última vez, pouco antes de cruzar o rio pelas pedras. Cheguei menos de dois minutos depois, mas não havia sinal dela. Eu não sabia o que fazer. Gritei até ficar rouco. Cruzei o rio e corri para a floresta, saí e entrei de novo, duas vezes. Enquanto isso, a flauta ainda tocava aquela melodia estranha e amaldiçoada.

"O sol começou a nascer. Eu me forcei a pensar, então me lembrei de que água corrente quebrava feitiços. Tive a sensação forte de que ela não teria cruzado o rio. Apostando nisso, comecei a correr para a direita, seguindo o rio. Não vi nada nos minutos seguintes. Já ia desistir e voltar para o solar para pedir ajuda. Então eu achei Evelyn."

A voz de Remendo falhou. Red não disse nada, pois sabia que ele chegara à parte mais dolorosa de seu passado.

— Estava caída com o rosto na água, presa na vegetação. Pulei no rio e tirei minha mulher da água. Ela não estava respirando. Seus olhos estavam abertos, mas não viam nada. Sua pele estava azul e gelada por causa da água. Tentei fazer respiração boca a boca, mas era tarde demais. Ela tinha ido embora. Só aí percebi que a música maldita havia parado... Ao que parece, junto com o coração dela.

"Levei Evelyn de volta para a mansão e liguei, pedindo ajuda. Logo depois, uma ambulância chegou junto com a polícia. Pedi que Florence ficasse fora da sala e mantivesse Fabian longe de lá. Quando levaram Evelyn, eu sabia que pensavam que eu era responsável por aquilo. Por que ela tinha saído à noite daquele jeito? Por que estava de camisola? Por que não tinha ligado pedindo ajuda assim que havia notado que ela tinha desaparecido? Não paravam de me fazer perguntas.

"Para piorar a situação, havia uma ferida na parte de trás da cabeça de Evelyn. E depois... Quando o rio foi revistado à procura de pistas, vestígios do sangue dela foram encontrados em uma das pedras. Ela tinha tentado atravessar, escorregado e batido a cabeça. Estava inconsciente quando se afogou."

— Como descobriram que você não era responsável? — sussurrou Red.

Remendo passou uma das mãos pelo rosto e suspirou.

— Pelo histórico médico da Evelyn. Os registros mostravam que minha mulher tinha tendência ao sonambulismo, uma doença que a acompanhava desde a adolescência. Eu me lembro da Evelyn ter falado sobre isso, mas nunca a vi fazendo nada enquanto estávamos casados. Pelo jeito, é uma coisa provocada por estresse. Mas eu sabia que não tinha sido um ataque de sonambulismo e me lembrava do que havia ouvido. Aquela música fantasmagórica, ecoando nos campos. Tinha atraído minha mulher para a morte. Quando voltei ao galpão no dia seguinte, a flauta havia desaparecido. Nunca mais vi o instrumento.

"Depois daquilo, pedi a Florence para trancar a sala de música. Eu nunca mais entrei lá e não quis levar o Fabian. Ele acabou parando de pedir. Prometi a mim mesmo que explicaria um dia... Que contaria a verdade sobre como a mãe dele tinha morrido. Que não foi um acidente, como ele sempre pensou. Disse a mim mesmo que, quando meu filho tivesse idade para aguentar, eu contaria sobre as fadas. Mas, no fim, ele acabou descobrindo sozinho."

— Sobre as condições em que a mãe dele morreu? — perguntou Red.

Remendo balançou a cabeça devagar.

— Sobre as fadas. Ainda estou procurando as palavras certas para explicar o resto. Mas acabo nunca conseguindo achar.

— Você deveria contar. Ouvi a história e não acho que foi culpa sua.

— Não sei se ele vai pensar assim. E não acho que eu aguentaria se ele não me perdoasse. Mas, mesmo assim, não é nada além do que o que eu mereço.

— Você acha que merece ser infeliz? — indagou Red.

Remendo deu de ombros e esfregou o nariz.

— Talvez. Quem sabe? Não acho que vou ser feliz de novo, não de verdade. Não sem ela.

Ele puxou as rédeas do cavalo e apontou para o chão de repente.

— Veja.

Havia uma trilha de terra, cheia de mato, mas ainda visível sob os cascos dos cavalos.

— É um bom sinal — disse. — Devemos estar perto do limite da floresta. Temos que ficar mais atentos. Vamos parar de conversar. Deve ser aqui que o Bosque Morto acaba.

Ele estava certo. Na hora, Red notou uma mudança significativa nos arredores. Pássaros cantavam e piavam, a grama e os arbustos se moviam e, uma ou duas vezes, ela viu uma pequena fada das árvores observá-los de seu ninho. Levou um susto quando alguma coisa ficou presa em seus cabelos e pôs a mão na cabeça para tentar retirá-la, depois de fazer o cavalo parar. Encontrou um galho grosso e retorcido de uma velha árvore cheia de nós. Ao se virar, pôde jurar que a árvore havia se movido — balançado um pouco — e que o galho se emaranhara ainda mais em seus cabelos.

— Remendo! Estou presa!

Ele se virou e voltou trotando, mas teve que esperar um momento porque o potro fez uma pausa para comer um pouco de grama.

— Fique parada — disse, estudando a árvore. — Ela só está curiosa. Provavelmente não viu muitos humanos na vida.

Red baixou a mão devagar, ficou bem quieta e não ousou olhar para a árvore viva. Sua cabeça coçava com cada passagem dos dedos retorcidos e, algumas vezes, sentiu fios de seus cabelos ficarem presos e serem arrancados. Por fim, a árvore soltou a menina e deu um suspiro longo, rangendo.

— Vamos — disse Remendo. — Continue andando.

A hora seguinte passou sem incidentes, apesar de as fadas estarem aparecendo mais agora que estavam fora do território da Bruxa Solitária. Red sentiu um aroma familiar no ar – algo que lembrava a ela um almoço de domingo. Ele mascarava outro cheiro, o de algo desagradável, terroso e almiscarado. Ela olhou para Remendo e o viu observar o rio por trás das árvores. Só então percebeu que havia algo estranho na água.

– Está correndo para cima da colina! – exclamou ela.

Remendo fez que sim com a cabeça.

– Já ouvi falar desse lugar. Esse cheiro, o de ervas, é alecrim. Mas não é de qualquer alecrim. É alecrim contaminado por duendes.

– Contaminado?

– Olhe para baixo.

Entre os cascos dos cavalos, montes de um material escuro e fedorento estavam sendo pisados. Alguns estavam secos e quebrados, outros, frescos e moles.

– É cocô de duende – disse Remendo. – Este é o território deles. O alecrim que cresce aqui é mágico. Pode apagar lembranças. Temos que passar muito rápido e bem quietos. Os duendes podem se irritar quando são incomodados.

Como se fosse uma confirmação, um som de conversas soou ao redor deles. Em seguida, uma pinha bateu na têmpora de Red. Ela fez uma careta, virando-se na direção da risada que ouvira e percebeu um rostinho redondo e esperto se esconder.

Remendo foi atingido por uma pedrinha e levantou o braço uma fração de segundo atrasado demais para se defender, enquanto outra criatura se escondia.

— Rápido — murmurou ele, incentivando o cavalo a continuar. Logo o barulho dos duendes começou a diminuir, à medida que os deixavam para trás.

Red se perguntou há quanto tempo estariam viajando. Estava com fome e seu estômago roncava. A menina tentara aplacá-la várias vezes com grandes goles de água, mas os protestos estavam começando a soar mais alto. Ia perguntar para Remendo se podiam fazer uma pausa para comer quando chegaram ao limite da floresta. O coração de Red se alegrou com a promessa de se libertar da escuridão e de andar sob o céu e não sob galhos.

— Vamos parar ali — disse Remendo, apontando para um buraco na grama além da floresta. — É protegido e podemos amarrar os cavalos. Vão ficar bem ao lado do rio. Deve ser seguro para pararmos um pouco e comermos.

Red o seguiu de bom grado, incentivando o cavalo a andar mais rápido para ficar livre das árvores. Estavam quase no limite da floresta quando o cavalo de Remendo empinou de repente, assustado. Ela o ouviu escorregar da sela e arquejar, mas conseguir se manter firme e se ajeitar, controlando o animal de novo.

O corpo de Red ficou tenso quando a menina viu o que havia assustado o cavalo. Duas figuras estavam paradas no espaço entre as árvores, bloqueando a saída da floresta.

18

NSTINTIVAMENTE, RED PUXOU AS RÉDEAS DE SEU cavalo para a esquerda, preparando-se para voltar correndo à floresta.

— Espere! — gritou Remendo, antes que ela pudesse atiçar o cavalo.

Ele apeou e foi para junto das figuras, esperando ansiosamente que a menina se juntasse a eles. Devagar, Red fez o cavalo dar a volta, mas se manteve na sela.

— Está tudo bem — disse Remendo. — Não vão nos machucar.

Red olhou com atenção para os dois estranhos pela primeira vez. O primeiro era um homem-fada jovem, de pele negra e olhos dourados. Embaixo de uma capa preta, ele usava um terno de folhas costurado impecavelmente.

A mulher ao lado dele era mais velha, e sua cor contrastava com a do homem. A pele branca como mármore era quase transparente e os cabelos negros tinham o mesmo tom de um azul esverdeado de seu vestido de penas pretas. Red se lembrou da história que Remendo contara sobre o grande pássaro negro que havia se transformado em mulher diante dos olhos dele.

— Você é a Raven, não é? — perguntou.

AS 13 MALDIÇÕES

A mulher a encarou, seus olhos negros brilhavam.

— É um dos nomes que uso, sim. — Ela apontou para o companheiro de olhos amarelos. — Este é o Gredin.

Red não desceu do cavalo. Remendo fez um gesto indicando o buraco para o qual iam antes que Raven e Gredin os tivessem encontrado.

— Estamos viajando desde o nascer do sol — disse. — Íamos parar para descansar um pouco e comer.

— Ótimo — respondeu Gredin, direto. — Vamos nos juntar a vocês. Depois vamos começar a pensar em como tirar vocês dois dessa confusão.

Eles amarraram os cavalos ao lado do rio e comeram o animal que Remendo e Gredin caçaram.

Raven havia retirado da capa uma pequena criatura parecida com um porco-espinho, que agora procurava insetos perto de onde Red estava sentada. A menina não conseguia tirar os olhos dele.

— Não posso dizer o nome verdadeiro dele — disse Gredin, observando-a. — Mas Tanya o chama de Mizhog.

Red olhou nos olhos dourados intensos de Gredin. Remendo com certeza contara a ele sobre a ligação da menina com Tanya enquanto estavam caçando na floresta.

— Já vi um desses — murmurou ela, virando-se de novo para o Mizhog. — Ele costumava me seguir sempre antes... do acidente.

Gredin assentiu com a cabeça.

— Era seu guardião.

— Meu *o quê*?

— Sua fada — repetiu ele, confuso. — Todas as crianças que nascem com a capacidade de ver fadas têm uma.

O Mizhog se sentou aos pés dela para mastigar uma minhoca.

— Eu não sabia — disse Red. — Ele só ficava... ali. Nunca questionei a presença dele. Nem sei se tinha um nome. Nunca dei um nome a ele. — Ela olhou para Gredin. — Se a Florence consegue convocar a Raven, então isso quer dizer que a Raven é...

— O guardião da Florence — interrompeu Remendo.

— Então você deve ser o guardião da Tanya, não é? — perguntou Red a Gredin.

— Sou. — Gredin a observava com interesse. — Mas, se isso consola você, ela também não sabia sobre os guardiões até pouco tempo atrás.

— Então o que um guardião *faz* de verdade? — indagou Red.

— Protegemos os interesses dos nossos humanos — disse Raven. — Os que são relevantes para as fadas. Se acharmos que um humano vai se beneficiar se souber mais, ou menos, sobre nosso mundo, então tentamos fazer com que isso aconteça.

— Mas como poderíamos nos beneficiar por saber menos? — insistiu Red. — Não é melhor saber *mais*?

— Não se isso causar problemas — respondeu Raven, os olhos de pássaro fixos em Red lançavam um olhar penetrante. — Tentamos proteger Tanya de muitas informações, mas ela, ainda assim, conseguiu descobrir certas coisas.

O tom de voz da fada se tornara frio de repente, e Red percebeu que o fato de ela ter fornecido informações para Tanya não havia passado despercebido nem sido esquecido.

— E veja onde isso a levou — disse Gredin, com carinho. — A uma situação que ela achava que podia controlar, sem ter a mínima ideia de onde estava se metendo.

— Mas e a fada de Red, a que parecia um roedor — interrompeu Remendo rapidamente. — O que aconteceu com ela?

— Morreu — respondeu Red, lançando para ele um olhar de gratidão. — Ela protegeu o James no acidente.

— Estava protegendo seus interesses — reiterou Gredin, virando-se logo depois e encerrando a conversa.

Remendo contou de novo os acontecimentos que o haviam levado a se encontrar com Red. Gredin já ouvira grande parte da história durante o passeio pela floresta, por isso o relato pareceu ser mais para Raven.

Red acabou se distraindo com o Mizhog. Ele tinha deixado pedaços de minhoca mastigada caírem na perna da calça da menina e agora a lambia com afinco. Red arrastou a perna molhada para longe, mas o pequeno Mizhog, guloso, trotou determinado atrás dela. A menina cerrou os dentes e moveu a perna de novo, mas a fada olhou para ela com uma expressão tão triste que Red acabou voltando a pôr a perna no lugar e deixando que o bichinho continuasse o almoço nojento.

— Podemos tirar você daqui facilmente — dizia Gredin para Remendo. — Conhecemos uma entrada que podemos usar sem muitos problemas. — Ele lançou um olhar para Red. — Para você, não é tão simples. Podemos tirar você daqui, mas seria trazida de volta. Quando trocou de lugar com Tanya, você na verdade se entregou para o reino das fadas. Para sair, tem que trocar de lugar com alguém que tenha o dom da visão ou fazer algum outro tipo de acordo.

— Vou me preocupar com isso depois que achar meu irmão — avisou Red.

Os olhos de Gredin não demonstraram nada, mas, quando ele voltou a falar, havia um tom de respeito em sua voz:

— Muito bem. Raven vai levar Remendo de volta ao solar. Eu acompanharei você até a corte. Mas já vou avisando que não posso controlar o que vai acontecer. Não tenho poder na corte. Quando chegar lá, vai ter que se virar sozinha.

– Não – disse Remendo. – Acho que não está entendendo. Jurei ajudar a Red. Não vou voltar sem ela.

Red balançou a cabeça.

– Você já me ajudou. Tem que voltar.

– Vou ficar – repetiu ele. – Não importa o que aconteça.

Raven e Gredin se entreolharam.

– Então Gredin vai guiar vocês dois – disse Raven. – Eu vou voltar ao solar para avisar que encontramos você.

Remendo fez que sim com a cabeça e uma ruga de preocupação apareceu em sua testa.

– Diga a eles que a Nell ainda está desaparecida.

Remendo e Gredin observaram o mapa e discutiram qual seria o caminho mais rápido até o destino. A fada, que já conhecia o reino, não precisou muito do mapa, a não ser para mostrar a Remendo o melhor caminho a tomar.

Sem demora, Remendo começou a preparar os cavalos, ao mesmo tempo que olhava para o céu.

– Precisamos ir. Ainda temos um longo caminho pela frente.

Eles se despediram de Raven antes que ela tomasse a forma de pássaro e fosse embora de novo. Logo estava voando, planando sobre a floresta e desaparecendo ao longe.

Os dois montaram nos cavalos e Gredin subiu agilmente no terceiro. Os olhos dourados se estreitaram enquanto ele observava a paisagem, e os três começaram a cavalgar pelo campo, com a fada um pouco na frente e Remendo e Red andando quase a seu lado.

AS 13 MALDIÇÕES

Diante deles, o caminho se estendia, vazio, por quilômetros. Apenas colinas e uma faixa de estrada marcavam a paisagem. Eles andaram em direção à estrada com as cabeças baixas por causa do vento forte. Conversavam pouco – Gredin não era um guia simpático. Logo o sol desapareceu, envolto por nuvens grossas de chuva. Red jogou o casaco de pele de raposa sobre os ombros, mas não o fechou, preferindo segurá-lo com uma das mãos. Quando a chuva começou, a pele grossa a manteve aquecida e seca, e ela enfiou a cabeça por baixo das orelhas pontudas para manter o rosto protegido do vento.

Apesar da ventania que assobiava em seus ouvidos, ela ouviu Gredin gritar para que andassem mais rápido.

As coxas da menina doíam por causa do esforço de se manter no cavalo. Terra e cascalho voavam dos cascos e, apesar de ter se mantido bem seca, ela logo começou a se sentir cansada. Eles continuavam a cavalgar no que pareceu ser a viagem mais longa da vida de Red.

O primeiro sinal de movimento que viram foi outro viajante na estrada, que vinha na direção oposta. Era uma carruagem puxada por dois cavalos que soltavam fumaça pela boca.

– Ôa... – gritou Gredin, fazendo o potro diminuir o passo e andar para um lado da estrada a fim de permitir que a carruagem passasse. Enquanto o veículo andava, Red observou o cocheiro. À primeira vista, parecia quase humano, mas, quando baixou os olhos, a menina percebeu que uma das pernas terminava em um pé de sapo, que parecia molhado e batia alegremente na água que escorria pela superfície de madeira da carruagem.

– Ali – gritou Remendo, apontando para um local mais à frente, quando a estrada ficou livre de novo. Red tentou ver através da chuva forte. Ao longe, havia o leve contorno de uma cidade.

213

Eles se aproximaram. Como a escuridão já tomava o céu, ficou claro que teriam que descansar ali aquela noite.

— Fiquem atrás de mim — avisou Gredin. — Não comam nem bebam nada sem que eu confirme e deixem que eu fale com as pessoas.

Velhos chalés de pedra e madeira formavam os limites da cidade. Em um ou dois lugares, uma porta de madeira em uma pedreira ou um buraco no chão marcavam o território de alguma fada. A estrada de terra deu lugar a paralelepípedos e, mais para o centro da cidade, os imóveis aumentaram de número, formando ruas e becos. Para a surpresa de Red, havia até pequenas lojas entre eles.

Gredin parou do lado de fora de uma pousada.

— Esperem aqui — ordenou, descendo com destreza do cavalo e desaparecendo atrás de uma porta de madeira que era, pelo menos, uma cabeça menor do que ele.

Enquanto ela e Remendo esperavam Gredin voltar, Red observou o imóvel. Pendurada na parede estava uma placa gasta com o nome da pousada: O Prato dos Pobres.

Quando Gredin voltou, estava acompanhado de um goblin que tinha metade do tamanho da fada e um nariz enorme. Dando as rédeas de seu cavalo para Remendo, Gredin fez um sinal para o homem enquanto o goblin corria para a lateral da pousada.

— Deixem seus cavalos aqui — resmungou a criatura, empurrando uma porta enorme e larga que levava a um estábulo. — Serão bem-cuidados. — Ele chamou um assistente de pele esverdeada enquanto os dois desciam dos cavalos e os levou de volta à porta da pousada.

— Os quartos são pequenos, mas aquecidos e secos — continuou o goblin, incentivando-os a entrar. Dentro da pousada, ele os deixou.

AS 13 MALDIÇÕES

O lugar era mal-iluminado e o ar estava pesado com uma fumaça que cheirava a ervas. Red manteve a cabeça baixa, mas observou os arredores, tomando cuidado para não olhar nos olhos de ninguém. No centro da pousada havia uma árvore antiga, de tronco tão forte que Red suspeitou que, mesmo que ela, Remendo e Gredin dessem as mãos, não conseguiriam dar a volta completa nele. Os galhos se curvavam e desciam e, penduradas em alguns deles, lanternas brilhavam.

No chão, havia lugares em que as raízes tinham saído da terra. O piso de pedras tinha sido acomodado em torno delas e, em algumas curvas das raízes expostas, havia fadas sentadas enquanto tomavam drinques.

— Sentem-se — disse Gredin, indicando um canto escuro. — Vou pegar nossa chave e alguma coisa para comermos e bebermos.

Red e Remendo se sentaram de ambos os lados de uma pequena mesa de madeira. Era bem separada da sala por um grupo de galhos mais baixos. Ficaram em silêncio até Gredin voltar. Red pôde ver que já haviam atraído alguns olhares curiosos, mas se isso era causado pelo fato de Remendo e ela serem humanos ou apenas estranhos era impossível dizer. Quando Gredin voltou, pôs uma chave na mesa e se sentou.

Sem avisar, um dos galhos da árvore se movimentou sobre eles. Por impulso, Red se abaixou, mas Gredin deu uma risadinha.

— Está tudo bem.

Ela se ajeitou de novo, sentindo-se boba. Agora percebia que o galho não tentara atacá-la, mas colocara um prato na mesa antes de se afastar. A menina olhou a seu redor, esperou alguns instantes e viu um galho diferente sair e levar uma travessa para outra mesa.

O prato deles continha pão e um queijo que parecia duro, carne, algumas frutas, uma cesta de ovos ainda na casca, uma jarra cheia de um líquido escuro e três canecas de louça. Gredin se serviu de um pouco do líquido, tomando-o com cuidado e pedindo com os olhos a Red e Remendo que esperassem até que ele aprovasse tudo. Depois de um gole, fez que sim com a cabeça e encheu as canecas dos dois. Em seguida, deu uma mordida leve no pão. Não fez nenhum gesto dessa vez, mas simplesmente dividiu a porção em três e passou-as para os companheiros.

Red deu um gole na bebida, ainda em dúvida. Era doce e levemente familiar, mas deixava um gosto um pouco amargo na boca.

— O que é isso? — perguntou.

— Cerveja de abelha — respondeu Gredin. — É feita com mel e um pouco de lúpulo.

— É bom — disse Red, tomando um gole que quase esvaziou a caneca. Ela manteve o líquido na boca para saboreá-lo. Gredin percebeu.

— Coma e beba o quanto quiser — disse. — Nunca vão passar fome aqui.

Ele pegou a caneca da menina e a pôs de volta no prato. Os três ouviram um pequeno borbulhar e a caneca voltou a ficar cheia.

— Como você fez isso?

Gredin pôs a mão dentro da capa e tirou uma pequena bolsinha. Segurou o objeto entre as mãos e correu as cordinhas que o fechavam entre os dedos várias vezes.

— Já ouviram falar nos 13 Tesouros? — perguntou, olhando primeiro para Remendo, depois para Red.

Red fez que sim com a cabeça e se virou para Remendo. Ele tirava as migalhas da barba rala que crescia em seu queixo.

— Sei um pouquinho sobre eles — disse. — É uma antiga lenda, não é? Que tem a ver com a corte das fadas? Na verdade, isso me faz lembrar... – Ele limpou a gordura dos dedos e tirou o velho bracelete de berloques do bolso. – Tenho quase certeza de que isso foi baseado nessa história. Era da primeira proprietária do solar Elvesden, que era uma *changeling*. – Remendo passou a pulseira para Gredin.

– Eu me lembro disso – afirmou Gredin, franzindo as sobrancelhas grossas enquanto os longos dedos finos passavam pelos talismãs como pernas de aranha. – Foi a causa do destino desafortunado da criatura do ralo.

– Deixe-me ver. – Red estendeu a mão para pegar o bracelete e examinar cada um dos berloques. Ela já os conhecia de cor porque os memorizara junto com o resto das informações que havia coletado. – A Espada, o Livro, o Cálice, o Caldeirão... Estão todos aqui – murmurou. – Não tinha prestado atenção nele quando o vi antes. – Ela o pôs na mesa e depois olhou para Gredin, ansiosa. – Então, o que os 13 Tesouros têm a ver com este lugar?

Gredin torceu a corda da bolsinha em volta dos dedos mais uma vez.

– Um dos tesouros, o Prato, era encantado para nunca permitir que seu dono sentisse fome. Uma história diz que, um dia, antes da divisão da grande corte, um homem, um fazendeiro, e sua família foram hospitaleiros com uma fada disfarçada, apesar de serem pobres e terem muito pouco para si. Como agradecimento, a fada levou o homem até a corte e pediu que fosse recompensado. A corte passou o poder do Prato para ele e a família até o fim de seus dias, e para seus descendentes. A fazenda prosperou daquele dia em diante. Além do fato de cada refeição que era preparada voltar a ficar completa até que cada integrante da família tivesse comido o suficiente, as plantações cresceram e os animais ficaram saudáveis e gordos. Muitos anos depois, quando o fazendeiro estava velho e tinha passado a responsabilidade da fazenda para o filho, a fada que havia feito a visita tantos anos antes voltou ao lugar. Daquela vez, sua filha a acompanhou e se apaixonou pelo filho do fazendeiro à primeira vista. O fazendeiro concordou com o fato de o filho e a fada se casarem, e o jovem veio para o reino das fadas com a nova esposa e criou uma pequena pousada, onde também morava. Como tinha sido recompensado com a boa sorte do pai, a pousada prosperou com suas porções de comida e bebida que nunca deixavam de satisfazer ninguém e... — Gredin abriu bem os braços e olhou a seu redor — ... continuam a satisfazer a todos até hoje.

— Esta é a pousada? — perguntou Red, tomando outro gole animado da cerveja de abelha.

Gredin deu de ombros.

— É o que dizem.

Ela se recostou nas costas da cadeira. A história era reconfortante, quase como um dos contos de fada de seu livro. A menina bocejou, satisfeita e sonolenta.

— Deveríamos descansar — sugeriu Remendo. — Ainda temos um longo caminho pela frente e deveríamos sair cedo amanhã.

Gredin assentiu com a cabeça, abrindo por fim a bolsinha na mão e tirando várias moedas de prata. Red estendeu a mão para pegar uma delas.

— Eu nunca tinha visto o dinheiro das fadas — disse, curiosa. De um lado, uma árvore florida havia sido cunhada. Ela virou a moeda para ver o que havia do outro lado. — É outra árvore — anunciou em voz alta. — Só que está seca, sem folhas. — A menina devolveu a moeda e pegou outra. A nova era maior e mostrava seis símbolos conhecidos de um lado.

— O que está vendo? — perguntou Gredin.

AS 13 MALDIÇÕES

— Um prato, um coração, um candelabro, uma adaga, um cajado e uma chave.

— E do outro lado?

Red virou a moeda.

— Um livro — disse, devagar. — Um anel. Uma espada, uma taça... um cálice, uma máscara... e um caldeirão.

— Os 13 Tesouros — concluiu Remendo.

Gredin fez que sim com a cabeça.

— Toda moeda das fadas representa os dois lados da corte: os Seelie e os Unseelie. — Ele apontou para a moeda com a árvore. — O lado que floresceu representa a primavera e o verão, ou seja, a corte dos Seelie. O outro lado, em que a árvore está sem folhas, é o outono e o inverno, ou seja, a corte dos Unseelie. — Ele arrumou as moedas com cuidado na mesa.

— Vai deixar todas com o lado dos Seelie para cima — percebeu Red.

— É o costume — disse Gredin. — As moedas dadas como pagamento devem ser entregues com o lado da corte que está no poder para cima. Dizem que fazer o contrário traz má sorte. E, se algum membro da corte o vir, o ato pode ser considerado enganação ou desrespeito, o que causa uma punição. Por isso, sempre entregamos as moedas da maneira certa. — O rosto da fada mostrou sua preocupação. — E, daqui a dois dias, a posição vai mudar de novo.

Red sentiu-se fria de repente.

— O que quer dizer com "dois dias"? — perguntou.

— A passagem do poder das cortes — respondeu Gredin. — Dos Seelie para os Unseelie. Nós chamamos de Samhain, mas acredito que vocês, humanos, conheçam como "Halloween".

– *O quê?* – disse Red, dando um pulo e derrubando o banquinho e a cerveja. Do outro lado da sala, uma fada com o rosto cheio de cicatrizes olhou para eles.

– SENTE-SE – sibilou Gredin, com os olhos dourados em chamas.

Red obedeceu, mas o medo a tomou.

– Eu não entendo – disse ela, em voz baixa. – Como isso pode ser daqui a dois dias? Eu sabia que o tempo tinha passado, mas não tinha ideia de quanto! Como já pode ser quase Halloween?

Remendo pôs uma das mãos no braço da menina.

– Red – disse, com gentileza. – Já faz quase três meses desde a noite que você entrou no reino das fadas. Não sei quanto tempo a Bruxa Solitária manteve você naquele porão... Pode ter parecido apenas um dia, mas você ficou lá por muito mais tempo.

– Não foi a Bruxa Solitária – respondeu Red, devagar. – Quando cheguei aqui, fui perseguida. Precisava de um lugar para me esconder, então entrei no buraco de uma árvore porque havia frutos da sorveira crescendo nela... Estavam verdes quando entrei. E, quando acordei na manhã seguinte, estavam vermelhos... Maduros.

– Mais alguma coisa tinha acontecido?

– É. Meus cabelos tinham crescido... E, antes disso, eu havia cortado minhas mãos com cordaranha. Mas os cortes já tinham se fechado no dia seguinte.

– Foi um salto no tempo, então – murmurou Gredin. – Isso acontece com frequência quando humanos entram no reino das fadas. A colisão de uma coisa de um mundo entrando em outro pode causar um salto. Anos podem ser pulados... Até décadas.

Red encarou as mãos cheias de cicatrizes.

– Parece que eu deveria ficar agradecida.

— E deveria mesmo — disse Gredin, sem estremecer.

— Por que isso não aconteceu com o Remendo? — perguntou ela, virando-se para o homem. — Como você entrou no reino e me encontrou? Não deveria haver outro salto?

— Não — disse Remendo. — Porque eu não entrei sozinho nem pela minha própria vontade. Fui trazido por fadas. Nesses casos, não há salto no tempo.

Red começou a tremer.

— Temos que chegar à corte antes da passagem de poder! A corte Seelie tem que ser a que vai me receber, não pode ser a Unseelie! Não *pode*! Temos que ir embora agora! Temos que continuar andando!

— Vamos chegar a tempo — respondeu Gredin, grosseiro. — A corte Seelie vai ouvir você e saber do caso do seu irmão. Tenho certeza disso. Hoje vamos descansar e amanhã vamos andar mais rápido. Mas, antes disso, quero saber sobre a noite em que seu irmão desapareceu.

Sem hesitar, Red começou a contar.

19

DORMIR PASSOU A SER DIFÍCIL PARA ROWAN, especialmente agora que temia pela segurança de James sempre que o irmão não estava por perto. Desde que tinha ido à biblioteca, ela caçava todas as peças de roupas vermelhas do orfanato que James pudesse usar. Chegou a roubar uma calça de flanela e um par de meias do armário de outras crianças e da lavanderia.

Ela vestia essas roupas em James apenas quando sabia que não estaria por perto, mas a ideia de que ele só estaria seguro enquanto ficasse quieto a deixava muito preocupada. James tinha o costume de andar e chamar por ela. Por causa disso, o sono de Rowan se tornara leve. Ela acordava três ou quatro vezes por noite para saber se o irmão estava bem.

Fazer as peças de roupa durarem também era um desafio. Tinha retirado a calça vermelha do cesto de roupa suja duas vezes, aproveitando que a equipe, sempre vigilante, não estava prestando atenção.

Apesar de rezar para que o que acontecera com Megan fosse uma ocasião única, ela não se arriscou. Logo, seu medo se concretizou. Um dia, três semanas depois da visita à biblioteca, Rowan foi até o berçário ver James. Na hora, pôde ver que havia algo errado. Duas cuidadoras preocupadas cercavam um dos berços e falavam em voz baixa. Ela se aproximou para ouvir o que estavam dizendo.

— ... não é boa. Há quanto tempo ele está assim?

AS 13 MALDIÇÕES

— *Desde cedo, pela manhã.*

— *Acho que temos que ligar para o médico.*

Rowan se afastou quando uma das mulheres se virou para deixar a sala rápido, esbarrando nela.

— *Aconteceu alguma coisa?* — *perguntou à moça que ficara.*

— *Não precisa se preocupar* — *foi a resposta alegre e forçada.* — *Por que você não leva o James para tomar ar fresco?*

Rowan olhou para o irmão, que estava sentado no berço, fazendo barulho, sozinho. Alguma coisa — *talvez curiosidade, talvez intuição* — *a fez se aproximar do berço em que a criança doente estava.*

Assim que pôs os olhos no bebê, a menina percebeu que ele fora trocado — *como Megan. Mas, dessa vez, a coisa que havia substituído o humano estava claramente doente. Havia sombras escuras embaixo de seus olhos e ela respirava com dificuldade. A criatura olhou para ela e a máscara que usava desapareceu sob o olhar de Rowan. Era uma fada, sem dúvida. E a razão pela qual tinha sido trocada era a doença, ela estava certa disso. Ela fora trocada por uma criança saudável.*

— *É melhor deixar o James longe dele* — *disse a cuidadora. Ela passou pelos outros berços, conferindo cada criança.* — *Ai, não...* — *lamentou-se, parando ao lado de outro bebê.*

O coração de Red parou. Já sabia o que estava por vir.

— *É outra criança, não é?* — *perguntou.* — *Outro bebê está... doente.*

— *É. Acho melhor você tirar o James daqui agora.*

Rowan fez o que a mulher mandou. Abraçou James com força. Quantas crianças ainda seriam levadas? Será que havia alguma coisa que pudesse fazer para evitar aquilo? Antes que mudasse de ideia, correu até a porta de John e bateu com força.

— *Entre* — *disse ele, calmo.*

Depois de entrar, ela fechou a porta.

John olhou de cima das montanhas de papel que estavam sobre sua mesa.

— O que foi, Rowan?

— Tem alguma coisa errada no berçário — disse ela. As palavras jorravam de sua boca. — Tem alguma coisa acontecendo com as crianças.

John se recostou nas costas da cadeira e pediu que ela se sentasse em frente à mesa.

— É, eu soube que tem uma doença rondando as crianças — disse. — Mas você não precisa se preocupar. Já chamamos o médico. Fique de olho no James e avise se alguma coisa acontecer...

— O senhor não está entendendo — retrucou Rowan. — As crianças... Elas não são... elas mesmas.

— Não, claro que não — concordou John, franzindo bem a testa. — As pessoas, especialmente crianças, costumam agir de forma diferente quando estão doentes, especialmente se têm febre...

— Não! — gritou Rowan, assustando James. — Elas não são as mesmas! Foram trocadas!

James começou a chorar e John encarou a menina, sem dizer nada.

— O senhor tem que me ouvir — disse ela, nervosa. — As crianças estão sendo substituídas por... coisas que não são humanas.

John continuou a observá-la de um modo que deixava claro que estava analisando a menina.

— Rowan — começou, sério. — Pelo que você acha que as crianças estão sendo substituídas?

— Por fadas — disse ela firme, mas rápido, e sem tirar os olhos de John. Ele, curiosamente, não reagiu.

Sem dizer nada, John se levantou e foi até um arquivo feio e cinzento. Passou os dedos pela gaveta marcada com um "F" e escolheu uma pasta. Levou-a de volta para a mesa e a abriu.

— *Por* changelings? — *perguntou ele, com calma.* — *Eu conheço a lenda. Gosto muito de obras de arte vitorianas sobre fadas. É um tema comum.*

Rowan cerrou os dentes.

— *É.*

— *Eu li sua ficha antes de você chegar.* — *Ele abriu uma página que tinha sido marcada com um Post-it.* — *Diz aqui que, no seu depoimento depois do acidente, você admitiu que não deveria estar no carro com os seus pais naquela hora nem naquela estrada. Foi uma coisa fora do comum, não foi?*

Ela fez que sim com a cabeça.

— *Pode me dizer por quê?*

— *Porque...* — *Ela pigarreou.* — *Porque eu deveria estar na escola. Mas, em vez disso, fui a Londres naquele dia. Só estávamos no carro porque meus pais descobriram onde eu estava e foram me buscar. Se... Se eu tivesse ido para a escola, teria andado para casa como sempre fazia... O acidente nunca teria acontecido.*

— *O acidente ainda teria acontecido — afirmou John. — Só que teria acontecido com outra pessoa. Marquei uma reunião para você com um psicólogo que vai explicar isso de maneira mais detalhada, mas é importante que entenda que não foi culpa sua. Mas, por enquanto, quero falar sobre o que você tinha ido fazer naquele dia, em vez de ir para a escola.*

— *Tinha uma exposição — respondeu Rowan. — Sobre fadas na arte e na fotografia. Eu fui ver.*

— *Por que foi sozinha? – perguntou John. — Por que seus pais não levaram você no fim de semana ou nas férias?*

— *Eles não gostavam quando eu falava sobre fadas — afirmou Red.*

— *Por que não?*

— *Porque se recusavam a acreditar no que estou dizendo agora. Que elas existem. Mas, se alguém não começar a acreditar em mim, as crianças vão ser todas trocadas, uma a uma.*

John se inclinou e rabiscou uma anotação em um pedaço de papel.

— Por que você acha que as crianças daqui correm perigo? Por que seriam levadas pelas fadas?

Rowan abriu a boca para responder. Depois fez uma pausa para pensar na pergunta com cuidado.

— Talvez porque as crianças daqui sejam mais vulneráveis — respondeu, dando uma sugestão. — Se já tivessem alguém que amasse e cuidasse delas, então essa pessoa sentiria falta dessas crianças. Talvez seja isso... Eles estão levando as crianças de quem ninguém vai sentir falta.

— Eu entendo por que você pensaria isso — disse John, com carinho. — E por que esse seu interesse aumentou desde a morte dos seus pais. É normal querer acreditar em alguma coisa. É o jeito que sua cabeça achou de lidar com isso. — Ele fechou a pasta. — Acho que, por enquanto, está bom.

Rowan se levantou. A conversa havia acabado e ela se sentia boba por ter tentado convencer um adulto da verdade. Quando chegou ao quarto, a vergonha tinha sido substituída por raiva. Tinha que tirar a si e a James dali. A carta para a tia Rose era a única esperança. Ao visitar o hospital naquela tarde, ela ficou feliz em saber que o gesso seria retirado dali a duas semanas. Quando voltou, começou a rascunhar a carta para a tia com a mão direita. A letra estava horrível, mas o conteúdo melhorava a cada versão.

Na manhã seguinte, Rowan acordou com um pandemônio. Passos soavam como trovões nos corredores, acompanhados de vozes baixas.

A menina saiu da cama e pôs uma blusa sobre o pijama, depois se esgueirou pelo corredor. Diante dela, a faxineira corria para o andar de baixo, atrás de John e de outras duas integrantes da equipe. Red os seguiu, os pés descalços permitindo que fosse silenciosa como uma cobra. Seu coração começou a bater mais rápido quando percebeu que estavam indo para o berçário. Algumas das outras crianças estavam acordadas, andando de um lado para o outro, e levavam broncas, que exigiam que voltassem para seus quartos.

Rowan parou do lado de fora do berçário e tentou ouvir. Pelo espaço entre as dobradiças, pôde ver que James ainda estava no berço e seu coração começou a desacelerar de imediato. Ele estava seguro. No entanto, outra coisa estava acontecendo. Ela pressionou o ouvido contra o espaço entre as dobradiças.

— Elas não podem ter desaparecido! — gritou John. — Pare de me dizer isso!

— Mas desapareceram *— insistia uma mulher.*

— É muito estranho — disse a faxineira. — Mas devem estar em algum lugar. Eu diria que alguém está fazendo uma brincadeira. É coincidência demais depois daquela história da menininha que sumiu na semana passada. Mas nós encontramos a criança, então essas duas não devem estar muito longe.

Duas, *pensou Rowan.* Duas crianças sumiram.

— Acho que você está certa — concordou John, com a voz firme de repente. — Alguém está fazendo uma brincadeira. E eu acho que sei quem é. — Os passos dele marcharam até a porta. Rowan olhou em volta e viu que não podia se esconder em lugar algum, por isso ficou parada, esperando.

A porta foi escancarada e John olhou para ela. Não parecia nem um pouco surpreso por vê-la ali.

— Quero falar com você — disse.

— Oi? — perguntou Rowan.

— No meu escritório. Agora.

Dormente, a menina o seguiu, lançando uma última olhada por cima do ombro para garantir que James estava bem.

— Certo — disse John, antes mesmo de fechar a porta. — Dois dos bebês não estavam no berço hoje de manhã. Tem ideia de onde eles estejam?

— O quê? — retrucou Rowan, sentindo-se enjoada. — Você não pode achar... que eu tive alguma coisa a ver com isso.

— *É muita coincidência, não é?* — *respondeu ele, amargo.* — *No dia seguinte ao que você insiste que as crianças estão sendo sequestradas por fadas, dois bebês somem misteriosamente?*

— *Eu não tenho nada a ver com isso* — *afirmou Rowan, com raiva.* — *Nunca faria uma brincadeira dessas! Posso até ajudar vocês a procurar.*

— *Já tem gente procurando. Estão procurando há uma hora. E o interessante é que uma das crianças só engatinha e a outra acabou de aprender a se sentar! O bom senso diz que não podem ter ido muito longe. E o meu bomsenso está me dizendo que foram levadas por alguém.*

— *Não fui eu* — *repetiu Rowan.*

— *É verdade? Porque pôr a segurança dos outros em risco é mais do que uma brincadeira, Rowan. Isso é sério.*

— *Eu juro que não sei onde elas estão* — *sussurrou a menina.* — *Como pode pensar isso?*

A expressão de John se desanuviou de repente.

— *Muito bem. Pegue o James no berçário e volte para o seu quarto.*

Horas se passaram e nenhum sinal das crianças desaparecidas surgiu. Uma sensação horrível consumia Rowan como um rato. Se as fadas eram as culpadas, por que não tinham substituído as crianças? Com certeza não iriam só roubar dois bebês... Fazer com que desaparecessem. Mas, com o passar da manhã e o fato de as crianças não terem reaparecido, era a explicação mais provável.

Já era meio-dia quando as crianças foram levadas para o refeitório. Mais funcionários tinham sido trazidos para lidar com a crise, e a polícia fora chamada e estava fazendo perguntas a todos. Quando chegou a vez de Rowan, ela contou toda a verdade sobre o que havia visto e ouvido — ou seja, nada. Preferiu manter silêncio sobre o assunto das fadas.

— *Você soube do que aconteceu?* — *indagou Polly, sem fôlego, depois de correr até ela quando a menina voltou à sala de brinquedos.* — *Vamos ser tirados daqui. Vão transferir todo mundo para outros orfanatos!*

— Vão? Quando?

Polly indicou a irmã.

— Eles mandaram a gente arrumar nossas coisas hoje à tarde! Vamos para Kent. — Ela observou a sala. — Sally conseguiu uma família adotiva — disse, demonstrando inveja. — Vai embora amanhã. Acho que é justo. É ela que está aqui há mais tempo.

— E eu? — perguntou Rowan, mas Polly já balançava a cabeça.

— Vai ter que esperar para ver o que John diz.

Naquele mesmo instante, a faxineira entrou fazendo barulho.

— Está tudo bem, querida? — disse para Polly, dando tapinhas leves na cabeça da menina. Depois, se virou para Rowan. — O sr. Temple quer falar com você.

Rowan se levantou de um pulo e correu para a sala de John, entrando sem bater.

— Vai tirar a mim e ao James daqui? — perguntou.

— Vou — respondeu ele. Apesar da preocupação, conseguiu sorrir. — Tenho boas notícias. Finalmente conseguimos falar com a sua tia Primrose.

— É Rose — disse Rowan, nervosa. — Ela não gosta de ser chamada de Primrose, é o que minha mãe diz... dizia.

John assentiu.

— Rose concordou em cuidar de você e do James permanentemente. Temos que acertar alguns detalhes, como as condições da casa — ele franziu o nariz —, e vocês vão receber visitas de uma assistente social durante um período de adaptação, mas é uma notícia ótima.

Os olhos de Rowan se encheram de lágrimas de alívio. Agora não precisava mais escrever a maldita carta!

— Obrigada — disse, fungando. — Quando ela vai vir?

— Ela não tem carro — respondeu John. — E a casa dela precisa ser analisada, o que deve levar alguns dias. Sua tia estava no exterior, por isso não conseguíamos entrar em contato, e ficou muito doente quando voltou, então deve levar mais umas duas semanas até estar bem o suficiente para pegar vocês. Vão ficar mais uma noite aqui e depois serão mandados para Londres por algumas semanas. Ela vai pegar vocês dois lá, de trem.

Ele atravessou a sala e deu uma palmadinha no ombro da menina, envergonhado.

— Você vai ficar bem. É uma boa garota. Agora, por que não começa a fazer as malas?

Foi enquanto estavam fazendo as malas, numa arrumação louca, que um membro da equipe que tinha uma lista de pertences percebeu a "confusão" com as roupas dos bebês e devolveu aos donos legítimos os dois itens que Rowan tinha roubado. A menina queria chorar de frustração. Era quase hora de dormir e ela não tinha nada para proteger James. Por sorte, havia sido combinado que o irmão poderia dormir num berço posto no quarto da menina na última noite.

Então, quando ajudava a distribuir o leite antes que todos fossem dormir, Rowan viu um pano de prato vermelho vivo na cozinha. Estava sujo, mas ela não ligava. A menina o pegou e o pôs embaixo da camisola.

Mais tarde, quando tudo já estava arrumado, ela fechou a mala, mas não o zíper, para que pudesse guardar as últimas coisas de manhã. Roupas limpas para os dois ficaram em cima da mala.

James estava encolhido como um hamster, com o dedo enfiado na boca. Tirando o pano de prato da camisola, ela o pôs com cuidado sob o lençol do irmão e subiu na cama. Depois, leu o livro de contos de fadas até se sentir

AS 13 MALDIÇÕES

sonolenta. Quando suas pálpebras começaram a se fechar, ela pôs o livro na mesa de cabeceira e apagou a luz.

Rowan não sabia o que a havia acordado, mas, pensando depois, ela se perguntou se não teria sido o cheiro. Foi a primeira coisa que notou: o cheiro úmido de terra que chegava a suas narinas. A segunda coisa que viu através dos olhos semicerrados pelo sono foi o contorno de uma figura sobre ela. Continuou deitada sem entender, imaginando que alguém da equipe estava se esforçando para garantir que as crianças não haviam sumido naquela noite. No entanto, o jeito como a criatura estava parada a alertou para o fato de que estava ali havia algum tempo, silenciosa e cuidadosa. Foi por essa razão que, apesar de ter começado a tremer, ela manteve os olhos apertados e fingiu estar dormindo.

A criatura estendeu a mão e passou o indicador sobre algo que estava na mesa de cabeceira. No dedo havia um anel de prata com uma pedra que continha uma inscrição. Uma forma familiar se mostrou para ela: um par de asas. Ela então ouviu um barulho baixo: uma gargalhada masculina mal disfarçada. Em seguida, o objeto, que a menina percebeu que era seu amado livro, foi levantado e posto dentro do casaco da criatura. A ação foi o suficiente para Rowan reagir, o medo sendo vencido pela raiva. Quando ela abriu os olhos e a boca, pronta para gritar, a criatura se afastou dela.

E, quando o fez, as palavras de Rowan sumiram. Uma lufada de vento chegou até ela das duas grandes asas que saíam das costas do invasor. A fada se movimentou na direção da porta e fez uma pausa ao lado do berço de James para observá-lo. A razão para a criatura estar ali não podia ser mais clara.

O James, não, *pensou Rowan*. O James, não. Ele está protegido. *Apesar de estar muito assustada, a menina se sentiu mais tranquila com a ideia de que o pano de prato vermelho iria proteger o irmão dos olhos da fada. Por isso, quando a criatura, depois de olhar para ela mais uma vez, pôs as mãos dentro do berço, Rowan ficou paralisada de susto ao ver seu irmão sonolento ser levantado sem esforço pelos braços da fada. Em seguida, ela passou pela porta, tão silenciosa quanto tinha aparecido.*

De repente, Rowan saiu do transe. Arrancou as cobertas e correu para o corredor vazio. Os cabelos batiam em seus olhos enquanto ela virava a cabeça para um lado e para outro, procurando. No fim do corredor havia uma saída de emergência: uma porta de madeira grossa e um lanço de degraus de pedra levavam à segurança do quintal. A porta estava aberta e, através dela, a menina viu a fada ninando James no primeiro degrau. Pelo tamanho e características, agora que podia ver com mais clareza, Rowan percebeu que era um macho, com um perfil duro e nariz chato. Uma cicatriz saliente dividia seu lábio superior.

Gritar e chamar alguém, quando ninguém além dela poderia ver o invasor, teria sido inútil. A única arma da menina era a surpresa. Quando as asas da fada se levantaram e se flexionaram, Rowan começou a correr. A criatura tinha se agachado, pronta para levantar voo, quando, ao ouvir os passos dela, se virou. Nesse instante, Rowan já havia se lançado no ar. A fada soltou um grunhido quando ela a atingiu — desequilibrando-se, passou com a menina por cima do corrimão e caiu quatro metros abaixo, na grama.

Rowan tinha a vantagem de ser mais leve. O invasor caiu de costas, suportando o peso dos dois. Nos segundos que se seguiram, ela percebeu que a criatura estava sem ar e tentava respirar. A menina deu um pulo para trás e estendeu os braços para arrancar James das mãos da fada. Ele chorava aos berros e, enquanto o som ecoava na noite, Rowan teve certeza de que alguém acordaria e sairia. Mas, ao olhar para trás, para a saída de emergência, viu que a pesada porta havia se fechado silenciosamente — deixando a menina e a maior parte do berreiro do menino isoladas no lado de fora.

Dedos fortes agarraram o pulso dela. Levando um susto, Rowan se voltou. O invasor tinha recuperado força suficiente para segurá-la e agora torcia o pulso da menina com crueldade para trás de suas costas, forçando-a a se ajoelhar na grama. A fada se levantou, ainda torcendo o braço dela.

— Por que ela não pede ajuda? — A voz baixa, direcionada de forma evidente a outra pessoa, atingiu-a como um choque.

— Porque sabe que não vai adiantar — disse outra voz, mais afastada.

Rowan forçou sua cabeça para o lado, procurando o dono da voz no jardim iluminado pela lua. Embaixo da macieira havia outra criatura. Um vigia. A voz também era masculina, mas ele mantinha o rosto nas sombras.

— Pegue a criança — ordenou a primeira fada ao cúmplice.

— O quê? Espere... Snatcher, tudo que você disse foi que eu teria que vigiar. Só isso. Não quero me envolver mais.

— Eu mandei você pegar a criança — sibilou Snatcher. — E fique quieto.

— Por favor, não levem meu irmão! — implorou Rowan. Um puxão em seu braço a fez se calar.

Relutante, a segunda criatura saiu de perto da árvore. O rosto dela estava escondido por um capuz.

— Por favor — tentou Rowan de novo. — Não leve meu irmão. Não machuque o James!

— Machucar? — Snatcher riu baixinho. — Por que você acha isso, menina boba?

— O que vão fazer com ele? — perguntou ela com medo. — O que você quer com todas essas crianças? — James já havia desaparecido na escuridão embaixo da árvore, junto com o cúmplice.

— O que queremos não é da sua conta — disse Snatcher, baixo, ameaçador. — E o fato de você poder ver a gente não muda nada. Tenha certeza de que a criança vai ser bem-cuidada. Por isso, sugiro que volte para a sua cama quente e esqueça que já teve um irmão.

— *Nunca!*

A risadinha baixa soou de novo.

— *Você é fogosa, não é? — Ele puxou um punhado dos cabelos da menina. — Fogosa como os seus cabelos ruivos.*

Lágrimas corriam pelo rosto de Rowan. O braço saudável ainda estava preso nas mãos da fada. O outro, paralisado, inútil no gesso. Mas, quando se lembrou dele, a menina se perguntou se seria tão inútil assim...

— *Se levar meu irmão, vou encontrar você — disse, cerrando os dentes. — Não vou descansar até pegar o James de volta!*

Snatcher soltou um assobio, divertindo-se.

— *Você ouviu? — perguntou para as sombras. — Ela acabou de fazer uma promessa. — Ele se inclinou, seu hálito batendo na orelha da menina. — O problema é que não gosto de promessas que não podem ser cumpridas. Elas me incomodam. — A criatura soltou o braço de Rowan e ela caiu para a frente, aliviada. — Agora vá embora — ameaçou. — Antes que você se machuque de verdade.*

Rowan ficou onde estava e soluçou algumas vezes. Só por tempo suficiente para convencer a criatura de que havia sido derrotada. Então, em um movimento ágil, ela se levantou, torcendo o corpo e fazendo o braço engessado cortar o ar. O gesso atingiu a mandíbula de Snatcher. Um segundo depois, ele cuspiu dentes e sangue. Rowan correu para as árvores.

A menina dera apenas alguns passos quando ouviu um grunhido e um rufar de asas vindo de trás dela. Snatcher havia alçado voo. Rowan foi derrubada outra vez e, quando levou um chute da criatura, que a fez encará-la, percebeu que, dessa vez, a situação era mais grave. Os olhos da fada brilhavam, vermelhos, e, quando se inclinou sobre a menina, gotas de sangue quente caíram no rosto dela.

— *Isso foi um erro. — Ele a havia agarrado pelos cabelos e forçado a se ajoelhar. — Eu ia deixar você ir embora — disse, com a mandíbula quebrada.*

— *Gostei da sua coragem. Mas agora estou cansado de ser paciente. E, quando as pessoas me irritam, gosto de deixar uma pequena lembrança para elas.*

— *O que quer dizer com uma lembrança? – perguntou Rowan, assustada.*

— *Por favor, Snatcher – pediu o cúmplice, ansioso. – É só uma criança.*

— *Uma coisa para você se lembrar de mim – continuou Snatcher, com palavras úmidas e sangrentas. A outra fada ficou em silêncio. – Só para o caso de você pensar em tentar me enfrentar de novo. – Ele riu. – O que você acha? – perguntou ao cúmplice escondido. – Devo dar asas a ela?*

— *O que quer dizer? O que está fazendo?*

Rowan lutou, balançando o braço engessado para trás mais uma vez, tentando atingir os joelhos da criatura – só que, dessa vez, a fada foi rápida demais e dançou para longe. Ela sentiu os cabelos serem puxados da nuca e torcidos no pulso forte de Snatcher. À medida que a criatura a segurava com mais força, esticando seu pescoço macio, a menina sentiu algo frio e duro ser pressionado contra sua pele. Uma imagem do anel de Snatcher e da marca das asas piscou em sua mente. Então uma dor torturante e ardente queimou a base do pescoço, acima de seus ombros. Parecia que suas costas estavam pegando fogo.

Rowan gritou – e engoliu grama quando Snatcher pressionou seu rosto contra o chão, calando a menina. De repente a pressão diminuiu e outro som chegou a seus ouvidos: um grito de dor mais profundo e alto do que o dela. Apoiando-se nos cotovelos, ela cuspiu terra e rolou, ficando de costas, tentando deixar a grama fria aliviar a dor da carne queimada. Foi então que viu uma luz dourada e brilhante piscar, iluminando a escuridão – e o que mais acontecia.

Um cheiro horrível chegou até ela, acompanhado de uivos de dor e fúria. As asas de Snatcher tinham pegado fogo e ele batia nelas, gritando encantamentos para tentar apagá-las. Mas nada parecia funcionar. No tempo que levou para que seu companheiro chegasse até ele, as chamas e as asas de Snatcher haviam desaparecido.

— *Minhas asas!* — *gritava Snatcher, enquanto era levado para longe.* — *Minhas lindas asas! O que essa menina fez com elas? Como ela fez isso? É uma bruxa!*

Sem ânimo, Rowan tentou se levantar, mas a dor que sentia nas costas era demais para aguentar. A menina ficou deitada no chão, perdendo e voltando à consciência, enquanto Snatcher e seu companheiro desapareciam na noite... levando o irmão mais novo de Rowan com eles.

20

SSA FOI A ÚLTIMA VEZ QUE EU VI MEU irmão – disse Red, olhando para a cerveja de abelha. Ela pôs a mão no pescoço e seguiu o contorno da queimadura com o dedo.

Já era tarde e o Prato dos Pobres estava calmo. A maioria dos clientes tinha ido embora ou se retirado para seus quartos. Apenas alguns retardatários continuavam ali e roncos bêbados ocasionais chegavam até eles vindos de alguém que adormecera em uma mesa ou embaixo dela.

– Meus gritos por fim acordaram a equipe e as crianças que haviam sobrado. Fiquei histérica de início, gritando sobre fadas, mas é claro que ninguém me ouviu. Por fim, eu me acalmei. Tinha que pensar rápido, mas estava sentindo muita dor. Escondi a queimadura e cuidei dela sozinha. Não conseguia pensar num jeito de explicar aquilo. Quando a polícia chegou, eu disse que tinha visto alguém levar o James e havia corrido atrás das pessoas. Era verdade, só que não era inteiramente verdade. A área foi vasculhada, mas ninguém encontrou nada, é óbvio. No dia seguinte fui mandada para Londres. Mas já tinha pensado em tudo. Eu sabia que, se fosse morar com a minha tia Rose, nunca conseguiria encontrar o James de novo. Por isso, esperei o gesso ser retirado duas semanas depois, juntei algumas coisas essenciais e fugi. É fácil desaparecer em Londres. Tem tanta gente que ninguém olha para você.

Ela fez uma pausa para abafar um bocejo e Remendo pôs uma das mãos em seu braço.

— Acho que por hoje chega — disse. — Temos que descansar se vamos sair cedo amanhã.

Gredin assentiu com a cabeça e pareceu pensar.

— Tem certeza de que os seus pais... não tinham o dom da visão? — perguntou.

Red balançou a cabeça, surpresa.

— Tenho — disse. — Por quê?

— Por nada — respondeu Gredin, mas seus olhos não encontraram os dela.

Os três se levantaram e foram para os quartos. Como o goblin descrevera, eram pequenos, mas, quando Red desabou no colchão de penas e se enrolou com uma pele, percebeu que era o maior luxo que tivera nos últimos tempos.

Quando Raven os encontrou na manhã seguinte, os três estavam selando os cavalos e se preparando para ir embora.

— A empregada está bem. A cigana a encontrou na floresta perto de Tinker's End.

— *Tinker's* End? — interrompeu Red. — Não quer dizer *Tickey* End? Gredin balançou a cabeça.

— Tinker's End é o nome daquela região no reino das fadas — disse. — Em algumas áreas, no seu mundo, os nomes mudaram e se tornaram parecidos. Às vezes, até descobrimos alguns lugares que têm exatamente o mesmo nome. Isso é resultado da relação tão duradoura entre os dois mundos. As coisas se misturam.

— Faz sentido — disse Red.

Eles montaram nos cavalos e partiram. Dessa vez, Remendo ficou com o potro, enquanto Gredin e Raven subiram no garanhão. Uma brisa gelada os cercava enquanto viajavam — era uma lembrança forte de que o verão tinha acabado. Os meses sombrios iam começar.

Como Gredin havia prometido, eles cavalgaram a toda a velocidade e pararam apenas uma vez no segundo dia. O corpo de Red doía por causa do esforço. Todos os pulos do cavalo sacudiam seus ossos e dentes, mas ela não reclamou. Cada minuto que passava era um minuto mais próximo do governo Unseelie. Naquela noite, eles dormiram sob as estrelas.

No terceiro dia, o sol nasceu em um céu vermelho.

— Samhain — disse Gredin.

A palavra fez o medo subir pelas costas de Red como uma enguia.

— Estamos um pouco mais longe do que eu esperava — continuou o homem-fada. — Mas ainda podemos chegar a tempo.

Eles continuaram cavalgando sem descanso, passando por colinas e pequenos e grandes vilarejos. Enquanto isso, o sol se erguia e se punha gradualmente no céu.

— Estamos chegando? — perguntou Red várias vezes. — Quanto tempo falta?

De início, Gredin resmungava uma resposta, que muitas vezes se perdia no vento. Depois, ele passou a fingir que não ouvia, por isso a menina parou de perguntar. Quando luzes amarelas apareceram no horizonte, ela já tinha perdido a esperança de que chegariam a tempo, mas Gredin gritou para que mantivessem o ritmo e ela atiçou o cavalo a continuar com toda a força que ainda tinha.

Uma música fraca chegou aos ouvidos deles quando o grupo se aproximou das luzes, e, ao chegarem, Red viu uma cidade parecida com a que haviam ficado na primeira noite.

— É aqui — gritou Gredin, fazendo o cavalo diminuir o passo. — Nosso destino: Avalon. — Ele apeou e fez um gesto para que todos fizessem o mesmo ao entrar na cidade.

Agora a música havia aumentado, frenética e estridente. Eles a seguiram por ruas estreitas de pedra, que iam ficando cada vez mais cheias à medida que chegavam mais perto da origem do som. Red tentou observar o local de baixo do casaco de pele de raposa. Teve o cuidado de não fechá-lo porque não queria se transformar — apenas se esconder um pouco das criaturas a seu redor.

Logo as ruas estavam lotadas de fadas: velhas e jovens, sozinhas e em grupos, feias e bonitas. Red ficou atordoada ao vê-las passar, mas tentou fixar um pensamento na cabeça enquanto olhava para cada rosto. Pelo menos uma daquelas fadas sabia onde o irmão dela estava — e era muito possível que o próprio James estivesse entre elas. A menina se pegou olhando para o rosto de todas as crianças que passavam, tentando imaginar como ele estaria agora.

O centro da cidade era o lugar mais confuso. Uma dança maluca estava acontecendo ali.

— São eles! — sibilou Remendo de repente, apontando para o centro da multidão.

Red olhou para o lugar e viu três músicos, um fauno, um goblin e um velhinho alado, pulando ao som da própria canção.

— São as fadas que me prenderam no anel!

Depois dos músicos, havia um pau de fitas e dezenas de fadas dançando no compasso, enquanto trançavam faixas de folhas ver melhas e douradas, presas ao poste. Alguns dos rostos estavam cheios de alegria. Outros demonstravam uma sensação de obrigação e respeito. Eram as fadas que sentiam medo.

– A dança do Samhain – disse Raven, em voz baixa. – É feita anualmente neste lugar e as fadas vêm de todo o reino para participar. Na primavera, outra dança acontece. É a dança do Beltane, que celebra o governo dos Seelie.

– Não parem – murmurou Gredin.

Eles passaram pela área de maior concentração da multidão e continuaram a andar pelas ruas. A quantidade de fadas diminuiu. Agora que eram menos evidentes, Red se permitiu observar os arredores um pouco mais. Em torno deles havia uma mistura de casas, lojas e pousadas. Metade delas estava cheia de vida, decorada com cores outonais. A outra estava escura, com as venezianas fechadas. Numa pequena loja, curiosamente chamada O Gato e o Caldeirão, uma placa pintada à mão estava presa à janela.

"Fechada para o Samhain", dizia. "Voltaremos na primavera."

Red levantou as sobrancelhas.

– Então eles realmente fecham tudo e vão embora.

– É, infelizmente – grunhiu Raven. – Estava esperando chegar aqui a tempo, mas obviamente não conseguimos. Eles fazem os melhores remédios da região.

– Que tipo de remédios? – perguntou Red, olhando para dentro da janela escura.

– Ah, os de sempre – respondeu Gredin. – Unguento para as pontas das orelhas, esse tipo de coisa. E o serviço de reparação de asas é o melhor de todos.

– Unguento para a *ponta das orelhas*? – perguntou Red em voz alta.

— Para orelhas pontudas — explicou Gredin apontando para as próprias. — Quando se usa um glamour para deixar as orelhas mais arredondadas e parecidas com as dos humanos, elas podem ficar meio sensíveis depois de um tempo. — Ele se virou para Raven, ansioso. — Você queria o tratamento para o apodrecimento das asas?

Raven fez que sim com a cabeça.

— Não para *mim*, é claro — disse ela a Red e Remendo, rapidamente. — Para o Mizhog. Ele sofre ataques muito feios. Quase nos enlouquece com a coceira... — Ela foi interrompida por um som indignado vindo de dentro dos bolsos de seu vestido, onde o Mizhog estava escondido.

Remendo ergueu as sobrancelhas. Tinha ficado claro que o apodrecimento das asas não era um assunto muito bem-vindo.

— Vamos deixar os cavalos aqui — disse Gredin, ao chegarem ao fim da rua. Agora estavam no limite da cidade e havia campos e trilhas à frente. Quando Red observou o local, viu, à distância, luzes que pareciam bruxulear em pleno ar.

— O que é aquilo?

— Luzes de tochas — respondeu Gredin. — Vindas da colina.

— A colina de Glastonbury — completou Remendo. — A sede da corte.

— Vamos ter que subir aquilo? — perguntou ela. — Mas veja como é alto!

— Não é tão ruim quanto parece — disse Raven.

Eles voltaram a andar, seguindo uma trilha quase invisível que os levava para longe da cidade. Gredin os guiava, apontando para o estreito caminho de pedras que fora construído sobre a vegetação da colina.

AS 13 MALDIÇÕES

– Temos que nos apressar – avisou ele, de modo amargo. Depois disso, ninguém mais falou, poupando fôlego para a subida.

As coxas de Red queimavam de dor por causa do esforço. Depois de três dias de viagem e muito pouco tempo de sono, ela estava mais cansada e fraca do que já havia estado na vida. Mas agora estava perto – o mais perto que já chegara de James.

Levaram cerca de vinte minutos para chegar ao topo. Remendo foi o último a chegar. Red lhe passou o cantil quando o homem atingiu o topo, pois viu que os lábios dele estavam secos e rachados. O vento soprava forte no cume da colina e assobiava em torno deles, carregando sons e ecos estranhos de risadas e música. A terra que cercava a vasta colina se perdia na escuridão. Apenas algumas pequenas janelas iluminadas na cidade distante podiam ser vistas.

– Está pronta? – A voz de Gredin a pegou de surpresa.

Ela fez que sim com a cabeça, tremendo.

Gredin e Raven andaram até o centro da colina. Red e Remendo se juntaram a eles.

– E então? Onde está o castelo? – sussurrou ela, procurando com os olhos. A menina esperava ver um grande palácio quando chegasse ao topo da colina. Mas havia apenas um círculo de tochas no local vazio.

Gredin apontou para os pés.

– Está abaixo de nós.

– Então como vamos entrar? – perguntou Remendo, claramente perplexo.

– Assim – disse Raven.

A fada abriu os braços e fez um gesto para que ficassem em círculo e dessem as mãos. O coração de Red disparou quando ela deu um passo para a frente e fechou o anel. No instante em que a menina tocou as mãos de Remendo e Raven, o chão estremeceu sob seus pés. Red deu um pulo para trás, surpresa, começando a soltar as mãos dos companheiros, mas Gredin balançou a cabeça com veemência.

— Não quebre o círculo!

Red, então, entendeu e segurou a mão dos dois com força, fixando os olhos no chão.

A grama estremeceu de novo e um tufo dela se enrolou, formando um grande tapete que parou aos pés de Remendo.

Um feixe de luz saiu do chão junto com um coro de vozes e música. O círculo de luz se alargava à medida que a grama se enrolava como a casca de uma laranja, até que um buraco se formou no chão diante deles.

O que ele revelou era impressionante: uma bonita escada formada por raízes retorcidas descia e se separava em dois lanços de degraus, que se entrecruzavam. Além dela, os quatro podiam ver pedaços de um vasto saguão, cheio de luz e movimento. Era magnífico, lindo e aterrorizante.

Era a corte das fadas.

21

IGURAS MASCARADAS VESTIDAS COM FANTASIAS elaboradas ergueram a cabeça para ver os recém-chegados entrando no salão. Os quatro desceram em pares a escadaria à direita: Raven e Remendo na frente, seguidos por Gredin e Red.

A menina não sabia para onde olhar. Sua atenção era atraída por tudo – desde a grandeza e o esplendor do salão em que estavam entrando, passando pela complexidade da escadaria, até a maneira como os presentes no saguão estavam divididos em dois, com uma cisão clara no meio. Os olhos das fadas a incomodavam, encarando-a, impassíveis, por trás das máscaras. Estar com o próprio rosto exposto fazia com que Rowan se sentisse uma presa fácil.

Uma celebração estava acontecendo. Duas longas mesas haviam sido postas nas duas pontas do salão e estavam cobertas de alimentos e bebidas deliciosos: porcos e aves assados, frutas maduras e brilhantes, nozes douradas e cálices cheios de um forte vinho tinto. A visão e o cheiro fizeram a boca de Red se encher de água.

As duas mesas eram exatamente iguais, mas os convidados sentados só davam atenção a seus companheiros. Os da mesa à esquerda do salão falavam alto e se gabavam, comendo e bebendo com gosto. No entanto, a mesa à direita parecia desanimada. Red deduziu

rapidamente que os primeiros deviam ser os Unseelie, que se prepa-
ravam para o novo período de governo, enquanto os últimos eram os
Seelie, tristes por terem que renunciar ao poder.

Além das mesas, um baile de máscaras acontecia no salão mal-
iluminado. Vindas da colina, raízes retorcidas desciam do teto em
forma de domo até o salão. As mais longas formavam pilares de madeira
e as mais curtas, guirlandas de folhas outonais, que cascateavam,
decorando todo o salão.

Sem se importar com o baile e o banquete, em um altar elevado,
duas fadas estavam sentadas lado a lado em tronos esculpidos em
madeira. Nenhuma delas falava nem olhava para a outra. A fada à
esquerda era um homem e vestia uma pele marrom-escura. Seu rosto
estava escondido atrás de uma máscara: a cabeça de um cervo com uma
enorme galhada. À direita havia uma mulher. O vestido e a máscara
que usava eram de um azul brilhante e representavam as penas irides-
centes e trêmulas de um pavão – abertas de modo desafiador.

Enquanto desciam a escadaria, Red viu dois guardas ao pé de cada
lanço de degraus, esperando para recebê-los. A menina viu a bochecha
de Remendo se mexer e percebeu que ele contraía e soltava a mandíbula de modo nervoso. Ela se perguntou se o homem estaria arrepen-
dido por tê-la acompanhado, mas, como ele, sabia que, agora que
estavam ali, era tarde demais para voltar.

– Informem o assunto – latiu um dos guardas para Gredin, bloqueando os últimos degraus que davam para o salão.

– Trouxemos estes dois viajantes em segurança – disse Gredin,
apontando primeiro para Raven e para si mesmo, depois afastando-se
para mostrar Red e Remendo. – Eles gostariam de obter uma audiência
com a corte.

AS 13 MALDIÇÕES

O guarda riu e o som foi um pouco abafado pela máscara.

— Então desperdiçaram a viagem. Ninguém pede uma audiência durante o Samhain ou o Beltane. Isso nunca foi feito.

— Não conhecemos nenhuma regra que proíba isso — afirmou Raven, com uma voz insistente, mas respeitosa.

O segundo guarda se intrometeu. Seus olhos brilhavam atrás de uma máscara de tronco de árvore.

— Essa atitude não é muito inteligente. Peço que vocês voltem quando uma das cortes estiver no poder. Não quando nenhuma e as duas forem responsáveis pelo governo, como hoje. Daqui a menos de uma hora, a mudança estará terminada.

— Não — disse Red, fechando os punhos ao lado do corpo. — Tem que ser *agora*. Vocês têm que deixar a gente tentar.

— Se é de sua vontade.

Os guardas se afastaram. Apesar de Red não poder ver o rosto dele, ela acreditou ter ouvido um sorriso na voz do segundo guarda:

— É a sua cabeça.

O grupo continuou andando, entre sussurros. A corte inteira havia notado a presença dos quatro e, se Red tinha se sentido exposta nas escadas, não era nada perto do que sentia agora. Todos olhavam para eles e para suas roupas simples e gastas. O fato de não estarem usando máscaras indicava que eram diferentes — e, o mais importante, que não tinham sido convidados. Uma olhada rápida para a escadaria confirmou que a entrada havia se fechado depois que tinham entrado. Agora estavam à mercê da corte.

Quando chegaram à pista de dança, o baile havia sido interrompido. Os convidados estavam parados, paralisados, enquanto esperavam o grupo passar. Irritados, separaram-se, abrindo caminho para o altar. Logo, o grupo chegou ao centro do salão, assustadoramente perto do homem-cervo e da mulher-pavão. Seguindo o exemplo de Gredin e Raven, Red e Remendo baixaram a cabeça e se ajoelharam diante dos tronos.

Os sussurros em torno dos quatro se transformaram em uma algazarra de vozes e até a música cessou. Red sentiu um movimento vir do altar. Um silêncio sepulcral cobriu o salão. Tudo que a menina podia ouvir era o próprio sangue pulsando em seus ouvidos. Ousando erguer os olhos, ela percebeu que o homem-cervo havia levantado a mão, pedindo que todos se calassem.

— A que devemos a interrupção de nossas festividades? — perguntou, em um tom arrastado e musical.

Red não conseguiu decidir se ele parecia incomodado ou confuso.

Gredin se levantou, fazendo outra reverência antes de começar a falar:

— Perdoe-nos, meu senhor. Estamos trazendo dois viajantes humanos, que gostariam de pedir uma audiência com o senhor. — Ele fez sinal para que Remendo e Red se aproximassem e se afastou junto com Raven.

— Querem uma audiência justo hoje? Na noite dos Unseelie?

— Queremos — conseguiu dizer Red, ao recuperar a voz. Rapidamente ela acrescentou: — Meu senhor — apesar de isso a incomodar.

— A noite ainda não é sua — disse a mulher-pavão, fria, olhando para a frente, apesar de ter deixado claro que as palavras tinham sido direcionadas para o homem-cervo. — Até a hora das bruxas, pertence a nós dois. Lembre-se disso. — Ela voltou o olhar para Red e Remendo. — Digam rápido. O que querem aqui?

AS 13 MALDIÇÕES

Red ouviu Remendo tomar fôlego para falar, mas o interrompeu:

— Vim pedir meu irmão de volta. — A voz dela se espalhou pelo salão silencioso. — Ele foi roubado de mim por um dos seus compatriotas. Não sei por que foi sequestrado, mas quero que ele me seja devolvido.

Os olhos da menina pulavam de um trono para o outro. Ela não podia ver os rostos dos governantes, mas percebeu que tinha conseguido toda a atenção dos dois. Afinal, devia ser raro que um parente de um *changeling* humano percebesse que uma troca havia acontecido — e praticamente impossível que ele entrasse na corte das fadas e exigisse a devolução da criança.

— E como você conseguiu entrar em nosso mundo? — perguntou o homem-cervo. — Você foi convidada?

— Não — respondeu Red, baixo. — Tomei o lugar de outra pessoa, de alguém que estava preso aqui, por minha própria vontade. Para tentar encontrar meu irmão.

— Então, mesmo que seu irmão seja devolvido a você, ainda estará presa às regras do aprisionamento dessa pessoa — afirmou a mulher. — Não vai poder ir embora.

— Eu entendo — disse Red. — E por isso gostaria de fazer um acordo. Se me entregarem meu irmão, são e salvo, e me derem minha liberdade, farei algo para vocês.

Ela olhou para Remendo e percebeu gotas de suor se formarem no lábio superior do homem.

— E você? — perguntou o homem-cervo a ele. — Como veio parar aqui?

— Fui... trazido contra a minha vontade — respondeu Remendo. — Por um grupo de músicos.

— Então nada prende você aqui — disse o rei Unseelie, dispensando-o. — Pode ir embora.

— Esta menina me prende aqui — afirmou Remendo. — Seja qual for a tarefa dela, quero ajudar.

— Que beleza... — disse o homem-cervo, esfregando as mãos, numa alegria cruel. — O que vamos fazer com vocês? — Ele olhou para Red, para Remendo e voltou a olhar para a menina. — O que faz você pensar que tem alguma coisa que seja do *meu* interesse? Que tem alguma coisa que eu gostaria de ter? — riu ele, maldoso.

— Eu... — começou Red, em voz baixa, parando enquanto a mulher-pavão se virava devagar para o homem-cervo. Era a primeira vez que ela fazia isso na presença dos humanos.

— O destino dos dois não está nas suas mãos! — sibilou ela. — A passagem de poder ainda não foi terminada. A corte Seelie ainda tem uma hora de governo!

O homem-cervo se levantou de um pulo, olhando para a outra governante.

— É a *nossa* noite, como você bem sabe! — rosnou ele. — A celebração já começou e nenhum julgamento pode ser feito para atrapalhá-la. Mas — riu ele —, esses dois podem esperar até a meia-noite passar. *Então* terão uma audiência... apenas com a corte Unseelie!

Ao ouvir isso, uma salva de palmas veio da mesa Unseelie. Punhos foram erguidos, brandindo coxas de galinha assadas num gesto de aprovação, e cálices de vinho foram derramados. A manifestação foi rebatida com os protestos revoltados dos convidados Seelie.

Os joelhos de Red tremiam. Aquilo era justamente o que ela temia. Não podia fazer um acordo com a corte Unseelie. Seria um fracasso antes mesmo que a negociação começasse.

A líder Seelie também se levantou e encarou o homem-cervo.

AS 13 MALDIÇÕES

— Eu não vou permitir. Esta corte ainda está sob o meu comando e o pedido foi feito na presença de nós dois.

Red esperou que o líder Unseelie retrucasse — mas não houve objeção. Ele apenas ficou ali parado, olhando com raiva para a inimiga. Seus ombros se erguiam e baixavam com a respiração irritada. Em seguida, fez um gesto, indicando uma cortina de folhas atrás dos dois tronos.

— Vamos discutir isso em nossa sala — disse, friamente.

A mulher-pavão assentiu com a cabeça e a cortina foi aberta, revelando por um instante outro cômodo. Nele, Red pôde ver uma mesa menor e, além dela, uma caixa de vidro cheia de prata. Surpresa, a menina reconheceu os 13 Tesouros quando a cortina se fechou, como se uma peça de teatro terminasse.

Os sussurros recomeçaram no salão. Red se virou para Gredin e Raven, os olhos arregalados de medo.

— O que está acontecendo? Por que foram lá para trás?

— Para tentar chegar a uma decisão — respondeu Raven. — Uma com a qual os dois concordem.

Qualquer que tivesse sido a decisão tomada, a conversa foi rápida. Antes mesmo que Raven terminasse de falar, a cortina foi erguida e os dois líderes voltaram ao grande salão. Não se sentaram nos tronos, mas acenaram para a multidão.

— Tragam os anciãos! — rugiu o homem-cervo.

Red se voltou para Raven e Gredin.

— Os anciãos?

Gredin se inclinou e sussurrou no ouvido dela:

— Cada corte tem um ancião. É uma fada que ficou a serviço da corte por muitos anos e pode dar conselhos e trazer sabedoria em situações complicadas.

251

Isso fez com que outro arrepio descesse pela coluna da menina. Ao observar o salão, viu uma fada emagrecida e enrugada se levantar de uma mesa e andar com dificuldade até o altar. Outra estava sendo levada em uma cadeira de rodas por uma fada mais nova. Quando a cadeira se aproximou, Red observou o velho passageiro. Braços e pernas dolorosamente magros estavam retorcidos e fracos e duas asas caídas e inúteis eram arrastadas pelos lados da cadeira. De trás de uma máscara marrom, criada para parecer o rosto de uma coruja, mechas finas de macios cabelos brancos surgiam, formando ângulos estranhos. A máscara cobria apenas a parte superior da cabeça e revelava um bigode branco caído com pedaços de comida presos a ele.

A outra fada era mulher e parecia estar em condições melhores — apesar de não ser mais bela do que a primeira. A criatura tinha apenas um dente longo, que saía de lábios enrugados, e só um de seus olhos era saudável. O outro fora costurado muito tempo antes. O olho bom observava tudo debaixo de um capacete decorado com conchas de caramujo.

Fisicamente, os dois pareciam estar próximos da morte, mas os olhares venenosos que trocaram ao serem levados para o altar sugeriam que sentiam um ódio ainda bastante vivo. Um foi levado e a outra caminhou com dificuldade até a sala atrás da cortina. Ela se fechou como uma rajada de vento.

Uma onda de animação passou pelo salão e encheu o coração de Red de medo. Ela não conseguia se convencer a olhar para Remendo, pois temia o que o rosto do homem pudesse dizer. Não importava o quanto ele tinha insistido em ajudar, agora ela sabia que nunca deveria ter concordado com a ideia. O tempo se arrastou de forma insuportável. Ela percebia as idas e vindas da conversa exaltada atrás da cortina, mas o volume cada vez maior de vozes vindo do salão a impedia de entender o que diziam.

Por fim, as fadas saíram da sala reservada, o homem-cervo e a mulher-pavão se sentaram nos tronos mais uma vez e os decrépitos anciãos voltaram para seus lugares no salão.

— Os anciãos nos aconselharam — anunciou a líder Seelie. — E nós tomamos uma decisão. — Ela fez uma pausa para olhar com nojo para o lado Unseelie do saguão. — Esta situação aconteceu apenas uma vez na história conhecida das cortes — continuou. — No Beltane, quase trezentos anos atrás. E a decisão tomada foi: ambas as cortes chegaram a uma conclusão... como uma única grande corte.

O ruído de um arquejo coletivo de surpresa preencheu o salão. O corpo de Red estava tenso de ansiedade.

— Assim, agora, vamos respeitar a decisão de nossos antepassados. Hoje, ouvimos seu pedido como uma única corte e será como uma corte que chegaremos a uma resolução. Peguem as pedras!

Uma goblin que carregava um molho de chaves na cintura correu para se ajoelhar perante os tronos. Pela primeira vez, Red notou um pequeno cofre trancado à chave entre os dois. Dele, a goblin retirou um saquinho de veludo com sete pequenos emblemas de um lado e seis do outro. A menina não podia ver o que eram, mas percebeu que tinham sido bordados com uma linha prateada e se lembrou dos dois lados da moeda que Gredin mostrara no restaurante.

A goblin fechou o cofre de novo e sacudiu o saco de veludo. O conteúdo tintilou levemente, como se fosse formado por ossos.

— Vocês vão retirar pedras de dentro do saco — disse o homem-cervo. — As pedras que sortearem vão determinar uma tarefa de algum tipo para vocês. Caso as aceitem e as cumpram, o que pediram será realizado. Mas, primeiro, terão que jogar um dado de cada corte. Isso vai decidir quantas pedras vão tirar e, assim, quantas partes a tarefa de vocês terá. — Ele sorriu, mostrando rapidamente os dentes brancos e predatórios.

Outra onda de ansiedade passou pela corte. Red se sentiu enjoada. Percebeu que aquilo era apenas um jogo para eles. Só diversão. A menina sabia que a líder Seelie não havia insistido em se envolver por sentir qualquer tipo de piedade. Era só uma disputa de poder, pura e simples.

Juntos, os líderes retiraram dois pequenos objetos de dentro de suas roupas. A goblin os pegou, correu animada para onde Red e Remendo estavam e ofereceu um dado a cada um com duas mãos igualmente suadas.

Fazendo uma careta, Red pegou um dado. Sua mão tremia.

— Agora joguem — pediu a goblin, posicionada como um gato espreitando um pássaro.

— Vamos jogar juntos — disse Remendo. — No três. Um, dois... três!

Os dados quicaram no chão de pedra, parando perto dos dois tronos.

— Leia o resultado — ordenou a mulher-pavão.

A goblin correu para obedecer.

— Saiu um — disse, animada — e... outro um!

Remendo lançou um olhar aliviado para Red. Aquilo tinha sido uma sorte enorme. Quanto mais pedras retirassem do saco, inevitavelmente mais complicadas seriam as tarefas.

— *Dois?* — repetiu o homem-cervo, irritado com o resultado.

AS 13 MALDIÇÕES

— Sim, meu senhor — confirmou a goblin, com uma reverência. Ela recolheu os dados.

— Agora é que vai ficar interessante — disse o líder Unseelie. — Retirem as tarefas do saco!

A goblin soltou uma risadinha, sacudindo o saco de veludo como se fosse algo vivo que ela quisesse estrangular.

— Quem quer ser o primeiro? — sorriu ela, oferecendo o pescoço aberto para os dois.

— Eu — disse Red, mergulhando a mão dentro do saco.

Os dedos da menina tocaram as superfícies frias e regulares das pedras. Ela pegou uma e a retirou, mantendo-a dentro da mão fechada.

Remendo a seguiu e fez a escolha tão rápido quanto Red.

Eles entregaram as pedras e observaram a goblin saltitar até os dois tronos. O homem-cervo pegou as pedras das mãos da assistente e ergueu uma delas para que a corte visse.

— A primeira pedra é a Busca!

— Isso é bom ou ruim? — murmurou Remendo para Gredin e Raven, que haviam se afastado um pouco.

— Tudo depende da segunda pedra — respondeu Gredin, em voz baixa, aproximando-se agora que o sorteio já tinha acontecido.

A líder Seelie exibiu a segunda pedra.

— A menina tirou o Coração!

A palavra ecoou na cabeça de Red. Não importava mais o que aqueles símbolos significavam, o destino deles agora estava selado.

— As pedras foram escolhidas — anunciou o homem-cervo. — Terão que buscar algo precioso para vocês, algo que mantêm *próximo ao coração*! — Ele jogou as duas pedras de volta no saco de veludo e a goblin se afastou para devolvê-lo ao cofre. Depois, o líder Unseelie chamou um guarda.

— Reviste-os!

— Como é? — disse Red, agarrando seus pertences com força.

Remendo ficou quieto, mas a menina pôde ver que estava tão assustado quanto ela.

— Coopere — murmurou o homem quando o guarda se aproximou. Em uma das mãos, ele segurava uma lança brutal. A base dela bateu no chão, fazendo um barulho alto, quando o guarda parou perto dos dois.

— Esvaziem seus bolsos e mochilas — instruiu o guarda. — Seus pertences serão examinados pela corte.

Desconcertada, mas consciente da arma na mão do guarda, Red fez o que ele havia pedido. Ajoelhando-se, abriu a mochila, procurando seu amado livro, e o pôs com cuidado no chão. Depois virou a bolsa de cabeça para baixo, fazendo com que o resto dos objetos caíssem dela. O cantil, o mapa, uma escova de dentes e vários outros itens apareceram. Contrariada, tirou a tesoura mágica do bolso e a faca da bainha e as acrescentou à pilha de objetos antes de dar um passo para trás.

— Isto é tudo que tenho — disse.

Remendo tinha menos coisas do que a menina. E tudo — inclusive a mochila em que carregava os objetos — havia sido retirado do chalé da Bruxa Solitária. Dos bolsos, ele tirou fósforos, um pedaço de barbante, um molho de chaves e um cotoco de lápis. Mas, ao revistar o bolso da camisa, estremeceu como se estivesse pousando a mão num ninho de vespas. Foi então que Red se lembrou do bracelete. Ele fez um ruído de chocalho, como o de uma cobra venenosa, quando

AS 13 MALDIÇÕES

Remendo o tirou do bolso – os treze berloques batiam uns contra os outros. O homem pôs a pulseira no chão e acrescentou o décimo terceiro talismã – o Caldeirão – em seguida. Depois, se afastou, parecendo tão incomodado quanto Red se sentia.

Um a um, os pertences foram colocados em uma almofada fofa e apresentados pela goblin aos dois líderes. Os dedos do homem-cervo passaram de um objeto a outro.

O livro, não, pensou Red em silêncio. *O meu livro, não.*

A mão do líder Unseelie ficou sobre o livro por mais tempo do que sobre os outros objetos, e Red se eriçou de raiva ao vê-lo levantar a capa descuidadamente.

– Contos de fadas – disse o homem-cervo, rindo. – É uma coisa que eu nunca entendi nos humanos. Por que chamam isso de contos de *fadas* se há tão poucas fadas neles, *quando* há?

Ele deixou o livro se fechar e soltou um suspiro petulante que sugeria que, até ali, os objetos não o animavam nem um pouco. Então a mulher-pavão estendeu a mão e levou o bracelete à luz. Ela o manteve erguido, examinando cada um dos berloques com um olhar crítico, e em seguida olhou longamente para o homem a seu lado.

– Onde está o décimo terceiro? – Red a ouviu dizer baixinho, percebendo que ela reconhecera o que o bracelete representava. O homem-cervo observou a almofada e pescou o Caldeirão dela. Red olhou para Gredin e Raven e viu que os dois estavam inquietos.

– Acho que fizemos nossa escolha, não foi? – murmurou o homem-cervo e a mulher-pavão assentiu, num gesto quase amigável.

– Um objeto foi escolhido – anunciou ela, levantando o bracelete. – Um que é mais adequado do que qualquer um de nós poderia prever! Uma joia humana, baseada nos 13 Tesouros da Grande Corte!

— Espere! — gritou Remendo. — Vocês cometeram um erro. O bracelete não pertence a nenhum de nós dois. Eu só peguei para consertar o berloque quebrado para outra pessoa!

No entanto, Red já sabia que o pedido seria inútil. A animação das fadas era bastante nítida. O elo do bracelete com Avalon claramente os deixara muito agitados.

— As regras da busca serão estas: o objeto — disse a mulher-pavão — será jogado em seu mundo. Sua missão é pegá-lo.

— Pegar de *onde*? — explodiu Remendo.

— Isso faz parte do desafio — interrompeu o homem-cervo. — O objeto vai decidir. E, como a natureza deste bracelete é muito *delicada*... — Ele ergueu o berloque quebrado, provocando uma onda de risadas. — A tarefa terá várias partes. — Pegou o bracelete e quebrou outro talismã com facilidade. — *Treze* partes, na verdade.

— Não... — sussurrou Remendo, antes de o salão lançar uma salva de palmas e abafar o que dizia. Red não conseguia olhar para ele.

O líder Unseelie retirou os berloques do bracelete — um a um — com um prazer incansável. Quando a pulseira estava vazia, ele a jogou aos pés dos dois. Então lançou os talismãs para cima. Ao caírem, Red esperava que tilintassem no chão — mas, no momento do impacto, todos desapareceram.

— Você, garota — disse o homem-cervo a Red. — Quando estiver pronta para voltar, simplesmente ponha o bracelete. Você será trazida aqui e, se tiver encontrado os treze berloques, vamos cumprir nossa parte do acordo. Se não, vocês dois vão se tornar nossos prisioneiros. E você nunca mais vai ver seu irmão.

— E eu? — perguntou Remendo.

Os lábios da líder Seelie se curvaram atrás da máscara de pavão.

— A sua parte na tarefa será ficar aqui — disse.

AS 13 MALDIÇÕES

— O quê? Por quê? — gaguejou Remendo.

— Você será nosso seguro — explicou o homem-cervo. — Queremos ter certeza de que a menina vai voltar.

— Por que eu não voltaria? — perguntou Red. — Acham que vou deixar meu irmão aqui?

O líder Unseelie deu de ombros.

— É só para o caso... de você mudar de ideia.

— Não vou mudar — confirmou Red, firme. — Vou voltar para pegar meu irmão. E você, Remendo.

O homem-cervo riu.

— Que seja! A tarefa foi definida e nenhuma outra será dada. Caso não aceite, terá falhado. Se tentar usar a ajuda de uma fada, terá falhado. Você a aceita?

Red se ajoelhou e pegou o bracelete.

— Aceito.

O líder Unseelie riu.

— Agora vá embora. — Ele se virou e ergueu um cálice para o resto da corte. — O governo Unseelie está quase começando! Vamos celebrar!

Os dois começaram a catar aceleradamente os pertences depois da despedida rápida. Red mal enfiara o último objeto na mochila e a fechara quando a mão de um guarda pegou o braço dela e puxou a menina grosseiramente até as escadas, escoltando-a até o topo em um passo incansável. Ela se virou para ver Remendo, que mal podia acreditar no que acontecia, sendo levado por outros dois guardas.

— Vou voltar para buscar você! — gritou Red. — Vou mesmo! Vou achar todos eles!

O ar frio entrou no salão quando a grama da colina se enrolou e revelou o portal. Então um empurrão forte a fez cair no campo úmido, do lado de fora. Quando Red se levantou, a entrada já tinha se fechado novamente, sem deixar sinal do que estava escondido embaixo dela.

A menina ficou parada ali, formando pequenas nuvens ao respirar. Red percebeu que o ar tinha um gosto diferente: metálico e sujo. Um prédio antigo olhava para ela – eram as ruínas de uma velha igreja, que não estavam ali quando haviam subido a colina na noite anterior. Ela andou até a ponta da montanha e se juntou a Raven e Gredin, que esperavam em silêncio. Juntos, os três olharam, sem dizer nada, para as cidades bem-iluminadas que os cercavam. À distância, faróis de pequenos carros passavam pelas ruas, confirmando que não estavam mais no reino das fadas.

Eles haviam saído do outro lado. Do lado dela.

22

A CASA DA RUA CHALICE JÁ ESTAVA havia algum tempo abandonada. Era um imóvel de três andares em uma parte de Londres em que as pessoas mantinham a cabeça baixa e não davam atenção para as idas e vindas da vizinhança.

Rowan não tinha sido a primeira a atravessar uma das janelas lacradas. Outras pessoas passavam a noite ali – especialmente adolescentes, mas às vezes sem-teto mais velhos também. Nenhum dos doze quartos era exclusivo. A acomodação à noite era decidida por ordem de chegada pelos moradores da mesma idade. Quando alguém mais velho, ou mais perigoso, chegava, esse acordo ia para o espaço. Quando não podiam evitar problemas, os mais novos ou recém-chegados às ruas logo aprendiam a fugir ou a lutar pelo seu canto.

O melhor quarto era o único que tinha móveis: um velho sofá-cama com molas quebradas e um espelho rachado num armário embutido. Normalmente, Rowan não ficava muito tempo na casa depois de acordar. Mas, naquele dia, havia resolvido esperar até que houvesse luz suficiente passando pela abertura da janela para que pudesse ver claramente, já que a energia havia sido cortada muito tempo antes. De pé em frente ao espelho, ela prendeu os cabelos e olhou por cima do ombro, para poder ver as costas.

Dez semanas haviam se passado desde que James sumira. Ela não contara a ninguém sobre a queimadura entre as omoplatas durante o período entre o sequestro de James e sua fuga, no mesmo dia em que havia tirado o gesso. De início, não o fizera porque não conseguia pensar em uma maneira de explicar a marca de asas que tinha sido gravada em sua pele. Mas, com o passar do tempo, ela se lembrara de outra razão para manter o assunto em segredo – a marca era algo que podia identificá-la facilmente. E agora que Rowan havia se decidido a desaparecer, ser identificada era a última coisa que queria.

A queimadura havia formado bolhas e sangrado nas primeiras semanas que se seguiram ao ataque. Agora tinha cicatrizado e formado uma marca vermelha, que detalhava a imagem das asas do anel de Snatcher. Rowan passou o dedo por cima dela e ajeitou a roupa, cobrindo-a. Era realista o bastante para saber que a cicatriz nunca iria desaparecer por completo. A menina havia sido marcada para sempre.

Depois de pegar a mochila, ela se espremeu para passar pela janela e deixou a casa sem olhar para trás. Red não iria voltar. Aquele tipo de abrigo só era bom por um tempo curto. Depois, todos ficavam sabendo e pessoas demais apareciam. Era hora de se mudar.

O café da manhã foi o de sempre: alguns pedaços de frutas roubadas do mercado no caminho para a biblioteca, empurrados para dentro com água de um bebedouro público. A menina emagrecera de início, mas agora sua técnica para roubar alimentos havia melhorado e ela estava recuperando peso.

Na biblioteca, ela foi até a seção de folclore e tirou alguns livros da prateleira. Depois de se sentar num canto, abriu as páginas que havia marcado no dia anterior e continuou a ler de onde parara, absorvendo o que estava escrito. Nos dois meses que haviam passado, Red tinha conseguido coletar uma grande quantidade de informações – coisas sobre a corte das fadas, changelings *e meios de se proteger. "Nunca diga seu nome a elas", leu a menina. "Não se puder evitar, pois elas nunca dirão seus nomes a você. Nomes são poderosos."*

Tudo que entrava em sua cabeça tinha um gosto amargo, porque ela sabia que era pouco e tarde demais. A verdade é que a menina não tinha ideia de como recuperar o irmão nem de onde começar a procurar.

Red tivera a leve sensação de que estava sendo observada uma hora antes. Ao olhar para cima, viu um menino sujo e desarrumado da sua idade sentado em uma cadeira à sua frente. Ele lia um jornal local e ficava levantando um dos joelhos, fazendo barulho com o papel. Olhava para ela de vez em quando, depois voltava a ler o jornal.

Na terceira vez que os dois se olharam, Rowan não desviou os olhos. Já havia adivinhado que, como ela, o menino era um fugitivo, pois parecia estar morando na rua. Tinha as unhas podres e os cabelos oleosos. Embaixo da cadeira, ele havia posto uma mochila enorme e um saco de dormir enrolado.

O menino acenou com a cabeça, simpático, e, para a irritação de Rowan, se levantou, foi até a mesa dela e puxou uma cadeira.

— O que está lendo? — perguntou, apontando para a pilha de livros em frente à menina. Tinha sotaque do norte e um dos dentes da frente quebrado.

— Não é da sua conta — retrucou Rowan, reunindo os livros e se preparando para ir embora. — Só porque olhei para você, não quis dizer que era um convite.

O garoto se recostou na cadeira e levantou as mãos, as sobrancelhas desaparecendo sob os cabelos desgrenhados.

— Calma. Não achei nada, só quis vir até aqui cumprimentar você. Não tem que ir embora. Só estava tentando ser simpático, sabe, já que nós dois vamos embrulhar peixes amanhã.

Rowan desabou de novo na cadeira, sem entender.

— *Do que está falando?*

O garoto olhou a seu redor antes de pôr o jornal na mesa e abrir numa das páginas da última seção. Mais ou menos vinte rostos em preto e branco apareceram abaixo do título: "DESAPARECIDOS – VOCÊ PODE AJUDAR?".

— *Este sou eu* — *disse o garoto, apontando para uma das fotos do meio da página.*

Rowan olhou para a fotografia e percebeu o dente quebrado característico do menino. Ele cobriu seu nome com um sorriso envergonhado antes de ela ter a chance de ler e apontou para o fim da página.

— *E esta é você, se não estou enganado.*

A menina observou a própria foto e enrubesceu. Envergonhada, baixou a cabeça. O garoto sorriu e fechou o jornal.

— *Então você é nova nisso* — *concluiu em voz baixa.* — *Quero dizer, está há pouco tempo na rua. Dizem que você desapareceu em março e agora estamos em... maio.*

Rowan deu de ombros.

— *Já estou me acostumando* — *murmurou.* — *E você?*

— *Faz seis meses.* — *O garoto coçou a cabeça, passando a mão pelos sujos cabelos louros e indicou o lugar que os cercava.* — *Bibliotecas são bons lugares quando conseguimos entrar. São quentes e silenciosas e eles nos deixam ficar algumas horas dentro delas, contanto que você não durma nem esteja fedendo demais.* — *Ele riu.* — *As duas coisas são um certo desafio.*

Rowan não respondeu.

— *E então?* — *insistiu ele, esticando o pescoço para olhar para os livros mais uma vez.* — *Fadas, não é?*

Ela fez uma careta.

— *E daí?*

AS 13 MALDIÇÕES

— Lá vem você de novo na defensiva — disse o menino. — Só estou curioso, sabe?

— Bom, não fique. Você não tem nada a ver com isso.

O garoto recostou na cadeira com um olhar compreensivo nos olhos.

— Talvez tenha.

Rowan já tinha se cansado.

— Só me diga o que veio dizer. Estou ocupada.

— Está bem — concordou o garoto. — Eu também vejo fadas.

A menina o encarou.

— Isso é algum tipo de brincadeira?

— Eu pareço estar brincando?

— Como vou saber? Só conheço você há dois minutos.

— Faz sentido. — O garoto se inclinou e pegou a mochila. — Venha comigo. Quero mostrar uma coisa a você.

— Esqueça — respondeu Rowan. — Não vou com você a lugar algum.

O menino pôs a mão no bolso e tirou um punhado de moedas. Ele as contou.

— Vamos, qual é o problema? Vai ganhar uma xícara de chá.

— Da última vez que me ofereceram isso, todo o meu dinheiro foi roubado — retrucou Rowan. — Então, não, obrigada.

— Escute — disse o garoto, exasperado. — Eu só quero conversar, e não roubar nem assustar você. — Ele contou algumas moedas e as pôs na mesa ao lado dela. — Considere isto uma doação — disse. Depois, apontou para a janela da biblioteca, indicando uma esquina atrás de um banco do parque. — Vou ficar naquele café por mais ou menos meia hora, se você mudar de ideia. — Ele fez uma pausa. — Bom, estou dizendo meia hora, mas vou ver quanto tempo eu faço durar a xícara de chá antes que me expulsem. — Ele sorriu, mostrando o dente quebrado de novo, e se levantou, enfiando o jornal no casaco. — Falando nisso, pode me chamar de Pardal.

— *Pardal? — repetiu Rowan.*

— *Isso mesmo. Comum para caramba e entra em qualquer lugar!*

Ela observou Pardal sair da biblioteca, se levantou e foi até a janela. Cumprindo a palavra, ele entrou direto no café e foi até o balcão.

Rowan voltou para a mesa e ficou cinco minutos olhando para o dinheiro que o menino deixara. Por fim, a curiosidade levou a melhor. Ela pôs as moedas no bolso, pegou a mochila e devolveu os livros às prateleiras antes de sair.

Pardal tirou os olhos da xícara de chá e a observou comprar uma bebida no balcão e empurrar o pequeno troco para ele, enquanto se sentava.

— *Pode ficar — disse o menino.*

Ela não precisou ouvir aquilo duas vezes.

— *Então, como eu devo chamar você? — perguntou Pardal.*

Rowan virou os olhos.

— *Você já sabe meu nome se reconheceu minha foto no jornal — disse, em voz baixa.*

— *Não importa. — Pardal limpou a boca com a manga da blusa. — Nunca se sabe quem pode estar escutando. — Ele olhou para o café ao seu redor. — É melhor fazer as coisas do jeito certo, se é que você me entende.*

Rowan deu de ombros, juntando as mãos em torno da xícara quente.

— *Não sei. Pode me chamar de qualquer coisa, menos do meu nome verdadeiro.*

Pardal a estudou, analisando-a com os olhos.

— *Seus cabelos são o que mais chama atenção — disse ele, direto. — Então... Red. É em inglês, mas não é exagerado e vai direto ao ponto. Acho que combina com você. — Ele sorriu de novo e, pela primeira vez, Rowan viu uma covinha se formar em sua bochecha.*

AS 13 MALDIÇÕES

— E então? Sobre o que queria falar comigo? — perguntou ela.

— Sobre as fadas — disse ele, simplesmente. — Eu não estava mentindo para você. Sobre ver essas criaturas. Não costumo sair contando isso para todo mundo.

— Então por que contou para mim? — indagou ela, o coração acelerado.

— Primeiro, por causa dos livros — respondeu Pardal. — E porque já vi você algumas vezes. — Ele baixou a voz. — Já vi você observando fadas.

Rowan estudou o rosto do menino, procurando algum sinal de que ele estaria tentando enganá-la, mas a expressão de Pardal era muito séria.

— Prove — disse ela, grosseira.

— Foi por isso que trouxe você aqui — afirmou Pardal. Ele pôs a mochila na mesa e a empurrou para a menina. — Dê uma olhada no bolso lateral. Seja discreta.

Desconfiada, Rowan puxou a mochila para si e abriu o compartimento lateral. Quando levantou a aba, um cheiro horroroso saiu lá de dentro. Ela viu algo pequeno, esmagado e sangrento, com duas asas peludas quebradas. Com um grito, jogou a mochila longe, derrubando o chá de Pardal.

Uma certa irritação tomou o rosto do menino — mas não era nada comparado à fúria de Rowan. Ela se levantou de um pulo, agarrou sua mochila e saiu correndo do café por entre as mesas dos clientes curiosos. Já estava na rua, atravessando o parque, quando ouviu passos atrás dela.

— Por que você foi fazer isso? — perguntou Pardal. — Mandei você ser discreta! Aquilo desperdiçou duas bebidas. Além disso, provavelmente vão me expulsar da próxima vez que eu for lá!

— Discreta? — Rowan se virou rapidamente para encará-lo, os olhos em chamas. — Você está carregando uma fada morta na mochila, seu maluco!

— Eu só queria provar a você que...

— Que o quê? — sibilou Rowan. — Que você é doente?

267

— *Que eu posso ver fadas!* — *terminou ele.* — *Olhe, eu sinto muito. Provavelmente não foi o melhor jeito de chamar a sua atenção, mas elas não estão rondando a gente por aqui, estão?* — *O menino apontou para os prédios cinzentos que os cercavam.* — *São difíceis de achar aqui, sabia? Não dava para ficar escolhendo.*

Rowan se acalmou um pouco.

— *Você... matou a fada?* — *perguntou, olhando para o menino, desconfiada.*

— *Claro que não! O que você acha que eu sou? Não, não responda. Ela estava na sarjeta, perto de onde fiquei nas últimas duas noites. Deve ter sido atropelada por um carro.* — *Ele abriu o bolso da mochila de novo e mostrou a ela.* — *Está vendo? Está vazio. Não costumo fazer isso. Só queria mostrar a você.*

— *Está bem* — *disse Rowan, sentindo a raiva diminuir.* — *Eu acredito. Então, o que você quer?* — *Ela começou a andar pelo parque, seguindo a trilha que o atravessava.*

Pardal limpou o nariz com a manga da blusa e a seguiu.

— *Vi você lendo aqueles livros na biblioteca* — *explicou, como se pedisse desculpas.* — *Já faz alguns dias. Vi você marcar as páginas, então dei uma olhada depois que você foi embora ontem. São os* changelings, *não são?*

Rowan sentiu uma pontada na queimadura das costas quando tensionou os ombros. A pele ainda estava sensível. Pardal continuou:

— *Não quero me meter, sabe...*

— *Bom, mas está se metendo...*

— *Está bem, estou, mas...* — *Ele fez uma pausa e passou a mão nos cabelos.* — *Por que você estava lendo aquelas coisas? Aconteceu... alguma coisa?*

Rowan parou para encará-lo, tentando entender o que ele poderia saber.

— *Aconteceu.*

Pardal fez que sim com a cabeça.

— *Foi o que eu pensei. Eles levaram alguém, não foi? Uma criança?*

— *Como você sabe? Aconteceu com você?*

— *Não, comigo, não. Mas conheço outras pessoas que tiveram crianças trocadas.*

— *Conhece?*

Pardal assentiu com a cabeça de novo, balançando os cabelos.

— *Encontrei uma delas neste parque, na verdade. Começamos a conversar um dia quando ficou óbvio que nós dois estávamos olhando a mesma fada tomar banho no bebedouro de pássaros. Achei primeiro que ele tinha o dom da visão, mas, na verdade, era uma fada disfarçada, sabe? A sobrinha dele foi roubada alguns anos atrás.*

Pardal havia conseguido toda a atenção de Rowan.

— *Quando levaram a menina, ele se recusou a parar de procurar. E, no fim das contas, conseguiu a sobrinha de volta.*

— *Como? — perguntou a menina, com urgência na voz. — Como ele conseguiu a criança de volta?*

— *Disse que usou a que foi deixada no lugar dela, a impostora, como moeda de troca. Ele tem contatos, fadas do outro lado que não querem que as trocas sejam feitas. Metade delas não faz maldades nem truques. Só querem recuperar as pessoas da própria espécie, assim como a gente.*

A cabeça de Rowan girava.

— *Então você quer dizer que é possível trocar o* changeling *de volta pela mesma criança que foi levada?*

— *Às vezes — admitiu Pardal. — Eles nem sempre devolvem a criança humana se ela foi levada como substituta para uma fada doente, por exemplo. Mas, na maioria das vezes, a troca pode ser feita.*

— *E se não houver um impostor para trocar? —* perguntou Rowan, assustada. — *E se uma criança foi levada e ninguém deixou um substituto? Como isso funcionaria?*

Pardal soltou um assobio por entre os dentes.

— *Difícil. Acho que nunca ouvi falar de um caso assim. Imagino que você teria que encontrar uma fada que foi deixada no lugar de um humano e roubar a criança de alguma maneira. Seria perigoso porque não dá para sair por aí roubando bebês, não é? Talvez até dê, mas causaria muitos problemas. E, mesmo assim, caso a troca fosse feita, seria mais provável que a criança devolvida fosse a que a fada substituiu, se é que você me entende.*

— *Mas não é impossível, não é? —* insistiu Rowan. — *E, mesmo que você receba uma criança diferente de volta, não a que você queria, mas uma que tinha sido levada, ainda valeria a pena, não valeria? Isso ainda significaria que outra criança voltou para a família.*

Pardal deu de ombros.

— *Imagino que sim.*

De repente, Rowan percebeu que o encarava e agarrava, de punhos fechados, as mangas do casaco nojento que o menino usava.

— *Esse homem-fada —* disse, ansiosa. — *Quem é ele?*

Pardal olhou para as mãos da menina no casaco.

— *É um viajante. Trabalha num circo.*

— *Preciso que me leve até ele. Agora.*

— *Calma —* respondeu Pardal, soltando-se com cuidado das mãos de Rowan. — *Não posso levar você até lá. Não é tão simples assim.*

— *Por que não?*

Ele indicou um banco próximo.

— *Vamos nos sentar um instante.*

AS 13 MALDIÇÕES

— *Por que não pode me levar até ele?* — *perguntou Rowan de novo, mantendo-se de pé enquanto Pardal se sentava.*

— *Porque não sei onde ele está.*

Rowan soltou um palavrão e chutou uma lata de refrigerante vazia que estava na trilha. Ela rolou pelo concreto fazendo barulho.

— *Então do que adiantou me falar sobre ele?* — *perguntou, irritada.* — *Você devia saber que eu ia pedir para encontrar o cara!*

— *É claro que eu sabia* — *respondeu Pardal, parecendo confuso com a explosão da menina.* — *Se você se acalmar por tempo suficiente para me deixar falar, eu vou explicar.*

Rowan se sentou, ofegante.

— *Não sei onde ele está agora* — *continuou Pardal.* — *Mas sei onde vai estar daqui a duas semanas.*

Ele indicou um poste de luz a alguns metros dali. Rowan o observou e viu que um cartaz colorido tinha sido colado a ele.

— *Quer dizer...*

— *Que ele vem para cá* — *terminou Pardal.* — *O espetáculo só vai começar no início de junho, mas eles sempre chegam duas semanas antes para se adaptar e montar acampamento. Quando chegarem, vou levar você até ele, caso esteja planejando ficar por aqui esse tempo todo.*

— *Vou estar aqui* — *afirmou Rowan.*

— *Nesse caso* — *disse o menino* —, *fique de olho. Vou passar pela biblioteca e buscar você. Até lá, se não vir você antes, fique longe de problemas.*

Rowan não viu Pardal antes do combinado, apesar de ter procurado por ele em todos os lugares que ia. Ela ia até a biblioteca todos os dias e continuou a tentar reunir informações a partir dos livros, apesar de perder a concentração sempre que as portas se abriam. O pedido de Pardal, para que ela se mantivesse longe de problemas, ficou na cabeça da menina. E se alguma coisa acontecesse com ele? Seria fácil demais para o menino desaparecer sem que ninguém notasse – nem se importasse.

Então, treze dias depois de tê-lo conhecido, Pardal reapareceu, mais desarrumado do que nunca e meio ofegante depois de correr para onde Rowan estava sentada.

– Eles estão aqui – disse.

Os livros da menina já estavam fechados antes mesmo que ele terminasse de falar. Ela se levantou e o seguiu naquela tarde clara.

Ao se aproximarem do parque, Rowan viu uma área enorme nos fundos do terreno onde um grupo de trailers antiquados se reunira. Mais veículos estavam chegando.

– Todos são puxados por cavalos – observou Rowan, surpresa, notando que o tráfego ficara complicado em torno do parque.

Pardal fez que sim com a cabeça.

– É tradicional. É um dos circos mais antigos ainda em funcionamento. Muitas pessoas dizem que é o melhor. As atrações deles não perdem para ninguém.

– Então, como esse cara se chama? – interrompeu a menina, quando os dois se aproximaram de alguns dos trailers estacionadas.

– O apelido dele é Tino – respondeu Pardal, dando a volta em torno de cavalos castanhos presos a um agrupamento de árvores.

De repente, Rowan se sentiu incomodada ao ver as pessoas andando por entre os trailers e perceber que olhavam para Pardal e ela. As duas crianças eram estranhos – não tinham sido convidadas.

O sorriso simpático de Pardal desviou alguns dos olhares hostis, mas não demorou muito até um homem alto e magro interpelar os dois.

AS 13 MALDIÇÕES

— *Posso ajudar?* — *perguntou ele, friamente.*

— *Estamos procurando o Tino* — *afirmou Pardal.*

— *O Tino está ocupado* — *foi a resposta direta.*

— *Diga a ele que é o Pardal.*

O homem magro os analisou por um instante.

— *Esperem aqui.*

Ele se virou e se afastou, o rosto **demonstrando** **irritação** *Depois de certo tempo, voltou e fez apenas um aceno rápido com a cabeça para indicar que os dois deveriam segui-lo. O homem os guiou por um labirinto de carroças ciganas, uma mais bonita do que a outra. Por fim, pararam do lado de fora de um grande trailer que tinha sido pintado de um azul muito escuro. O homem bateu e deixou os dois sem dizer nada. Atrás deles, uma porta se fechou enquanto a da frente se abria.*

Um homem de pele escura apareceu, com uma sobrancelha levantada. Os cabelos louro-escuros tinham uma cor parecida com a de um Pardal, mas eram mais longos e chegavam à altura dos ombros. Rowan notou que um dos olhos do homem era castanho e o outro, verde. A expressão de Tino se suavizou quando viu o desarrumado Pardal. Então ele transferiu o olhar para Rowan.

— *Quem é essa aí?* — *perguntou, com a voz preguiçosamente arrastada.*

Ao ver a cabeça do homem se mexer, a menina pensou ter visto, por um instante, a ponta de uma orelha aparecer em meio aos cabelos dele.

Pardal a cutucou, incentivando-a a andar para a frente.

— *Ela quer conversar com você sobre o mercado.*

Os olhos de cores diferentes se estreitaram e Tino deu um passo para trás, deixando a porta livre.

— *É melhor vocês entrarem.*

273

O interior do trailer era mais vazio e menos enfeitado do que o exterior, apesar de ser decorado com araras cheias de fantasias brilhantes. Algumas estavam até penduradas nos batentes e nos varões das cortinas, e, em um manequim, um vestido prateado brilhante estava sendo terminado. Além de um cachorro malcuidado esparramado no chão do trailer, o local estava vazio e não continha nenhum outro ser vivo. Parecia que, tirando o cachorro, Tino vivia sozinho.

De uma panela no fogão, a fada serviu três copos de uma mistura fervente e os distribuiu, ficando com um para si. Depois, indicou o banco que corria pelas paredes do trailer.

— Sentem-se.

Rowan e Pardal se sentaram. Ela cheirou a bebida, mas não a tomou. Tinha um perfume de hortelã fresca, mas, apesar da tentação, a menina resistiu. Todos os livros que havia lido aconselhavam a nunca beber nem comer algo que tivesse sido oferecido por uma fada.

— Quem foi levado? — perguntou Tino, bebendo do próprio copo.

— Meu irmão — murmurou ela.

Tino assentiu com a cabeça, devagar.

— E você quer essa criança de volta.

— Mais do que tudo — disse Rowan impetuosamente. — Só que não sei por onde começar... O Pardal disse que trocas podem ser feitas com os changelings *que são deixados aqui. Mas, quando meu irmão foi levado, ninguém ficou no lugar dele.*

Tino pressionou os dedos uns contra os outros, formando um arco com as mãos, e levou um bom tempo para responder.

— Ainda assim, você pode conseguir — disse, por fim. — Uma troca é uma troca. Algumas são diretas, outras, não. Sempre que possível, tentamos

combinar a criança que foi roubada com a que a substituiu, mas nem sempre funciona assim. Às vezes devolvemos changelings e leva semanas, ou até meses, antes de o humano correspondente ser encontrado. — Ele terminou a bebida e se serviu de mais um pouco, mas não voltou a oferecer a infusão a Pardal nem a Rowan, já que nenhum dos dois tinha encostado em seus copos.

— Se você quiser que a gente procure o seu irmão, posso pedir mais alguns detalhes. Mas não posso prometer nada. — Ele inclinou a cabeça de repente, estudando a menina. — Não posso dar mais informações também... A não ser que...

Os olhos dele encontraram os de Pardal. Rowan se virou para o menino, que estivera sentado o tempo todo em silêncio. Alguma pergunta estava no ar entre os dois.

— A não ser que o quê? — indagou ela.

Tino passou o indicador pela borda do copo.

— Bom, tudo depende de quanto você quer se envolver.

Rowan sentiu um arrepio passar por ela: era uma mistura de medo e ansiedade. De algum modo, ela se sentia parada na beira de um precipício — num ponto de sua vida que mudaria tudo.

— Eu acho — disse, hesitante — que já estou envolvida. Estou disposta a fazer qualquer coisa para trazer meu irmão de volta.

— "Achar" não é o suficiente — retrucou Tino, a voz baixa, insistente. — Você tem que ter certeza. Senão não vai ser útil para nós.

— Tenho certeza — afirmou ela, cerrando os dentes para tentar controlar o nervosismo. — Conte comigo. Pode me dizer o que quer que eu faça. Não tenho nada a perder.

Os lábios de Tino se abriram num sorriso. Ele estendeu a mão e pegou a de Rowan num cumprimento firme, fechando o negócio.

— *Tudo a seu tempo. Primeiro, o mais importante. Não sei o seu nome.*

Ao emergir, a voz da menina soou diferente. Mais dura. Como se algo tivesse mudado nela e nunca mais pudesse ser recuperado.

— *Pode me chamar de Red.*

23

DIA SEGUINTE AO HALLOWEEN FOI ESCURO. Chuviscava. Todos no solar Elvesden, fora Nell e Amos, estavam reunidos na cozinha. A empregada havia decidido se trancar em seu quarto e se recusava a falar com qualquer pessoa.

Fabian pegou uma faca de manteiga da mesa e furou a abóbora apodrecida que ele e Tanya não tinham conseguido esculpir.

– Não consigo acreditar nisso – disse, irritado. – Não consigo acreditar que o Warwick preferiu sumir com aquela justiceira trocadora de bebês a voltar para a própria casa! E se ele nunca mais voltar?

Florence suspirou. Desde que Warwick havia desaparecido, ela mal comia e parecia magra e doente.

– Vou levar a comida do Amos – informou. – Depois vou dar uma olhada na Nell. – Ela se levantou e deixou Tanya e Fabian sozinhos.

– O Warwick só está tentando ajudar a Red – disse Tanya, em voz baixa. – Está fazendo o que acha que é melhor.

– Como isso pode ser o melhor? – explodiu Fabian. – O lugar dele é aqui, com a gente, não com ela!

Um arranhão leve na porta dos fundos interrompeu os dois. Tanya a abriu e deu um passo para trás, impressionada por ver uma pequena raposa vermelha olhar para ela com confiança. Depois, conteve um grito quando uma mão surgiu do casaco de raposa, seguida de uma cabeça e um corpo. Red estava parada em frente à menina, segurando o casaco ao seu lado.

— Red! — conseguiu exclamar Tanya. — Como você...? Como você fez isso?

— É um glamour — respondeu a garota, simplesmente.

Fabian correu para a porta e tocou no casaco, sem conseguir dizer nada pela primeira vez na vida.

— Eles soltaram você — afirmou Tanya com um brilho nos olhos. — Você voltou. Mas onde está o seu irmão? E o Warwick?

Red entrou na cozinha e se sentou, o rosto sombrio.

— Ainda estão lá.

— O que aconteceu? — perguntou Tanya, confusa.

Red estendeu a mão para fazer carinho em Oberon, que tinha vindo cumprimentá-la. O cachorro manteve a cabeça no joelho da menina e balançou um pouco o rabo antes de voltar para a tigela a fim de devorar sua ração.

— Estou com um problema — disse ela. Red passou a mão pelos cabelos emaranhados. — Um problemão.

— Que tipo de problema? — perguntou Tanya.

— Nós recebemos uma tarefa das fadas — informou Red. — E, se não cumprirmos a tarefa, nunca mais vou ver o James na vida e nós todos seremos prisioneiros do reino das fadas: eu, o James e o Remendo.

— Remendo? — perguntou Fabian.

— O seu pai. Era assim que eu o chamava enquanto estávamos lá. É perigoso usar nossos nomes verdadeiros no reino das fadas.

— Mas por que o Warwick ainda está lá? — indagou Tanya.

Red desabou, pondo o rosto entre as mãos.

AS 13 MALDIÇÕES

— Eles prenderam o pai dele para garantir que eu voltasse. E eu não sei como vou fazer isso. Como vou encontrar todos...

— Encontrar o quê?

Mas Red não estava mais escutando.

— Se ele não tivesse pegado o bracelete... Qualquer coisa, não importa o quê, teria sido melhor do que isso. Eles se sentiram atraídos pela pulseira na hora... Pelos berloques e o que eles representam.

— Bracelete? — perguntou Tanya, começando a cair em si. — Você não quer dizer...? Não é *aquele* bracelete!

Red fez que sim com a cabeça, o rosto ainda escondido.

— Warwick pegou minha pulseira? *Por quê?* — explodiu Tanya.

— Ele encontrou o berloque do caldeirão na pia. Ia consertar para você...

— Eu não queria mais usar aquilo! — gritou Tanya. — Achei bonito no início, mas depois a criatura do ralo morreu por causa dele... E o fato de ter pertencido a Elizabeth Elvesden é assustador!

— Bom, você provavelmente nunca mais vai usar aquele bracelete de novo — disse Red. — Mas, se mudar de ideia, vai estar bem mais leve.

— O que quer dizer com isso?

Red pôs a mão no bolso e jogou o bracelete na mesa.

— Onde estão os berloques? — perguntou Fabian.

— Não sei — respondeu Red em voz baixa. — Esse é o problema. Essa é a tarefa. Tenho que encontrar todos eles... e nem sei por onde começar.

— Quer dizer que eles podem estar em qualquer lugar? Em qualquer lugar, mesmo? — indagou Fabian. — Em qualquer lugar *do mundo*?

— Eu sei. — A voz da menina saiu abafada de trás de suas mãos. — Nunca vou conseguir.

— Temos que conseguir — disse Tanya, devagar. — Por que as fadas mandariam você cumprir uma tarefa impossível de realizar? *Tem* que haver um jeito de resolver isso.

— A Tanya está certa. — Gredin e Raven se materializaram na porta dos fundos. — Nenhuma tarefa impossível pode ser dada pela corte, não importa a dificuldade. É a lei das fadas.

— Vocês podem nos ajudar? — perguntou Tanya. — Devem ter alguma ideia de onde...

Gredin a interrompeu:

— Mesmo que tivéssemos, estaríamos proibidos de revelar a localização dos berloques. Isso seria visto como traição e resultaria em consequências sérias para todos nós. O que *podemos* dizer é que toda tarefa das fadas tem um elemento, um tipo de chave, que, ao ser descoberto, desvenda todo o resto.

— Então nós temos que descobrir qual é essa chave — disse Fabian.

— Nós? — Red balançou a cabeça. — Essa tarefa é minha. Só voltei para contar a vocês o que aconteceu com o Warwick.

— Ele é meu pai — retrucou Fabian. — E, pelo que parece, você vai precisar de toda ajuda que conseguir.

— Quanto tempo você tem para encontrar os berloques? — perguntou Tanya.

— Eu... — Red se interrompeu. — Eles não disseram.

— Então tempo não é um problema — disse a outra menina. — Mas não sabemos como o Warwick vai ser tratado. Quanto mais rápido salvarmos o pai do Fabian, melhor. Então, por onde nós começamos?

Dessa vez, ninguém fez objeção ao "nós".

AS 13 MALDIÇÕES

— Talvez devêssemos começar com a inspiração para o bracelete — sugeriu Tanya. — O que atraiu as fadas logo de cara... Os 13 Tesouros. Temos que pensar em tudo que sabemos sobre eles.

Prestativo, Fabian retirou um lápis e um caderninho com capa de couro do bolso da camisa.

— O que eles são? E o que fazem? Façam-me lembrar. Digam o nome de todos em voz alta.

— O Prato nunca deixa o proprietário passar fome — começou Tanya. — O Caldeirão devolve a vida aos mortos. A Espada concede apenas a vitória e nunca a derrota...

— O Coração da Coragem — continuou Red. — A Chave que abre a porta para qualquer mundo. O Cálice da Vida Eterna, a Taça da Adivinhação. O Cajado da Força, uma Luz que nunca se apaga, o Livro do Conhecimento, a Adaga que verte sangue que cura qualquer ferida...

— Espere — pediu Fabian, ainda anotando. — Tudo bem, continue.

— A máscara do Glamour — disse Red.

— E o Anel, que torna o usuário invisível — terminou Tanya.

Fabian anotou todos, um a um. Em seguida, os três observaram a lista em silêncio.

— O Prato — disse Red, de repente. Ela olhou para Gredin. — Você contou uma história sobre uma família que recebeu o poder dele como recompensa. Talvez o berloque do Prato esteja no lugar em que essa família vivia. Talvez todos os talismãs estejam em lugares em que seus poderes foram usados. Você sabe onde foi?

— Isso foi há centenas de anos — respondeu Gredin. — A história deve ter mudado com o tempo, então seria difícil dizer exatamente onde aconteceu. E tem um problema na sua teoria: nem todos os 13 Tesouros foram usados. Alguns nunca tiveram a chance de mostrar seu poder antes da divisão da corte. E, depois disso, nunca mais foram utilizados.

— Então essa não é a conexão — assentiu Fabian, triste.

— E os proprietários do bracelete? — perguntou Tanya. — Eu sei que ele é antigo, mas quantas pessoas foram donas dele? Devem ter sido muitas. Talvez ele esteja ligado a elas!

— É uma boa ideia — afirmou Fabian. — Mas, se isso *for* a ligação, você e Florence podem estar envolvidas. Vocês duas foram donas dele.

Tanya ficou bem quieta enquanto pensava na ideia.

— Nesse caso — disse —, o melhor lugar para começar é com Elizabeth Elvesden, a primeira proprietária do bracelete.

— Isso significa que pelo menos um dos berloques pode estar aqui em casa — afirmou Fabian, levantando-se de um pulo. — Deveríamos começar com o quarto dela. Aposto que há vários bons esconderijos lá... Embaixo daquele tapete grosso, talvez, ou atrás do retrato.

— Mas aqui não é o único lugar ligado a Elizabeth Elvesden — lembrou Tanya. — Também tem o lugar em que ela morreu: o manicômio.

— Talvez a gente também tenha que pensar em onde a Elizabeth morou antes de vir para cá — acrescentou Fabian. — O bracelete foi dado de presente a ela por lorde Elvesden quando a moça concordou em se casar com ele.

— Sabe onde ela morava? — perguntou Red.

— Não — respondeu Fabian. — Mas sei onde podemos descobrir.

— É claro! — disse Tanya. — Temos alguns dos diários da Elizabeth! Aqueles que ela escondeu pela casa inteira. Talvez a gente encontre pistas neles. Devo pedir à minha avó para dar uma olhada neles?

Fabian balançou a cabeça.

— Não acho que deveríamos contar nada a Florence até saber com o que estamos lidando. Ela já está com problemas suficientes cuidando da Nell e do Amos sem ter descoberto o que aconteceu de verdade com o meu pai. E, se essas coisas ficarem perigosas, ela vai impedir a gente de procurar os berloques. É melhor que não saiba. Pelo menos por enquanto.

— Mas e eu? — perguntou Red. — Se ela me vir, vai querer saber onde o Warwick está.

— Então vamos esconder você — respondeu o menino com calma. — A Tanya fez isso uma vez. Podemos fazer de novo. Só que, dessa vez... — Ele indicou o casaco de pele de raposa com a cabeça. — Você já tem o disfarce perfeito.

— Vamos lá — disse Tanya. Ela se virou para Gredin e Raven. — Vocês ouviram o que nós pensamos. Eu imploro para que não contem nada à minha avó, pelo menos por enquanto. Somos a única chance do Warwick, sem contar do irmão da Red.

— Como quiser — afirmou Gredin. — Não podemos fazer muito mais por vocês.

E, depois disso, as duas fadas foram embora.

— Vamos lá para cima — disse Fabian, com urgência. — Coloque o casaco. Vamos ter que levar você escondida. É só para o caso de alguém vir.

Concordando, Red pôs a pele de raposa, sentindo o olhar dos dois companheiros enquanto a impressionante transformação acontecia.

Olhando a seu redor, Fabian pegou uma pilha de lençóis limpos que estava pronta para ser levada para cima e a retirou da cesta.

— Entre aqui — disse.

Red pulou na cesta e Tanya enfiou os lençóis dobrados em volta dela até apenas o nariz da raposa ficar visível.

— Minha avó nunca vai acreditar nisso — murmurou Tanya. — Se ela nos pegar com a cesta, vai saber que estamos fazendo alguma coisa errada. Nós nunca ajudamos.

— Não importa — retrucou Fabian. — Só vai encontrar uma raposa. Podemos dizer que está machucada e que queremos cuidar dela. Essa é a beleza do plano.

Eles não precisavam ter se preocupado. Ao levar a cesta para cima, não viram ninguém.

— É estranho estar aqui de novo — disse Red quando os três passaram pelo relógio de pêndulo no patamar da escada.

— Shhh — disse Tanya. — Raposas não falam, lembra?

A menina abriu a porta do quarto e entrou, colocando a cesta na cama. Red pulou para fora, deixando marcas de lama e pelo de raposa na roupa limpa. Depois, tirou o casaco de novo.

Fabian sentiu o cheiro ruim do casaco e fez uma careta quando a pele caiu perto dele. Tanya percebeu e foi mais sutil.

— Fique à vontade para usar o banheiro enquanto eu pego roupas limpas para você. Talvez fiquem pequenas, mas tenho certeza de que vou encontrar algo. Enquanto isso, Fabian, vá ver se você consegue alguma coisa nos diários.

— E os jornais? — perguntou Red quando Fabian saiu. — Publicaram mais alguma coisa sobre mim ou sobre as crianças que eu peguei?

— Não vi nada nos jornais — respondeu Tanya. — Mas me lembro de um boletim na rádio sobre um *changeling* que você pegou de Suffolk. Uma tal de Lauren Marsh.

Red assentiu.

— Ela foi devolvida — disse Tanya. — O Warwick e eu ouvimos a notícia juntos, mas imaginamos que não teria sido você, já que estava no reino das fadas.

Red balançou a cabeça.

AS 13 MALDIÇÕES

— Não, não fui eu. Você lembra que eu disse que tinha alguns contatos? Outra pessoa deve ter trazido a menina de volta, o que só pode ser uma coisa boa para mim.

— Mas ainda estão procurando por você — informou Tanya.

— É — respondeu Red. — Mas, agora, todas as crianças, ou melhor, os *changelings* que eu peguei foram substituídos pelos humanos que tinham sido roubados, o que significa que a única criança ainda desaparecida com alguma relação comigo é o James. E eles sabem que não fui responsável pelo sequestro dele. Pelo menos, se eu for presa agora, vão ser mais indulgentes do que seriam caso as crianças ainda estivessem desaparecidas.

Red entrou no banheiro e trancou a porta. Vasculhando a mochila, tirou a escova de dentes, animada, e usou uma porção generosa de pasta de dentes. A explosão refrescante da hortelã em sua boca depois de tanto tempo usando apenas água para escovar os dentes foi extraordinária — e maravilhosa. Ela escovou, cuspiu e enxaguou a boca. Em seguida, repetiu o processo só para se paparicar.

Depois, secou a boca formigante com a pequena toalha de rosto que estava pendurada e abriu as torneiras da banheira. A cabeça e a pele da menina coçavam por causa da sujeira e ela observou o nível da água subir irritantemente devagar.

Quando Red, vinte minutos depois, saiu de dentro da banheira a água que escorreu pelo ralo estava morna e suja. Limpa, ela vestiu uma camiseta larga e uma calça jeans curta demais de Tanya, e saiu do banheiro.

Fabian estava em pé, envergonhado, vestindo a pele de raposa, e Tanya, sentada na cama com um prato de comida que pegara da cozinha. O menino tirou a pele e a pôs delicadamente na cama.

Michelle Harrison

— Só funciona comigo — explicou Red.

— Conte para a gente tudo que aconteceu no reino das fadas — disse Tanya, empurrando o prato de comida para a amiga.

Red tirou um pedaço de pão e o engoliu sem mastigar direito, tentando pensar no que falar primeiro. Quando, por fim, começou a contar, a história saiu confusa. Tanya e Fabian ouviram em silêncio, arregalando mais os olhos a cada incidente que escutavam. Quando a história chegou ao fim, Tanya finalmente pegou uma pilha de cadernos gastos e usados debaixo da cama.

— São os diários da Elizabeth Elvesden? — perguntou Red.

Fabian assentiu com a cabeça.

— Temos que ser cuidadosos e agir o mais rápido que pudermos. Se a Florence descobrir que pegamos isso, nosso plano vai por água abaixo.

24

PELAS DUAS HORAS SEGUINTES, O FOLHEAR DE páginas foi o único som que pôde ser ouvido.

— Marquem as páginas mais interessantes — disse Tanya, antes de começarem. — Lugares, acontecimentos, qualquer coisa que possa ser importante. Vamos ler por duas horas e depois conversar sobre o que descobrimos.

— Deveríamos estar vasculhando a casa — resmungou Fabian. — Nem parece que sabemos o que estamos procurando.

— É muito bom saber o que se está procurando quando você tem ideia de onde encontrar — retrucou Tanya. — Mas isso seria como procurar uma agulha num palheiro. Temos que saber onde procurar. Os diários são o melhor jeito de conseguir alguma coisa. Depois de lermos todos, poderemos analisar melhor os outros donos do bracelete.

Havia seis diários no total — dois para que cada um lesse. O último fora dividido em partes e as páginas haviam sido amarradas com barbante.

Depois de duas horas, eles largaram os cadernos.

— Quem quer começar? — perguntou Red.

— Eu — respondeu Fabian, prontamente. — Peguei a primeira parte, que começa quando ela estava com dezesseis anos e termina aos dezoito. O nome dela de solteira era Sawyer, Elizabeth Sawyer. Morava com uma senhora chamada srta. Cromwell, que cuidou dela quando os pais da Elizabeth morreram. A moça descreve a guardiã como uma velha solteirona má. A mulher tratava a Elizabeth como escrava e pagava muito pouco a ela. E nunca perdia a chance de desrespeitar a moça. Não sabia que ela sabia ler e escrever, e a Elizabeth manteve isso em segredo, guardando o dinheiro que ganhava para comprar papel e tinta e escondendo o diário embaixo do colchão. Ela só escrevia quando a srta. Cromwell ia dormir. Escreveu sobre as fadas, sobre como ela sempre tinha visto essas criaturas e sobre como, quando a mãe estava morrendo e delirando de febre, tinha confessado que suspeitava que a Elizabeth havia sido trocada por um "pequenino" quando nasceu.

Ela conheceu lorde Elvesden um dia no mercado. Estava vendendo ovos das galinhas da srta. Cromwell e percebeu o cara olhando para ela. Todos na cidade sabiam que era um homem rico, mas Elizabeth ficou com medo. Ele começou a cercar a moça e a levar presentes como joias e roupas. Mas Elizabeth, ainda assim, mandava o homem embora. Por fim, percebeu que se casar com Elvesden seria a melhor oportunidade de escapar da srta. Cromwell. Por isso, quando ele pediu de novo, ela disse "sim". O bracelete foi um presente de casamento para ela. Ele encomendou a pulseira de uma joalheria em Tickey End...

— Como era o nome da joalheria? — interrompeu Red.

— Stickler e Fitch — respondeu Fabian. — Tem um cartão aqui com o endereço. Como a gente já tinha adivinhado, a Elizabeth pediu esses talismãs especificamente. Ela havia lido sobre os 13 Tesouros num livro, mas pelo jeito não contou ao Elvesden sobre a conexão com as fadas. Aparentemente, eles também são mencionados em histórias do rei Arthur, então o lorde ficou satisfeito com a explicação. O diário termina quando ela se muda para esta casa, que o Elvesden tinha acabado de construir.

— Então temos o nome da loja em que o bracelete foi feito — disse Red. — Talvez a gente possa encontrar o lugar. E a casa em que ela viveu com a tal da Cromwell também. Ela menciona o endereço?

Fabian fez que sim com a cabeça.

— Está na primeira página do diário.

— Ótimo. O que mais? — perguntou Red.

— Agora sou eu — começou Tanya. — A Elizabeth achou complicado se acostumar a ter dinheiro pela primeira vez na vida, e logo começou a se sentir presa às expectativas que tinham a respeito dela. Uma das coisas que mais odiava era ter que posar para o retrato que está pendurado no quarto deles. Levou meses para ser terminado, e ela detestava ter que ficar parada horas a fio.

— Não é à toa que ela parece muito triste nele — disse Fabian.

— Depois de um ano de casada, ela começou a se sentir sozinha e entediada, por isso passava a maior parte do tempo ao ar livre, perto do bosque, e acabou se tornando amiga da curandeira da região, Agnes Fogg.

O nome causou um arrepio em Red.

— Que depois veio a se tornar a Bruxa Solitária — disse, continuando quando Tanya fechou o diário. — Ela tinha um gatinho preto que havia sido presente de Agnes depois que a gata da curandeira deu à luz. Elizabeth adorava o bichinho, tanto que pediu que um dos berloques fosse tirado do bracelete para decorar a coleira do gato. Logo depois, os boatos sobre feitiçaria começaram.

Um rangido na porta fez todos se virarem. Sem tempo para vestir a pele de raposa, Red se jogou no chão e rolou para baixo da cama.

Tanya foi até a porta. Ao abri-la, esticou o pescoço, olhou para o corredor e suspirou de alívio ao descobrir o culpado.

— É só o Spitfire — disse, observando o gato gordo indo embora. — Mesmo assim, é melhor nos apressarmos com os diários. Se minha avó descobrir que sumiram...

— Se não terminarmos de ler tudo até amanhã, vou devolver os cadernos por um tempo — informou Fabian. — Caso ela suspeite. Mas temos informação suficiente para começar.

Red se arrastou para fora da cama.

— Faz sentido começar com o que está mais perto, ou seja, a casa e a loja em Tickey End — concluiu o menino.

— Podemos vasculhar a casa depois — disse Tanya. — Deveríamos tentar encontrar a loja primeiro. Vai fechar daqui a duas horas. Que endereço está escrito no cartão que você encontrou, Fabian?

Fabian observou suas anotações.

— Wishbone Walk, 13.

— Vamos descobrir onde fica — confirmou Tanya. — É provável que a loja não esteja mais lá, mas talvez o prédio ainda exista. Vale a pena dar uma olhada.

— Eu também vou — disse Red.

— Mas e se reconhecerem você? — perguntou Fabian. — Talvez seja melhor você ficar aqui.

Red balançou a cabeça, teimosa.

— Eu vou. Ninguém vai me reconhecer. Já faz muito tempo. E duvido que ainda estejam procurando por mim nesta região. Além disso, sempre souberam que eu andava sozinha ou com uma criança pequena. Com vocês dois, ninguém vai nem sequer olhar para mim.

No fim, ela estava certa.

AS 13 MALDIÇÕES

Vestida com o glamour, os dois conseguiram tirar Red de casa. Enquanto andavam pelas ruas até o ponto de ônibus, a menina os seguiu de perto, entrando e saindo da grama alta que beirava a estrada. Quando o ônibus chegou, a menina já substituíra a raposa, e as três crianças entraram no veículo.

Era um dia calmo em Tickey End. As ruas de paralelepípedos estavam quase desertas, habitadas apenas pelos últimos clientes das lojas e por folhas murchas que corriam umas atrás das outras no chão. Os três andaram até a praça da cidade e entraram nas ruas estreitas.

A Wishbone Walk parecia um pouco mais animada, com música e vozes saindo de algumas das pousadas. Eles passaram pelo pub A Escada Espiral, de onde saía um cheiro delicioso de comida caseira, e continuaram caminhando.

De repente, Red parou.

— Lá está.

— A loja? — perguntou Fabian.

— Não — disse Tanya, seguindo o olhar de Red até um prédio destruído com janelas lacradas. — O orfanato de onde o irmão dela foi levado. — A menina puxou a manga de Red. — Vamos. Não fique aí olhando. Isso pode chamar a atenção para a gente.

Eles voltaram a andar.

— Quase nenhuma loja tem números — murmurou Red, mantendo a cabeça baixa, apesar das ruas vazias, e com um velho boné de Fabian que ajudava a encobrir seu rosto.

— Ali está — disse Tanya. — A Caixa de Pandora é o número 25 e o escritório de contabilidade, ali, é o 21. O número 13 deve ser deste lado, mais para baixo.

Eles correram o resto do caminho, contando os números enquanto passavam. Mas, ao parar do lado de fora do número 13, os três viram,

291

desanimados, as janelas pintadas e uma placa de "fechado" pendurada na porta. Um anúncio de aluguel acima dela confirmava que a loja estava vazia.

— Não acredito — reclamou Fabian, sacudindo a porta. Ele pôs as mãos em torno do rosto e tentou olhar para dentro do lugar.

Tanya e Red se espremeram na entrada da loja ao lado dele. O lugar estava vazio, a não ser por uma pilha de cartas fechadas que se acumulara do lado de dentro da porta. Fabian saiu dali e voltou para a rua.

— Nem é mais uma joalheria — disse, apontando para o nome da loja. — "Uma Dúzia de Treze." Eu me lembro desta padaria. Tinha tortas horríveis. Não me admira que tenha fechado.

— Então é isso — concluiu Tanya, se juntando a Fabian. — Chegamos a um beco sem saída.

— Não necessariamente — afirmou Red. Ela passou pelos dois e continuou andando. Do lado da loja havia um portão de madeira. Ele se abriu quando a menina puxou o fecho. — Venham por aqui, rápido.

— O que você está fazendo? — perguntou Fabian quando Tanya passou pelo portão atrás de Red. — Não podemos fazer isso, é invasão!

— Como se ela estivesse preocupada com *isso* quando é procurada por sequestro! — retrucou Tanya com desdém.

Fabian não encontrou argumentos para contradizê-la. Ele fechou o portão depois que passaram, dando uma olhada rápida para verificar se não estavam sendo observados.

— Está tudo bem — disse. — Acho que ninguém viu a gente.

Nos fundos da padaria havia uma pequena cozinha que podia ser vista por um painel de vidro na porta.

AS 13 MALDIÇÕES

— Tem uma chave na porta do outro lado! — alertou Fabian. Ele enfiou a mão no bolso e puxou um pedaço de papel dobrado. — Aposto que consigo pegar a chave em cinco minutos. — Ele deu uma série de tapinhas no próprio corpo. — Eu costumo trazer um pedaço de arame para empurrar...

— Ou podemos fazer isso do jeito rápido — afirmou Red, descendo os degraus. Os dedos da menina pegaram um tijolo partido ao meio que caíra da parede. Então ela se levantou, pôs o braço para trás e jogou o objeto na janela.

O vidro se quebrou e Fabian olhou para dentro, com uma admiração explícita. Depois de vasculhar o jardim, Red pegou um punhado de folhas de jornal de uma das lixeiras e o enrolou em torno da mão para empurrar os pedaços de vidro ainda presos à moldura. Quando a janela estava sem cacos, ela passou o braço com cuidado e destrancou a porta.

— Vasculhem cada centímetro deste lugar — disse, fechando a porta silenciosamente depois que haviam entrado. — Temos que ser rápidos. Vou procurar na cozinha e vocês dois vão para a parte da frente da loja. Fabian, examine o chão e, Tanya, confira as gavetas e os balcões.

Eles começaram a trabalhar. Foi rápido, pois as gavetas do balcão estavam vazias e o chão havia sido varrido. Depois de apenas alguns minutos, Fabian deu um leve grito e pegou alguma coisa.

— Achei!

— Então me deixe ver! — pediu Red.

— Ah... — disse Fabian, ajeitando os óculos. — Não é nada, só um botão prateado.

Os três continuaram a procurar, mas, mesmo depois de conferir tudo duas vezes, não encontraram nada.

— Não chegue perto demais da porta da frente — avisou Red a Fabian. Ela separava as cartas que estavam no chão e as tinha empilhado organizadamente ao lado do menino. Depois, vasculhara a parte do assoalho que cobriam e cutucara cada envelope, procurando alguma protuberância mais evidente.

— Não tem nada aqui — concluiu Red, desanimada.

— Essas lojas não costumam ter porões? — perguntou Tanya.

— Algumas delas, sim — respondeu Fabian. — Mas não vi sinal nenhum de um alçapão nem de outras portas que poderiam levar a outro lugar. — Ele olhou para o chão, empurrando um folheto com a ponta do pé.

— Vamos embora — disse Red, andando para a porta dos fundos. — Temos que voltar. De qualquer forma, já está escurecendo.

— Espere — interrompeu Fabian. Ele se abaixou e pegou o folheto. — Estão anunciando uma promoção numa joalheria local.

— E daí? — perguntou Red, impaciente. — Não adianta se não for a loja em que o bracelete foi feito. Ou seja, *aqui*, lembra?

— Mas veja só o nome — pediu Fabian, levantando o folheto.

— "Stickler e Filhos" — leu Tanya.

O menino tirou as anotações do bolso.

— A loja original era chamada Stickler e Fitch — disse. — E se eles decidiram se separar e esse Stickler montou outra loja? Um negócio de família?

— É possível — concordou Red. Ela pegou o folheto da mão do garoto. — Mas, mesmo que seja a mesma empresa, não fica no mesmo lugar. Eles se mudaram.

— Para algumas quadras daqui — afirmou Fabian. — Veja, fica na rua Turn Again. É aqui na esquina!

AS 13 MALDIÇÕES

— Vale a pena dar uma olhada — disse Red. — Mas por que eles mudariam de loja se fica apenas a uma rua de distância?

— Por várias razões — explicou Fabian. — Mais espaço. Ou menos, se estavam tendo problemas com o aluguel. — Ele olhou para o relógio. — É melhor corrermos. Está quase na hora do fechamento.

Os três saíram da loja, passaram pelo portão e voltaram à rua.

— Por aqui — ordenou Fabian, levando-as a voltar na direção da loja A Caixa de Pandora. Eles passaram por ela e entraram na rua seguinte. Em seguida, Fabian virou à direita em um beco.

— É um atalho — explicou, falando por cima do ombro enquanto andava na frente. O beco dava em outra ruazinha acabada, cheia de lojas e chalés. — Esta é a rua. A Stickler e Filhos fica no número 31.

— Trinta e um — repetiu Tanya. — É treze, só que com os algarismos invertidos. Alguém mais acha que é só uma coincidência?

A loja, quando a encontraram, era minúscula. Pelo que parecia, Fabian estava certo sobre o motivo de terem se mudado para um lugar menor. O local era malcuidado, as janelas, enfeitadas com cocô de passarinho, e a porta, cheia de folhas que ninguém se preocupara em varrer.

— Que lixo — exclamou Fabian.

— Um belo negócio de família — concordou Tanya, indicando o nome da loja, que fora vandalizado ou negligenciado a ponto de as letras na placa terem caído e agora dizerem apenas "Tickle e Fi".

— Vamos entrar — disse Red, mas, ao estender a mão para abrir a porta, um homem meio careca passou por ela, mexendo num molho de chaves.

— Desculpem, mas estou fechando — afirmou, franzindo levemente a testa ao percebê-los parados ali.

— Mas nem são cinco horas ainda — disse Fabian, apontando para o horário escrito na janela e para o próprio relógio.

— Eu estou me permitindo isso — resmungou o homem. — Não vendi nada a tarde inteira. Voltem outro dia.

— Por favor... — pediu Tanya. — Não pode ficar mais alguns minutinhos? É aniversário da minha avó amanhã. Preciso de um presente para ela.

— Já sabemos o que queremos — acrescentou Red.

O homem hesitou.

— Por favor? — pediu Tanya de novo.

— Está bem — murmurou ele. — Mas só mais alguns minutos, entenderam?

Ele acendeu as luzes da loja de novo e segurou a porta enquanto os três entravam.

— O que estão procurando exatamente? — perguntou, enquanto olhavam para os balcões e as vitrines.

Red tirou o bracelete do bolso.

— Berloques de prata — disse. — Para combinar com isto. Ela costuma pôr um novo todo ano.

— Mas não tem nenhum aí — retrucou o dono da loja, olhando para o bracelete.

— Foi roubado — afirmou Tanya, pensando rápido. — Conseguimos recuperar o bracelete, mas todos os talismãs sumiram. Estamos tentando encontrar substitutos.

O homem coçou o topo da careca.

— Não temos muitos berloques de prata — disse. — De ouro, sim. Mas só temos alguns de prata, e a maioria é de segunda mão. É uma pena, porque éramos especialistas nisso.

— Podemos ver o que você tem? — pediu Fabian educadamente.

AS 13 MALDIÇÕES

O homem fez que sim com a cabeça e se abaixou atrás do balcão. Os três ouviram uma gaveta ser aberta e fechada, e ele apareceu com uma bandeja de veludo com seis ou sete berloques de prata.

Ali, bem no centro, um coração prateado estava preso ao veludo. Era menos brilhante do que os outros e parecia muito mais velho. Havia um minúsculo par de asas gravado na superfície.

— Vocês gostaram de algum? — perguntou o dono da loja, claramente tentando apressar as coisas.

Red, Tanya e Fabian se entreolharam. Os dois últimos estavam de olhos arregalados. A menina apontou para o berloque com um dedo trêmulo.

— Este aqui. O coração. Quanto é?

O homem se inclinou, mexendo no talismã.

— Não me lembro dele — disse. — Que engraçado... Não parece ter preço.

Red ouviu Fabian engolir em seco ao lado dela.

— Deixe-me dar uma olhada nos livros. — O homem desapareceu por uma porta e entrou nos fundos da loja.

— Somos uns idiotas! — sussurrou Fabian no instante em que ficaram sozinhos. — Não temos dinheiro para comprar esse troço estúpido! A não ser que uma de vocês tenha.

Red e Tanya balançaram a cabeça.

— Então, pronto — decidiu Red. — Vamos ter que roubar o coração.

— Espere — pediu Fabian. — Veja. — Ele apontou para uma placa escrita à mão atrás do balcão. Dizia: "Compramos para vender."

Rapidamente, Fabian tirou o relógio e o pôs no balcão, assim que o dono da loja voltou.

— Não sei de onde isso veio — disse, balançando a cabeça. — Não tenho nenhum registro dele. Parece que vão conseguir um belo desconto, crianças.

— O senhor aceita uma troca? — perguntou Fabian, empurrando o relógio.

O homem apertou os olhos e os encarou com suspeita. Por um instante terrível, pareceu que ia recusar.

— Acho que todos nós sabemos que este relógio vale mais do que o berloque — disse. — Vocês não preferem voltar com dinheiro?

— Não temos dinheiro — afirmou Fabian. — E é importante.

O homem deu de ombros.

— Tudo bem. Disseram que era para presente, não foi? Vou pegar uma caixa. — Ele pegou o relógio de Fabian e o levou para os fundos.

— Vocês têm certeza de que é um dos tesouros? — sussurrou Fabian. — Quer dizer, parece um, mas...

— É — afirmou Tanya. — Tenho certeza.

— Vamos pedir que o cara ponha no bracelete, então — disse Red. — Não adianta ter uma caixa.

Ela estendeu uma das mãos para pinçar o talismã da bandeja de veludo com o indicador e o polegar. O bracelete estava na outra. Mas, quando os dedos da menina encostaram no coração, uma coisa estranha aconteceu. Eles ouviram um clique breve e metálico e o berloque sumiu da bandeja. Red deixou o bracelete cair, surpresa.

— Aonde ele foi parar?

— Ali — disse Tanya, apontando para a pulseira, impressionada. — Ele se prendeu ao bracelete.

— Deve ter sido atraído para ele, quase como um ímã — explicou Fabian, os olhos azuis ainda mais arregalados atrás dos óculos.

AS 13 MALDIÇÕES

— Então não há dúvidas — afirmou Red, em voz baixa. — É isso. Encontramos o primeiro berloque!

— Vamos sair daqui — disse Fabian.

Eles disseram obrigado para o dono da loja, que ainda vasculhava os fundos, e saíram.

— E a caixa? — perguntou ele, voltando para a loja vazia.

Pelas janelas sujas, viu as três crianças desaparecerem. Balançou a cabeça por um instante e, em seguida, pôs o casaco, pronto para fechar a loja pela segunda vez naquela tarde.

Do lado de fora, começava a chover. Tanya, Red e Fabian correram para o ponto de ônibus animados com a descoberta.

— Não acredito que descobrimos — disse Fabian, festejando enquanto andavam até os fundos do ônibus e desabavam nas cadeiras. — Nós conseguimos!

— É. Conseguimos — repetiu Red, mas ela pôde sentir o sorriso desaparecer de seus lábios depois que a alegria da descoberta foi embora. A menina havia percebido que aquilo era só o começo. O primeiro berloque.

Em algum lugar, outros doze estavam esperando.

25

DE VOLTA À MANSÃO, OS TRÊS TRABALHARAM A noite toda no quarto de Tanya.

– Devemos estar no caminho certo – disse Fabian. – As pistas estão entre os proprietários do bracelete. Faz sentido termos encontrado o primeiro berloque no lugar em que ele foi feito.

Logo fizeram outras descobertas.

– Pouco depois que os Elvesden se casaram, a carruagem deles foi roubada – leu Tanya. – O bracelete de Elizabeth e outros pertences valiosos foram levados. Depois que lorde Elvesden ofereceu uma recompensa, o bracelete e a maioria dos outros objetos foram descobertos escondidos na chaminé de uma pousada a alguns vilarejos de distância. Descobriu-se que o proprietário era um salteador. – Ela bateu na página aberta da lista telefônica. – Um pub ainda existe no lugar e é conhecido desde então como O Salteador.

– Ótimo – disse Fabian. – O que mais?

– Quando os boatos sobre feitiçaria começaram a aparecer, o povo da cidade expulsou Agnes Fogg – continuou Red. – Eles também acusaram a Elizabeth de manter um amigo da bruxa: o gato preto que Agnes dera a ela. Logo depois, o bichinho sumiu e a moça percebeu que ele havia sido ferido.

A menina levantou os olhos da página que estava lendo.

AS 13 MALDIÇÕES

— Ela descobriu que o marido estava lendo seus diários. Por isso começou a esconder todos. Então uma das empregadas ouviu os planos de internar Elizabeth num manicômio e contou o segredo a ela. Por isso a moça tentou fugir.

"Ela sabia dos túneis que passam embaixo da casa. No dia anterior ao que seria levada, agiu como se não soubesse de nada. Durante a noite, entrou num dos túneis, o que leva até a igreja. Andou por três quilômetros embaixo da terra até chegar à lápide falsa... Mas alguma coisa deu errado. Lorde Elvesden tinha descoberto de alguma forma... Estava esperando por ela no fim do túnel."

— E nós sabemos o resto — afirmou Fabian, triste. — Ela morreu no manicômio.

Tanya reuniu os diários.

— Acho que por hoje chega — disse. — Agora que lemos tudo, deveríamos passar para o próximo passo: saber o que aconteceu com o bracelete depois que Elizabeth morreu.

Já passava da meia-noite quando os três decidiram dormir. Tanya foi até a cozinha buscar um copo de água antes de ir para a cama. Foi então que percebeu que havia se esquecido de dar comida para Oberon mais cedo. No entanto, ao ouvir o cachorro engolir a ração no canto do cômodo, percebeu que outra pessoa devia tê-lo alimentado. Ele balançou o rabo quando a menina coçou sua cabeça e ela voltou, cansada, pelo corredor, mais do que pronta para dormir.

Red acordou com o som de uma porta se fechando. Ficou deitada por alguns minutos, enrolada na pele de raposa e em alguns cobertores, embaixo da cama de Tanya. Em seguida, sem conseguir voltar a dormir, levantou-se e olhou para fora, através das cortinas. Era bem cedo e uma névoa fina se arrastava pelo terreno em torno do solar.

301

Um movimento leve atraiu sua atenção. Uma figura corria para o jardim dos fundos, para longe da casa. Apesar de não conseguir ver direito, percebeu que era uma mulher gordinha de meia-idade.

Pensando rápido, andou até Tanya e sacudiu a menina até que ela acordasse.

— Red? — sussurrou Tanya.

— Eu vi alguém correr para o jardim. Estava fugindo da casa.

Tanya se levantou, ainda com sono, e aos tropeções foi até a janela.

— É a Nell — disse. — Nossa empregada. Parece que está indo para a floresta!

Correndo, Tanya pegou do chão as roupas do dia anterior. Tirou o pijama rápido e enfiou o jeans amassado e um casaco, depois de virá-lo do avesso. Terminou calçando os tênis e se levantou, lembrando-se da bússola a tempo. Tirou-a do esconderijo e a pôs no bolso.

— Vou atrás dela — disse, baixo. — Vamos?

Red fez que sim com a cabeça.

— E o Fabian?

— Não dá tempo. De qualquer forma, teríamos que passar pelo quarto da minha avó para acordar o menino.

Elas desceram as escadas em silêncio e entraram na cozinha.

Oberon olhou da tigela de comida e soltou um leve arroto.

— Que estranho... — murmurou Tanya, olhando para a tigela cheia. — Talvez a Nell esteja dando comida para ele.

— Esse cachorro precisa entrar numa dieta — afirmou Red. — Eu juro que parece que ele engordou desde que cheguei. — A menina ignorou o olhar magoado de Tanya e abriu a porta dos fundos. — Vamos, rápido.

AS 13 MALDIÇÕES

Elas saíram, sentindo a leve chuva outonal e deixando a casa e o restante dos moradores em sono profundo. Depois que passaram pelas cercas do jardim, observaram o terreno entre a casa e a floresta.

— Lá está ela — apontou Tanya a distância. O corpo atarracado de Nell podia ser visto se aproximando do rio. — Vamos ou ela vai sumir! — A menina começou a correr e Red a seguiu.

As duas chegaram às margens do rio alguns minutos depois de Nell ter desaparecido no bosque.

— Ainda podemos alcançar essa moça — disse Red. — Somos mais rápidas do que ela.

— Não acredito que ela voltou para a floresta — reclamou Tanya. — De todas as coisas estúpidas que podia fazer...

Red abriu a boca para responder, mas, naquele instante, as meninas ouviram. Uma voz aguda gritava à frente delas:

— Carver? General Carver? Onde você está?

— Está procurando o pássaro dela! — disse Tanya, furiosa.

As duas seguiram os berros de Nell dentro da floresta.

— Cuidado com onde você pisa — sussurrou Red. — O chão do bosque está cheio de anéis de fadas.

Tanya fez que sim com a cabeça.

— Acho que estamos seguras com as roupas do avesso. Estou preocupada é com a Nell. Se ela não tomar cuidado, pode ser levada pelas fadas de novo. — A menina fez uma pausa. — Lá está ela. Bem perto do trailer da Louca Morag!

— É hora de você chamar essa moça de volta — disse Red. — Vou ter que ficar escondida. Não posso deixar que ela me veja, caso conte para a Florence... — Mas, ao andar em direção a uma árvore para se esconder, a menina tropeçou, soltando um grito e caindo à vista de todos. Nell se virou com um berro de surpresa.

303

— Por que estão me seguindo? — disse, com culpa. Olhou para Red:
— E quem é você?

Red não respondeu. Em vez disso, observou Nell, reconhecendo-a imediatamente.

— Segui você para garantir que nada acontecesse — respondeu Tanya, direta. — Como da última vez. Não acredito que você tenha vindo até aqui de novo, sabendo que corria perigo. Quando você vai aceitar, Nell? As fadas *existem*.

Nell se mexeu, incomodada.

— Eu sei — disse, baixinho. — Quero dizer, acredito no que vi. — Ela apontou para as próprias roupas, e Red e Tanya perceberam que estavam do avesso. — Florence me deu algumas dicas, viu? Mas, mesmo assim, não posso ficar lá. Assim que encontrar meu pássaro, vou embora. A Florence pode ficar com a droga do aumento dela!

— Então é isso? — irritou-se Tanya. — Você vai embora? Vai fugir depois de toda a bagunça que causou? O Warwick está desaparecido por causa de você e do seu papagaio idiota!

— Espere um instante — interrompeu Red, andando na direção de Nell. — Eu conheço você. Você trabalhava no orfanato em Tickey End!

Tanya olhou para Red e Nell, surpresa.

— Vocês se conhecem?

Nell estreitou os olhos ao ver Red, analisando a aparência dela.

— Não me lembro...

De repente, o rosto da empregada empalideceu.

— Eu me lembro de você — sussurrou. — Seus cabelos eram mais compridos. Longos e ruivos. Seu irmão foi uma das crianças que desapareceram. Você disse que eram... Que tinham sido... as fadas. Ninguém acreditou. E depois você fugiu.

Ela olhou para baixo e, para a surpresa de Tanya e Red, os ombros largos foram sacudidos por um choro sentido.

— Era verdade! — sussurrou ela, lágrimas repentinas correndo por seu rosto. — Era tudo verdade e ninguém acreditou... E agora eu sei... Meu Deus, agora eu sei o que eu fiz!

— Sabe o quê? — perguntou Red, irritada.

— Foi... minha c-culpa!

Red apertou os olhos, quase fechando-os.

— Como assim, sua culpa?

Nell se sentou no chão, retorcendo as mãos no colo.

— Eu estava de plantão na noite em que seu irmão desapareceu. Devia estar vigiando o orfanato, mantendo todos a salvo. Mas o menininho sumiu e você ficou histérica... Tudo de que me lembro é que você dizia que ele devia estar protegido porque tinha posto um pano de prato vermelho sobre ele.

— E pus — lembrou-se Red. — E, quando ele foi levado, o pano tinha sumido. Não havia sinal dele no berço.

— Aquilo não fazia sentido para ninguém — choramingou Nell. — Todos nós achamos que tinha sido o choque pelo que havia acontecido... Mas... Mas, quando a Florence me explicou sobre as maneiras de se esconder das fadas da casa, ela disse que a cor vermelha era uma proteção. Então eu me lembrei, pensei em você quando ela me contou!

— Continue — disse Red. — E pare de choramingar.

Nell passou a mão gordinha pelo rosto, manchando-o de lama.

— Fui... eu — sussurrou ela. — Pouco antes da meia-noite, fui olhar você e o James. Os dois estavam dormindo. Eu me lembro de que ele parecia tão calmo, como um anjinho de cabelos louros.

Os olhos de Red se encheram de lágrimas.

— Então vi o pano de prato — continuou a empregada. — E me perguntei por que diabos ele estava ali no berço. Nem estava limpo. Então... Então eu o peguei. E pus o pano na lavanderia.

Red fechou os olhos. Uma lágrima caiu e parou na bochecha da menina.

— Sinto muito — desculpou-se Nell. — Eu não sabia. E agora nunca mais vou me perdoar. — A mulher enterrou o rosto nas mãos e chorou.

— Então somos duas — disse Red. — Porque eu também nunca vou perdoar você!

Nell olhou para cima, o rosto inchado e vermelho. Ao ouvir as palavras de Red, soltou um ganido angustiado e se arrastou desajeitadamente até os pés da menina.

— Sinto muito — repetiu.

— Isso não vai trazer meu irmão de volta, vai? — gritou Red, o rosto vermelho de raiva. Ela mantinha os punhos fechados ao lado do corpo. — Tudo isso é culpa sua! É culpa sua ele ter sido levado, sua velha intrometida sem noção!

Nell se encolheu ao ouvir essas palavras, chorando descontroladamente.

— Red — chamou Tanya, com carinho. — Já chega.

Red se virou, encerrando o ataque. A garganta da menina doía por causa do choro contido. Ela sabia que, na verdade, não tinha sido culpa de Nell. A empregada não sabia o que havia feito.

AS 13 MALDIÇÕES

O único som na clareira era dos soluços de abafados de Nell. Então um grito alto e agudo fez as três se virarem.

— O que foi *isso*? — perguntou Red.

— *Isso é armação!* — berrou uma voz familiar.

— É o General! — exclamou Tanya. — Vem do trailer da Morag. Ela deve ter encontrado seu pássaro!

Nell olhou para cima, fungando. Depois, foi até a porta do trailer e bateu. Não houve resposta. O General berrou do lado de dentro.

— Estou ouvindo mais alguma coisa — disse Nell, pressionando a orelha contra a porta. — Parece um tipo... de murmúrio. — Ela bateu de novo e tentou girar a maçaneta.

Ninguém esperava que a porta se abrisse — mas ela se abriu.

Tanya correu para lá.

— Oi? — gritou ela, olhando para dentro do trailer escuro.

— Agora estou ouvindo também — disse Red. — Alguém está gemendo de dor!

— Eu vou entrar — informou Tanya, dando um passo para a frente.

A luz da porta entrou no local, revelando uma gaiola na mesa. Dentro dela, o General estava num poleiro alto e estufara as penas, aumentando duas vezes de tamanho. Do lado de fora da gaiola, o gato cinzento de Morag estava sentado como uma estátua, olhando com fome para o papagaio. Os olhos amarelos do animal brilharam quando as três entraram.

— Que grosseria! — disse o General Carver.

— Vejam... — fungou Nell, se acalmando um pouco ao ver o bicho de estimação. — Ele está... usando... a armadura dele! — Ela espantou o gato. Ele chiou e fugiu pela porta aberta.

— Tanya! — gritou Red. — Por aqui, rápido!

307

Nos fundos do trailer, atrás de um armário com dezenas de garrafas cheias de líquidos e pós, havia uma cortina de veludo escuro. Red estava parada diante dela, com o braço estendido. Tanya chegou e parou atrás da amiga. Os gemidos vinham de trás da cortina. Com um movimento rápido, Red a abriu, revelando a parte traseira do trailer.

Numa cama de solteiro encostada na parede, Morag estava encolhida embaixo das cobertas. Num instante, ficou claro que havia algo de muito errado. Os olhos da velha cigana giravam e seus cabelos grudaram no rosto por causa do suor. Apesar de estar irradiando calor, ela tremia e balançava embaixo das cobertas, ofegante, murmurando e gemendo incoerentemente.

— O que ela tem de errado? — gritou Tanya. — Parece que está delirando!

— E pelo jeito está assim há algum tempo — disse Red. — Pegue água para ela, rápido!

Tanya voltou correndo até a cozinha.

— O que está havendo lá atrás? — perguntou Nell, a voz trêmula. Ela abraçara a gaiola do General como se quisesse protegê-lo.

— Não sei — murmurou Tanya, mexendo na louça que secava no escorredor. Ela agarrou um copo, encheu-o de água fria e correu até a beira da cama. Red o pegou e virou o copo nos lábios secos da velha cigana.

— Beba — pediu.

Morag bebeu um pouco de água e seus olhos diminuíram de velocidade por uma fração de segundo antes de começarem a estremecer de novo. No instante que ficaram parados, eles observaram Tanya. A mulher estendeu a mão, derrubando o copo das mãos de Red enquanto tentava alcançar a outra menina.

Tanya se ajoelhou e pegou a mão da velha cigana.

AS 13 MALDIÇÕES

– O que ela está dizendo? – perguntou, aproximando-se do rosto de Morag.

Red balançou a cabeça.

– Não sei. Estava tentando ouvir, mas não consegui entender. Ela está falando muito rápido. Soa tudo distorcido.

Tanya se aproximou ainda mais. O hálito de Morag estava azedo por causa da desidratação.

– *Elas não param... Não param, não consigo fazer com que parem* – sussurrou a cigana, as palavras se amontoando umas às outras. – *Não vão embora... Não param...*

– O que não para? Fale comigo, Morag...

Nell apareceu na porta.

– Posso fazer alguma coisa? – perguntou, olhando para a velha cigana com medo.

– Pode – irritou-se Red. – Fique lá fora antes que você cause outra catástrofe.

Nell se encolheu, ofendida.

– Isso não é bom – disse Red. – Precisamos chamar um médico...

– Espere – pediu Tanya. – Acho que ela está tentando dizer alguma coisa.

– *Não consigo fazer com que parem... É demais, tudo que vejo... Não vão embora... As visões não param... Estão me assombrando... Em todo lugar...*

– Ela disse: "As visões não param" – afirmou Tanya. – Ela está tendo visões! Tem alguma coisa errada com ela, eu não entendo!

– Temos que tirar essa mulher do transe – explicou Red. – Preciso de sua ajuda para levantar a Morag. – Ela puxou as cobertas. – Coitadinha... Entrou na cama de roupa e tudo.

Embaixo dos cobertores, Morag se agarrava com força a um xale enrolado em torno de seu corpo. Na luz fraca, Tanya pôde ver miçangas presas a ele, brilhando como pequenas estrelas... Exceto uma, mais fosca e pesada do que o resto. Não era uma miçanga, mas um objeto muito familiar.

— *Coisas horríveis... Façam isso parar... Pessoas morrendo, prédios caindo... As visões não param...*

— Red — sussurrou Tanya, apontando para o xale de Morag. — Veja!

Red seguiu o olhar da menina até a echarpe de lã enrolada em torno dos ombros da velha cigana, onde, em vez de uma miçanga redonda e prateada, um cálice chato de prata tinha sido costurado.

— É do bracelete. A Taça da Adivinhação — disse Tanya. Ela estendeu a mão para puxar o berloque, mas estava bem preso ao xale. — É isso que está criando essas visões horríveis. Temos que fazer isso parar! — A menina puxou a echarpe, tentando tirá-la de Morag, mas a cigana a segurava em suas garras com punho de ferro.

— Ela não quer soltar. Vamos ter que cortar o tecido — disse Tanya. — Preciso que me dê sua faca!

Red tirou a faca do cinto. E hesitou.

— Rápido! — pediu Tanya. — O que você está esperando?

— Talvez ela possa dizer onde estão os outros tesouros — afirmou Red.

— Você não pode estar falando sério! Temos que ajudar esta mulher!

— Nós vamos — afirmou Red. — Mas pense bem: poderíamos resolver isso tudo agora. Se ela está tendo visões, talvez possa ver para onde temos que ir depois.

— Não — recusou Tanya. — Olhe só para ela. Temos que fazer isso parar.

AS 13 MALDIÇÕES

— E eu tenho que achar meu irmão! — gritou Red.

Ela pôs a faca de volta no cinto e tirou o bracelete do bolso. Depois, o ergueu na altura do rosto de Morag.

— Diga onde estão os berloques que faltam — pediu, com urgência. — Onde devemos procurar?

Os olhos de Morag se reviraram e rolaram para trás da cabeça. Todo o corpo da velha cigana ficou rígido.

— *Conectados* — sussurrou. — *Todos estão conectados...*

— Com o quê? — insistiu Red.

— *Com o passado...*

— Passado de quem? Dos donos do bracelete?

— *Conectados... ao próprio bracelete... Momentos ruins... Acontecimentos deixam vestígios... O passado... é a chave...*

— Então é isso — suspirou Red. — Os berloques vão estar em lugares importantes da história do próprio bracelete! Estávamos no caminho certo! Mas não na mesma linha de raciocínio!

— Já chega! — gritou Tanya, tentando pegar a faca de Red. — Faça isso parar. Ou eu vou fazer!

Red tirou a arma do cinto e cortou o berloque do xale de lã. Ela o pôs na palma da mão antes de aproximar o bracelete devagar. Assim que entraram em contato, um pequeno clique metálico foi ouvido. O talismã estava preso à pulseira mais uma vez.

Os olhos da velha cigana se fecharam e ela ficou deitada, parada na cama, finalmente em paz.

— Morag? — sussurrou Tanya, tirando uma mecha úmida de cabelos grisalhos do rosto da mulher.

Os olhos da velha cigana se abriram lentamente.

— Um pouco de água... por favor — grasnou ela.

Tanya correu até a cozinha para encher o copo. Quando voltou para o quarto, Red tinha ajudado Morag a se sentar. Depois de alguns minutos, ela estava bem o suficiente para ser levada até a cozinha.

— Tem certeza de que você está bem? – perguntou Tanya.

— Vou ficar – afirmou Morag. – Assim que conseguir me livrar dessa dor de cabeça horrorosa. – Ela olhou para Nell, que estava sentada numa poltrona com a gaiola do General apoiada nos joelhos.— Estou vendo que vocês se reencontraram.

Nell fez que sim com a cabeça rapidamente.

— Encontrei seu pássaro num espinheiro – disse Morag. – Ele deve ter passado por uma bela aventura. – A cigana deu uma pequena chave a Tanya, depois desabou numa cadeira ao lado da janela, cansada.

— O que isto abre? – perguntou a menina.

— Meu armário – respondeu Morag, indicando os vários ingredientes em potes, vidros e garrafas. – Você vai preparar um remédio para mim. Vou dizer o que tem que fazer. Depois, acho que é hora de vocês me contarem o que está acontecendo, não é?

26

GENERAL CARVER FALOU E FEZ BARULHO durante todo o caminho até o solar, parecendo estar bem, apesar da aventura. Ele também era o mais falante do grupo. Desde que haviam deixado o trailer da Louca Morag, Nell não dissera uma palavra, e toda tentativa de conversa que Red fizera tinha sido interrompida por uma resposta abrupta de Tanya.

— O que há de errado com você? — perguntou Red, por fim, enquanto passavam pelo portão do jardim. — Você mal disse uma palavra em todo o caminho de volta.

Tanya tirou a bússola do pescoço e a enfiou no bolso. Os olhos escuros estavam fixos no caminho adiante enquanto passavam pelo rio.

— Acho que a pergunta é o que há de errado com *você* — respondeu. — Você viu que a Morag estava mal e ainda quis pressionar a mulher. Como pôde fazer isso?

— Fiz o que sempre faço — retrucou Red. — O que eu *tinha* que fazer.

Tanya parou e encarou a menina.

— Sei que você perdeu seu irmão, Red, mas isso não envolve só ele agora. A Morag podia ter enlouquecido se ficasse muito mais tempo naquele estado. Você não pode deixar as coisas acontecerem com as pessoas porque é bom para você e para a sua busca pelo James. Você não viu o que o berloque estava fazendo com ela?

— Claro que vi — disse Red com raiva. — E, quando estivermos seguras lá dentro, vou explicar. — Ela se virou para Nell. — Preciso que faça um favor para mim. Preciso que mantenha tudo que está acontecendo em segredo. E a mim também. Você não pode contar sobre isso à avó da Tanya. Esqueça tudo que viu e ouviu no trailer da Louca Morag.

Nell pareceu dividida.

— Não sei — disse, a voz trêmula. — É responsabilidade minha... E se alguma coisa acontecer com uma de vocês?

— É só por enquanto — acrescentou Tanya. — Se as coisas piorarem, vamos contar para a minha avó, prometo.

— E você me deve uma — lembrou Red, os olhos apertados. — Se quiser tentar compensar o que você fez, então vai ficar quieta.

Com isso, convenceram a empregada. Ela fez que sim com a cabeça, triste, e, satisfeitas, as três entraram.

— Nós só vimos o berloque por coincidência — disse Red. — Estava costurado no xale da velha cigana. Ela nem sabia que estava ali.

— Assim que tiramos o talismã, as visões pararam — afirmou Tanya. — Nem quero pensar no que poderia ter acontecido se não tivéssemos encontrado a Morag.

Elas haviam se reunido no quarto de Tanya e contavam os acontecimentos da manhã para um sonolento Fabian.

— A Morag confirmou o que pensávamos depois que contamos a ela sobre a tarefa — disse Tanya. — Sabia que não tinha sido uma coincidência a Taça da Adivinhação ter ido parar nas mãos dela. Primeiro, porque ela já tinha visões. Mas sempre havia conseguido controlar

AS 13 MALDIÇÕES

as imagens e disse que elas nunca tinham sido tão insistentes como as de agora. Além disso, ela é descendente de Agnes Fogg, a curandeira amiga de Elizabeth Elvesden...

— E a mulher que se tornou a Bruxa Solitária — acrescentou Red.

— E essa é a ligação entre a Morag e o bracelete.

— Então a localização dos berloques não tem só a ver com os proprietários do bracelete? — perguntou Fabian. — Porque a Agnes Fogg nunca foi dona dele. Ela só conhecia a Elizabeth.

— Conte o resto a ele — disse Tanya, lançando um olhar frio para Red. — Conte como você se recusou a retirar o talismã da Morag na hora.

Red a encarou de volta, na defensiva.

— Quando percebemos que a Morag estava tendo visões, perguntei a ela onde o resto dos berloques estava. Não achei que fôssemos ter a sorte de saber a localização específica e estava certa. Mas ela contou que os acontecimentos podem deixar vestígios nas coisas. Os tesouros estão em lugares importantes da história do próprio bracelete.

— Então essa é a ligação — entendeu Fabian. Os cabelos grossos estavam em pé, de modo engraçado, do lado em que ele havia dormido. — Mas não entendi por que o berloque fez a Morag ter visões.

— Nem eu. A princípio — disse Red. — Mas depois entendi. Quando falamos sobre as fadas não terem especificado um prazo para encontrarmos os berloques... Bom, eu acho que sei por quê. O talismã que estava com a Morag tinha algum tipo de poder sobre ela. E não qualquer poder. O poder da *adivinhação*, relacionado ao próprio objeto. Só que ele havia sido alterado e inundou a Morag de visões que ela não conseguia controlar. Se não tivéssemos tirado o berloque dela, a mulher teria enlouquecido.

— O talismã estava amaldiçoado — entendeu Fabian.

315

— Isso mesmo — concordou Red. — E a Taça da Adivinhação é só um dos 13 Tesouros... Um que não causa tantos problemas assim se o poder dele for corrompido.

— Mas e o Coração? — perguntou Tanya. — Nada aconteceu quando encontramos aquele berloque. Estava lá parado com os outros.

— Parado na bandeja de uma loja — lembrou Red. — Procurando um dono. Esperando para ser comprado. E usado. — Ela olhou para Tanya. — Foi por isso que pressionei a Morag para obter respostas. Não só por causa do James, mas pelos danos que o resto dos berloques pode causar se não encontrarmos todos a tempo. Temos que achar todos o mais rápido possível. Porque acho que a Taça da Adivinhação é só uma amostra de como eles podem se tornar perigosos.

— Mas o bracelete pode ter tido dezenas de proprietários — afirmou Tanya, desanimada.

— Eu estava pensando a mesma coisa — disse Fabian. — Na noite passada, não conseguia dormir, então entrei escondido no escritório da Florence e encontrei uns papéis antigos, que falavam da história do bracelete na família. E descobri que ele foi enterrado com a Elizabeth.

— Então como foi passado para o resto da família? — perguntou Red.

— Ele reapareceu uns cem anos depois. O que significa que alguém deve ter desenterrado a pulseira.

— Alguém abriu o túmulo? — indagou Tanya, sem acreditar. — Só para pegar o bracelete? Quem faria uma coisa tão horrível?

— Uma pessoa que precisava de dinheiro — respondeu Fabian. — A Florence abriu a casa para visitantes alguns anos atrás para ganhar um pouco mais, mas ela não foi a primeira. Quando os moradores tinham problemas financeiros, a casa era aberta ao público.

AS 13 MALDIÇÕES

O quarto dos Elvesden era, é claro, o mais popular. E, quanto mais objetos e artefatos originais houvesse, mais pessoas corriam para vê-los. O bracelete da Elizabeth foi posto em uma vitrine no quarto, junto com outros pertences dela.

— Então, durante esse tempo, ele não pertenceu a ninguém? — perguntou Tanya.

Fabian fez que sim com a cabeça.

— O que significa que o bracelete só teve três proprietários de verdade: Elizabeth, Florence e você.

— Isso deve facilitar as coisas — disse Red. — Quer dizer que o bracelete quase nunca foi tirado dessa casa. — Ela olhou para Tanya. — Você não levou para casa, levou?

A menina balançou a cabeça.

— Só usei aqui.

— Talvez seja mais fácil achar os berloques, mas isso não torna tudo menos perigoso — disse Fabian. — Temos que procurar por eles juntos sempre que possível.

— O lógico seria vasculhar meu quarto primeiro — disse Tanya. — Foi o único lugar em que guardei o bracelete quando não estava usando.

Ela se ajoelhou e puxou o tapete, soltando a tábua frouxa. Tirou a caixa de sapatos de dentro do buraco e abriu a tampa para depois examinar os objetos um a um.

— Não tem berloque nenhum — disse Fabian, amargo. — Bom... Podemos procurar no resto do quarto, mas provavelmente vai ser perda de tempo. Você não teve o bracelete por tempo suficiente para alguma coisa importante acontecer com ele.

— Espere — lembrou Tanya de repente. — Uma coisa importante aconteceu, *sim*. A criatura do ralo morreu por causa do bracelete. Ficou obcecada por ele depois que dei um dos berloques a ela.

— O Caldeirão — continuou Red.

Tanya se levantou e foi até o banheiro ao lado do quarto.

— O Warwick tirou o talismã da pia quando foi consertar o cano. — Ela se inclinou na bacia e olhou para dentro do ralo. — Não dá para ver nada, mas está muito escuro. Vocês acham que existe alguma chance...?

— Só há um jeito de descobrir — disse Fabian. — Eu já volto.

Ele saiu do quarto e voltou alguns minutos depois, armado de uma chave-inglesa e um balde vazio.

— Você sabe o que está fazendo? — perguntou Red, em dúvida.

— Claro que sei — respondeu ele. — Já vi o Warwick fazer isso.

Fabian se abaixou e começou a desenroscar o cano embaixo da pia, segurando o balde embaixo dele. Ao puxar uma parte do tubo, uma água cinzenta caiu no balde, espalhando um cheiro de ovo podre.

— Que estranho — disse o menino, segurando o pedaço de cano na altura dos olhos. — Parece que tem alguma coisa entupindo o tubo, algum tipo de lodo... — Ele deu um tapinha no cano.

— O que é isso? — perguntou Tanya. — Sabão, cabelos ou alguma coisa parecida?

— Não dá para saber o que é de verdade — respondeu o menino. — Mas não parece ser nada agradável.

Ele sacudiu o cano com força — e soltou um grito de medo quando, com um borbulhar, uma onda de gosma verde e brilhante escorreu do tubo. Ela caiu úmida no fundo do balde, fazendo algumas gotas quicarem e atingirem a camiseta e os óculos de Fabian. Um cheiro nojento invadiu o ar — o cheiro de ovo podre de antes tinha aumentado cem por cento.

— Ugh! — exclamou Red, se afastando. — O que é essa *coisa*?

— Não sei — respondeu Fabian, tirando os óculos para limpá-los. Diferentemente de Red, ele se inclinou para a gosma, com uma fascinação óbvia. — Parecem ovas de sapo, mas as células são maiores. E com certeza mais fedorentas. Mas estão vazias. — Ele inclinou o balde para mostrar a Tanya.

— Livre-se disso. Jogue na privada.

— Você não quer descobrir o que é?

— Não!

Fabian pôs os óculos de volta e fez o conteúdo do balde girar. De repente, Red o ouviu respirar fundo.

— Vocês não vão acreditar nisso.

O tom de voz do menino a fez correr para o balde. Contendo a respiração, ela olhou para dentro do recipiente.

Como Fabian descrevera, o balde continha uma substância parecida com ovas de sapo. Cada célula era do tamanho de uma uva, e, dentro de cada uma, havia um girino verde-acinzentado suspenso em uma geleia clara.

— Achei que você tivesse dito que as células estavam vazias — disse ela.

Fabian franziu a testa.

— E estão, a não ser esta aqui. — Ele apontou para uma das células do canto. — Por isso chamei vocês.

A célula que ele apontava não continha um girino. Em vez disso, a geleia guardava um objeto pequeno e conhecido — o berloque prateado do Caldeirão.

— Como diabos ele foi parar aí? — indagou Red.

— Não importa — respondeu Tanya. — Pelo menos nós encontramos. Agora a pergunta é: como vamos tirar esse troço daí sem ficar cobertos de girinos e gosma?

— Girinos? — perguntou Fabian.

No balde, os bichinhos começaram a se mexer.

— Estão se mexendo — informou Tanya. — E, se você não consegue ver nenhum, só pode significar uma coisa: são criaturas do ralo!

— Mas ela está morta há meses! — protestou Fabian. — Como eles podem ter se formado de repente na sua pia?

— O Caldeirão — lembrou Tanya. — O poder dele é devolver a vida aos mortos, entendeu? Aqui era a casa da criatura do ralo. E agora ela foi trazida de volta pelo poder do berloque. Junto com outras dezenas delas!

Um dos girinos se libertou da célula gosmenta e começou a nadar pelo balde.

— Rápido, água! — pediu Tanya. — Eles estão começando a nascer.

Fabian levantou o balde até a banheira e o encheu de água.

— Temos que levar todos para a água natural — disse. — A da pia não vai servir para eles.

— Vamos levar os bichinhos para o rio — informou Tanya. — Já imaginou a destruição que vão causar depois que todos forem soltos? A casa vai ser revirada do avesso!

Enquanto a menina falava, mais girinos se soltavam e nadavam na água.

Red olhava, horrorizada. Então percebeu uma coisa.

— Ai, não...

— O que foi?

— O primeiro que nasceu... Já tem pernas!

— Isso é impossível! Leva semanas para que isso aconteça — riu Fabian.

— São pernas! Eles estão crescendo rapidamente. Deve ser a magia do berloque. Temos que tirar esses bichos daqui agora e pegar esse talismã logo, senão nunca mais vamos ver o Caldeirão!

Tomando coragem, ela mergulhou a mão no conteúdo gosmento do balde e tentou agarrar o talismã. As ovas eram escorregadias e muito difíceis de segurar. O berloque escapou dos dedos da menina e caiu de volta no balde, fazendo mais células de girinos eclodirem ao cair. Agora, alguns deles já tinham quatro pernas. Red estremeceu, enquanto eles nadavam e se arrastavam por suas mãos.

— Então me deixe tentar — disse Tanya, mergulhando a mão no balde. Ela lutou contra as ovas.

— Rápido! — pediu Red. — Estão mudando rápido!

— Não consigo! E temos que tirar essas coisas de dentro de casa antes que elas comecem a sair!

— Eu vou levar o balde para fora — disse Fabian.

— Não. Não pode fazer isso se não consegue ver nenhuma.

Uma olhada rápida revelou que as criaturas tinham crescido e estavam perdendo os rabos. De repente, uma pulou para fora do balde. Já tinha olhos enormes e saltados e uma pele de anfíbiode um verde meio marrom. Rapidamente, ela saltou para dentro do ralo e desapareceu.

— Temos que cobrir o balde! — arquejou Tanya, olhando para o quarto, desesperada. Seus olhos pararam num livro, mas não era grande o suficiente para cobrir a boca. Por fim, ela correu, pegou um casaco do armário e o pôs sobre a abertura, amarrando as mangas em volta do balde. Depois, saiu rápido do quarto, tentando manter o balde e o conteúdo dentro do recipiente.

A menina correu para o andar de baixo e passou pela cozinha. Ia passar pela porta dos fundos quando ouviu Oberon devorando sua comida de novo. Colocando o balde no chão por um instante, ela começou a investigar e viu que, mais uma vez, a tigela do cachorro estava cheia.

— Quem fica colocando comida para você? — murmurou ela, exasperada.

Oberon balançou o rabo ao ouvir a voz da menina e soluçou.

— Acho que você já comeu o bastante — disse ela, tirando a tigela do cachorro e colocando-a no balcão. — Vamos, venha dar uma volta.

Tanya pegou o balde e abriu a porta dos fundos. Um ruído de água saiu de dentro do recipiente, junto com um murmúrio ininteligível. De repente, um buraco apareceu no meio do casaco e uma mão gosmenta passou por ele. Uma das criaturas do ralo tinha feito um furo no tecido. Antes que Tanya pudesse reagir, a cabeça passou, seguida pelo corpo, e a criatura pulou do balde, fazendo um arco perfeito, e caiu direto no ralo do lado de fora da porta dos fundos. Foi seguida rapidamente por outras criaturas.

Resmungando, Tanya viu uma tampa de panela no escorredor. Agarrando-a, saltou para fora da cozinha e correu pelo jardim, passando pelo portão na direção do rio próximo ao bosque. Com uma das mãos, a menina segurava o balde. Com outra, mantinha a tampa sobre a abertura. Agora o som de água espirrando era intenso dentro do recipiente e o casaco estava encharcado de água gosmenta. Os braços da menina doíam por causa do peso. Oberon corria a seu lado, pulando no balde. Ele podia sentir, pelo cheiro, que havia algo ali dentro.

Tanya chegou ao riacho ofegante e com as pernas tão moles quanto o conteúdo do balde. Rapidamente, jogou a tampa na grama e desfez o nó das mangas do casaco, tirando-o de cima do balde. Dentro do recipiente, havia uma massa confusa de criaturas do ralo, que pisavam umas nas outras, tentando se soltar.

Apenas quando sentou no chão, ouviu um barulho de algo se aproximando. Red se transformara em raposa e trazia o bracelete na boca. Oberon rosnou quando a menina se aproximou — e ela parou, tomando cuidado. No entanto, o cachorro sentiu o cheiro de Red, acalmou-se e começou a balançar o rabo.

Segurando o bracelete firme entre os dentes, Red o mergulhou no balde gosmento. Ouviu um barulho leve quando a célula estourou, e, ao puxar a pulseira, o Caldeirão estava preso a ela. Tanya agarrou o bracelete, carregando com ele algumas criaturas do ralo, que já lutavam pelo objeto brilhante.

Oberon enfiou o nariz no balde, interessado, depois deu um passo para trás e espirrou. Pegando os lados do recipiente, Tanya o virou na água corrente. Uma onda de criaturas do ralo em idade adulta se espalhou pela água com gritinhos de prazer. Depois, desapareceram da superfície e, enquanto Red e Tanya observavam, foram carregadas pela corrente.

— Algumas fugiram — disse Tanya. — Pelo menos duas entraram nos canos.

— Vão parar na sua casa, sem dúvida — concluiu Red. — Mas dá para controlar algumas. Um balde cheio delas, *não*.

Os três andaram de volta para casa. Antes de entrar na cozinha, Tanya conferiu se Red podia passar. Oberon imediatamente correu para a tigela e a menina parou para observar.

— Quem continua dando comida para ele? — indagou Tanya, exasperada. — Toda vez que olho, ele está comendo, e eu acabei de tirar a tigela dele.

— Talvez seja a Nell — sugeriu Red em voz baixa. Ela estava sentada embaixo da mesa da cozinha e apenas suas patas dianteiras podiam ser vistas.

— Bom, não sou eu — retrucou Tanya, irritada. — Mas a tigela não pode estar se enchendo sozinha, não é?

— Ou talvez esteja — concluiu Red, quando um pensamento horrível passou por sua cabeça. — Jogue a ração fora.

— O quê?

— Jogue tudo fora. Em qualquer lugar. Jogue no chão.

Tanya virou a tigela. Uma chuva de ração marrom para cachorro caiu como granizo. Ela pôs o recipiente no chão, vazio — e, diante de seus olhos, ele se encheu de novo, até a boca.

— O Prato — disse Red. — Quem recebe o poder dele nunca tem fome. Acho que encontramos outro berloque.

— Você acha que *o Oberon* está com ele? — perguntou Tanya.

— Só tem um jeito de descobrir — respondeu Red. — Onde ele está?

Tanya enfiou a cabeça para fora da porta. O cachorro havia saído depois que a menina tirara a tigela dele.

— Oberon? — gritou ela para o jardim. O cachorro não apareceu. — Onde ele está? — murmurou, voltando para dentro. — *Oberon!*

Um focinho marrom e comprido apareceu do outro lado da porta. Um instante depois, o restante de Oberon surgiu e o cachorro andou na direção da menina devagar, com culpa. Um pedaço de casca de batata estava pendurado em sua orelha. Ele passou por Tanya com o rabo entre as pernas e correu para a tigela.

— Onde está o berloque? — perguntou a menina, preocupada. — Você acha que ele comeu? Como vamos achar o talismã se ele tiver engolido?

— Ele não engoliu — disse Red. De dentro do casaco, ela estendeu os braços, ainda mantendo a forma de raposa, e fez carinho na grande cabeça de Oberon, coçando atrás das orelhas para que o cachorro relaxasse.

AS 13 MALDIÇÕES

— Isso é muito estranho — afirmou Tanya, olhando as mãos que pareciam surgir do pescoço da raposa.

Com a outra mão, Red soltou a coleira de Oberon e a tirou, entregando-a a Tanya.

— Aí está o talismã.

Um pequeno disco de prata estava no centro da coleira. O Prato.

— Parece a plaquinha com o nome dele — disse Tanya. — Só que não há nada gravado. Eu nunca teria notado...

— Nenhum de nós teria — afirmou Red. — Essa é a ideia. Se você não tivesse percebido o quanto o Oberon estava comendo, ele teria continuado a comer até... Bom...

— Morrer — sussurrou Tanya, furiosa. — Como você adivinhou, Red?

— Os diários. A Elizabeth Elvesden tinha um gato, lembra? E prendeu um dos berloques na coleira dele. É como se a história do bracelete estivesse se repetindo de uma forma horrorosa.

Red tirou o bracelete do bolso e o pôs perto da coleira de Oberon. O berloque se prendeu à pulseira outra vez.

— Já conseguimos, por sorte, evitar três desgraças — disse Tanya. — A Morag quase enlouqueceu por causa da Taça da Adivinhação, o Caldeirão criou quase cem criaturas do ralo no lugar em que a outra morreu e agora o Oberon quase comeu até explodir. Os 13 Tesouros se tornaram 13 Maldições.

27

ED ACHOU DIFÍCIL ACORDAR NA MANHÃ seguinte. Ela dormira mais pesado do que de costume, exausta por causa das buscas do dia anterior. Fragmentos de sonhos ainda surgiam em sua cabeça, mostrando berloques prateados nas mãos de crianças *changelings*. Ficou um tempo parada, aquecida pela pele de raposa. A casa estava em silêncio, e, por um instante, a menina pensou que poderia ser cedo demais para que os outros estivessem acordados. Então ouviu o barulho da porta da frente se fechando e, um minuto depois, o velho Volvo de Florence rugiu, ganhando vida. A avó de Tanya estava saindo. Ela se arrastou de debaixo da cama e pôs o focinho na mão da menina.

— Pare, Oberon — murmurou Tanya.

— Não é o Oberon, sou eu — disse Red.

Os olhos de Tanya se abriram.

— Não consigo me acostumar em falar com uma raposa — resmungou ela, sentando-se e esfregando os olhos.

— Sua avó saiu. Você sabe quanto tempo ela vai demorar?

Tanya se levantou e se vestiu.

— Ela deve ter ido a Tickey End fazer compras. Vamos descer e tomar café enquanto ela não está. Fique com o casaco. Se ela voltar antes do esperado, estaremos garantidas.

AS 13 MALDIÇÕES

Na cozinha, em um lugar privilegiado em frente ao fogo recém-aceso, Spitfire se dava um banho pouco entusiasmado. O gato baixou as orelhas contra a cabeça e chiou quando sentiu o cheiro de Red. Oberon observou com atenção, inteligente o bastante para se manter afastado. O General também olhava para Spitfire e estava estranhamente quieto. Red se aproximou e grunhiu baixinho. Spitfire soltou um miado derrotado e fugiu da cozinha, o rabo ruivo manchado desaparecendo pela porta.

– Atirei! – disse o General, parecendo mais feliz de repente. – Atirei o pau no gato! Atirei!

– Qual é o plano para hoje? – perguntou Red.

– O quarto dos Elvesden – respondeu Tanya. – Eu e o Fabian vamos levar você até lá, mas talvez tenha que procurar sozinha se minha avó voltar.

– Parece uma boa ideia – disse Fabian, enquanto entrava na cozinha. Ele foi direto para o armário em que os cereais eram guardados, pegou uma caixa, sacudiu-a e jogou o conteúdo na boca. – O único problema é que precisamos de uma chave mestra para entrar em diversas partes da casa. Da última vez que olhei, o quarto dos Elvesden estava trancado. Sem a chave do meu pai, temos apenas a da Florence e não sabemos quando ela vai voltar nem se vai ser fácil de pegá-la.

– Então, como vamos entrar lá? – perguntou Tanya.

Nem Red nem Fabian encontraram uma resposta. Então alguém saiu da despensa e entrou na cozinha. Pela expressão de Nell, ela tinha ouvido tudo que haviam dito.

Red rosnou:

– Então você decidiu ficar? Ainda não fugiu?

Nell olhou para baixo, para as pernas finas e os pés nos chinelos.

— Não — resmungou. — Você estava certa. Eu causei uma confusão, então tenho que ficar e ajudar a consertar.

— Você vai atrapalhar mais do que ajudar — retrucou Red, grosseira.

A empregada mordeu o lábio e pegou o espanador e uma escova embaixo da pia.

— Vocês vão encontrar o que querem na despensa — disse, em voz baixa, e saiu para o corredor.

— O que ela quis dizer? — perguntou Tanya, franzindo a testa.

Fabian pousou a caixa de cereal na mesa e limpou as mãos no pijama. Tanya e Red o seguiram, enquanto ele enfiava a cabeça na porta da despensa de Florence. Primeiro, ele viu apenas fileiras de latas e potes. Depois, Red percebeu um objeto em cima de um saco de batatas: uma velha chave.

— Não acredito! — exclamou Fabian. — A Nell nos deu a chave mestra dela!

Red ficou em silêncio enquanto Tanya pegava a chave. A vergonha a tomou ao se lembrar das palavras maldosas que dissera para a empregada. Ela andou até o corredor para procurá-la, mas Nell tinha desaparecido.

Para entrar no quarto dos Elvesden, Tanya e Fabian levaram Red até o segundo andar da casa e entraram na alcova, onde uma cadeira dobrável protegia uma tapeçaria como um cão de guarda. Atrás da tapeçaria, uma porta levava à escada de serviço — era a única entrada que não exigia que passassem por outro cômodo. Como da outra vez, ela estava destrancada e uma lufada de ar abafado passou por eles quando entraram na escuridão. Quando a porta se fechou atrás dos três, Fabian iluminou o caminho com uma lanterna de bolso e eles contaram as portas até o quarto dos Elvesden.

AS 13 MALDIÇÕES

Era, de longe, o cômodo mais grandioso da casa. Red observou o mobiliário fino de madeira enquanto Fabian tirava os lençóis empoeirados que o cobriam — a cama com dossel e a elaborada colcha de brocado, o tapete de pele diante da lareira e o retrato dos Elvesden pendurado acima dele. A menina tirou a pele de raposa e ficou parada em frente ao retrato do casal pintado, feliz por se sentir humana de novo.

— Então você é a Elizabeth — disse à jovem.

Elizabeth a encarou, presa ao quadro. As mãos finas tinham sido postas sobre o colo. O bracelete brilhava em seu pulso. Fora fielmente representado pelo artista.

— Vamos falar do que já achamos até agora — começou Tanya, se sentando no tapete.

Red e Fabian se sentaram ao lado dela e o garoto tirou as anotações que fizera a partir dos diários de Elizabeth.

— Já encontramos o Coração, a Taça, o Caldeirão e o Prato — disse. — Todos tinham alguma ligação com o passado do bracelete e todos, menos o Coração, possuíam algum tipo de poder terrível. — Ele conferiu a primeira página de papel. — Talvez, se olharmos para os que sobraram, possamos resolver o resto do quebra-cabeça. Ainda temos que encontrar a Máscara do Glamour, o Cálice da Vida Eterna, o Livro do Conhecimento, a Espada da Vitória, a Adaga, que verte sangue e cura, a Luz que nunca se apaga, a Chave que abre qualquer porta, o Cajado da Força e o Anel da Invisibilidade.

— Se os berloques estiverem adquirindo os poderes dos tesouros, isso nos deixa com pelo menos um problema — analisou Tanya, incomodada. — Se o poder do Anel é a invisibilidade, o objeto pode ficar invisível. Como vamos encontrar esse talismã?

— Tem que haver um jeito — disse Fabian, apesar de não estar convencido disso.

329

— O Fabian está certo — concordou Red. — E não se esqueça do que o Gredin disse sobre todas as tarefas serem possíveis. "Invisível" pode apenas querer dizer que está escondido. Afinal, nenhum dos outros berloques estava invisível quando procuramos no lugar certo.

— E podemos dizer o mesmo do glamour — acrescentou Tanya. — O tesouro vai estar disfarçado de alguma outra coisa e não temos como saber do quê.

Fabian deixou o bloquinho cair no chão.

— Não vamos conseguir — murmurou. — Não vai dar certo, vai? Nunca vamos conseguir trazer o meu pai de volta! — Ele olhou para Red, magoado.

— Não me olhe assim — respondeu ela, irritada. — Nunca pedi ao seu pai para me ajudar. Ele decidiu isso sozinho. E, caso você tenha esquecido, foi ele quem levou o bracelete!

— Calem a boca, vocês dois — retrucou Tanya. — Brigar não vai adiantar nada. Não vamos chegar a lugar nenhum se analisarmos os berloques. A gente tem que se concentrar na história do bracelete. É isso que vai trazer as respostas. Foi assim que descobrimos o primeiro na loja, não foi?

Fabian pegou o bloquinho de volta, com raiva, mas sem discutir.

— Está bem — disse. — Sabemos onde o bracelete foi feito. Isso levou ao primeiro talismã. Sabemos que a pulseira foi dada à Elizabeth quando ela morava com a srta. Cromwell, então temos que conferir se o endereço ainda existe. E sabemos que o bracelete ficou em exibição neste quarto depois da morte dela...

Ele foi interrompido pelo som de um carro passando pelo cascalho do lado de fora.

— A Florence voltou! — exclamou, ansioso, fechando rapidamente o bloquinho. — Vamos ter que conversar sobre isso depois.

-- Então por onde devo começar? – perguntou Red.

– Por este quarto – respondeu Tanya. – Tenho certeza de que o bracelete tem uma ligação com ele.

– E depois?

– Espere aqui até a gente voltar para buscar você – disse Fabian. – Pode demorar um pouco até conseguirmos retornar. A Florence está muito agitada e não quer que a gente fique longe dela por muito tempo.

Tanya e Fabian saíram em silêncio pela porta de serviço e Red ficou sozinha. Ela se sentiu uma invasora no quarto cheio de histórias e segredos. Elizabeth Elvesden olhava para ela do quadro como se sofresse. Depois de tentar ignorá-la e não conseguir, Red teve uma ideia. Se o bracelete tinha sido imortalizado no quadro junto com os Elvesden, então talvez um dos berloques estivesse escondido atrás dele.

Arrastou uma cadeira até a lareira e subiu nela, tentando não pensar no valor do móvel. Em seguida, com cuidado, tirou o quadro da parede. Era difícil fazer aquilo sozinha. A pintura e a moldura eram pesadas demais e, só depois de pousá-la na cama, a menina notou que seria impossível pendurá-la de volta na parede sozinha – ia precisar da ajuda de Tanya ou de Fabian. Ela virou o quadro para analisar as costas. Não havia nada, nenhum berloque, e o modo como tinha sido emoldurado mostrava que não havia lugar para que algo fosse escondido. A tela estava esticada e presa de modo firme em torno de uma moldura de madeira.

Ela conferiu a parede em que o quadro tinha sido pendurado, à procura de alguma abertura secreta ou de um cofre, mas não havia nada. Seu palpite estava errado.

Outras duas horas se passaram enquanto ela vasculhava o resto do quarto: o carpete, a lareira, a colcha e até o tapete de pele. Não descobriu nada nem recebeu sinal algum de Tanya ou de Fabian. O medo começou a tomá-la de novo. E se as primeiras descobertas tivessem sido apenas golpes de sorte? Se não encontrassem um dos berloques, fracassariam em toda a tarefa — mesmo que descobrissem os outros doze talismãs.

Ela jogou a pele de raposa sobre si mesma mais uma vez, antes de sair para a escada de serviço sombria. Até Tanya e Fabian voltarem, não adiantava ficar parada. Outros cômodos podiam conter novas pistas.

Na forma de raposa, o cheiro mofado da escada aumentava dez vezes e a audição perfeita ouvia rangidos e ruídos mínimos embaixo dela. Então a menina ouviu um baque na parte de cima da casa. Subiu correndo as escadas, as patas batendo contra a madeira, até chegar ao último andar. Ali havia uma porta entreaberta, que ela empurrou com o focinho.

A primeira coisa que pensou ao olhar para o vasto sótão era que levaria semanas para vasculhar cada canto dele. Havia anos de pertences antigos acumulados ali: baús, espelhos, brinquedos, móveis, livros... Alguns estavam quebrados, outros fora de moda. Tudo tinha sido coberto pela poeira, e teias de aranha pendiam do teto, como candelabros quebrados.

Em seguida, percebeu que não estava sozinha. Nos fundos do sótão, havia um brilho leve que só podia vir de uma vela. Red se aproximou, as orelhas de raposa trêmulas. Agora podia ouvir uma voz baixa, não um sussurro, mas quase isso. Sentiu os pelos se arrepiarem ao perceber que a voz era de uma criança.

A menina se aproximou, tentando entender o que a voz dizia. Logo conseguiu perceber o tom, mas não identificar as palavras. Era brincalhão e cantado, como o que uma criança usa para falar com seus brinquedos. O que aquela estaria fazendo no sótão?

Red seguiu a voz, passando por cadeiras quebradas, jogos de tabuleiro fechados e quebra-cabeças. Então uma visão fantasmagórica a fez correr para longe. Uma mulher num vestido georgiano voou por cima dela com os braços estendidos, saídos das mangas cheias de pregas e lacinhos. A menina se sentiu aterrorizada por um instante – antes de perceber que a figura era, na verdade, um manequim usado apenas para conservar bem o vestido. Mas era tarde demais, pois Red derrubara um pote de bolinhas de gude e as fizera rolar ruidosamente pelo chão de madeira. A voz parou de imediato e a menina se escondeu atrás do manequim.

– Quem está aí? – perguntou a criança, assustada.

Red hesitou, depois saiu do esconderijo. Ao dar a volta em uma cômoda alta, viu a dona da voz. Diante de uma linda casinha de bonecas estava uma menininha de cerca de sete anos, que apertava uma boneca contra o peito, com os olhos arregalados. Ela relaxou quando Red apareceu e sua expressão mudou de medo para surpresa.

– Uma raposa! – sussurrou ela. – Como você entrou aqui? Meu pai não gosta de raposas.

Red ficou parada, perguntando a si mesma se deveria falar ou não. Se falasse, temia pela reação da criança. Mas tinha que descobrir quem era aquela menininha... E o que ela estava fazendo naquela casa. Tanya nunca mencionara que parentes mais novos moravam no solar e Florence não era o tipo de mulher que mantinha crianças no sótão.

– Não vou machucar você – suspirou a menininha.

Ela estava sentada, muito quieta, como se temesse que um movimento acabasse espantando Red. Suas roupas estavam um pouco fora de moda — uma jardineira azul e meias brancas — e os cabelos, castanhos, tinham sido cacheados e presos com fitas. Um estranho aviso começou a soar na cabeça de Red. Havia algo de errado ali. Decidiu se arriscar.

— Qual é o seu nome? — perguntou.

Os olhos da criança se arregalaram de novo, mas ela não pareceu tão surpresa quanto Red havia previsto. A menininha soltou uma risada.

— Você sabe *falar*! É uma raposa mágica?

Red se aproximou mais um pouco.

— Mais ou menos. Puseram um feitiço em mim. Na verdade, sou uma menina... Igual a você.

— Um feitiço? O que aconteceu?

— Uma bruxa fez este casaco de pele — disse Red. — É encantado e me fez virar uma raposa.

A criança puxou um dos cachos dos cabelos.

— Eu conheço uma pessoa que pode virar pássaro — disse.

— É verdade? Quem?

— Eu não devia falar sobre isso — respondeu a criança. — Ela vai ficar irritada.

Red ficou em silêncio. Uma ideia estranha havia ocorrido a ela.

— Você disse um pássaro? — perguntou, por fim.

A menininha fez que sim com a cabeça.

— É um pássaro grande e preto?

Outro aceno da cabeça.

— Um pássaro chamado... Raven?

AS 13 MALDIÇÕES

– Você conhece a minha fada? – perguntou a menininha, surpresa.

– Conheço – respondeu Red, sentindo um arrepio ao ver sua suspeita ser confirmada. – Então você deve ser a... Florence.

Ela observou a roupa fora de moda da menina mais uma vez, tentando entender toda a situação. Fabian tinha acabado de ver Florence voltar para a casa – como um fantasma da infância dela podia estar no sótão?

– Há quanto tempo você está aqui? – perguntou.

A Florence criança deu de ombros.

– Há muito tempo. Parece uma eternidade.

Ela estendeu a mão na direção da casa de bonecas e pôs uma bonequinha sentada em frente a uma penteadeira. Então, sobre a mesa, um objeto chamou a atenção de Red. Era um cálice prateado em miniatura. De imediato, Red percebeu que não era apenas um cálice, pois havia um pequeno buraco em sua base – um buraquinho pelo qual deveria passar uma argola. Era um dos berloques do bracelete: o Cálice da Vida Eterna.

– O que a sua boneca está fazendo com este velho cálice estranho? – perguntou Red, tentando parecer despreocupada, mas seu coração batia rápido como as asas de um beija-flor.

– Ela tem que esconder – disse Florence. – É um tesouro muito valioso de uma caverna do tesouro. Mas os ladrões roubaram o resto e estão atrás dela.

– E onde está o resto do tesouro? – perguntou Red.

– No jardim – sussurrou Florence, como se contasse um segredo. – Enterrado onde o "X" marca o lugar às duas horas. – Saindo de seu mundo de fantasia repentinamente, ela se voltou para Red. – Posso fazer carinho em você? Nunca toquei numa raposa.

Red se aproximou. Manteve o olhar no cálice o tempo todo e deixou Florence passar a mão em sua cabeça. *É uma sensação estranha sentir o carinho de uma criança,* pensou ela enquanto Florence coçava atrás de suas orelhas.

— Você não é macia como nosso cachorro — disse Florence. — Tem o pelo grosso e ele coça.

Ela riu e, ao vê-la distraída, Red aproveitou para pular na casa de bonecas e abocanhar o Cálice. Depois se contorceu, fugindo da menininha, e correu pelo sótão até a escada.

— O que você está fazendo? — gritou Florence atrás dela, preocupada. — Não pode levar o Cálice... Vou levar uma bronca se perder! Espere, volte aqui!

Red não parou até chegar ao pé da escada. O gosto metálico do berloque estava forte em sua boca. No escuro, ela abriu o fecho do casaco e o jogou no chão. Ao voltar à forma humana, pôs a mão no bolso e tirou o bracelete, depois cuspiu o talismã na outra mão. Com dedos trêmulos, aproximou o Cálice da pulseira. Ele se prendeu na hora e, do sótão, a voz da menininha desapareceu.

Com cuidado, Red subiu as escadas de novo e entrou no sótão empoeirado. Desta vez, não viu a luz da vela e, ao chegar perto da casa de bonecas, a frente estava fechada e coberta de poeira cinzenta. Perto dali, um toco de vela havia sido coberto por teias de aranha. Não havia sinal de Florence nem da brincadeira que fazia com as bonecas quando criança. Era apenas um velho sótão empoeirado, cheio de coisas que um dia tinham sido amadas, mas agora estavam esquecidas.

Red voltou para o quarto dos Elvesden.

Não ficou lá muito tempo antes de ouvir um rangido na escadaria. Alguém estava do lado de fora do cômodo. Sem tempo para vestir a pele de raposa, ela a agarrou, rolou para baixo da cama e ficou observando um pedacinho da porta que a colcha não tapava. Um par de tênis apareceu. Ela relaxou e se arrastou para fora do esconderijo. Era Tanya.

— Conseguiu alguma coisa? — perguntou a menina.

Red levantou o bracelete.

— Encontrei o Cálice.

— Onde ele estava?

— No sótão... Com uma aparição da sua avó criança.

Tanya a encarou, confusa.

— A Florence tirou um berloque do bracelete e fingiu que era um tesouro escondido quando era criança. Ela brincava com ele na casa de bonecas.

— Mas o que você quer dizer com uma aparição dela no sótão? Uma aparição é um fantasma, não é? Como isso pode ser verdade se ela está lá embaixo agora?

— Pense um pouco — respondeu Red. — O poder do Cálice é a vida eterna. É como se o poder alterado do talismã tivesse aberto uma janela para a infância da Florence e deixado sua avó sair para brincar. Assim que prendi o Cálice no bracelete, ela sumiu.

— Mas, se você não tivesse encontrado a criança, ela teria ficado lá para sempre — disse Tanya, mordendo o lábio. — Cada vez que encontramos um dos berloques, eles se tornam mais perigosos. Parece que estão ganhando força o tempo todo. — Ela fez uma pausa e olhou para o quarto. — Não acredito que você não encontrou nada aqui. Eu realmente achei que haveria algum tipo de ligação.

— Eu também — confirmou Red. — Mas uma coisa que a sua avó disse... Quero dizer, a versão criança da sua avó disse, foi que o restante do "tesouro" tinha sido enterrado no jardim como parte da brincadeira. Acho que pode ser outro esconderijo. E, se eu puser a pele de raposa, poderemos vasculhar o jardim sem problemas.

Tanya assentiu, mas parecia distraída e ainda olhava para o quarto.

— Então você procurou no quadro — disse, olhando para a pintura apoiada sobre a lareira, contra a chaminé.

— Não encontrei nada — respondeu Red. — Achei que um berloque podia estar escondido atrás dele.

Tanya hesitou.

— E se... Ah, deixa para lá! É uma ideia boba. Venha, vamos embora.

— Não, espere — pediu Red. — Nenhuma ideia é boba. O que você ia dizer?

— Um dos tesouros é o Anel... que torna a pessoa que usa invisível — começou Tanya, devagar. — Talvez a gente *esteja vendo* o tesouro... mas não tenha percebido que ele está ali. Posso pegar o bracelete?

Red o entregou à menina e observou Tanya ir até a lareira e ficar em frente ao quadro, com os olhos fixos no bracelete pintado. Ela levantou a pulseira real até a tela chata e a encostou no lugar em que o Anel havia sido representado.

As duas ouviram o ruído metálico característico. Quando Tanya baixou o bracelete, um sexto berloque estava pendurado na pulseira.

— Você estava certa — disse Red, baixinho. — O anel era invisível... Mas visível ao mesmo tempo. — A menina pôs o bracelete de volta no bolso. — Ande. Preciso de sua ajuda para colocar essa coisa de novo na parede, e vamos sair daqui.

28

APÓS DESCOBRIR OUTROS DOIS BERLOQUES, Red passou a tarde toda no quintal, à procura do lugar em que a menininha podia ter escondido o tesouro falso. Disfarçada com a pele de raposa, ela pôde explorar o jardim mal-cuidado sem se preocupar em ser vista. Viu por duas vezes o goblin Brunswick sair e entrar da casa que criara embaixo de um pé de azevinho. Em ambas, ele entoava uma canção para si mesmo.

No entanto, por mais que tentasse, não encontrava sinal algum do lugar marcado com um "X". Procurou em todos os cantos, observando o tronco das árvores, caso eles estivessem arranhados, grandes pedras e até o chão. Mas não viu nada. Se Florence tinha deixado uma marca na infância, mais de cinquenta anos antes, parecia que ela havia desaparecido e a menina se sentiu boba por ter esperado que ela ainda existisse.

Foi um dia nublado, com algumas explosões de sol passando por entre as nuvens grossas. De vez em quando, Red via Florence na janela da cozinha, olhando para o bosque em busca de respostas. Ela envelhecia a olhos vistos e havia ficado claramente distraída por causa da ausência de Warwick.

Red tinha concordado em esperar Tanya e Fabian saírem à tarde para levar Oberon para passear perto do rio. Isso daria aos três a chance de conversar sobre os próximos passos sem ser ouvidos nem vistos.

Quando as crianças finalmente apareceram, Red esperava embaixo de um arbusto próximo ao portão. Os três saíram rapidamente do jardim e se afastaram da casa. Quando chegaram ao rio, se sentaram e jogaram gravetos para Oberon pegar, até o cachorro se sentir exausto e desabar no chão, ofegante, cheio de grama presa à longa língua rosada. Red tirou a pele de raposa, aliviada por se sentir livre de novo, e Oberon soltou um ganido leve e começou a farejar o casaco com interesse.

Tanya e Fabian tinham se mantido ocupados. O menino tirou as anotações de dentro do casaco e as prendeu com pedras na grama em frente a eles. Os óculos do menino estavam sujos e os cabelos, mais desarrumados do que nunca. Ficou claro que a saudade que sentia do pai o perturbava muito.

— Quanto mais berloques encontrarmos, mais pistas eles nos dão sobre a localização dos outros — disse. — Já temos algumas indicações dos diários sobre as possíveis localizações, mas temos que pensar de forma lógica se elas são possíveis.

— E como vamos conseguir chegar até elas — disse Red. — O manicômio em que Elizabeth morreu vai ser um problema. Isso se ainda existir. Como diabos vamos chegar a um lugar desses?

— Não vamos precisar — explicou Fabian. — É isso que estou querendo dizer. O manicômio parece um lugar óbvio, mas, na verdade, acho que o bracelete nunca esteve lá. Hospitais assim não costumam aceitar que os pacientes levem objetos pessoais. Ele deve ter ficado aqui no solar.

AS 13 MALDIÇÕES

— Então podemos tirar isso da nossa lista — continuou Tanya. — Se nossas alternativas acabarem, podemos voltar a ele.

— O outro problema é que os diários que não temos parecem ser da época que Elizabeth passou lá — acrescentou Fabian.

Florence disse uma vez que a Elizabeth pediu que a empregada em quem confiava trouxesse os diários de volta, mas que lorde Elvesden descobriu e destruiu todos. Mesmo assim, se trabalharmos com a teoria de que o bracelete nunca esteve no manicômio, não teremos que nos preocupar com os diários que faltam.

— O que mais? — perguntou Red.

— Eu descobri a localização da primeira casa da Elizabeth Elvesden — disse Fabian. — O chalé em que ela morava com a srta. Cromwell quando o lorde Elvesden deu o bracelete a ela. A casa ainda existe num vilarejo a cerca de vinte minutos de Tickey End. Poderíamos pegar um ônibus, mas levaria a tarde toda para ir e voltar. E, é claro, iríamos precisar de um plano para entrar na casa.

— Vamos pensar em alguma coisa — afirmou Tanya.

Fabian fez que sim com a cabeça.

— Se essas pistas estiverem certas, acho que um dos berloques pode estar nos túneis subterrâneos que a Elizabeth usou quando tentou fugir do solar. O bracelete se quebrou e caiu quando ela estava lá, no escuro.

— Vai ser perigoso — disse Red. — Talvez impossível de chegar até lá. Eu já estive nesses túneis, lembra? Alguns deles desabaram.

— E fica pior — continuou Fabian. — Tentem pensar no que aconteceu depois que ela fugiu.

— Bom, ela morreu logo depois, não foi? — perguntou Red.

O menino assentiu.

— E o bracelete foi enterrado com ela. Foi a última coisa importante que aconteceu com ele durante a vida da Elizabeth.

Red sentiu o estômago embrulhar.

— Você acha que um deles pode estar no túmulo, não acha? Vamos ter que abrir a sepultura.

— Não acho que ela vá se importar — afirmou Fabian, apesar de parecer tão incomodado com a ideia quanto a menina. — A Elizabeth morreu duzentos anos atrás. E, se isso for ajudar a trazer meu pai de volta para casa, estou preparado para fazer o que for preciso.

— Pode deixar comigo — disse Red, amarga. — Vocês dois não precisam se envolver nisso. Só me digam onde fica a sepultura.

Fabian olhou na direção da igreja.

— Você não pode ir até lá agora, enquanto é dia. Vai ser vista.

— É óbvio — respondeu Red, a voz cheia de escárnio. — Vou ter que ir à noite.

Fabian ignorou o comentário.

— A sepultura é uma das maiores dali — continuou. — É uma grande laje de pedra no meio do cemitério, ao lado de um túmulo idêntico, em que o Elvesden está enterrado. É impossível não ver.

— Não é verdade — retrucou Tanya. — Eu fui até o túmulo dela no verão com a minha avó e não havia laje nenhuma, e sim uma lápide. E não fica no meio do cemitério, nada. É bem no canto, para aquele lado.

— Do que você está falando? — riu Fabian. — Eu *sei* onde fica.

— Dá para ver que não sabe — respondeu Tanya, ficando irritada também. — Eu acabei de dizer que fui até lá. Vi o nome dela. Nós deixamos flores.

— Então vamos lá. — Fabian se levantou de um pulo. — Vamos conferir isso.

AS 13 MALDIÇÕES

No caminho até o cemitério, Red contou sobre a busca que havia feito no jardim.

— Não vi nenhum "X" — disse. — Procurei em tudo quanto foi canto e não achei nada. Não sei como vamos encontrar o local onde a Florence guardava os tesouros imaginários dela.

— A não ser que a gente pergunte — lembrou Fabian. — Mas de uma maneira que ela não perceba o que estamos fazendo.

Quando chegaram à igreja, Fabian guiou as meninas pelo labirinto de túmulos até duas sepulturas de pedra, iguais às que tinha descrito, no meio do cemitério. Havia muito mato em cima delas, mas ele se ajoelhou e tirou a hera rasteira de cima das pedras, revelando dois nomes, lado a lado: Edward e Elizabeth Elvesden.

— Viu? — disse, presunçoso. — Eu estava certo.

Tanya olhou para o nome à sua frente sem acreditar.

— Não é possível — disse. — Não pode ser. Eu me lembro. Vou mostrar a vocês! — Ela começou a andar, determinada, até a ponta do cemitério, apesar dos protestos de Fabian.

Red ficou paralisada, olhando para o túmulo. Ela o reconhecia, tinha certeza. Olhou ao redor e para a igreja próxima, deu uma volta rápida pelo cemitério enquanto Tanya e Fabian se afastavam e voltou ao ponto em que começara. Era o mesmo, como ela havia suspeitado. Levantou a cabeça e percebeu que Tanya acenava para ela, por isso foi correndo encontrá-los.

— Não faz sentido — dizia Fabian. — Deve haver duas pessoas com o mesmo nome!

Tanya apontou para a inscrição gasta na pedra: "Elizabeth Elvesden."

— Foi *este* aqui que minha avó me mostrou. Não o outro.

— Então de quem é aquele? – perguntou Fabian. – Como alguém pode ter dois túmulos? *Por que* alguém teria dois túmulos?

— Porque só um é verdadeiro – disse Red. Ela indicou com a cabeça a sepultura no centro do cemitério. – E não é aquele.

— Como você sabe? – indagou Fabian.

— Você se lembra do que eu contei no verão passado? – perguntou Red, olhando para Tanya. – Como entrei no lugar em que estava escondida?

— Por uma sepultura – lembrou Tanya. – Você disse que entrou nos túneis por uma sepultura falsa.

— Certo. E adivinhe de quem era?

Os três olharam para o cemitério.

— *Aquele* é o túmulo falso? – perguntou Fabian.

Red fez que sim com a cabeça.

— Eu não me lembrava do nome, só da localização e dos ornamentos. É muito rico, não é como este aqui.

— Este é bem mais simples – disse Tanya.

— E parece mais novo – indicou Fabian.

Ele ficou quieto por alguns minutos, mexendo na terra com a ponta do sapato. Olhou para a sepultura, depois para o cemitério, depois para o túmulo de novo.

— Vocês notaram como este está um pouco afastado dos outros? – perguntou ele, por fim. – Só alguns estão a essa distância da igreja. E ali, vejam. – O menino indicou uma pequena área com uma parede de pedra em ruínas, que dividia o terreno em dois. – Estão vendo?

— O que é isso? – indagou Tanya.

— Parecem as ruínas de um muro – disse Red. – Mas isso significa que alguns túmulos ficavam fora do terreno da igreja.

— Que estranho... — acrescentou Tanya. — O cemitério não deveria estar lotado porque Edward Elvesden morreu *depois* de Elizabeth, e, de qualquer forma, as sepulturas já deviam ter sido planejadas muito antes de eles morrerem. Algumas pessoas ainda fazem isso, não fazem?

— Vou dizer por que ela ficou fora do terreno da igreja — explicou Fabian, pensativo. — E por que a lápide é nova. Era o que se costumava fazer antigamente com as pessoas consideradas pecadoras. Eram enterradas em túmulos sem lápides em terrenos não consagrados. Todos acreditavam que Elizabeth Elvesden tinha mexido com feitiçaria, e ela cometeu suicídio. Por isso foi enterrada aqui. E isso significa que foi só recentemente que alguém pensou em marcar o lugar de descanso eterno dela com uma lápide. O túmulo no meio do cemitério é só fingimento. Na época, ninguém devia saber que, na verdade, ela havia sido enterrada aqui.

— Então a Elizabeth foi simplesmente jogada num buraco, sem sequer uma inscrição para dizer quem ela era? — perguntou Tanya, indignada.

— Mas em que sepultura o bracelete foi enterrado? — perguntou Red. — Vamos precisar de muita sorte para conseguir cavar um túmulo, quanto mais dois!

— Temos que pensar bem sobre isso — disse Fabian. — Vamos voltar para casa.

Irritada, Red pôs a pele de raposa de novo e os três voltaram para o solar. Dentro de casa, conferiram se o caminho estava liberado antes de correr para o andar de cima, até o quarto de Fabian.

O cômodo estava razoavelmente limpo, embora muitas coisas estivessem jogadas no chão. Com um movimento do braço, o menino abriu espaço na cama para Tanya e Red se sentarem, e uma chuva de roupas e outros objetos voou para o chão. No entanto, Fabian não se sentou. Continuou de pé e começou a andar de um lado para outro.

— O que você está fazendo? — perguntou Tanya, depois de alguns minutos. — Além de gastar o carpete?

— Fique quieta — pediu Fabian. — Estou pensando. — Ele continuou a andar, depois foi olhar pela janela. — Não consigo achar um jeito de descobrir qual seria o túmulo certo para procurar. Mas acho que o falso seria o melhor lugar para começar porque podemos entrar nele pelos túneis, que temos que vasculhar de qualquer maneira. Assim, matamos dois coelhos com uma cajadada só.

— Faz sentido — disse Red. — Podemos entrar nos túneis pela casa e andar até a sepultura. Foi a trilha que usei quando me escondi no solar e deixei fios para marcar o caminho. Eles ainda devem estar lá.

— Além disso, se formos até o cemitério pelos túneis, não vamos ser vistos — lembrou Tanya.

— Sugiro que a gente faça isso hoje à noite — disse Fabian. — Não temos tempo a perder.

Do lado de fora, o sol saiu mais uma vez, iluminando o rosto do menino com uma luz dourada.

— Está bem — continuou Red, impaciente. — Mas temos que continuar procurando. O que vamos fazer nesse meio-tempo?

Um leve sorriso se espalhou pelos lábios de Fabian quando, de repente, o olhar dele mudou e ganhou um novo foco. Em vez de observar ao longe, a visão dele agora tinha se fixado em alguma coisa no jardim.

— Acho que tenho uma resposta para isso também. — Ele chamou as duas com um gesto e Red e Tanya se juntaram ao menino na janela.

Red apoiou as patas traseiras na cama e as dianteiras no parapeito.

— O que você quer nos mostrar? — perguntou.

— Ali, em frente ao jardim ornamental — disse Fabian. — Está vendo?

As duas entenderam no mesmo instante. Era uma sombra feita pelo sol que batia na casa: um "X" leve e malfeito. Por dois ou três segundos, eles ficaram observando o ponto antes que o sol se escondesse atrás de uma nuvem e levasse a sombra com ele.

Fabian levantou o despertador e o enfiou embaixo do nariz de Tanya, sem tirar os olhos do ponto marcado.

— O "X" marca o lugar às duas. Que horas são agora?

— São duas e meia — respondeu Tanya.

— Isso significa que o lugar que vimos não é o certo — disse Fabian. — Tanya, vá lá para fora. Vou guiar você até estar parada no lugar certo. Depois, deixe alguma coisa marcando o ponto. Pode ser uma pedra ou algo assim. Então vamos descer. É melhor a gente não sair. Podemos esquecer o lugar que vimos.

— Mas o que cria a sombra? — perguntou Tanya.

— Você vai ver quando sair — respondeu Fabian.

Tanya entendeu a deixa e se foi. Alguns minutos depois, apareceu no quintal, acompanhada de Oberon, andou até o jardinzinho ornamental e parou a alguns passos de onde o "X" havia aparecido. A menina fez uma pausa e pegou algo do chão, depois olhou para cima. Com os olhos ainda grudados no ponto marcado, Fabian abriu a janela e se inclinou para fora, indicando com gestos que Tanya deveria ir mais para trás e para a esquerda, até que ela parou, por fim, no lugar certo. Quando ele confirmou a localização, ela se agachou e marcou o lugar com o que quer que tivesse pegado no chão. Fabian e Red desceram, com cuidado, e se juntaram a ela. Red se esgueirou atrás do menino, pronta para se esconder caso Florence aparecesse, mas a avó de Tanya não surgiu e, ao passarem pela sala de estar, os dois ouviram a mulher dando uma bronca no General, que tinha acabado de chamá-la de "safadinha".

Tanya esperava pacientemente por eles no jardim. Ela apontou para a pedra chata e clara que havia utilizado para marcar o lugar e olhou para a casa.

— É o cata-vento — disse, apontando. — É ele quem faz a sombra.

Red olhou para cima e viu o objeto escuro contra o céu. As setas cruzadas apontavam para os quatro cantos do mundo e formavam o "X" que a jovem Florence havia descrito. Sentada sobre ele como uma bruxa que anda numa vassoura, havia uma sereia igual à da fonte do pátio em frente à casa.

— Vamos cavar — disse Red.

— Você não ouviu o que eu disse? — retrucou Fabian. — Não é o lugar exato porque a hora estava errada.

— Então para que marcamos este ponto? — perguntou ela.

— Temos que esperar e torcer para o sol sair de novo — disse o menino. — Se pudermos identificar o caminho que ele está fazendo, podemos encontrar o lugar.

— Você está me deixando confusa — disse Tanya. — E não parece que o sol vai ter a chance de sair de novo. Dê uma olhada naquela nuvem.

Fabian observou o céu, apertando os olhos.

— Tem um espaço ali e a nuvem parece estar indo naquela direção. Se a gente esperar, pode dar certo. Senão, vamos ter que fazer isso outro dia, quando fizer sol.

Nem Tanya nem Red gostavam daquela ideia.

— Só vou ficar aqui mais alguns dias — lembrou Tanya. — As férias estão quase acabando, mas não posso voltar até tudo se resolver!

AS 13 MALDIÇÕES

Red era da opinião de que a outra menina não teria muita escolha. Mas a sorte ajudou e, dez minutos depois, o sol saiu – a nuvem irregular deixou que ele escapasse muito rapidamente. Foram apenas alguns segundos, mas o bastante para indicar o caminho, a julgar pelo grito de alegria de Fabian. Eles marcaram o lugar – dessa vez um pouco mais distante do primeiro – com outra pedra e observaram o menino coçar a cabeça enquanto andava para trás.

– Não é uma linha reta, estão vendo? – disse, apontando. – Ele faz uma leve curva quando se mexe, o que significa que seria bom marcarmos mais um ponto para termos uma ideia da curva. Mas eu acho que não teremos tanta sorte assim.

Ele estava certo. Agora que o espaço entre as nuvens havia passado, o céu ficava cada vez mais nublado e escuro. Logo, gotas de chuva começaram a cair.

– Vamos tentar adivinhar, então – irritou-se Red.

Os olhos de Fabian corriam de um ponto ao outro. Então, ele pegou uma terceira pedra e a deixou cair a uma certa distância da primeira.

– Este é o meu palpite – disse, dando de ombros como se lamentasse. – Não deve ser muito longe daqui. Eu diria que o lugar certo fica numa área de um metro de distância deste ponto. O bom é que a Florence era pequena quando enterrou o tesouro, então provavelmente ele não está numa profundidade muito grande.

– Entrem, vocês dois – disse Red. – Vou começar a mexer aqui. Se a Florence vir uma raposa cavando no jardim, o máximo que ela vai fazer é espantar o bicho. Se vir vocês, ela vai se perguntar por quê.

Os dois voltaram para dentro de casa. A chuva havia começado a cair mais forte, em gordas gotas de água que corriam pela pele ruiva

349

e grossa do animal. Usando as patas, Red começou a cavar o chão, remexendo a grama até suas garras chegarem à terra abaixo dela. A chuva ajudou a amolecer um pouco o solo, mas, quanto mais fundo cavava, mais duro ele ficava. Tinha se tornado sólido por causa do verão quente. A menina cavou vários buracos, mas, passados quinze minutos, não tinha encontrado nada. Então um cheiro forte chegou ao olfato apurado da raposa – era o odor claro de metal enferrujado. Ela mergulhou naquela direção, cavando mais rápido, a lama se acumulando em suas patas. Quanto mais fundo chegava, mais o cheiro aumentava, até que, por fim, a alguns centímetros do chão, as garras da raposa bateram em um metal. Segundos depois, ela removia a terra de cima de uma pequena lata. Havia letras antigas sobre a tampa e um nome pouco legível embaixo de uma camada de terra: "Balas Toffee Beazley's."

Era isso. Ela havia encontrado a caixa de tesouros de Florence. Animada, tirou a lata de dentro do buraco e notou os passos que se aproximavam tarde demais – então um sonoro bater de palmas fez a pele de raposa se arrepiar.

– Xô! – disse uma voz indignada.

Red se virou e ficou paralisada, sentindo o medo fixá-la ao chão como uma borboleta é presa a um quadro por um alfinete. Florence andava na direção dela, a boca fina contorcida pela irritação. A mulher batia palmas para afastar Red.

– Saia daqui – disse, chateada. – Você pode cavar em muitos outros lugares. Não no meu jardim! Vamos, vá embora!

Por fim, Red recuperou as forças e fugiu, correndo pelo jardim e para a lateral da casa. Ela parou e olhou para trás, adivinhando que Florence não a seguiria – nem esperaria que o bicho ficasse parado ali.

AS 13 MALDIÇÕES

Ouviu a mulher soltar um grunhido ao ver a bagunça e usar a ponta do sapato para empurrar pedaços de terra de volta para o lugar. Então Florence parou o que estava fazendo e se abaixou, lentamente.

— Não... — sussurrou Red para si mesma ao perceber o que estava acontecendo. — Não, não, não...

Ela já sabia que era tarde demais. Com um breve grito de surpresa, Florence havia pegado a velha caixa esquecida e a levava para dentro da casa. O olhar de alegria e surpresa em seu rosto tornava difícil de acreditar que a caixa contivesse tesouros reais e incalculáveis. Eram lembranças de uma menininha, sem nenhum valor além do sentimental.

Red percebeu que havia alguém atrás dela e se virou rapidamente, pronta para fugir de novo — mas era apenas Tanya. A menina havia corrido pela frente da casa até chegar à lateral.

— O que aconteceu? Estávamos observando da janela do Fabian quando minha avó saiu. Você achou alguma coisa?

— Encontrei uma caixa — disse Red. — Mas não tive oportunidade de olhar dentro dela. Ela saiu, me afugentou e agora está levando a latinha de balas para dentro de casa.

— Temos que pegar essa lata de volta — afirmou Tanya, tirando os cabelos escuros do rosto. — Se ela encontrar o berloque, ele pode colocar minha avó em perigo e estragar tudo!

— O que vamos fazer? — perguntou Red. Sentia-se desanimada e irritada consigo mesma por não ter conseguido fugir com a lata.

— Você não pode fazer nada — respondeu Tanya. — Vai ter que deixar comigo e com o Fabian. Venha, vamos voltar pela porta da frente.

As duas deram a volta na casa, passando pelos arbustos e roseiras-silvestres e andando pelo caminho de cascalho até chegar à porta.

351

Depois que entraram, Red se arrastou sozinha pelas escadas até o quarto de Tanya e entrou embaixo da cama – molhada, triste e com frio. Não podia fazer nada além de esperar.

Quando Tanya entrou na cozinha, Fabian já estava com a avó dela.

– É incrível – dizia Florence. – Eu só saí para espantar a raposa. Nem sonhava que ela havia escavado alguma coisa. Que estranho! E pensar que é minha velha latinha de tesouros. Nossa, tinha me esquecido completamente dela! Nem me lembro do que havia aqui dentro! Se eu pelo menos conseguisse abrir essa droga...

– Posso tentar? – pediu Fabian, tentando ao máximo parecer inocente e prestativo.

Florence entregou a caixa ao menino junto com a faca que estava usando para raspar a lama incrustada. Fabian brigou com a tampa.

– Está presa. Acho que é a ferrugem – disse. Ele passou a faca por baixo da tampa, tirando outra faixa de lama. Algo se soltou e a tampa cedeu um pouco. Com um floreio, o menino finalmente a tirou e Florence voou para ela como se fosse um pássaro.

Tanya se inclinou mais sobre a mesa, observando a lata enquanto a avó mexia no conteúdo. Havia vários *cards*, uma pequena boneca, algumas miçangas de vidro rolando junto com um broche quebrado e uma ou duas balas, ainda embrulhadas numa embalagem desbotada. Embaixo de tudo, sem que pudesse ser notado imediatamente, um leve brilho de prata malpolida...

Tanya percebeu o olhar de Fabian e fez que sim com a cabeça rapidamente para mostrar que também vira. O objeto era longo e fino, e, puxando pela memória, a menina tentou se lembrar dos berloques que ainda faltavam. Devia ser o Cajado ou a Espada.

AS 13 MALDIÇÕES

— Isto era da minha mãe — disse Florence, tirando o broche quebrado da caixa. — Eu adorava quando ela usava. Mas, um dia, ele caiu no chão e se quebrou, por isso ela me deu. — Florence deu um sorriso seco. — É engraçado como valorizamos coisinhas pequenas quando somos crianças. Uma vez eu até enterrei o velho bracelete de berloques. Aquele que está com você agora, Tanya. E levei uma bronca quando minha mãe soube o que eu tinha feito. — Ela pegou uma das balas. — Eram as minhas favoritas. Pararam de ser fabricadas.

Tanya já estava se coçando para pegar o berloque, mas a atenção da avó estava toda na caixa. A menina lançou um olhar desesperado para Fabian, se perguntando se haveria um modo de distrair Florence.

— Você ouviu isso? — disse, de repente. — Parece o General. Você acha que ele está bem?

— Não ouvi nada — respondeu a avó. — Mas tenho certeza de que está. Ficou preso na gaiola na sala.

— O que é isto? — perguntou Fabian, fingindo estar interessado em algo.

Ele estendeu a mão desajeitadamente, derrubando a caixa da mesa. Todo o conteúdo, menos o broche que estava na mão de Florence, caiu, fazendo um barulho alto, e se espalhou pelo chão da cozinha. Mas Fabian tinha calculado mal e alguns objetos caíram no colo de Florence.

— Ai, Fabian, tome cuidado! — ralhou ela, mas, ao dizer isso, uma coisa estranha aconteceu. A voz da mulher passou de irritada para séria. Ela levou a mão à testa e não tentou pegar nenhum dos objetos que havia caído. Em vez disso, olhou para a lata vazia enquanto Fabian engatinhava, recolhendo as coisas do chão.

— Talvez algumas coisas devam ficar no passado — disse, com uma voz estranha. — Não é bom ficarmos remexendo nisso.

353

— Você está bem, vovó? — perguntou Tanya, preocupada.

Do chão, atrás de Florence, Fabian olhou para ela.

— Não consigo encontrar! — disse, mexendo a boca, mas sem pronunciar as palavras.

— Estou — respondeu Florence. — Estou bem. Só que de repente comecei a me sentir cansada. Cansada e muito velha. E com o Warwick desaparecido... Não sei se vou conseguir aguentar tudo isso.

Tanya agora estava preocupada — ela nunca ouvira a avó falar daquele jeito. Sempre havia sido uma mulher ativa e cheia de energia. Enquanto a menina a observava, os ombros de Florence caíram e a cor sumiu de seu rosto, deixando-o cinzento e abatido.

Atrás de Florence, Fabian ficou paralisado. Tanya seguiu o olhar do menino e, quando ele percebeu, acenou freneticamente, indicando o lado do corpo da mulher. Foi então que Tanya percebeu o que tinha acontecido. Fabian estava tentando avisar que podia ver o berloque: ele estava em uma das pregas da saia da avó.

— Acho que vou me deitar um pouco — disse Florence. — Não estou me sentindo bem.

Ela se levantou da mesa, os olhos fixos num ponto à frente. Ao se erguer, os objetos em seu colo caíram no chão fazendo barulho, mas Florence não parou para pegar nenhum. Apenas saiu da cozinha, deixando Tanya e Fabian catando o conteúdo da caixa no chão.

— Aqui está — disse o menino, pulando no berloque.

Ele levantou o pequeno objeto prateado. Tanya percebeu que era a Espada.

— Tome cuidado — pediu ela, com medo. — Você viu o que isso fez com a minha avó?

— Vi — respondeu Fabian. — Ela ficou estranha, como se tivesse desistido de tudo. Qual é o poder da Espada?

AS 13 MALDIÇÕES

— Ela traz a vitória — lembrou Tanya. — E o que acabamos de ver é como se o poder tivesse sido invertido. A expressão no rosto dela e as coisas que estava dizendo... Parecia que tinha sido completamente derrotada. Isso mexeu de alguma forma com a cabeça da minha avó.

— Mas ela nem estava usando o berloque — disse Fabian. Mesmo assim, pôs o talismã na mesa, olhando para ele como se tivesse medo que o mordesse.

— Nem a versão mais nova dela que a Red viu no sótão com o Cálice estava usando — afirmou Tanya. — Você não entende? Eles não precisam ser usados para causar um efeito terrível. Quanto mais o tempo passa, mais poderosos eles estão se tornando!

29

S DOIS LEVARAM O BERLOQUE DA ESPADA para o quarto de Tanya em uma xícara de sal. Foi a menina quem teve essa ideia, depois de lembrar que o sal podia ser usado como proteção contra encantamentos. Lá, Red tirou a pele de raposa e prendeu o sétimo talismã ao bracelete. Quando Tanya e Fabian contaram o que havia acontecido com Florence, o rosto fino da menina empalideceu.

— Talvez seja melhor você ir falar com ela — disse.

Tanya assentiu com a cabeça e deixou Red e Fabian sozinhos, olhando de modo estranho um para o outro e para a joia amaldiçoada.

— Só estamos no meio do caminho — lembrou o menino. — Ainda temos que encontrar seis berloques. E se nossa sorte acabar e não conseguirmos achar todos eles?

— Sorte? — riu Red, mas pôde ouvir o medo em sua voz. E sabia que Fabian tinha escutado também. — Você acha que a sorte nos trouxe até aqui? Pense de novo. Se elas realmente quisessem, as fadas poderiam ter escondido os talismãs em qualquer lugar. Qualquer lugar, mesmo. Mas elas puseram todos em lugares em que podíamos encontrar.

— O que você quer dizer?

AS 13 MALDIÇÕES

— É tudo um jogo — disse Red. — Se não quisessem que a gente encontrasse os berloques, teriam garantido que a tarefa fosse impossível. Então não tivemos sorte. Estamos exatamente onde elas querem que estejamos. Levando uns sustos no caminho. *Querem* que a gente encontre os talismãs. Não tenho dúvidas.

— Mas por quê? — perguntou Fabian. — Elas não devem querer nossa vitória.

— É claro que não. Então quer dizer que há outra coisa, alguma coisa maior. Só que ainda não descobri o que é.

— Você acha que vão soltar o meu pai? — indagou o menino, a voz trêmula.

Red temia aquela pergunta, por isso agradeceu a distração repentina causada por vozes que vinham do lado de fora do quarto.

— *Tem certeza de que você está bem agora?* — perguntava Tanya.

A resposta de Florence foi ríspida:

— *Estou, estou muito bem. Não sei o que deu em mim.*

As escadas rangeram quando a avó de Tanya desceu, e a menina entrou de novo no quarto, fechando a porta atrás dela.

— Ela está bem — disse, a voz suave de alívio. — Qualquer poder que o berloque tinha sobre ela já passou.

A chuva batia nos vidros da janela. O céu da tarde havia escurecido e, agora, nuvens sujas e cinzentas giravam por ele como uma poção de bruxa num caldeirão.

— Quando a Florence for dormir, vamos até a sepultura — informou Fabian. — Temos a noite toda para nos preparar. Vou juntar o máximo de lanternas e velas que conseguir.

— E como vamos nos proteger? — perguntou Tanya. — Se as fadas acharem que estamos chegando perto demais, vão atacar.

— A Red acha que elas querem que a gente encontre os berloques — explicou Fabian, relatando a conversa anterior.

— Mesmo assim, temos que estar preparados — afirmou Red. — Só para garantir.

A noite se arrastou e foi interrompida apenas por Florence, chamando as crianças para jantar. Nenhuma delas conseguiu levar comida de verdade para Red. Já eram dez horas quando conseguiram trazer um prato pequeno de sobras — e, nesse meio-tempo, Fabian, que não parava de reanalisar as informações que tinham dos diários de Elizabeth, havia descoberto outra localização.

— A igreja! — exclamou, batendo o punho na cama e dando um susto em Tanya e Red.

Tanya o encarou.

— Fale baixo, idiota!

— Desculpe — pediu Fabian, empurrando os óculos para cima do nariz. — Mas seria lógico que um berloque estivesse lá. Foi onde os Elvesden se casaram.

— Vale a pena tentar, se conseguirmos entrar — disse Tanya.

— E se tivermos tempo suficiente. Não temos ideia de quanto tempo vai levar para vasculhar o túnel e a sepultura — acrescentou Red, enfiando uma batata inteira na boca.

Já passava das onze quando Florence subiu as escadas pela última vez naquela noite. Eles ouviram a mulher levar um copo de leite para Amos e descer para o próprio quarto. Depois de esperarem outros vinte minutos até ela adormecer, desceram as escadas um a um, pegaram Oberon na cozinha — após muita insistência de Tanya — e foram até a biblioteca.

Os dedos de Red encontraram os entalhes do painel circular na ponta da estante. Ela virou o pulso no sentido horário uma, duas vezes, e o mecanismo se encaixou no lugar. Sentiu Fabian estremecer de ansiedade atrás dela. Era a primeira vez que o menino entrava na passagem secreta da biblioteca. Quando o painel se abriu, revelando um buraco pequeno e escuro, sentiu Oberon empurrá-la, animado para explorar o lugar. O ar úmido que chegou até eles fez o cachorro se encolher e esconder-se atrás das pernas de Tanya.

— Covarde — murmurou Fabian, mas o menino não soava muito mais corajoso.

Red entrou na passagem secreta, acendendo uma lanterna.

— Cuidado — sussurrou ao pisar na escada de pedra. — Esses degraus são altos. Se um perder o equilíbrio, todos nós vamos cair.

Fabian foi o próximo a entrar no túnel, segurando uma lanterna fina prateada com os dentes. Ele mantinha as mãos apoiadas nos dois lados das paredes úmidas para se equilibrar.

— Vamos, Oberon — sibilou Tanya, enquanto os seguia no espaço exíguo.

Red olhou para trás de Fabian para ver o focinho longo de Oberon aparecer na ponta da estante. Ele parecia aterrorizado e mudava o peso de uma pata para outra.

— Decida-se! — ordenou Tanya, irritada. — Não temos a noite toda!

— Deixe o cachorro aí! — pediu Red num sussurro bravo. — Não temos tempo para isso!

Um som baixo alertou a todos que o painel estava se fechando, e Red lembrou que aquela entrada ficava aberta apenas por um tempo, antes de o mecanismo se fechar. Nos últimos segundos, Oberon se espremeu pelo buraco e se juntou a eles. A ideia de ser deixado para trás era claramente pior do que o túnel sombrio.

Com um último clique, a porta se fechou. Não havia outro lugar para ir a não ser para baixo. Eles seguiram a escada com passos cuidadosos. A luz irregular das lanternas os desorientava e o cheiro forte de mofo invadia o pulmão dos três.

— Fiquem de olho no berloque — disse Red, jogando a luz da lanterna em várias direções.

— Acho que nunca mais vou conseguir tirar esse gosto da minha boca — afirmou Fabian, enojado, iluminando as paredes verdes e úmidas enquanto desciam os últimos degraus da escada. Sua voz ecoou na pedra. Tinham chegado a uma pequena caverna com quatro túneis à frente.

Red vasculhou o chão com a lanterna. Logo descobriu uma pedra grande enrolada com um fio que levava para dentro de um dos túneis.

— Venham comigo — disse.

Ninguém falou nada quando entraram no túnel. Sentiram e viram que o espaço ia se tornando mais apertado acima de suas cabeças. O ar ficava mais espesso e gelado, como uma sopa fria e podre. Oberon choramingou, o rabo enfiado entre as pernas.

Quando o ar se tornou ainda mais frio — porém limpo —, Red percebeu que a caverna estava logo à frente. Só Fabian parou para olhar a cama, a mesa e a cadeira antigas abandonadas ali. Os quatro continuaram andando rápido até onde o cômodo subterrâneo voltava a ser um túnel, seguindo o fio no chão.

— Estamos perto da sepultura agora — disse Red. — Se não encontrarmos o berloque no túnel, poderemos vasculhar o caminho de volta também.

Seguindo o exemplo de Tanya, Red agora carregava o bracelete em um saquinho cheio de sal. Apesar de nenhum dos berloques ter mostrado sinais de poder depois de ser preso ao bracelete, ela não queria correr riscos. Por várias vezes, respirou fundo ao ver a luz da lanterna bater em algum brilho úmido na escuridão, mas o que se via era sempre uma gota de água ou um pedaço de vidro quebrado muito tempo antes.

Foi Fabian quem o viu.

— Está ali!

Não estava escondido em nenhuma fenda subterrânea nem enfiado atrás de uma pedra solta. Estava no chão, a cerca de três metros de distância, no caminho deles, claramente esperando para ser descoberto. Eles pararam com as lanternas apontadas para o berloque, a prata refletindo a luz.

— Qual talismã é este? — perguntou Tanya, batendo os dentes. Oberon estava apoiado contra as pernas da menina.

— Acho que é... a Luz — disse Red, andando incerta até o talismã. Ao fazer isso, a luz da lanterna começou a piscar. A garota sacudiu-a até que voltasse ao normal e iluminou o resto do caminho. — A saída fica ali na frente. Daqui a uns vinte metros.

A lanterna de Tanya falhou e se apagou, deixando a luz reduzida a um terço. Na escuridão do túnel, isso fazia muita diferença.

— Você pôs pilhas novas nesta aqui, Fabian? — perguntou ela, sacudindo a lanterna apagada e apertando o botão de ligar e desligar várias vezes.

— Todas elas estão com pilhas novas — respondeu o menino, em voz baixa.

Ele abriu a mochila e tirou uma vela e fósforos. Depois de acendê-la, passou-a para Tanya.

Red deu outro passo na direção do berloque. A luz da lanterna diminuiu por um instante e voltou na potência máxima. A respiração da menina disparou.

— Isso não é coincidência — sussurrou.

— Está falando das luzes piscando? — perguntou Tanya. A mão da menina estremeceu e ela se encolheu quando a cera quente da vela pingou em sua pele.

Red fez que sim com a cabeça.

— Segure a lanterna — pediu. — Quero que leve a luz até o fim do túnel e saia pela sepultura. Quando sair, experimente ligar de novo. Se funcionar, vai ter que guiar a gente até a saída.

— O que você quer que eu faça? — perguntou Fabian, parando de tentar esconder o medo.

— Fique onde você está e use a sua lanterna para guiar a Tanya.

Tanya passou por eles, andando bem longe do berloque. Quando ela e Oberon se aproximaram dele, a luz da vela diminuiu e se apagou, deixando o túnel à frente no escuro.

— Continue andando — pediu Red e, quando Fabian levantou a lanterna, ela pensou que a luz chegaria ao fim do túnel. No entanto, a sombra parecia ser muito maior, e Tanya foi engolida pela escuridão.

Por fim, os dois ouviram a menina gritar:

— Estou aqui, mas não consigo levantar a laje de pedra!

Red soltou um palavrão, baixinho. Tinha se esquecido da pedra pesada. Era difícil de levantar, mas não impossível. No entanto, Red era maior e mais forte do que Tanya — e erguê-la por baixo era mais difícil do que de cima.

— Vá ajudar a Tanya — pediu a Fabian.

— E você?

— Você pode voltar depois que a pedra for tirada do lugar, caso eu precise — respondeu ela. — Ande.

Ela levantou a própria lanterna enquanto Fabian corria para a escuridão, pois, como esperava, a luz do menino se apagou quando ele passou pelo berloque amaldiçoado. Red ouviu as vozes dele e de Tanya, mas não entendeu as palavras que diziam, e escutou o barulho de pedra raspando contra pedra. Segundos depois, rajadas de ar frio e fresco sopraram pelo túnel e ela respirou fundo, agradecida. Adiante, a menina ouviu um grito de incentivo e viu uma luz de lanterna aparecer acima dela. Tanya e Fabian tinham conseguido sair, se afastado da escuridão. Ela estava sozinha.

Reunindo coragem, Red deu outro passo na direção do berloque. Parecia tão inocente ali parado. Podia ser apenas um talismã perdido, nada mais. Mas era forte e controlava sua imaginação, que criava sombras rápidas pelas paredes do túnel. A escuridão foi aumentando e ganhando força. Mais um passo e a lanterna de Red se tornou inútil. Com um clique fraco, a luz se apagou de vez. Tentando manter a calma e a cabeça fria, a menina pôs a lanterna no bolso e continuou. O berloque estava apenas a cinco passos de distância, e tudo que ela tinha era a luz fina que vinha das lanternas de Tanya e Fabian, a vinte metros de distância, que mal se estendia até ali.

– Pegou? – gritou Fabian.

– Ainda não – berrou ela de volta, a voz ecoando nas paredes.

A menina deu outro passo. Primeiro, achou que as luzes dos dois haviam diminuído, mas, quando uma névoa negra voou em seu rosto, ela notou que as sombras cresciam. Estendiam-se pelas paredes do túnel até onde ela podia ver, fugindo e se aproximando dela. Por várias vezes, Red pensou ter visto formas nas sombras... Um rosto ou talvez mãos. No entanto, tentar distinguir algo de real era como tentar ver formas em nuvens. A menina estava com medo, sem entender o que acontecia. Devagar, bem devagar, ela se ajoelhou no chão gelado e começou a se arrastar até o berloque.

Então tudo ficou escuro.

* * *

Tanya e Fabian estavam engolindo o ar fresco do outono, aliviados, depois de ficarem presos naquele túnel pegajoso. A lua estava acima deles, salientando as lápides ao redor dos dois. Era uma melhora com relação ao túnel, mas muito pequena. Só Oberon parecia à vontade naqueles arredores.

Tanya se inclinou para dentro da sepultura, esticando-se o máximo que podia e levantando a lanterna para ajudar Red. Ela também vira a escuridão aumentar quando a menina havia se aproximado do berloque.

— Está ficando cada vez mais escuro lá embaixo — murmurou. — Nossas lanternas não estão adiantando.

— Vou voltar — disse Fabian. — Tome, segure a minha.

Ele começou a entrar no túnel, espremendo-se pelo quadrado estreito até chegar à escada. À sua frente, eles viram Red se agachar e começar a engatinhar na direção do berloque. A lanterna iluminava os movimentos da menina e o pequeno objeto prateado à sua frente. De repente, ela parou e estendeu as mãos cegamente.

— Não consigo ver! — gritou. — Vocês ainda estão aí?

— Estamos! — berrou Fabian. — Vou voltar para pegar você!

— Não! Fique onde você está. Tem alguma coisa acontecendo! Está tudo escuro! As lanternas estão ligadas?

— Estão iluminando você! — respondeu Tanya, preocupada. — Você não consegue ver nada?

— Não, não consigo!

Red tinha se levantado e se virado. Estava voltada para o túnel de onde tinham vindo. Sua voz estava aguda, diferente da Red calma e calculista que Tanya conhecia.

— Ela está entrando em pânico — disse Fabian. — Temos que tirar a Red de lá!

AS 13 MALDIÇÕES

– É o berloque – afirmou Tanya. – O poder dele está brigando contra ela. Ele tirou toda a luz e deixou a Red num breu total.

Enquanto observavam, figuras formadas pelas sombras cercaram Red. Eram embaçadas e fragmentadas, mas, quando uma estendeu a mão e a pôs sobre os olhos da menina, tanto Tanya quanto Fabian a viram. A imagem fez Fabian se encolher, mas ele se manteve firme.

– Saia daí, Fabian – disse Tanya, em voz baixa. – Se um de nós dois entrar, as sombras também vão nos atacar e não vamos conseguir ajudar. Temos que fazer a Red manter a cabeça fria para que possa sair de lá.

Fabian não precisou ouvir aquilo duas vezes.

Red ergueu a mão até o rosto, mas não pôde vê-la. Não enxergava nada a não ser a escuridão, como se um pote de tinta tivesse sido derramado e o conteúdo, caído em seus olhos. A menina encontrou a parede do túnel e se segurou, buscando apoio. O berloque tinha desaparecido de sua cabeça.

Uma escuridão eterna... Será que essa seria a maldição dela? Nunca mais ver a luz, nunca mais ver nada? Algo forçou caminho pela sua garganta, um choro misturado a um grito. Ele surgiu como um barulho agudo, que soou estranho a ela.

– Red! – gritou Tanya. – Tente não entrar em pânico! Nós vamos conseguir. Quando você pegar o berloque, tudo vai passar. Confie em mim! Vamos tirar você daí.

– Como? – berrou a menina. – Não consigo ver um centímetro à minha frente!

– Fique calma – gritou Fabian. – A escuridão confundiu você. Está virada para o lado errado. Vire-se de novo e use nossas vozes para se localizar.

365

Red se voltou, ainda mantendo uma das mãos apoiada na parede, e começou a andar para o outro lado.

— Ótimo — disse Fabian. — Agora você tem que ir até o meio do túnel. Dê três passos pequenos para a direita. — Ele fez uma pausa enquanto ela obedecia. — Agora agache de novo e comece a engatinhar devagar nessa direção. O berloque está bem na sua frente.

Red se arrastou para a frente, o cascalho machucava seus joelhos e a palma de suas mãos. A escuridão a consumia e a voz de Fabian era o único farol. A menina tentou esquecer todo o resto e se concentrar apenas no que ele mandava.

— Agora pare — pediu o menino. — O berloque está bem na sua frente! Estenda a mão devagar até tocar no talismã.

Red tateou o chão em frente a ela, tomando cuidado para não empurrar o berloque para longe. Sua mão o encontrou, frio e duro. Ela o agarrou e pôs a outra mão no bolso.

— O que você está fazendo?

— Estou pegando o bracelete. Se conseguir colocar o berloque nele...

— Não! — gritou Tanya. — Você pode deixar a pulseira cair. Só pegue o talismã e saia daí!

Relutante, Red empurrou o bracelete para o fundo do bolso, apesar de todos os seus instintos estarem brigando para fazer o possível para voltar a ver. Prender o berloque ao bracelete era a única coisa que podia parar a maldição...

Ela se levantou com cuidado e começou a andar para a frente. Assim que passou do lugar em que o talismã estava, o ar mudou de novo, tornando-se mais pesado e girando em torno dela em fortes rajadas. De repente, a menina percebeu que não era apenas o ar... Eram as sombras, lutando com força para impedir que ela saísse dali...

AS 13 MALDIÇÕES

— Red, continue andando! — gritou Tanya. — As sombras estão cercando você. Continue andando até a gente, está quase chegando!

O braço de Tanya doía por causa da força que fazia para manter a luz da lanterna em cima de Red. Fabian voltara a pegar a outra lanterna e também a havia apontado para a menina, que tropeçava cegamente na direção dos dois, com os braços estendidos. À sua volta, sombras voavam, engolindo Red, ficando mais turbulentas a cada segundo.

— Os degraus estão na sua frente! — berrou Fabian.

Red tropeçou, desabando na pedra fria. Ela gritou quando seus punhos ampararam a queda, mas, de alguma maneira, conseguiu manter a mão fechada em torno do berloque. Quase chorando, se arrastou pelos degraus, sentindo o bem-vindo ar livre em suas bochechas. Então mãos a pegaram, puxando-a para fora do buraco e deitando-a de costas na grama úmida e macia, na noite mais escura que a menina já tinha visto.

Tanya agarrou o punho fechado de Red, abrindo-o para revelar o berloque em sua mão, tomando cuidado para não tocar nele. Olhou para os olhos da menina e viu que estavam escuros e cegos. Era uma visão aterrorizante, e Tanya rezou para que qualquer maldição que o berloque tivesse posto em Red sumisse assim que ele se prendesse ao bracelete.

Fabian havia tirado o saquinho do bolso de Red e agora retirava o bracelete com cuidado do monte de sal. Ele o aproximou do berloque. No instante em que o talismã se prendeu, Red arquejou e seus olhos clarearam.

No mesmo instante, uma parede vasta e sibilante de sombras surgiu da entrada do túnel como a lava de um vulcão, voando por sobre eles e fazendo os cabelos de Tanya subirem para o céu. Ela fez uma curva nas alturas e voltou a cair, parando nos cantos e fendas obscuros do terreno da igreja. As sombras haviam retornado para seu devido lugar.

Red ficou deitada de costas, rindo e chorando ao mesmo tempo, enquanto Oberon lambia seu rosto, entusiasmado, e Tanya e Fabian observavam, aliviados. O céu azul-escuro estava nublado e permitia que apenas as estrelas mais fortes iluminassem a noite através das falhas das nuvens.

Não era nada grandioso, mas para Red era lindo. Ela se permitiu um minuto para observá-lo. Depois se levantou, afastando quaisquer pensamentos sobre derrota e vulnerabilidade de sua mente, e olhou para Tanya e Fabian.

— Estão prontos para procurar o próximo berloque?

30

EMBAIXO DA LÁPIDE FALSA, A ENTRADA DO túnel era cercada por uma moldura de pedra baixa, que mantinha a laje um pouco acima do chão. A pedra era dividida em três partes e o meio escondia o túnel. Se as três partes fossem apenas uma, seria impossível erguê-la. Embaixo dos outros pedaços só havia terra. Uma reentrância cercava a moldura, e os três a vasculharam, retirando terra, folhas, insetos e ratos mortos, à procura de outro berloque.

— Lembre-me de quais são os que ainda temos que encontrar — disse Fabian, enfiando um galho em outra fenda. — Talvez a gente deva tentar se preparar... Sabe, para saber o que esperar.

— Em termos de maldições, você quer dizer? — perguntou Red.

Fabian fez que sim com a cabeça.

— Tem o Cajado, um bastão que dá força. A Adaga, que verte sangue para curar qualquer ferida. A Máscara do Glamour e a Chave que abre qualquer porta, até para outros mundos. E o Livro do Conhecimento.

Tanya mexeu em outro punhado de terra.

— Não quero encontrar nenhum deles num cemitério.

— Bom, uma coisa é certa — disse Red, amarga. — Eles não estão aqui. — A menina sacudiu a terra do colo e se levantou, olhando para a ponta do terreno.

— Vamos colocar a laje de volta no lugar? — perguntou Tanya.

Red balançou a cabeça.

— Deixe aberta caso a gente tenha que fugir correndo.

Ela começou a andar, se afastando do centro do cemitério e se aproximando da localização do túmulo verdadeiro. Sentiu Tanya e Fabian se arrastarem, relutantes, atrás dela e apontou para o lugar em que o coveiro mantinha as pás.

— Por que você não vê se consegue dar um jeito de entrar na igreja? — disse a Tanya, depois que Fabian havia trazido as pás.

A outra menina não adorou a ideia, mas era melhor do que ficar parada esperando enquanto o túmulo de Elizabeth Elvesden era escavado. Ela desapareceu, dando a volta na igreja e deixando Red e Fabian olhando para o chão.

— Vou retirar a grama — disse o garoto, por fim. — Posso fazer isso em partes, para podermos colocar de volta depois.

— Quer dizer em pedaços? — perguntou Red. — Tudo bem.

Fabian começou o processo, retirando pequenos quadrados de grama um a um. A umidade do chão deixava o trabalho mais fácil e, por sorte, os pedaços se mantinham firmes. Depois de retirar o suficiente, Red pegou a outra pá e os dois começaram a cavar.

— Não acredito que estamos fazendo isto — murmurou Fabian. — Podemos ir para a cadeia, sabia?

— Teriam que nos pegar primeiro — respondeu Red, jogando outra pá de terra para o lado.

Logo já haviam cavado um metro. Quanto mais fundo chegavam, menos falavam e mais o nervosismo tomava conta deles. Tanya voltou da igreja.

— Acho que descobri um jeito de entrar — disse, evitando olhar para o túmulo. — Pelos fundos. Uma das janelas estreitas não tem vidro. Tem uma tela no lugar, mas está meio solta. Provavelmente poderíamos puxar o resto. Há garrafas de aguarrás e outras coisas no parapeito da janela, então acho que deve ser um depósito. É estreito demais para um adulto passar, mas acho que eu consigo.

— Vamos procurar na igreja por último — disse Red.

Tanya se virou e foi se sentar a uma certa distância, próxima a outro túmulo pagão.

— Não sei como vocês conseguem — disse. — Não vou conseguir olhar quando abrirem o caixão.

— Não vai ter sobrado muita coisa — afirmou Fabian. — Só poeira e ossos. O processo de decomposição acontecia muito mais rápido naquela época em que...

— Obrigada, Fabian — interrompeu Tanya. — Eu não queria uma aula de ciências.

Fabian se calou e continuou a cavar. Quando enfiou a pá na terra, um rugido alto soou perto dele. Red parou o que estava fazendo.

— Isso foi a barriga de quem?

O garoto fez uma pausa e olhou para Oberon, que estava sentado na beira da sepultura, olhando para dentro do buraco.

— Não foi a minha. Deve ter sido do guloso ali.

— Ele não é guloso — começou Tanya, irritada. — Só não consegue evitar comer muito...

O ruído surgiu de novo, mais alto dessa vez. Parecia um som de algo sendo sacudido, tremendo.

— *O que* é isso? — perguntou Fabian.

Outro barulho surgiu, como se algo se abrisse, rangendo, onde Tanya estava sentada. Ela se levantou de um pulo no mesmo instante, gritando:

— Está vindo... de *baixo* da gente!

O solo começou a rachar, partir e se elevar em todo o cemitério. Raízes surgiram da terra e massas contorcidas de criaturas subterrâneas começaram a sair de seu hábitat: minhocas, besouros, centopeias e lesmas. A menina sacudiu uma minhoca do pé e deu um passo para trás, apoiando a mão na lateral da lápide, mas levou um susto e sacudiu a gosma que a cobrira.

— O que está acontecendo? — sussurrou Fabian. — Parece que alguma coisa está expulsando tudo da terra!

Eles obtiveram uma resposta no mesmo segundo, quando Tanya gritou — um som agudo e forte que tomou o cemitério. Algo longo e pálido tinha explodido da terra e agarrado o tornozelo da menina, prendendo-a. Red pegou a lanterna ao lado do túmulo e jogou a luz rapidamente na direção de Tanya. Levou um tempo para conseguir ver direito porque a menina lutava contra o objeto. Quando Red, por fim, entendeu o que era, a lanterna escorregou de sua mão e caiu no chão.

— Por favor, me diga que não é algum tipo de mão o que está ali! — gritou Fabian. — Ou, para ser mais preciso, a mão de um *esqueleto*!

Mas era exatamente isso. Com um berro e um chute, Tanya tinha se livrado da mão tenebrosa que a agarrara e começado a correr, mas uma segunda mão esquelética se libertou do túmulo e atacou o vazio em frente a ela. A menina desviou, mas teve que enfrentar ainda outra mão.

Red abriu a boca e quis gritar para Tanya, mas ficou calada quando a terra sob seus pés estremeceu.

— Saia daí agora! — gritou Fabian, fugindo do túmulo.

AS 13 MALDIÇÕES

Ele estendeu a mão para Red, mas ela ignorou o menino e continuou onde estava.

– Devemos estar próximos de um berloque! – disse. – É a única explicação. Tem que haver um aqui nesta sepultura! Não podemos fugir agora!

– Você é louca! – berrou Fabian. – Não podemos ficar aqui. Veja só o que está acontecendo. Olhe à sua volta!

– Exatamente. Estamos chegando perto!

Oberon ganiu quando dedos ossudos passaram pela terra e acariciaram seu rabo. O cachorro fugiu para perto de Tanya, choramingando.

Embaixo de Red, agora havia um som de algo sendo raspado – um barulho de ossos batendo contra madeira podre e fraca. A menina ouviu o caixão ceder e se partir quando a coisa dentro dele, que deveria estar morta, empurrou-o, forçando-o a se abrir. Então, da terra surgiu uma mão branca como mármore, que entrava em contato com o ar noturno pela primeira vez em dois séculos. Um pedaço de tecido rasgado pendia do pulso como um pássaro ferido. Eram os restos rendados do que um dia havia sido um vestido chique – e agora nada mais era do que uma grande teia de aranha. A mão tateou cegamente, buscando algo para agarrar e conseguir sair do túmulo. Red se manteve bem afastada, paralisada pelo medo e também pela determinação. Outro barulho, mais madeira se quebrando. Uma segunda mão, fechada como um punho, escapou das profundezas da terra. E, no espaço entre seus dedos, havia algo minúsculo e prateado.

– A Chave – sussurrou Red, os pelos de seu pescoço se arrepiando como os de um gato. – Agora tudo faz sentido.

Michelle Harrison

— O que faz sentido? — gritou Fabian, pulando de um pé para o outro, tentando desviar do número crescente de mãos que apareciam por todo o cemitério.

Dos túmulos mais recentes, nada surgia a não ser batidas e gemidos leves. Eram caixões mais novos, cuja madeira ainda estava boa e forte e mantinha seu conteúdo preso. De repente, Red pensou nos próprios pais, mortos e enterrados.

— A Chave abre portas para outros mundos — respondeu Red, com calma. O medo foi embora com a chegada da compreensão. — Ela abriu o mundo dos mortos e nos levou até ele, ou talvez tenha trazido todos para cá. Não precisamos ter medo.

Tanya havia pulado em cima de uma placa de cimento grande e quadrada, muito acima do chão, e observava o cemitério como se estivesse numa ilha de pedra, cercada por tubarões.

— Como não vamos ter medo se eles estão agarrando a gente... apesar de estarem mortos? — gritou Fabian enquanto quase era pego por uma das mãos.

— Porque isso é tudo que eles são — disse Red, simplesmente. — São pessoas mortas. Olhe em torno de você, veja os nomes deles. Veja como morreram. — Ela se virou e leu a lápide mais próxima, que pertencia ao terreno da igreja. — "Thomas Goodfellow morreu em 1907 aos 36 anos. Ele deu a vida para salvar outra pessoa". Não são demônios nem diabos que querem nos pegar. São só pessoas, como a gente. Não precisamos ter medo deles. É isso que as fadas querem. Querem que a gente se assuste e fuja. Mas eu não vou fugir.

Ela se abaixou e, reunindo coragem, estendeu a mão e tocou no punho fechado que saíra da terra. Os ossos eram frios e macios e,

AS 13 MALDIÇÕES

ao sentir o toque, a mão se abriu para mostrar o berloque. Red cerrou os dentes ao ver que a argolinha estava presa a um osso muito fino e, por um instante, se perguntou como iria tirá-la dali. Então se lembrou de como o bracelete funcionava. Retirando-o do bolso, ela o aproximou da mão morta de Elizabeth Elvesden e, quando o ergueu de novo, o talismã estava preso a ele, de volta ao seu devido lugar.

Com a conexão, a vida escapou dos mortos. Mãos e pés esqueléticos — e, em um caso, uma caveira que ainda tinha mechas desarrumadas de cabelos presas a ela — mergulharam de novo nos túmulos, suspirando por estarem novamente em paz. Apenas uma mão se manteve do lado de fora: aquela que segurava a mão de Red.

— Descanse em paz, Elizabeth — disse a menina, baixinho, soltando a forma ossuda. A mão ficou parada por um instante e voltou para dentro da terra como um caramujo se esconde na concha.

— Você é corajosa, Red — murmurou Tanya, descendo da placa em que tinha subido.

— São só pessoas — repetiu Red, olhando para o bracelete. — Só isso.

— Ainda acho que você é maluca — disse Fabian, mas sua voz demonstrava uma admiração invejosa. Ele empurrou um montinho de terra de volta para o lugar e fez uma pausa, olhando para o resto do cemitério. — Grande parte do terreno foi remexida. Nós deveríamos tentar ajeitar tudo de novo.

— Está bem — concordou Red, saindo do túmulo vazio em que estava.

Ela pôs o bracelete no saquinho de couro e pegou a pá de novo, jogando a terra de volta no túmulo. Tanya e Fabian andaram pelo terreno preenchendo espaços com terra e plantas soltas. Por fim,

375

quando toda a sepultura de Elizabeth tinha sido preenchida, eles a cobriram com a grama que haviam retirado no início.

Quando terminaram, as roupas de Red grudavam na pele, molhadas de suor. Estava exausta. Tanya e Fabian não pareciam muito melhores. Fabian tinha uma mancha de terra no lábio superior, formando um bigode incrível, e Tanya tremia de frio e não parava de olhar, ansiosa, na direção do solar.

— Vocês podem voltar, se quiserem — disse Red, sem querer ser maldosa. — Os dois. Mas eu vou ficar. Já que estou aqui, vou tentar procurar na igreja.

Tanya balançou a cabeça, os cabelos dançando em volta de seu rosto em mechas bagunçadas.

— Estamos nessa juntos.

Red sentiu que era tomada por um carinho muito grande pelos dois. Um leve incômodo surgiu em sua garganta e ela o engoliu antes que aparecesse em sua voz.

— Então vamos lá — disse, grosseiramente.

Tanya guiou os dois pela lateral da igreja, passando por um poço de pedra com um velho balde. Escondida na parede da igreja, como a menina havia descrito, ficava uma pequena janela pouco maior do que a altura de Red.

— Você acha que consegue se espremer para passar por ali? — perguntou Red, duvidando.

— Talvez — respondeu Tanya. — Vale a pena tentar.

— Temos que tirar aquela tela primeiro — disse Fabian.

— Ã-hã — concordou Red. Ela ergueu a pá que carregava, usando o cabo para empurrar a tela. Era firme, mas os rasgos a haviam enfraquecido e, por fim, ela cedeu. Garrafas e potes que estavam equilibrados no parapeito caíram e se quebraram no chão, do outro lado.

— Provavelmente podemos ser presos por causa disso também — disse Fabian, resignado.

Tanya tirou a jaqueta e a entregou a Fabian. Depois, virou-se para Red.

— Preciso que você me ajude a subir.

Prestativa, Red se aproximou da parede e juntou as mãos. Tanya pisou no apoio que ela criara e pulou na direção da janela, agarrando-se na borda. Ela se apoiou contra a parede, equilibrando-se mal no parapeito fino e agarrando as laterais até se sentir segura. Red já havia percebido que o corpo fino de Tanya passaria pelo espaço sem problemas.

— Dê uma lanterna para mim — pediu Tanya.

Fabian entregou uma a ela e a menina iluminou o cômodo pela fresta fina.

— É um depósito — disse. — Tem várias garrafas, um esfregão e um balde. Tem uma porta também. Está fechada, mas talvez não esteja trancada. Vou entrar.

— Espere — ordenou Red, segurando Tanya pelo tornozelo. — Veja, antes, se há alguma coisa para você se apoiar que possa ajudá-la a sair, caso não consiga passar pela porta.

Tanya se inclinou ainda mais para dentro da janela, levantando a lanterna.

— Não tem nada... Espere. Tem uma cadeira. Deve ser alta o bastante para eu voltar.

— Está bem. — Red soltou o tornozelo da menina. — Tome cuidado. Se você achar alguma coisa estranha, qualquer coisa, volte na hora.

Tanya escorregou pela janela, se contorcendo para passar as pernas e depois os ombros pelo buraco. Em seguida, desapareceu no cômodo escuro e os dois ouviram a menina pousar no chão, ágil. Pela janela, viram a luz da lanterna de Tanya se acender e ouviram o rangido de uma porta se abrindo. Depois que a luz desapareceu, fez-se silêncio. Oberon estava sentado, com a cabeça pendendo para um lado e os olhos fixos no lugar escuro em que a dona havia entrado.

Red e Fabian esperaram, a ansiedade aumentando a cada instante, porque Tanya não aparecia.

— E se ela encontrou alguma coisa? — perguntou o menino. — E se achou outro berloque... e uma maldição horrível caiu sobre ela? Como vamos entrar para ajudar?

— Ela não vai se aproximar se vir o talismã — retrucou Red, disfarçando a preocupação. Tanya era impetuosa. E, pelo que havia acontecido antes, a menina sabia que nenhum deles precisava chegar muito perto de um talismã para sentir seu efeito. Para piorar, Tanya estava sozinha, e não havia jeito de Red ou Fabian entrarem para ajudá-la.

Red chamou o nome de Tanya algumas vezes e esperou uma resposta. Quando não obteve nenhuma, Fabian começou a roer as unhas e Red, a andar de um lado para outro.

— Já chega — disse ela, por fim. — Fabian, venha aqui. Vou atrás dela.

— Você não vai conseguir passar — riu o menino. — É pequeno demais para você. É pequeno demais até para mim.

— Tenho que tentar — afirmou ela. — Ajude-me a subir.

Com dificuldade, Fabian uniu as mãos, imitando o gesto que Red fizera para Tanya, e a levantou. Foi uma tentativa desastrada. O garoto não era forte o suficiente para segurá-la, e Red não conseguiu agarrar o parapeito da janela. A menina escorregou pela parede, ralando a palma das mãos e batendo com os joelhos no chão, enquanto Fabian ficou com as mãos cheias de lama da sola do calçado de Red.

– O que vocês estão fazendo? – perguntou uma voz confusa.

– Tentando buscar você! – retrucou Fabian enquanto se virava para olhar Tanya, que os observava.

– Tem uma porta lateral – indicou a menina. – Ela se fecha com uma daquelas trancas antigas de parafuso. Estava emperrada de início.

Os dois a seguiram até o outro lado da igreja, onde uma pesada porta de madeira estava entreaberta, sob um estreito arco de pedra. A porta era muito pequena, prova de como o lugar era antigo. Tanya foi a única dos três que não teve que se abaixar para passar.

O interior da igreja não era mais aconchegante do que o lado de fora. Red estava ansiosa. Se fossem descobertos ali, provavelmente estariam encrencados. A única vantagem era que a igreja era bem afastada, a quase um quilômetro de distância do bairro mais próximo, em qualquer direção que andassem. Mas a ideia de ser presa tão perto de recuperar James a deixava muito incomodada.

– Encontrei o interruptor – disse Tanya. – Será que devemos acender a luz?

– Não – respondeu Red. – Vamos ficar só com as lanternas e não erguer o facho de luz.

Era uma igreja simples, em forma de T, com bancos de madeira sem decorações e um altar básico, adornado apenas por um atril e uma mesa larga e baixa. Poucas coisas ali pareciam de valor. Até os candelabros sobre a mesa eram de latão. A única coisa realmente bela era um vasto vitral na parte de cima da parede dos fundos, que dava para toda a igreja. Uma ou duas vezes, as luzes instáveis das lanternas chegaram até ele, iluminando as cores vibrantes do vidro. Na parede abaixo do vitral, um andaime mostrava que uma obra estava sendo feita.

— Será que é seguro ficar aqui? — perguntou Tanya. — O que estão fazendo naquela parede?

— Parece que está sendo restaurada — respondeu Fabian, indicando com a cabeça uma pilha de tijolos novos numa caixa próxima a eles. — As pedras estão muito gastas e rachadas. A parede deve estar se desfazendo aos poucos.

— Eu nem sei por onde começar — disse a menina, se afastando do andaime.

— Se houver um berloque aqui, vamos encontrar — afirmou Red. — Tenho certeza disso.

Eles usaram as lanternas para iluminar os bancos e o chão duro e até fizeram uma busca direta, engatinhando até os joelhos e as mãos ficarem dormentes de frio. O ar se tornava ainda mais gelado à medida que o tempo passava. A noite escapava pelos dedos deles.

— Acho que a gente deveria desistir — concluiu Fabian. — Não tem nada aqui.

Eles se aproximaram da parede dos fundos de novo, analisando-a à luz das lanternas uma última vez. Enquanto andavam em direção à porta, Oberon pulou no andaime de repente, sentindo o cheiro de duas canecas sujas e de um pacote de biscoitos pela metade, deixado pelos operários. Engoliu um ou dois antes que Tanya o agarrasse e o puxasse de volta. A menina precisou das duas mãos para levar o cachorro guloso para longe e, ao fazer isso, teve que apoiar a lanterna no andaime. Quando foi pegá-la de novo, Red percebeu o que a luz havia iluminado.

— Esperem — disse ela, os olhos fixos na parede.

Tanya seguiu o olhar da menina, e Fabian, que estava quase do lado de fora da porta, voltou correndo.

Entre as pedras que se desfaziam, algo pequeno e prateado estava sendo diretamente iluminado pela lanterna.

— É o Cajado — afirmou Red, se aproximando. Sua voz estava firme, mas ela tremia por dentro. — O Cajado da Força. — A menina escalou o andaime e se aproximou da parede. — Está preso entre as pedras.

— Consegue tirar o berloque daí? — perguntou Tanya.

— Esse é o problema — respondeu Red. Ela encostou no talismã. Apenas uma pequena porção do berloque estava visível, junto com o elo. O resto estava enfiado embaixo da pedra. A menina sentiu a testa coçar por causa do suor repentino. — Se tirarmos o berloque daqui, não sabemos o que isso vai causar. A parede está claramente instável, ou não precisaria de consertos. Se tirarmos uma das pedras para pegar o talismã, talvez tudo desabe.

— O Cajado da Força numa parede fraca — disse Fabian, amargo. Depois, subiu até o lado da menina e se inclinou para tocar no berloque.

— Cuidado — irritou-se Red. — Temos que pensar bem nisso.

Ela tirou a faca do cinto e passou a ponta da arma em torno da pedra. Até sob a mais leve pressão o concreto que a segurava se desfazia, fazendo a poeira cair sobre o andaime de madeira.

— Está bem frágil — percebeu Fabian. — Poderíamos raspar o concreto e soltar a pedra num instante.

— Tirar o berloque é fácil — lembrou Red. — Só temos que encostar o bracelete nele e o talismã vai se conectar. Fazer isso com tempo suficiente para fugir caso a parede caia é que é o problema. Se ela desabar para este lado, podemos morrer.

– Não se formos rápidos – disse Tanya, dando mais um biscoito a Oberon sem prestar atenção nem realmente querer fazer isso. – O andaime vai agir como uma barricada e dar algum tempo para a gente. O suficiente para pegar o berloque e correr.

– É arriscado – afirmou Red.

– Mas não tem outro jeito – argumentou Tanya. – Olhe, eu corro muito rápido. Deixe-me fazer isso. Contanto que o caminho esteja livre até a porta, é só uma questão de segundos até eu chegar.

Os três olharam para a distância entre o andaime e a porta. Não era grande. O plano de Tanya parecia possível.

– Seja rápida – disse Red, entregando o saquinho com o bracelete para a menina. Em seguida, ela e Fabian andaram até a porta junto com Oberon, tirando quaisquer objetos que pudessem obstruir o caminho, como ferramentas e alguns pedaços de ferro não usados.

Tanya subiu na primeira plataforma do andaime e se aproximou do berloque. Dando uma última olhada para a porta, ela pegou o bracelete e o colocou ao lado do Cajado prateado. Enquanto o talismã se encaixava, a menina puxou a mão devagar, fazendo todo o berloque escorregar para fora da fresta na parede. Um pó fino saiu com ele quando um pedaço do tijolo frágil se moveu.

– Consegui! – gritou ela, segurando o bracelete com força na mão e descendo do andaime.

Assim que os pés da menina bateram contra o chão, um ruído pesado confirmou que um tijolo tinha caído da parede para a plataforma de madeira. Antes que um segundo tijolo pudesse cair, Tanya já havia percorrido metade da distância até a saída.

AS 13 MALDIÇÕES

Fabian, ao vê-la próxima, manteve a porta aberta para que a menina pudesse sair tranquilamente. No entanto, assim que chegou ilesa ao lado de fora, Oberon, incapaz de suportar a ideia de não ter comido todos os biscoitos, entrou correndo pela porta, pulando no andaime. Atrás dele, vários tijolos se soltavam da parede, batendo na plataforma de madeira e se espatifando no chão.

— Oberon, NÃO! — gritou Tanya.

E, antes que Fabian e Red pudessem reagir, ela correu de volta para a igreja.

— Tanya, saia daí! — berrou o menino. — Você vai acabar se matando!

Arrancando os malditos biscoitos do andaime, a garota os jogou para fora com toda a força, desviando de mais pedaços de pedra que caíam em sua direção. O pacote voou pela porta e aterrissou do lado de fora, seguido de perto por Oberon, que começou a engoli-los sem pensar duas vezes.

Tanya não foi tão rápida nem teve tanta sorte. Havia chegado à metade do caminho quando um pedaço da parede desmoronou para dentro, escorregou pelo andaime e desabou em frente a ela, forçando-a a parar de correr. O desmoronamento deixou um buraco na parte de cima da parede. Mais pedaços se desintegravam. Segundos depois, toda a estrutura desabou, caindo como se fossem ombros derrotados. O colapso se tornou também o fim do vitral, que, sem nada para sustentá-lo, voou pela igreja e se despedaçou. Quase à porta, Tanya gritou. Um rangido ameaçador e horrível soou de cima. De mãos atadas, Red e Fabian só podiam incentivar Tanya a continuar correndo, mas a menina tinha parado e estava olhando para cima.

— Saiam daqui! — arquejou ela. — Fiquem longe da porta! O telhado...

Se ela terminou a frase, os dois não ouviram. Com um som tão alto quanto o de um trovão, uma parte do teto da igreja mergulhou na direção deles, bloqueando o acesso à porta — e prendendo Tanya do lado de dentro.

— TANYA! — berrou Fabian, correndo para a igreja.

Red o segurou.

— A janela! — sibilou.

Os dois foram para os fundos da igreja, passaram pelo salão meio demolido e pararam na janela que Tanya havia usado para entrar. Fabian juntou as mãos em volta da boca e gritou o nome da menina. Red fez o mesmo e Oberon, que percebera de repente que a dona não estava ali, começou a latir, exaltado.

Depois de um minuto gritando, os três não ouviram resposta. Red ergueu Fabian até a janela, sofrendo sob o peso do menino enquanto ele observava o local. Oberon não parava de latir. Pela primeira vez, Red não se importou — era um som que provavelmente confortaria Tanya... se ela ainda estivesse ouvindo. Brigando com a lanterna, Fabian conseguiu lançar luz pela janela.

— Tem muita poeira — rosnou ele, tossindo de repente. — Tanya!

— Não vou conseguir segurar você por muito mais tempo — grunhiu Red. — E a gente não sabe se *esta* parede está estável agora!

— Estou vendo a Tanya! — gritou o menino de repente. — Ela está perto do depósito, no chão! — Ele tentou engolir o choro. — Ela... Ela não está se mexendo. Deve ter corrido quando o telhado caiu. Tanya, acorde... *Por favor!*

A força de Red acabou, exigindo que ela soltasse Fabian. Ele continuou gritando enquanto a menina sacudia os braços doloridos.

AS 13 MALDIÇÕES

Ainda não tinham ouvido uma resposta. Outro barulho forte veio de dentro da igreja. Mais partes das paredes estavam desabando.

— Nosso tempo está acabando — disse Fabian. — Não podemos nem entrar para ajudar. A igreja inteira pode desmoronar.

— Ela deve estar só desmaiada — afirmou Red. — Se tivéssemos um pouco de água para jogar no rosto dela, talvez a Tanya acordasse.

— Água... — repetiu Fabian. — O poço!

O menino correu de volta para o cemitério, desaparecendo atrás da igreja. Minutos se passaram, os latidos de Oberon se tornaram ganidos e mais ruídos vieram do interior da igreja, à medida que as paredes rangiam e caíam. Por fim, Fabian reapareceu, trazendo um balde de água do poço.

Juntando o resto das forças, Red ergueu Fabian até a janela de novo. Dessa vez foi ainda mais difícil por causa do peso extra do balde cheio. Além disso, até Fabian se equilibrar, grande parte da água escorreu sobre Red e caiu, gelada, no rosto e no pescoço da menina. Com toda a força que tinha, Fabian lançou a água pela janela, fazendo o balde bater do outro lado da parede ao cair.

— Ela está se mexendo! — gritou. — Tanya! Tanya! Levante-se!

Uma voz grogue respondeu:

— Fabian? Minha cabeça está doendo...

— Não, não se deite de novo. Você tem que se levantar. *Agora!*

Um barulho de movimento surgiu, seguido por um acesso de tosse.

— Estou me sentindo zonza. — A voz de Tanya era fraca.

— É claro que está — disse Fabian, em pânico. — Você está com um rasgo enorme na testa e... *Ai!*

Red, desesperada para fazer o menino se calar e sem mãos para beliscá-lo, tinha mordido a perna de Fabian.

— Não diga isso a ela, idiota!

— Bom, não está tão ruim assim... — gaguejou ele. — É só um arranhão. Agora suba na cadeira e pegue a minha mão.

A cadeira foi arrastada e batida contra o chão. Red grunhiu enquanto Fabian mudava de posição.

— Calma — disse ele. — Tente de novo. Vá devagar.

— Não precisa ser *tão* devagar assim... — pediu Red, trincando os dentes. Os cabelos caíam em seus olhos e, para piorar, a bunda de Fabian estava em seu rosto. Um novo rangido longo havia começado no telhado. — Andem logo!

— Pronto — afirmou Fabian. — Agora segure em mim. Isso!

Olhando para cima, Red viu que a cabeça e o tronco de Tanya haviam passado pela janela e os braços estavam pendurados no pescoço de Fabian. Ela estava horrível — e, como o garoto havia descrito, um corte enorme rasgava sua testa. O rosto da menina estava todo manchado de sangue.

— Estou enjoada — gemeu ela. — Está doendo.

— Vomite, se precisar — disse Fabian, tentando parecer alegre. — Mas só se você precisar mesmo.

Os braços de Red queimavam e ela não podia mais aguentar.

— Vou soltar vocês. Segure a Tanya!

Fabian escapou das mãos de Red, puxando Tanya e fazendo-a cair em cima dele. Quando a menina escorregou pela janela, a pedra áspera rasgou sua blusa e arranhou sua pele, fazendo-a berrar de novo. Fabian se levantou de imediato, e, juntos, ele e Red ergueram e arrastaram a menina para longe da parede, afastando-a da igreja e levando-a para o cemitério. Oberon pulava ao lado deles.

Os dois pararam apenas para fechar a entrada do túnel secreto — nenhum deles queria voltar por ali. Enquanto Tanya e Fabian punham

AS 13 MALDIÇÕES

a pedra de volta no lugar, Tanya tropeçou pelo cemitério e vomitou todo o conteúdo de seu estômago na grama. Apesar de a frente da igreja estar intacta, um último e obstinado ruído trovejou nos fundos do prédio, quando o resto das paredes desabou.

Sujos, maltrapilhos e assustados, os três deixaram o cemitério e andaram na direção do solar. Acima deles, o céu começava a se tornar rosado à medida que a luz do dia ia surgindo, mostrando que haviam passado a noite toda fora.

31

O BANHEIRO AO LADO DO QUARTO DE TANYA, Red cuidou das feridas da amiga. Fabian andava de um lado para outro perto da porta, se recusando a ir para a cama. A luz fraca do sol passava pela janela. Se não fosse pelos rostos sujos, sangrentos e desanimados, a noite pareceria apenas um pesadelo.

— Como está se sentindo? — perguntou Red.

— Melhor — respondeu Tanya. Ela levantou a mão para tocar no curativo improvisado que Red fizera rasgando uma das toalhas limpas de Florence.

— Você parece melhor — disse Red. — Mas é um corte feio. Vai ter que ser tratado.

— Mas isso significa que vou ter que contar à minha avó — lembrou Tanya.

Red hesitou.

— Eu sei. E acho... Acho que já é hora de ela saber. Sobre tudo. Porque isso está ficando perigoso demais.

— Mas ela não vai deixar a gente continuar procurando os berloques — protestou Fabian. — E ainda temos que encontrar três.

— Ela pode impedir vocês dois — respondeu Red, direta. — Mas não pode fazer nada comigo porque já terei ido embora.

AS 13 MALDIÇÕES

Tanya levantou o rosto e Fabian abriu a boca para interrompê-la, mas Red continuou:

— Não acho que os últimos três talismãs estejam aqui na casa. Devem estar nos lugares que mencionamos: o velho chalé da Elizabeth e a Pousada do Salteador. Vou até lá hoje. Sozinha.

— Mas são só dois lugares — disse Tanya. — E o terceiro?

— Acho que sei onde está — afirmou Red, amarga. — Mas vocês não precisam se preocupar com isso.

— Red? — chamou a outra menina, baixinho. — Quando você encontrar o James, o que vai fazer? Quero dizer, para onde vai? Já está fugindo há tanto tempo... O que vai acontecer quando tiver que pensar no seu irmão? Não pode continuar vivendo assim. E se vocês dois forem levados para um orfanato de novo?

— Não vou voltar — disse Red, irritada. — Nem o James. Vou dar um jeito, algum jeito de nós dois desaparecermos. Talvez a gente possa se juntar a algum grupo de viajantes, conseguir um emprego... Continuar mudando de lugar. Não sei, vou pensar em alguma coisa. Mas não vou voltar, nunca.

Ela ignorou os olhares preocupados que Tanya e Fabian trocaram, se levantou e andou até o quarto. Tirou a mochila, escondida embaixo da cama de Tanya e começou a conferir o conteúdo metodicamente.

Fabian a seguiu, saindo do banheiro.

— Você vai embora agora?

Red fez que sim com a cabeça, jogando o casaco de pele de raposa na mochila e conferindo o bracelete mais uma vez.

— Vou pegar o primeiro ônibus.

— Então você vai precisar do endereço — disse Fabian, baixo.

Ele saiu do quarto, deixando Tanya e Red sozinhas.

— Então isso é adeus — concluiu Tanya.

Red coçou o nariz, desconfortável.

— Por um tempo, talvez. — Ela tentou sorrir. — Talvez não para sempre. Quem sabe? Quando formos mais velhas e as pessoas tiverem se esquecido de mim, talvez um dia seja seguro a gente se encontrar de novo.

Fabian voltou e ofereceu a Red um pedaço de papel coberto por sua letra fina e uma nota de dez libras enrolada, que tirara do cofrinho.

— Tome. Vai precisar de dinheiro para a passagem. O chalé é o mais distante. É melhor você ir até lá primeiro e voltar passando pela pousada.

Red estreitou os olhos, tentando decifrar os rabiscos de Fabian.

— Eu conheço esse vilarejo — disse, devagar. — Knook... Minha tia mora lá. Não me lembro exatamente onde, faz muito tempo. Ou, pelo menos, ela *morava* lá. Não sei direito se ainda mora.

— Sua tia? — perguntou Tanya, surpresa. — Não sabia que você tinha família. No verão você disse que não tinha para onde ir.

Red deu de ombros.

— É verdade. Ela é minha única parente. É a irmã mais nova da minha mãe, Primrose. Ou Rose, como insiste em ser chamada. É a estranha da família. Nós nunca tivemos muito contato quando meus pais eram vivos, apesar de eu gostar dela. Mas meus pais não gostavam do fato de eu visitar a mulher por alguma razão. Quando os dois morreram, queria que minha tia abrigasse o James e a mim. Mas, quando o orfanato conseguiu falar com ela, já era tarde demais.

— Talvez você ainda possa tentar — disse Tanya. — Se você for falar com ela... Talvez ela possa ajudar.

Red não parecia ter certeza.

— Talvez.

AS 13 MALDIÇÕES

Ela jogou as últimas coisas na mochila e encheu o cantil de água de novo no banheiro. Olhou para o espelho sobre a pia. Seus olhos estavam muito vermelhos por causa da falta de sono, e o rosto, fino e desanimado. Os cabelos, arrepiados em mechas curtas e delicadas. Por fim, fechou a mochila e a pôs nos ombros. Era hora de ir.

Tanya e Fabian observaram da varanda enquanto Red passava pelos portões do solar Elvesden e entrava na estrada de terra. Logo, ela não pôde mais ser vista.

— Está pensando no que eu estou pensando? — perguntou Tanya a Fabian, em voz baixa.

— Se você está pensando em continuar procurando os berloques, então estou — respondeu Fabian, animado. — Não posso ficar parado enquanto meu pai é mantido prisioneiro. Temos que continuar a busca.

— Então vamos ter que sair de casa antes que minha avó e a Nell acordem — disse Tanya. Ela apontou para a própria cabeça. — Quando as duas virem isto, o jogo acabou.

— Acho que o jogo já pode ter acabado — informou Fabian. — Não disse nada na frente da Red, mas, quando voltei a meu quarto para pegar o endereço do velho chalé da Elizabeth, as anotações que tínhamos feito sobre os berloques e as localizações estavam todas bagunçadas. Alguém andou mexendo nas minhas coisas.

— Vamos já, antes que alguém tenha a oportunidade de nos impedir — incentivou Tanya.

Fabian fez que sim com a cabeça.

— Se formos direto para a Pousada do Salteador, vamos conseguir encontrar o berloque até a Red voltar. Assim, podemos esperar por ela e saber se conseguiu alguma coisa no chalé.

— E se ela está bem — disse Tanya. — Assim, vamos conseguir fazer com que ela diga onde acha que o último talismã está e poder procurar o berloque. Juntos.

O primeiro ônibus para Knook saía pouco depois das oito. Com tempo de sobra, Red tinha andado do solar Elvesden até Tickey End para poupar dinheiro e já estava no ônibus havia cinco minutos enquanto ele estava parado na estação, pronto para sair. Em segundos, ela caiu no sono e passou a hora seguinte acordando e adormecendo. Quando o ônibus, por fim, entrou em Knook, a menina correu para fora do veículo murmurando um "obrigada" para o motorista e começou a andar no que esperava ser a direção certa.

O vilarejo tinha poucas atrações para visitantes. Partes dele eram até mais antigas do que Tickey End, mas ali os velhos imóveis eram, em sua maioria, chalés, e havia uma clara falta de lojas e pousadas, que sempre mantinham Tickey End movimentada. Ao lado de um bebedouro público, Red consultou um mapa do vilarejo e, depois de entender para onde tinha que ir, começou a andar.

Depois de virar na rua errada e ter que dar uma volta grande, acabou encontrando a rua que procurava — Magpie Lane — e começou a andar por ela. O chalé que procurava tinha um nome, não um número, e, apesar de Fabian tê-la avisado de que provavelmente isso tinha mudado com o passar dos anos, ele a ajudara ao informá-la de que, pelo menos nos mapas antigos, era o único chalé totalmente isolado. As outras casas da rua eram geminadas ou agrupadas em filas de varandas.

— Chalé Madressilva — murmurou para si mesma. — Onde está você?

Red andara menos da metade da rua quando as coisas começaram a lhe parecer familiares. A menina parou, observando um jardim com um pequeno lago decorado com pequenos gnomos feios e outro com um balanço malcuidado. Ela o observou, notando os restos de uma tinta que havia sido um forte azul-claro da última vez que o vira. Red conhecia aquela rua. Já tinha estado ali. Uma figura se moveu na janela atrás do balanço e uma cortina de renda se mexeu. A menina continuou andando, mantendo a cabeça baixa. Lembranças se atiçavam em sua cabeça: ela mesma, com cinco ou talvez seis anos de idade, balançando as pernas no banco de trás do carro dos pais enquanto eles dirigiam por aquela mesma rua.

— *Uma hora e vamos embora — tinha dito seu pai. — E, se ela pedir para a Rowan ficar, diga que temos outros planos.*

— *Mas você sabe que ela vai continuar pedindo — respondera a mãe de Rowan, com um olhar rápido e nervoso para a filha. — Ela sempre faz isso.*

— *Então vamos ter que continuar dizendo "não" — retrucou o pai. — Ela tem que entender.*

— *Por que eu não posso ficar com a tia Primrose? — perguntou Rowan, sem prestar muita atenção. Ela tinha acabado de ver duas crianças num balanço em um jardim. Parecia divertido, e Rowan queria brincar também, mas logo o carro havia passado, e ela, esquecido, a mente infantil buscando a próxima distração.*

— *É Rose, querida — corrigiu a mãe. — Ela não gosta de ser chamada de Primrose, lembra?*

— *Ah, é — corrigiu Rowan. — Eu gosto da tia Rose. Ela tem cabelos ruivos iguais aos meus.*

— *É claro que você pode ficar na casa da sua tia — respondeu a mãe. — Só que hoje, não. Talvez outro dia.*

— *É isso que você sempre diz* — choramingou Rowan. — *Eu gosto da casa dela. Gosto de todos os animais. Por que a gente não pode ter um bichinho de estimação?*

O pai murmurou alguma coisa que a menina não ouviu.

A lembrança terminava ali e Red parou a uma pequena distância do único chalé que tinha sido construído afastado das outras casas. Um chalé que não parecia nada diferente da última vez que o vira, muitos anos antes. Um portão de madeira pintado de vermelho vivo se abria para um caminho de pedra que levava até uma porta da mesma cor. As paredes eram brancas, mas, sob as sombras do mato e das árvores que as cercavam, pareciam quase azuis. Uma placa na porta estampava o desenho de frutinhas vermelhas conhecidas, que combinavam com as do jardim, e dizia: Chalé da Sorveira. Era a casa de sua tia Rose.

A compreensão a encheu de receio. A tia morava ali desde que Red conseguia se lembrar, mas o chalé era o lugar em que Elizabeth Elvesden havia morado. A coincidência era incrível, mas Red sabia que aquilo era mais do que acaso. O bracelete a levara até ali, até aquele lugar, por uma razão.

As cortinas estavam todas abertas, mas Red não se atreveu a bater na porta. De alguma maneira, ela tinha que entrar sem ser vista e nem sabia se a tia estava em casa ou não. Arriscando-se, passou pelo portão e andou até a lateral da casa, onde havia outra porteira, maior, de ferro trabalhado, que levava ao jardim dos fundos. Presa a ela, estava outra placa com os dizeres: Cuidado com os cachorros, gansos e cabras!

Rowan soltou um palavrão em voz alta. Não estava preocupada com os cachorros, mas com os gansos que a tia criava. Eram animais ferozes que davam bicadas doloridas sempre que podiam. Tinha muito medo deles quando era pequena. Agora, enquanto observava o jardim malcuidado, podia ver dois gansos nos fundos — um, uma coisa branca enorme chamada Boris, e outro cinzento, cujo nome ela acreditava ser Tybalt, que perseguia ferozmente um pequeno pato amarronzado pelo jardim.

Mais próxima da casa, ao lado de um galpão, ficava uma velha cabra cinzenta com apenas um chifre. Felizmente, estava amarrada por uma corda longa e preocupada em mastigar alguma coisa.

Não havia sinal dos cachorros e, quando levantou a tranca, Red percebeu que não estavam no jardim nem na casa, senão teriam latido. Imediatamente adivinhou que Rose devia tê-los levado para o passeio matinal e que aquela era a oportunidade perfeita para entrar na casa. Esgueirou-se até o jardim, fechando o portão silenciosamente atrás dela. O quintal era tão protegido da casa e dos vizinhos mais próximos que não precisou se preocupar em ser vista. Passando por baixo do varal, a menina andou até a porta dos fundos. Estava, é claro, trancada, mas aquilo não ia fazê-la parar. Vasculhou o jardim, levantando vasos de plantas e o tapete, procurando por algum lugar em que a tia podia ter guardado uma chave extra, mas não achou nada.

Um chiado veio de trás dela, e Red se virou para ver o ganso branco e gordo correndo em sua direção.

— Não encha o saco, Boris — murmurou ela, desviando do bicho, mas o animal não ficava parado. Ele pulou no tornozelo da menina, dando uma bicada dolorida, e se afastou, grasnando, como se risse.

— Ah, você acha isso engraçado, não é? — começou Red, esfregando a perna com força. Então teve uma ideia maravilhosa. — Vamos ver se você acha isso engraçado!

Tirando a mochila dos ombros, ela a abriu e retirou a pele de raposa. Enfiando a bolsa embaixo de um arbusto próximo, Red pôs o casaco e o abotoou, deixando o glamour fazer efeito. O resultado realmente foi muito agradável e a menina não pôde evitar dar alguns uivos de aviso, só para compensar todas as bicadas do passado.

Ao ver a raposa, Boris grasnou de novo, dessa vez de medo, enquanto recuava rapidamente para a outra ponta do jardim. Tybalt, que parara de aterrorizar o pato e tinha considerado lançar outro ataque contra Red, mudou de ideia na hora. Apenas a cabra não se perturbou e continuou a mastigar uma coisa branca que se parecia muito com um par de tênis. Red se sentou no meio do jardim, sentindo-se muito orgulhosa de si mesma, mas a sensação se foi quando a menina se lembrou do motivo de estar ali. Tinha que entrar na casa.

Obteve a resposta quando ouviu o portão lateral se abrir. O disfarce era a solução perfeita, pois Rose nunca saberia que era ela. Tudo que teria que fazer seria usar o amor que Rose tinha pelos animais.

Depois que passaram pela lateral da casa, arfando muito, exaustos da caminhada, os cachorros da tia ergueram as orelhas cortadas ao ver a raposa e começaram a latir.

Red ficou paralisada de medo até perceber que ainda estavam nas coleiras e que, por mais que lutassem e tentassem fugir, a tia ainda os mantinha afastados. Rose apareceu um instante depois dos cachorros, o rosto fino e pálido franzindo a testa enquanto tentava adivinhar o porquê da comoção.

— Qual é o problema com vocês...? — começou ela e parou quando viu Red encolhida no gramado. — Fiquem quietos, meninos — continuou, amarrando as coleiras dos cães a um cano.

Red se virou e mancou de um jeito que esperava ser convincente.

— Ai, *meu Deus*... — ouviu Rose dizer, preocupada. Os sapatos da tia fizeram barulho ao passar pela varanda e se aproximar.

AS 13 MALDIÇÕES

Red deu mais alguns passos e caiu na grama, fechando os olhos. Sentiu o cheiro do perfume da tia, algo como lavanda misturada ao odor de cachorros, quando Rose se ajoelhou a seu lado. Uma coisa macia e peluda estava sendo enfiada em volta dela: a tia havia tirado uma toalha do varal.

Red deu um gemido baixo.

– Fique quietinha agora. Não vou machucar você – murmurou Rose, levantando a raposa com destreza em seus braços.

A menina sentiu que seu peso estava sendo passado para um dos braços da mulher enquanto Rose mexia no bolso com a outra mão. Então ouviu o barulho de chaves e da porta dos fundos sendo destrancada. Tinha conseguido entrar.

Rose jogou as chaves no balcão da cozinha. Red entreabriu os olhos e viu que o molho tinha parado ao lado de um gato gordo que arranhava a superfície do balcão. O cheiro familiar da casa a tomou – o odor de cães sempre presente, misturado ao de comida para gato. Todo o imóvel era dominado por seus moradores animais, mas o cheiro era estranhamente reconfortante. Ele trazia outras lembranças: um verão quente em que Red tomara milk-shake de refrigerante pela primeira vez (decorado com pelos de gato), um banho no tanque do quintal quando bebê (junto com um animado filhote de cachorro) e histórias na sala de estar de Rose (todas sobre animais, é claro). Não havia nenhuma lembrança ruim entre elas e, mais uma vez, Red se perguntou de onde teria surgido a aversão dos pais por Rose.

As divagações foram interrompidas quando Rose a levou para dentro da sala de estar e a deitou no tapete em frente à lareira. Retirando a toalha, ela passou as mãos pela pele da raposa, aplicando uma leve pressão em alguns lugares, procurando ferimentos. Os cabelos ruivos e longos de Rose fizeram cócegas no nariz de Red quando ela se inclinou sobre a menina.

— Não estou vendo ferimento nenhum — murmurou a tia. — Que estranho... A não ser que seja veneno. Meu Deus, deve ser isso mesmo. — Ela pôs a toalha em volta de Red de novo, se levantou e voltou para o saguão, aparecendo um instante depois com as chaves. — Não vou demorar — disse, preocupada. — Vou chamar o veterinário. Ele vai deixar você bem de novo. Tenho certeza.

A mulher saiu do cômodo, fechando a porta atrás de si, e, logo depois, Red ouviu a porta da frente se abrir e se fechar. Estava sozinha na casa.

A menina se levantou de um pulo, tirando a pele de raposa. O plano havia funcionado melhor do que esperava. Agora só tinha que encontrar o berloque e esperar que a tia não voltasse no momento errado e corresse perigo.

Apesar da grande quantidade de terreno que o cercava, o chalé não tinha escada, pois só possuía um andar. Red conhecia bem o lugar e, com exceção do papel de parede e de alguns móveis, pouca coisa mudara. Havia apenas quatro cômodos na casa: a cozinha, a sala de estar e um quarto, além de um banheiro minúsculo, que tinha sido construído recentemente — na época de Elizabeth não devia haver banheiro, apenas uma casinha no jardim. Por essa razão, Red dispensou a busca no banheiro e decidiu se concentrar no resto da casa.

A cozinha não era muito diferente da do solar Elvesden, mas menor. O teto e as portas eram baixas e vigas escuras corriam por todo o cômodo. Ela vasculhou armários e gavetas, encontrando incontáveis latas de comida para animais e manuais para criadores, adesivos de instituições de caridade e faturas de veterinários. As paredes eram adornadas com fotos emolduradas de muitos bichos e várias da própria Red, antes de James nascer. Depois disso, a menina não havia visto muito a tia. Ela franziu a testa quando estudou as fotos, pois todas estavam tortas, em determinados ângulos.

O gato do balcão da cozinha olhou para Red preguiçosamente, antes de se esticar e dar as costas para a menina. Nos breves instantes em que o bicho se levantou, ela percebeu que estava deitado sobre uma pilha de cartas fechadas e lembrou de imediato como a tia odiava ler as que recebia. Na verdade, não gostava de ter contato com o mundo exterior ao seu pequeno casulo. A mulher nem tinha telefone. Por isso, o orfanato tivera dificuldade para entrar em contato com ela, lembrou Red, enojada.

A menina saiu da cozinha, passando por baixo da ferradura pendurada na porta. Havia uma em cada porta da casa, e ela se lembrava de ouvir Rose dizer que eram para dar sorte.

Entrou no quarto da tia. Uma cama de solteiro estava coberta por montes de almofadas e mais dois gatos dormindo. Acima da cama havia outra foto torta. Mais ou menos do meio da chaminé ficava uma prateleira fina cheia de badulaques, que ela remexeu. No centro havia outra foto de Red, tirada quando ela tinha cerca de seis anos, em uma moldura que a menina fizera para dar de presente a Rose, com palitos de pirulito. Ela pegou o porta-retratos e, ao fazer isso, outra fotografia escorregou de trás dele e voou para longe da menina, pousando na lareira vazia.

Só que a lareira não estava realmente vazia. Apesar de ter sido varrida, havia uma pequena pilha de cinzas que a vassoura não conseguira alcançar. E, entre as cinzas, estava uma máscara minúscula e escurecida. Sem pensar, Red pegou-a e esfregou-a entre os dedos.

A fuligem saiu e revelou a prata abaixo dela. A Máscara do Glamour. Pondo a mão no bolso, ela removeu o bracelete com mãos trêmulas, conectou o berloque e enfiou a pulseira de volta na bolsinha. Tinha conseguido o que viera buscar. Aquele havia sido o berloque mais fácil de todos – mas saber disso só deixava a menina mais incomodada. Ela tirou a foto da lareira e estendeu o braço para pegar o porta-retratos de onde caíra. Pela primeira vez, percebeu o que a foto mostrava e levou um susto.

Uma Rose muito mais jovem tinha sido fotografada numa cama de hospital, parecendo cansada e pálida. Os cabelos ruivos estavam espalhados em torno da cabeça da mulher de forma desarrumada, e, em seus braços, havia um pequeno bebê. No entanto, em vez de feliz, Rose parecia perturbada e vulnerável.

Red pôs a foto de volta lentamente atrás da imagem de si mesma, sem saber o que pensar. Entendeu que devia ter descoberto um segredo do passado da tia, mas não conseguia nem começar a pensar no que podia ter acontecido. Nunca ouvira a mãe falar nada sobre Rose ter um filho. Mas havia ficado claro pela foto que esse era o caso, e Rose sempre tinha demonstrado que gostava de crianças. Será que alguma coisa havia acontecido com o bebê?

Ela se virou para ir embora, mas hesitou. Uma sensação incômoda não a deixaria partir até que tivesse pelo menos tentado entender o que havia acontecido no passado da tia. Uma sensação horrível tentava abrir caminho até sua mente. Ela se aproximou do armário embutido de Rose, próximo à lareira. Ao abri-lo, sentiu o cheiro sempre presente de pelos de cachorro nas roupas penduradas, mas as ignorou e olhou para cima, para onde uma prateleira entulhada continha uma caixa e uma pilha de livros muito usados. Pegando a caixa, ela a abriu e encontrou um montinho de roupas de bebê. Pôs a tampa de volta e a devolveu à prateleira, com o coração acelerado. Havia algo de sombrio naquelas roupas. Eram apenas roupas, mas não havia bebê...

Ao puxar a mão de volta, ela bateu num dos livros, e os dois mais próximos do topo escorregaram. Red os pegou e ficou olhando para eles enquanto absorvia os títulos. O primeiro era *Proteção contra os pequeninos* e o segundo, *A guarda: o poder de proteção contra a mágica*.

— Não pode ser — sussurrou para si mesma, folheando os livros sem acreditar. — Não pode...

Parou para ler uma página com a ponta dobrada:

"Fadas podem ser impedidas de entrar nas casas por objetos de ferro, ervas e flores (ver página 122) e pelo uso cuidadoso do sal. Outra barreira pode ser criada pendurando fotos e espelhos em diversos ângulos para evitar que as fadas se sentem neles."

— Fotos tortas — disse Red, passando para o outro livro, onde uma página havia sido marcada com um envelope.

"Proteção natural contra todas as fadas", dizia o título. "Para afastar qualquer atenção indesejada dos pequeninos, use várias plantas fáceis de obter e conhecidas por diminuir a atividade das fadas."

— "Freixo" — leu ela em voz alta. — "Louro, amora, cravo, alho, tília, sorveira, sândalo, hamamélis..." — Os olhos da menina pararam na palavra "sorveira" e depois correram para baixo da página, onde havia outro título. — "Plantas a Serem Evitadas... jacinto, sabugueiro, dedaleira, espinheiro, prímulas..."

— Rowan? É... É você?

Red se virou, deixando o livro cair. Sua tia Rose estava parada na porta, olhando fixamente para ela, como se a menina fosse um fantasma. Ainda estava de casaco e com as chaves na mão.

— Eu não entendo... O que... O que você está fazendo aqui?

— Eu... — Red parou de falar, buscando algum tipo de explicação ou um jeito de fugir, mas não havia nenhum. Ela estava realmente cercada e, estupidamente, havia deixado a pele de raposa na sala de estar. Não deixou de ver a ironia da situação: tinha encontrado a Máscara do Glamour, mas era a única coisa que não podia usar.

— Eu... deixei uma raposa ferida na sala de estar — sussurrou Rose. — O veterinário tinha saído num chamado de emergência... — Ela se sacudiu. — E agora só há um casaco de pele... e você está aqui. Era você, não era? É algum tipo de glamour. Por quê?

Red balançou a cabeça, enjoada. Era demais para processar: as informações que a tia possuía sobre fadas e glamoures, que tinham sido muito bem escondidas. Escondidas por tanto tempo e, agora, reveladas.

— Eu... estava procurando uma coisa — disse.

— O quê? — implorou Rose, ainda paralisada à porta. — Eu não entendo. O que você estava procurando?

— Um berloque — explicou Red. — Só um berloque pequenininho...

Uma sombra passou pelo rosto da tia.

— Está falando daquela máscara, não está? — Os olhos dela passearam e logo encontraram os dedos de Red manchados de fuligem. — O berloque apareceu um dia, do nada. Eu sabia que devia ter alguma coisa a ver com... elas, então tentei me livrar dele. Primeiro joguei o talismã no lixo. Ele voltou. Então joguei no rio... E ele voltou mesmo assim. Estava esperando que o fogo desse cabo dele de vez... Mas obviamente não conseguiu. Por que você queria isso? Onde ele está?

AS 13 MALDIÇÕES

— Num lugar seguro — sussurrou Red. Não conseguia tirar os olhos da tia, a mulher que pensava conhecer. — E você não precisa saber por quê. É melhor assim.

— Tem gente procurando você, Rowan — disse Rose, triste. — É verdade que você pegou aquelas crianças? Por que fez isso?

Red não respondeu.

— Meu fruto da sorveira. O que aconteceu com você?

— Não dá para adivinhar? — retrucou Rowan, amarga. Ela indicou os livros sobre fadas com um gesto. — É tão difícil assim? Por que você não me disse que podia ver fadas? Devia saber que eu também podia ver essas criaturas! Por que não dividiu isso comigo, um pouco das informações sobre proteção? Em vez disso, você guardou tudo para si mesma, junto com seus outros segredos. Ah, não fique tão surpresa! — A raiva da menina chegava ao ponto de ebulição. — Eu encontrei a fotografia e as roupas de bebê. Já sei o seu grande segredo. Você teve um filho, não teve? E acho que posso adivinhar o que aconteceu com ele. A mesma coisa que aconteceu com o meu irmão enquanto estávamos no orfanato! Ele foi levado, não foi? Sequestrado pelas fadas!

Rose agarrou o pescoço com a própria mão, como se tivesse sido picada por um inseto venenoso.

— James... Você quer dizer que elas levaram seu irmão?

— É — cuspiu Red. — E estou tentando trazer o James de volta desde então. Mas talvez, só talvez, se você tivesse compartilhado seu conhecimento comigo ou se preocupado o suficiente para vir buscar a gente mais cedo quando meus pais morreram, nada disso teria acontecido! Em vez disso, você deixou a gente lá por semanas!

— Eu não queria fazer isso — disse Rose, fraca. — Só soube do que tinha acontecido quatro semanas depois do acidente. Estava no exterior, trabalhando em um santuário para animais. Voltei e soube

403

daquela notícia horrível. Queria ter ido antes, mas peguei malária. Fiquei doente por algumas semanas.

Rose entrou no quarto e desabou na cama, liberando a porta. O caminho de Red estava livre para a fuga, mas as palavras da tia haviam paralisado a menina e ela não conseguiu se mexer.

— Mas eu fui buscar vocês, os dois — continuou Rose, a cabeça entre as mãos. — Só que fui tarde demais. James já tinha desaparecido... E você também.

— Por que não me contou sobre as fadas? — repetiu Red, obstinada. — Por que não me disse que podia ver essas criaturas?

Rose olhou para cima, os olhos brilhando por causa das lágrimas.

— Porque não posso.

— Você acha que vou acreditar nisso?

— É a verdade. Sei que elas existem, mas não consigo ver nada. Pelo menos... não do jeito que você vê. Não tenho o dom da visão.

Red olhou nos olhos da tia.

— Então o que significa tudo isso? Por que você mora sozinha neste chalé, cercada de sorveiras e ferraduras? Do que tem tanto medo? E o que aconteceu com o seu bebê?

Rose olhou de volta para o próprio colo e respirou fundo, estremecendo.

— Se quer mesmo saber, sente-se aqui e eu vou contar. Já é hora de você saber a verdade sobre tudo.

Red hesitou. Depois andou devagar até a cama e se sentou na ponta dela, longe da tia. A mulher parecia maluca, sentada ali com os cabelos ruivos enrolados caindo nas costas e as mãos torcendo a saia como uma criança que acabou de levar uma bronca.

— Todo mundo sabe que eu gosto de ser chamada de Rose — começou ela. — E não de Primrose, que é o meu nome verdadeiro. Mas ninguém,

AS 13 MALDIÇÕES

ninguém, sabe o motivo a não ser eu. Jurei levar isso para o túmulo, porque, se contasse a alguém, ninguém acreditaria.

"Gostava do meu nome – continuou ela. – Até um dia de verão. Eu tinha dezessete anos. Era dia de carnaval. Era comemorado todo ano no meio do verão e eu tinha sido escolhida rainha. O tema daquele ano eram meninas com nomes de flores. É claro, várias meninas participaram: uma Jasmine, uma Lily, que é o nome em inglês do lírio, duas Rosas e duas Margaridas. Mas eu era a única Primrose, a única prímula. É claro que nossos vestidos refletiam nossos nomes. Usei um vestidinho amarelo lindo com uma faixa verde na cintura e uma tiara que tinha feito com prímulas de verdade.

"Enquanto o desfile percorria as ruas e os bosques perto de onde morávamos, notei um jovem sorrindo para mim da multidão. Tinha os cabelos muito pretos e olhos da mesma cor. Ele seguiu o cortejo durante todo o trajeto até que o desfile terminou e todos começaram a dançar na rua.

"Dancei com ele a noite toda, até meus pés ficarem doloridos e cheios de bolhas. Mesmo assim, ele não queria parar. Só tinha olhos para mim, apesar de outras garotas estarem observando e esperando que ele tirasse mais alguém para dançar. A noite passou como um sonho e eu me sentia tonta, zonza.

"Perguntei por que tinha me escolhido entre todas as outras garotas. Ele só riu e disse que gostava do meu nome. Afirmou que gostava *muito* dele e me contou como as prímulas podiam ser usadas em encantamentos que permitiam ver fadas, se fossem usadas corretamente.

"Achei que ele estivesse brincando ou talvez fosse um viajante que acreditava nesse tipo de coisas. Naquele instante, é claro, percebi que não sabia o nome *dele*. Mas, quando perguntei, ele simplesmente riu e disse que era melhor que eu não soubesse.

"Quando eu não conseguia mais dançar, ele pegou uma das prímulas dos meus cabelos. "Para me lembrar de você", disse. Boba, perguntei se não iria deixar alguma coisa para que *eu* me lembrasse *dele*. A única resposta que ele deu foi um sorrisinho estranho enquanto ia embora. — Rose mexeu as mãos em seu colo. — Nunca mais vi o homem depois daquela noite. Ninguém viu, nem sabia quem era. Mas, quem quer que fosse, ele realmente me deixou uma lembrança. — Inconscientemente, ela pôs a mão na barriga. — Nove meses depois, eu tive um filho, um pequeno bebê de cabelos ruivos."

— Um filho das fadas? — sussurrou Red. — Você teve um filho com uma fada?

Rose fez que sim com a cabeça, amarga.

— É claro que eu já sabia o que estava acontecendo comigo muito tempo antes de o bebê nascer, apesar de nada daquilo fazer sentido. Primeiro, não acreditei que fosse possível, mas não adiantou. Meu corpo estava mudando e não havia nada que eu pudesse fazer para impedir. Eu me lembrei do sorriso estranho, da conversa sobre fadas... De como ele estava fascinado com o meu nome e tinha se recusado a dar o dele. — Ela deu um sorriso seco. — Depois de pesquisar um pouco, tudo fez sentido. Era uma fada e tinha me engravidado. Eu estava morrendo de medo por ter uma coisa daquelas crescendo dentro de mim, uma coisa que eu não queria nem tinha pedido. Já tinha minha vida planejada: seria veterinária. Não havia espaço para uma criança.

Contei tudo para minha irmã, sua mãe — sussurrou ela. — Não podia dizer que o pai era uma fada. Nem precisei. Ela tinha me visto dançar com o moço no carnaval e tirou as próprias conclusões.

Eu estava desesperada. Era jovem e boba, pouco mais do que uma criança. E a Anna, que tinha se casado com o seu pai quatro anos antes, estava louca para ter um filho. Foi ela quem sugeriu. Era a solução perfeita. Eu iria morar com os dois e me esconderia até que o bebê nascesse. Enquanto isso, Anna fingiria estar grávida e ficaria com a criança quando ela nascesse. Foi tudo perfeito. Mas, quando o neném nasceu, eu sabia que tinha cometido um erro. Não queria mais entregar a menina a ninguém. Comecei a amar minha filha assim que vi a criança... Mas, já era tarde demais. Concordei em entregar o neném. Eu sabia que partiria o coração da Anna se não cumprisse minha promessa. Por isso não fiz nada. E parti o meu coração.

— Meus pais tiveram outra filha? Antes de mim? — repetiu Red.

Rose balançou a cabeça, fazendo seus olhos encontrarem os de Red, tão verdes, tão parecidos...

— Não, Rowan — disse, baixinho. — Não houve outra criança. O bebê de quem estou falando... é você.

Red se encolheu.

— Não é verdade — sussurrou ela. — Diga-me que não é...

— Desculpe — pediu Rose, em voz baixa. — Eu sinto tanto... Você nunca deveria ter descoberto, não assim. Não devia...

— Você me deu? — murmurou Red, horrorizada. — Você me deu? Como pôde fazer isso?

— Porque achei que seria melhor assim.

Rose estendeu a mão para a menina, pedindo que a perdoasse, mas Red se afastou rapidamente.

— E o James? — perguntou, com lábios trêmulos.

— Ele era filho dos dois. Não era seu irmão, mas seu primo...

— NÃO! — gritou Red.

— Eu fiz os dois prometerem, antes de você nascer, que eu poderia escolher seu nome...

— Ah, que ótimo! — rosnou Red. — Você me deu para outra pessoa e depois achou que eu iria agradecer por ter escolhido meu nome? Isso tornaria você uma mãe melhor de alguma maneira? — A boca da menina se contorceu ao dizer a palavra. — Você não é minha mãe. Não! Não acredito nisso. Nunca vou acreditar!

Mas a expressão no rosto de Rose, o fato de ser tão parecido com o dela, agora que sabia a verdade, convenceu a menina do contrário.

— Escolhi o nome "Rowan" antes de você nascer — continuou Rose. — Eu sabia que seria adequado se você fosse menina ou menino. O fruto da sorveira. Proteger você era tudo que importava, e o seu nome foi a única maneira que achei de fazer isso. Porque, sabe, foi o meu nome que me trouxe problemas... Foi a coisa que atraiu a fada para mim, como uma mariposa para a chama. Para a prímula. Por isso, agora, sou a Rose. Uma simples rosa comum...

— *Não!* Isso não faz sentido! Se isso fosse verdade, eu seria metade fada! Não posso ser... Não sou! Posso ver essas criaturas, eu *saberia*...

Rose balançou a cabeça.

— O nome criou uma barreira que protegia você de tudo. Até de saber o que você era. E também impedia as outras pessoas com o dom da visão de ver o que você era...

Red já tinha ouvido o bastante. Com um choro sentido, ela se levantou de um pulo e correu pelo chalé. Logo, estava do lado de fora, puxando a mochila de baixo do arbusto. Enquanto corria pelo jardim e passava pela porteira lateral e pelos cachorros, ela ouviu a voz de Rose gritando atrás dela, desesperada:

— Rowan, volte aqui! Por favor, volte!

A menina abriu o portão principal e correu, lembrando-se tarde demais do casaco de pele de raposa. Ela o havia deixado para trás, seu glamour. Desmascarado, exposto, uma fantasia inútil. Um disfarce que não funcionava mais... Como o de sua verdadeira mãe.

Sua vida toda tinha sido uma mentira, uma grande máscara falsa. As fadas sabiam disso e tinham deixado a menina entrar num acordo que nunca poderiam cumprir. Como dariam James de volta para ela agora? Como entregariam seu irmão de volta, se a menina nunca tivera um?

32

RED VOLTOU PARA O SOLAR ELVESDEN. NÃO sabia mais para onde ir.

A menina se esqueceu da Pousada do Salteador, se esqueceu dos últimos dois berloques. Nada disso importava mais porque James não era seu irmão e ela nunca conseguiria cumprir a tarefa. Tinha sido derrotada antes mesmo de começar, e as fadas sabiam disso desde o início.

Não fez esforço para tentar entrar escondida na casa. Não tinha nem vontade nem motivo porque já imaginava que Tanya e Fabian tinham contado a Florence a verdade sobre o que realmente havia acontecido com Warwick. Pela primeira vez, andou até a grande porta da frente — mas, ao levantar o braço para bater, ela parou abruptamente. Havia alguma coisa vermelha e úmida manchando a madeira.

Um arrepio passou pelo corpo de Red. Ela esmurrou a porta.

Fabian atendeu.

— Red! — exclamou, boquiaberto. — Você voltou! Tem que entrar rápido!

Ele a puxou para dentro, sem dar à menina a chance de falar.

O tom urgente do garoto mostrava que algo havia acontecido. Depois que ele fechou a porta, ela o seguiu, sentindo-se confusa e dormente.

AS 13 MALDIÇÕES

– É a Nell – disse Fabian sem fôlego, correndo para a sala de estar. – Ela está mal. Estamos esperando o médico.

Os dois entraram na sala. Nell estava deitada no sofá de olhos fechados, respirando fundo e tremendo. Tanya e Florence estavam ao lado dela. Florence estava sentada segurando o braço da empregada e pressionava contra a pele de Nell um pano que rapidamente se encharcava de vermelho.

– Red? Rápido! O bracelete! – As palavras jorraram da boca de Tanya. – A Nell encontrou a Adaga. Mas agora ela não para de sangrar!

Red saiu do transe enquanto tentava entender a cena à sua frente. Tirou a bolsinha de couro do bolso.

– Eu não entendo – começou a dizer. – Como a Nell se envolveu nisso? Onde está o berloque?

Fabian apontou para uma mesa ao lado da poltrona.

– Ali. Não para de... *pingar*.

O menino estremeceu.

A Adaga estava no meio de uma piscina vermelha que se espalhara até a ponta da mesa. Enquanto Red a observava, o sangue pingou no chão, manchando o tapete como vinho.

Nell abriu os olhos e tentou se levantar.

– Encontrei o berloque... para você – disse, fraca, e tossiu. – Levou algum tempo, mas eu consegui. Só que, de alguma forma, uma velha cicatriz no meu braço reabriu... Tanto sangue... Só ficava pior...

– Volte a descansar – pediu Florence, fazendo Nell se recostar no sofá de novo.

Red correu até a mesa. Tirando o bracelete da bolsinha, ela o ergueu sobre a piscina cada vez maior e o aproximou da poça de sangue. Todos ouviram o berloque se conectar à pulseira. A menina enfiou o bracelete de volta na bolsinha, ainda vermelho e pingando.

Florence manteve a pressão no braço de Nell por mais um tempo, mas ficou claro que a cor voltava ao rosto da empregada.

— Fabian, vá fazer um chá bem quente e doce — pediu Florence. — Acho que todos nós precisamos de uma xícara. — Ela olhou Red de cima a baixo. — E você, menina, precisa de um bom prato de comida.

Florence balançou a cabeça e se virou para Nell, levantando a toalha com cuidado. Embaixo dela, Red viu uma ferida aberta e roxa na pele da empregada. Em volta do ferimento, havia camadas de sangue seco pisado, mas, quando Florence limpou o coágulo grudento, deu um suspiro aliviado.

— Parou. A ferida se fechou de novo.

Ela baixou o braço de Nell e o pousou sobre o peito da empregada.

— Fique aqui mais um tempinho — disse, com carinho. — Você sofreu um choque muito grande.

Florence fez um sinal para que Tanya e Red saíssem da sala, um dedo sobre os lábios.

— Ela precisa descansar — disse, quando todos já estavam no corredor.

A avó de Tanya os guiou até a cozinha, onde a menina explicou o que havia acontecido.

— Nell encontrou nossas anotações sobre os berloques no quarto do Fabian — começou Tanya. — Ela foi até a Pousada do Salteador sozinha para tentar encontrar algum. Queria fazer alguma coisa para compensar a culpa pelo que aconteceu com seu irmão. Então,

AS 13 MALDIÇÕES

alugou o quarto que o ladrão usava para guardar os objetos roubados e encontrou o berloque na hora. Estava escondido na chaminé em que o salteador guardava o que roubava. Mas, assim que tocou no talismã, ele começou a verter sangue... E não era o sangue da cura do tesouro. Cada gota da Adaga fazia a velha cicatriz de Nell verter sangue também.

— E como ela voltou para cá? — perguntou Red, impressionada.

Tanya enrubesceu.

— Depois que você saiu, Fabian e eu continuamos a busca. Não queríamos deixar você procurar sozinha, então nosso plano era achar o berloque e nos encontrarmos com você quando chegasse. Em vez disso, demos de cara com a Nell. Foi quando chamei a minha avó e pedi que ela viesse buscar a gente...

— E finalmente me contou o que estava acontecendo — interrompeu Florence, séria.

Fabian pôs um bule na mesa e serviu o chá. Red olhou para a xícara por um minuto antes de levantá-la mecanicamente para beber. Não tinha gosto de nada.

— E você? — perguntou Tanya. — Achou o velho chalé da Elizabeth?

Red fez que sim com a cabeça.

— Encontrei o chalé, o berloque e muito mais.

— O quê? — indagou Tanya. — Por que está tão triste? Só falta encontrar um talismã!

— Não importa — respondeu Red, em voz baixa. — Foi tudo em vão.

— Do que você está falando? — perguntou Fabian.

— Foi só um jogo — disse Red. — Um jogo que eu nunca poderia ganhar porque o James não é meu irmão. É meu primo. Toda a minha

Michelle Harrison

vida é uma mentira e as fadas sabiam disso. Nunca quiseram me devolver ninguém.

— Você não está fazendo sentido — comentou Tanya, carinhosa. — Como você sabe que o James não é seu irmão?

Depois de várias interrupções e recomeços, a história foi contada. Quando Red terminou, Tanya, Fabian e Florence ficaram parados, em silêncio.

— Entenderam? — concluiu a menina com uma risada amarga. — Não sou a Rowan Fox e não tenho um irmão. Não sei mais quem eu sou.

— Mas você *é* a Rowan — disse Tanya, incentivando a garota. — E o James ainda é seu parente. Ele cresceu com você e amou você. Será que faz diferença ele ser seu primo e não seu irmão? Se disser que ele deve ficar com você, então é onde ele deve ficar. E ninguém pode mudar isso.

— Não pode desistir agora — implorou Fabian. — E o meu pai? Ele ainda está lá e você é a única esperança que ele tem!

— Isso mesmo — lembrou Tanya. — Não podemos deixar o Warwick com as fadas. Você tem que tentar, para o bem dele e do James. Só temos que encontrar o último berloque... O Livro do Conhecimento.

— Eu sei onde ele está — disse Red, baixinho. — É o único lugar em que ainda pode estar.

— Onde? — perguntaram Tanya e Fabian ao mesmo tempo.

— No último lugar em que o bracelete esteve — respondeu ela. — Está na grande corte do reino das fadas. O lugar onde o acordo foi selado.

— É claro! — Fabian bateu na mesa, derrubando o chá da xícara.

Red encarou a bolsinha à sua frente. Então abriu-a pela última vez e tirou o bracelete.

AS 13 MALDIÇÕES

— Eu vou fazer isso — disse. — Vou voltar para lá. Eles não podem me tirar mais nada mesmo. — E, antes que pudesse mudar de ideia, pôs o bracelete no pulso.

Diante de seus olhos, os rostos de Tanya e Fabian e a cozinha do solar Elvesden estremeceram, como se a menina os estivesse vendo por baixo d'água. Cores e características se misturaram em um grande redemoinho e ela pensou ouvir Tanya gritar seu nome, como se estivesse muito distante. Novos rostos apareceram, ganhando foco devagar.

Ela se encontrou ajoelhada, olhando para o chão de mármore. Risadas ecoaram em seus ouvidos e Red as seguiu até olhar para os dois tronos conhecidos à sua frente. A corte das fadas havia se reunido mais uma vez, agora totalmente dividida, e esperava, ansiosa. Dessa vez não havia máscaras nem festividades. Apenas ela e a corte, dividida exatamente ao meio, e apenas um trono estava ocupado. O outro tinha sido mantido vazio, preenchido apenas por uma coroa de flores de verão murchas e amarronzadas.

Enquanto os arredores ainda entravam em foco, a figura do trono do inverno se levantou. A menina olhou para cima e encontrou os olhos do jovem que usava a máscara de cervo na noite em que o acordo havia sido feito. Agora ele tinha uma coroa de frutas e folhas na cabeça, mas os chifres — na verdade, uma galhada — ainda estavam presentes. Pela primeira vez, Red viu que não faziam parte da máscara, e sim dele. O homem sorriu para ela, o sorriso de um predador: de um lobo ou, talvez, de uma raposa. Era um sorriso triunfante, de vitória.

— Seja bem-vinda de volta — disse, em uma voz suave como creme.

Red se levantou, arrancando o bracelete do pulso e o jogou no chão.

— Pronto — afirmou, cruel. — Aqui estão seus berloques, seus 13 Tesouros preciosos. Já cumpri minha parte do acordo. Vim buscar meu irmão. E meu amigo.

O sorriso de raposa se alargou, mais um cerrar de dentes do que um sorriso de verdade. O rei do inverno estalou os dedos, e a goblin puxa-saco correu para pegar o bracelete que Red havia jogado. Pousando-o em uma gorda almofada de veludo, ela a levou até o rei e fez uma reverência, num gesto de submissão que deixou Red enjoada.

Com um movimento teatral e ágil, o bracelete foi puxado para os dedos do homem-cervo, e ele fez um espetáculo, contando os berloques para agradar ao público.

— Só doze? — disse, rindo. — Esse não foi nosso acordo.

— Porque o décimo terceiro está aqui — respondeu Red, olhando nos olhos dele. — Com você, onde o pacto foi feito. Ele nunca deixou a corte.

— Muito esperta — concordou o homem-cervo. — Estou impressionado. — E, com uma velocidade que a impressionou, ele jogou o bracelete de volta para a menina.

De alguma maneira, por puro reflexo, Red o pegou antes que atingisse seu rosto. Manuseando-o, contou os treze berloques. O Livro do Conhecimento já tinha se conectado. O bracelete estava completo. No entanto, ela sabia que a tarefa não havia sido cumprida. Ainda havia uma última maldição a ser lançada.

— O que aconteceu com o meu irmão? — perguntou. — Onde ele foi parar quando foi levado?

A raiva cresceu dentro da menina quando o homem-cervo pôs a mão atrás da orelha.

AS 13 MALDIÇÕES

— Eu perguntei: "Onde está o meu irmão?" — gritou ela.

A voz de Red encheu o salão, se estendendo até o mais escondido dos cantos escuros. Animais como ratos e camundongos fugiram, o sono perturbado pelo grito da menina.

O homem-cervo relaxou no trono, parecendo contente.

— Mas você já sabe a resposta para isso — disse ele, com um olhar sombrio. — Você não tem irmão. Nunca teve.

Ele riu e a corte se juntou a ele. Foi um som horrível, que correu pelo ar. Mas Red se manteve firme.

— Quero saber o que aconteceu com ele — repetiu. — Fiz o acordo acreditando que a criança era meu irmão. Por isso não me importo com o que você acha. O acordo ainda vale. Ele pertence a mim e eu amo o James. Isso ainda o torna meu irmão, mesmo que ele não seja sangue do meu sangue.

Ela tremia claramente, esperando que o rei das fadas liberasse sua ira. Curiosamente, nada foi feito. O homem-cervo inclinou a cabeça para o lado e estudou a menina.

— Você *realmente* quer saber o que aconteceu com a criança?

— Quero — respondeu Red com a voz embargada, consciente de que ainda segurava o Livro. *O Livro do Conhecimento, que responderia a qualquer pergunta...*

— Tragam a criança aqui! — rugiu o homem-cervo.

Nos fundos da corte, teve início uma comoção. Red se virou para ver duas enormes portas de madeira se abrirem além da abertura da escada de caracol. Três guardas passaram por ela, arrastando uma família de fadas com eles. A menina prendeu a respiração enquanto andavam, arrebanhados como gado, até a frente do salão. A fada-mãe chorava amargamente e em seus braços havia uma pequena criança de cabelos louros que a agarrava, assustada, o rosto enterrado no pescoço da mulher.

O homem-fada tinha o braço em volta dos ombros da mulher e tentava confortá-la, mas Red podia ver que os olhos dele também estavam cheios de lágrimas. Quando se aproximaram, parando um pouco antes dela, diante do trono, ficaram próximos o suficiente para que Red visse que a criança não tinha as orelhas pontudas características do casal. Eram redondas, humanas... Mas, quando a mulher pôs a criança no chão, relutante, o coração de Red se partiu ao vê-la se virar.

— James? — sussurrou ela.

O menino olhou para a irmã, mas com curiosidade, nada mais. Nenhuma expressão de reconhecimento nem de amor iluminou o rosto dele. E Red viu que a criança era muito mais velha do que o irmão — estava mais perto dos seis anos do que dos três que James deveria ter. Uma mistura de sentimentos surgiu dentro dela: decepção, raiva e rancor pelo fato de as fadas terem tentado enganá-la com um impostor. No entanto, viu algo que fez todas essas emoções ruírem. Na bochecha da criança, havia uma marca de nascença da cor de uma mancha de chá e com a forma de um peixe... Era uma prova definitiva de que aquele era James.

— Leve seu irmão — disse o rei-cervo, abrindo um sorriso largo. — Ele é seu.

— Não! — chorou a fada, caindo de joelhos e puxando a criança para si. Ela se virou para olhar Red com uma angústia crua. — Por favor, não o tire da gente, eu imploro!

— Nós amamos esta criança — explicou o pai-fada com uma voz grossa. — Ele é nosso filho... Nosso segundo filho. Nosso primeiro filho morreu! Por favor, é nossa única alegria...

AS 13 MALDIÇÕES

Red engoliu as lágrimas que surgiam. Ela percebeu que James não havia sido levado para enganá-la ou para causar dor. E sim para substituir uma criança que fora amada e perdida.

— Sinto muito — disse, sendo sincera. — Mas ele era minha alegria antes de ser a de vocês.

Red desviou o olhar do casal de fadas e se ajoelhou diante de James. Virando-se para o trono, ela encontrou o olhar triunfante do rei mais uma vez.

— Ele está mais velho — disse. — Faça o James voltar a ser como era.

O homem-cervo abriu as mãos num gesto de inocência.

— O tempo passa de forma diferente aqui. Não posso fazer o que é impossível. Não posso voltar o tempo que passou.

— Você pode fazer *alguma coisa* — respondeu Red, corajosa. — Pode criar um glamour para que o James pareça mais jovem. Não posso levar meu irmão de volta assim! Não é assim que funciona no meu mundo!

— Como quiser! — O homem-cervo fez uma reverência. — Quando você deixar o reino, conseguirá o que deseja.

Ele fez um sinal com a cabeça para os fundos do salão e, mais uma vez, as portas se abriram. Dessa vez, um prisioneiro solitário foi trazido acorrentado e forçado a se ajoelhar, maldosamente, quando chegou ao lado de Red. Warwick olhou para ela e, naquele olhar, a menina percebeu que ele esperava nunca mais vê-la de novo.

Resmungando, o guarda retirou as correntes do prisioneiro e se afastou, deixando Warwick no chão. Ele parecia mais magro, mas não ferido.

— Estão livres — disse o homem-cervo, de modo simpático.

A fada-mãe de James continuou a chorar no ombro do marido.

Red se inclinou na direção da criança. Com carinho, estendeu a mão e passou os dedos sobre a marca de nascença do menino. Depois, abaixando o braço, pegou a mão dele.

— Vamos, James. É hora de ir para casa.

A criança puxou a mão de volta imediatamente, sacudindo a cabeça e se enterrando no corpo da mulher que acreditava ser sua mãe. Os cachos louros balançaram com o movimento e a fada-mãe chorou ainda mais.

— James, por favor... — pediu Red. — Não faça isso ser ainda mais difícil para mim... — Ela pôs o braço em torno da criança e tentou puxá-la.

— NÃO! — gritou ele, chutando a menina. — Não quero ir com você!

— Bom, mas vai — disse Red. Ela levantou o menino, apesar dos esforços dele. Seus olhos se encheram de lágrimas por causa do que ele tinha dito. — Aqui não é o seu lugar, James!

— Eu não me chamo James! — O menino chorava, desabando no corpo dela, exausto. — Não é o meu nome! Não quero ir com você! Eu não conheço você! Quero a minha mãe!

Red agora também chorava, abertamente. Por fim, percebeu que, apesar de tudo, era tarde demais. James não se lembrava dela. Se o levasse agora, tudo de que ele se lembraria seria de ser tirado de uma família que amava por uma estranha que não conhecia e não queria. Era a escolha mais cruel. Uma escolha egoísta. E ela sabia que não conseguiria tomar aquela decisão.

A menina caiu de joelhos, soltando a criança, que correu para a mãe e foi erguida nos braços dela. A fada olhava para Red através de lágrimas de tristeza e confusão.

— Não posso — disse a menina, derrotada. — Não posso fazer isso.

— Por que não? — perguntou o homem-cervo, levantando-se de um pulo. — Era o que você queria, então leve o menino!

Red olhou para o rosto cruel e arrogante e viu a verdade: aquilo não era o que ele queria. Queria o caos e a decepção.

— Não vou levar o garoto — disse ela. De repente, uma imagem de Rose apareceu em sua mente, assim como a maneira como a mulher havia falado em fazer o que achava melhor. Agora Red entendia. Chamava-se sacrifício. — Não posso, porque amo meu irmão demais.

Ela se preparou para enfrentar os risos sarcásticos da corte, mas apenas o silêncio chegou aos seus ouvidos.

— Então que tal ceder um pouco? — sugeriu o rei-cervo, de forma astuta.

— Como assim?

— Você fica aqui, conosco... como uma de nós. Afinal, agora você sabe o que é, não sabe?

— Está falando do meu pai verdadeiro, não está? — perguntou ela. — Que ele era uma fada.

Os dentes pequenos e afiados apareceram novamente.

— Isso mesmo.

Ela viu Warwick olhar para cima, confuso, e fez um gesto bem leve com a cabeça para indicar que o que tinha sido dito era verdade.

— Você até vai poder visitar a criança — continuou a voz suave. — Pronto. Terá o melhor dos dois mundos e finalmente vai se encaixar em algum lugar.

As palavras do homem-cervo atingiram a parte que ela mais lutava para manter escondida, ferindo a menina. Red ia começar a dizer como a ideia de ficar no mundo das fadas era absurda quando o rei proferiu aquelas últimas palavras. Elas eram verdadeiras. Red sempre se sentira uma estrangeira, mas agora sabia que não pertencia a lugar algum e a pessoa alguma.

— Para o que você vai voltar? — incentivou o homem-cervo. — Além de mais problemas?

— Não dê ouvidos a esse cara, Red. — Warwick se levantou, cerrando os dentes. — Não ouça uma palavra do que ele está dizendo. É só um jogo, são só palavras.

— Mas é verdade — disse a menina, a voz tão desanimada quanto sua alma. — Para que vou voltar? Nada. Nada além de problemas. E, já que sou metade fada, talvez eu deva ficar... Talvez *possa* me encaixar aqui.

Warwick agarrou e sacudiu a menina.

— Agora me escute! É isso que eles querem que você pense! Querem que você desista e pense como eles e *seja* como eles! E talvez você seja metade fada, mas também é metade humana. E essa metade tem um coração e um lugar no nosso mundo, não neste lugar horrível. *Existe* um lugar em que você se encaixa: com a gente. No solar Elvesden! Nós queremos você lá. — Ele soltou os ombros da menina de repente, percebendo que tinha falado demais. — Só você pode escolher, Red. Você tem que decidir o que quer.

— Mas o que vou dizer se eu voltar? — Lágrimas corriam pelo rosto de Red. — Fiz certas coisas, coisas que não podem ser mudadas de uma hora para outra.

— Fugir não vai mudar nada — disse Warwick, triste — E talvez não seja simples ajeitar certas coisas, mas isso não faz com que seja impossível.

AS 13 MALDIÇÕES

— Mas isso é impossível! — gritou a menina. — Não consigo ver um jeito de consertar tudo!

— Sempre existe um jeito — respondeu Warwick.

Red o encarou. Olhou nos olhos bondosos do homem e depois nos escuros e sem emoção do rei-cervo. Pensou em Tanya e Fabian — e até em Nell — e em como haviam feito tudo para ajudá-la. E se lembrou de Rose de novo — tão sozinha e desesperada para se reconciliar com a filha que tinha perdido. Ainda havia escolhas a fazer e coisas a consertar. Mas nenhuma delas estava ali. Red sentiu aquilo em seu coração.

— Eu escolho ir embora — disse.

— Não acho que esteja dizendo a verdade — disse o rei, recostando-se de forma relaxada no trono.

— Estou, sim. Estou dizendo a verdade.

Nas primeiras filas da multidão, duas figuras apareceram e a observaram de longe: Raven e Gredin. Os dois assentiram com a cabeça, incentivando a menina a continuar.

— Eu acho que não — repetiu o rei-cervo. — Você não sabe o que passa pela sua cabeça nem se conhece direito. Nem sabe quem você é.

O fogo da raiva de Red começou a se apagar, deixando apenas brasas mínimas de esperança. O rei Unseelie brilhava, sugando a força e a confiança já minadas da menina, retirando poder de sua fraqueza. Ela repetiu as palavras em sua mente várias vezes, até que apenas uma se manteve, a única coisa que era verdadeira.

— Eu sei o suficiente — disse. — Porque sei que meu nome é Rowan.

Ela ouviu toda a corte, inclusive Warwick, prender a respiração. A expressão satisfeita do rei Unseelie desapareceu.

— Red, o que você está fazendo? — sibilou Warwick. — Você não pode dizer seu... — Ele parou de falar quando viu o brilho triunfante nos olhos da menina.

— Foi o nome dado pela minha mãe — continuou ela, recuperando as forças. Tudo fazia sentido... O que Rose tentara explicar. A Bruxa Solitária e Snatcher... Tudo finalmente se encaixava. — O nome pelo qual fui chamada a minha vida inteira, a não ser quando meu irmão foi sequestrado, em que eu neguei essa palavra e a mantive em segredo, escondida. Mas, mesmo assim, ele me protegeu. Protegeu-me do mal. Derrotei sua Bruxa Solitária, mesmo sem entender de que forma naquela época. Mas agora eu entendo. Derrotei aquela mulher porque ela tentou me machucar. E não pôde por causa do meu nome e do que ele significa: a sorveira. E ela pagou o preço por isso. Sou a Rowan... e vocês não têm poder sobre mim!

Red gritara as últimas palavras para o rei-cervo, que ficou sentado, encarando a menina de seu trono. Ele não podia fazer nada. Pois sabia tão bem quanto ela que a menina dizia a verdade.

— Você não pode me ferir — disse Rowan. — Tudo que podia fazer era destruir o que havia à minha volta. Minha vida falsa. Mas, agora que sei a verdade, eu a aceito. Vou voltar e encarar as coisas que fiz, não importa o que aconteça. Porque prefiro estar lá a ficar aqui com você!

Ela se virou para James e seus pais-fada e olhou longamente para o menininho de cabelos dourados pela última vez.

— Cuidem bem dele — disse aos dois. — Eu sei que vão cuidar. — Ela estendeu o braço e brincou com os cabelos do menino. — Adeus — sussurrou, baixinho. — Adeus, James.

Mais lágrimas escorreram dos olhos da mulher-fada, enquanto ela abraçava o filho.

— Algum dia — disse — vamos compensar você pela sua bondade. Quando precisar...

Rowan balançou a cabeça.

— Vocês não me devem nada. Só... cuidem dele.

Ela começou a se afastar, com Warwick a seu lado. De repente, se virou.

— Esperem — gritou para os pais-fada, que estavam se abraçando e chorando.

Os dois olharam para cima temerosos, e Red entendeu que pensaram que ela havia mudado de ideia. Rapidamente, tirou a mochila das costas e a vasculhou até encontrar o que estava procurando. Pegando o objeto, ela o ofereceu aos dois.

— Vocês podem fazer uma coisa — disse, mostrando o livro de contos de fadas. — Isto era da nossa mãe. — Passou os dedos sobre o tecido grosso da capa e tocou as bordas douradas das páginas pela última vez. — Talvez... Talvez vocês possam ler isto para ele de vez em quando.

A mãe-fada aceitou o livro, sorrindo apesar das lágrimas. Em seguida, Rowan e Warwick desapareceram na multidão de fadas, que agora borbulhava de animação e ódio. O rei-cervo se manteve em seu trono, sem poderes para impedi-los, o rosto uma máscara de raiva causada pela derrota.

Enquanto subiam as escadas, os guardas se afastaram com cuidado, deixando-os passar.

No meio do caminho, Rowan estendeu o braço e tocou na mão de Warwick.

— Remendo? — sussurrou, sem ousar dizer o verdadeiro nome do homem em voz alta. — Estou com medo. O que vai acontecer comigo quando a gente voltar? Como vou consertar tudo? O que devo dizer?

Warwick apertou a mão da menina enquanto continuavam subindo as escadas. Estavam quase chegando à entrada da colina.

— Diga a verdade — afirmou ele, olhando para a frente. — Só isso. Diga que você sentia saudade e que queria o James de volta. Mas que, apesar de tudo que fez, apesar de todas as crianças que pegou, nada pôde substituir seu irmão. Porque essa é a verdade, não é?

O ar frio lavou seus rostos enquanto o topo da colina se abria para deixar que passassem. Eles subiram os últimos degraus correndo, pulando da escadaria para a grama molhada, saturada de chuva. Gotas grossas caíam do céu, encharcando-os em segundos, e, à medida que a colina se fechava atrás dos dois, um horrível rugido de raiva surgiu do rei-cervo. Ele foi interrompido quando a entrada foi novamente selada, rompendo o elo entre os dois mundos.

Ou talvez não.

Um rugido baixo começou ao longe, passando pelas montanhas e pelos vales que cercavam a colina. Enquanto desciam a trilha de pedra, Warwick se virou para ela e sorriu.

— Acho que tem uma tempestade vindo por aí — disse.

Epílogo

Uma camada grossa de neve cobria o chão quando o Land Rover parou em frente ao solar Elvesden.

Duas pessoas saíram dele: um homem de cabelos longos e escuros e uma adolescente alta e magra. De trás do veículo, o homem tirou uma velha mala marrom e, juntos, os dois subiram a trilha de cascalho até a frente da casa, encolhidos por causa do frio forte.

O saguão cheirava um pouco a umidade quando eles entraram, do mesmo modo que a maioria dos lugares antigos. Estava silencioso, a não ser por um rabo ruivo e manchado que balançava atrás da mesa do telefone, tentando se esconder.

Dos fundos da casa, vozes e o cheiro de comida sendo preparada saíam da cozinha como um convite invisível. Quando a porta foi aberta e os recém-chegados entraram, as vozes se calaram e irromperam em um coro de exclamações alegres. Cadeiras foram arrastadas enquanto os moradores se levantavam e a adolescente que havia chegado com o homem foi tomada em um abraço atrás do outro. Enquanto isso, um enorme cachorro marrom pulava nela e um papagaio gritava, contente.

Apenas uma pessoa se manteve sentada à mesa de carvalho: uma mulher de rosto fino e pálido, com longos cabelos ruivos soltos. Ela olhou para a menina com olhos ansiosos.

— Seus cabelos cresceram — disse. — Ficam bem em você.

Rowan levou a mão à cabeça, onde os cabelos, do mesmo tom dos da mulher que falara, agora chegavam à mandíbula em um penteado curto. Ela deu um sorriso tímido.

— Obrigada.

Rose se levantou. Por um instante, as duas olharam uma para a outra, envergonhadas, e se abraçaram.

Quando se soltaram, Tanya deu um passo para a frente e puxou a manga de Rowan.

— Vou levar você até o seu quarto — disse, os olhos brilhando. — Fica ao lado do meu, então vamos dividir o banheiro...

— E a criatura do ralo! — gritou Fabian. — Ela já pegou um colar da Nell...

— E um dedal do meu kit de costura — acrescentou Florence, com um sorriso. — Ela gosta muito de causar confusão.

— Eu não me importo — disse Rowan, rindo, enquanto Tanya e Fabian a arrastavam da cozinha.

Ela os seguiu, subiu as escadas correndo, passou pelo relógio de pêndulo e parou em frente a uma porta no primeiro andar.

Pendurada em um prego de ferro, havia uma coroa de folhas verdes e uma massa de frutinhas vermelhas secas.

Rowan respirou fundo, fechou os olhos... e entrou.

Impresso no Brasil pelo
Sistema Cameron da Divisão Gráfica da
DISTRIBUIDORA RECORD DE SERVIÇOS DE IMPRENSA S.A.
Rua Argentina 171 – Rio de Janeiro, RJ – 20921-380 – Tel.: 2585-2000